BONBONS VOOR EEN GEBROKEN HART

Reina Crispijn

BONBONS VOOR
EEN GEBROKEN HART

Zomer &Keuning

Met dank aan!

Graag wil ik mijn dochter Margriet Bakker en mijn zusjes Margreet Maljers, Petra Koopmans en Elly Jansen bedanken voor het 'meelezen' en voor hun zinnige en bemoedigende opmerkingen die daaruit volgden.
Ook de hulp van pastoor Jan Vriend was zeer welkom. Hij gaf mij een bijzonder leerzame rondleiding door de basiliek van Sint Jan in Laren.
Als laatste dank ik mijn echtgenoot Fokke Bakker voor het nakijken van het manuscript.

Reina Crispijn

ISBN 978 90 5977 400 1
NUR 340
Omslagontwerp Julie Bergen
Omslagfoto Hollandse Hoogte

www.kok.nl

© 2008 Uitgeverij Zomer & Keuning, Kampen

Hoofdstuk 1

Een fijne regensluier lag over Brussel en hulde de stad in een vroege schemer. De kerstverlichting in de winkelstraten brandde al uitbundig. Lottemarie Mazurel verliet de fotostudio aan de Louizastraat. Hoewel ze behoorlijk moe was van een lange dag poseren voor de camera's, was ze vast van plan naar Landsweerde, het buiten van haar ouders te rijden. Kerstavond vierde ze vanzelfsprekend gezellig thuis met haar hele familie en niet in een hotel. Buiten sloeg de kille regen in haar gezicht. Ze huiverde en trok haar lange jas stevig om zich heen. Het was altijd hetzelfde, miezerige weer met de kerstdagen. Snel liep ze naar haar auto die op de kleine parkeerplaats naast de studio stond. Het was natuurlijk om, maar ze reed liever via Maastricht, dan ontliep ze tenminste de drukke ringweg van Antwerpen. Ze verafschuwde die weg uit de grond van haar hart. Het leek wel of, als zij op die weg reed, er altijd wel een ongeluk gebeurde, waardoor het verkeer eindeloos vastliep.

Met de drukte in de feestelijk versierde binnenstad van Brussel viel het mee. Mensen deden hun laatste inkopen en haastten zich naar huis. Behendig stuurde Lottemarie haar BMW coupé door de straten van de Belgische hoofdstad.

Na enige tijd reed ze via de A2 Nederland binnen. Groot licht scheen opeens als een schijnwerper de auto in. Geïrriteerd keek ze in haar achteruitkijkspiegel. Een hoge SUV reed vlak achter haar en verblindde haar met zijn felle lichten. Snel voegde ze in tussen twee vrachtauto's op de rechterrijbaan. Ze moest haar gedachten er wel bijhouden. Voor je het wist, had je een ongeluk, zeker met zo'n vreselijke bumperklever.

Maar na korte tijd dwaalden haar gedachten toch weer af. Vreemd dat een mens zo snel gewend raakte aan geluk en voorspoed. Ze vond het eigenlijk heel gewoon dat ze in de dure winkelstraten van Parijs en Brussel haar inkopen deed. Ze was gewend aan Prada-schoenen, Gucci-tassen en kleren van Dolce&Gabbana. Ook stond ze niet elke dag stil bij het feit dat ze in een harmonieus gezin was geboren met bijzonder aardige familieleden. En dan was daar natuurlijk Edgar. Hoewel ze niet van overdrijven hield en er ook voor waakte dat iemand erachter kwam, vond ze Edgar de vervulling van haar dromen. Zonder Edgar zou het leven kleurloos zijn. Een doodenkele keer raakte ze in lichte paniek en joeg al dat geluk haar angst aan. Waarom hadden andere mensen het soms zo moeilijk en zij niet? Diep in haar hart was ze bijgelovig. Op zekere dag was haar geluk voorbij en moest ze de prijs betalen, want tegenover elke portie geluk stond eenzelfde hoeveelheid ongeluk, dat kon niet anders. Ze moest met deze theorie niet aankomen bij haar grootmoeder. 'Lieve kind, de Heer geeft niet met de ene hand om het met de andere hand gelijk weer af te pakken. Zo zit het leven niet in elkaar. De goede God is geen kleinzielige boekhouder.'

Maar als haar grootmoeder nu eens niet gelijk had? Nou ja, pluk de dag zolang het nog kan. Ze duwde de deprimerende gedachten weg en richtte haar aandacht weer op de weg.

Het weer werd slechter. De wind trok aan. Grote gordijnen van opspattende regenvlagen joegen over de weggedeelten waar nog geen zoab lag. Lottemarie had moeite om de auto recht te houden. Ze merkte dat ze moe werd. Bij een wegrestaurant dicht bij Venlo verliet ze de snelweg om een korte rustpauze in te lassen. Vanuit de verte was al te zien dat het restaurant zich in een overdadige kermiskerstsfeer bevond. De bovenkant van het dak was versierd met een reusachtige arrenslee met daarin een bolle kerstman, getrokken door vier paar rendieren. De hele voorstelling was uitgevoerd in een enorme hoeveelheid flikkerende, kleurige kerstlichtjes. Verbijsterend, vond Lottemarie. Ze parkeerde haar auto en liep op de ingang af. Om de kerstvreugde te verhogen, droegen alle serveersters lange, rode, met wit bont afgezette puntmutsen en rode, getailleerde jasjes. Wat je al niet deed voor klandizie, dacht Lottemarie. Het was gelukkig niet druk in het restaurant. Ze ging aan een tafel bij een van de ramen zitten en bestelde een kop koffie. Zo bleef ze tenminste wakker. De regen sloeg met vlagen tegen de ramen, maar ze zag het niet. Overmorgen, mijmerde ze. Lottemarie keek uit naar de eerste kerstdag, maar nog meer naar de tweede waarop haar huwelijk zou worden aangekondigd tijdens een intiem dinertje voor een stel familieleden en vrienden. Eindelijk was Edgar gezwicht voor haar argument. 'Als je toch van elkaar houdt, wil je toch trouwen en altijd bij elkaar blijven,' had ze gezegd.

'Kind, dat noemden we vroeger verloven,' had haar grootmoeder Cecilia een beetje sarcastisch opgemerkt, maar daar was Lottemarie het niet mee eens geweest.

'Oma,' had ze geantwoord. 'We wisselen geen ringen uit en we willen al helemaal geen cadeaus voor een uitzet. Uitzet, het woord alleen al! We vertellen alleen maar dat we trouwplannen hebben op korte termijn.'

Wacht, ze kon Edgar wel even bellen. Die moest inmiddels ook thuis zijn. Haar gezicht klaarde op. Ze drukte de geheugentoets in van haar mobiel en koos het nummer.

'Edgar Broese,' klonk de bekende stem in haar oren.

'Met mij,' zei ze op verwachtingsvolle toon.

'Lotte?' De stem klonk vragend verrast.

'Ik wilde weten of je al thuis was en of je ook zo uitkijkt naar overmorgen,' antwoordde ze verontschuldigend. Gek dat Edgar altijd die invloed op haar had. Als ze die speciale klank in zijn stem hoorde, werd ze meteen onzeker. Alsof ze hem eigenlijk niet had mogen bellen en zich daarvoor moest excuseren.

'Natuurlijk, liefste, hoe kun je dat nu vragen.' De mannenstem klonk iets geïrriteerd.

'Nou ja, het was zomaar een vraagje,' merkte Lottemarie op. 'Hé, is er iemand bij je?' Ze drukte de telefoon vaster tegen haar oor.

'Hoezo?'

'Ik dacht dat ik iemand hoorde lachen.'

Het bleef even stil. 'Liefje, dat is de tv,' zei Edgar toen. 'Wat ben je toch argwanend. Wacht, ik zet hem even uit.'

Ze hoorde nog een keer hoe een vrouw zacht lachte. Vreemd, die lach kwam haar zo bekend voor. Misschien van een bekende presentatrice, maar welke? Daarna werd het helemaal stil.

'Zo goed?' kwam Edgar weer aan de telefoon.

Lottemarie lachte. 'Naar welk programma keek je?' wilde ze weten.

'Vind je jezelf niet wat erg nieuwsgierig, pop? Het lijkt wel of je me niet vertrouwt.' De woorden kwamen er op verongelijkte toon uit.

'Ik ben helemaal niet wantrouwend,' antwoordde ze nu ook een beetje kwaad. Ze wilde alleen maar weten van wie die lach was.

'Oké, oké, dan niet. Laten we maar geen ruzie maken. Waar zit je eigenlijk?' vroeg hij snel. Met geen woord repte hij over het programma waar hij naar keek. Lottemarie liet het maar zo, bang om hem kwaad te maken.

'In een wegrestaurant bij Venlo.' Ze dempte haar stem. 'Je wilt het niet geloven, Edgar, maar de serveersters zijn verkleed als kerstmannen. Ik dacht dat ze alleen in Amerika zulke rare fratsen uithaalden met Kerst.'

Edgar reageerde lauw. Hij had klaarblijkelijk haast, want het gesprek viel zomaar stil. 'Schatje, ik ga het gesprek afbreken, want ik moet nog even naar kantoor,' zei hij kort. 'Zie je overmorgen. Kusjes.' Er klonken een paar kusgeluiden, toen werd de verbinding verbroken.

Een beetje verbouwereerd staarde Lottemarie naar het mobieltje. Waarom had Edgars stem zo gehaast geklonken? Was die klus op kantoor dan werkelijk zo belangrijk dat hij nog op kerstavond daar moest zijn? Ze had stiekem gehoopt dat hij vanavond met haar en de rest van de familie naar de kerstnachtdienst zou gaan. En waarom had hij zo geërgerd gereageerd op haar vraag of hij zich ook zo verheugde op tweede kerstdag? Hij wilde toch wel trouwen? Vervelend, waarom haakte er nu zomaar iets in haar gedachten? Die vrouwenlach die haar zo bekend voorkwam... Ze dacht diep na. Ten slotte haalde ze haar schouders op. Natuurlijk was het de televisie geweest, wat haalde ze in haar hoofd? Ze moest er niet zo veel achter zoeken. Kwam dat nu alleen omdat ze moe was? Haar grootmoeder zou zeggen: een lege maag en een vermoeid hoofd praten anders dan een volle maag en een uitgerust lichaam.

Een wat oudere serveerster kwam aanlopen met de koffie. Van een afstand had ze gezien hoe het meisje belde en dat het gesprek niet zo naar wens verliep, gezien de uitdrukking op het gezicht. Ze kende die blik. In twee van de drie gevallen betrof het een ruzie met een vriendje of partner. Een mooi meisje overigens. Leek een beetje op Audrey Hepburn met die iets schuinstaande, warmbruine ogen en die hoekige kaaklijn.

'Alsjeblieft,' zei ze en zette het kopje koffie op de tafel voor Lottemarie neer. 'Slecht nieuws?' informeerde ze vervolgens amicaal.

Lottemarie schudde haar hoofd. 'Hoezo?'

'Je kijkt nogal... eh... ernstig zal ik maar zeggen.'

Lottemarie glimlachte verlegen. 'Ik ben moe en dan zie ik meteen leeuwen en beren op de weg.'

'Zeker een vriendje,' begreep de vrouw. 'Leer mij ze kennen. Neem mijn raad aan: als je ze niet vertrouwt, onmiddellijk dumpen. Geen handvol maar een landvol, zeker met jouw uiterlijk.' De serveerster knikte even en liep heupwiegend met de lange kerstmanmuts frivool slingerend over haar rug naar de volgende tafel, waar ze de gebruikte spullen weghaalde.

Die vrouw begreep er helemaal niets van, dacht Lottemarie. Ze wilde alleen maar die ene, Edgar. Met hem wilde ze haar leven delen, met hem oud worden en met niemand anders. Niet dat hij volmaakt was, integendeel, hij kon soms behoorlijk bot zijn tegen oudere en gehandicapte mensen, met uitzondering natuurlijk van grootmama Cecilia. Lotte lachte even. Oma Cecilia mocht dan oud zijn, Edgar ging uiterst voorzichtig met haar om en dat was hem geraden ook. Oma kon iemand zo koud en hooghartig aankijken... Maar het was en bleef een vervelende eigenschap van Edgar. Ze kon zich vreselijk storen aan zijn ontactische opmerkingen, maar als ze er iets van zei, trok hij onmiddellijk het boetekleed aan. 'Schatje, ik zal het nooit meer doen.' Dan lachte hij zijn innemende lach en vergat ze alles.

Ze dronk haar koffie op, rekende af en verliet het restaurant. Buiten trok ze haar kraag hoog op. Jammer, ze had gehoopt dat het weer zou verbeteren, maar het tegendeel was waar. De bomen naast het restaurant bogen krakend onder de aanwakkerende, jagende wind. Snel deed ze de deur van haar auto open en stapte in. Even bleef ze zitten. 'Luister, Lot,' sprak ze tegen zichzelf. 'Edgar is een geweldige man. Iedereen is jaloers op jou, zelfs Margot. Heeft hij je ooit reden gegeven tot wantrouwen? Natuurlijk, hij mag graag naar mooie vrouwen kijken, maar dat is vrij normaal, dat doen de meeste mannen. Als hij zegt dat hij de tv aanhad, dan hoef je niet aan zijn woorden te twijfelen. Nu ga je snel naar huis en je haalt je niets meer in je hoofd. Je hebt alleen maar een ontzettend vermoeiende dag achter de rug. *That's all.*' Ze stak het autosleuteltje in het contact, deed haar gordel om en reed snel het parkeerterrein af.

Het was nog vrij druk op de weg. De autolichten weerkaatsten in het natte wegdek en verblindden haar soms. Maar hoe noordelijker ze kwam, hoe beter het weer werd. Het regende nog wel, maar de stortbuien en rukwinden namen snel af. De lichten van het tegemoetkomende verkeer veranderden niet meer in schijnwerpers met stralenkransen. Het werd wel kouder. Af en toe leek het of de regendruppels overgingen in sneeuwvlokken. Lottemarie draaide de verwarming hoger op. Ze hield niet van kou. Wat was ze vreselijk moe! Ze tuurde de diepe duisternis in. Vervelend dat deze weg omzoomd werd door bomen en hoogopgroeiend struikgewas, waardoor het zicht nog beperkter werd. De donkere snelweg ging de hoogte in en maakte een bocht. Waar kwam opeens die zwarte achterkant van de vrachtwagen vandaan en waarom brandden de achterlichten niet? Ze remde... de auto gleed door... ze trok aan het stuur... een klap! De auto raakte los van de weg, het hoge geluid van razend ronddraaiende wielen priemde in haar oren. Lottemarie voelde nog net hoe ze als het ware door een reusachtige hand naar voren werd geduwd en met haar hoofd tegen een soort muur smakte. Toen werd het aardedonker om haar heen.

Cecilia Mazurel parkeerde haar auto vlak bij de hoofdingang van het ziekenhuis. Dat was een voordeel van de nacht: geen bezoekers, zodat bijna alle parkeerplaatsen leeg waren. Vreemd dat je in een stressituatie aan zulke banale dingen als parkeerplaatsen kon denken. Ze knipte even het lichtje aan boven haar hoofd en keek op haar horloge: halfeen. Een uur geleden was ze wakker gemaakt door Niek, haar oudste kleinzoon met de mededeling dat Lottemarie een ongeluk had gehad.

'Pap en mam zijn al naar het ziekenhuis, oma. U moet zich vooral niet druk maken,' had haar kleinzoon gezegd, maar ze had hem niet geloofd. Het bericht had haar van haar stuk gebracht. Ze was bijna misselijk geworden bij het idee dat het verkeerd zou aflopen met haar kleindochter en kon het thuis niet langer uithouden. Daarom had ze besloten om naar het ziekenhuis te gaan, dan kon ze tenminste met eigen ogen zien hoe het met Lottemarie ging. Snel deed ze het binnenlicht uit, stapte uit, klikte op de afstandsvergrendeling en liep voorzichtig over het gladde wegdek naar de grote, glazen draaideur van de ingang.

Het ziekenhuis bood een sprookjesachtige aanblik. Sneeuw op kerstavond, de ultieme hartenwens van het grootste deel van de mensheid, maar in deze nacht verfoeide Cecilia de witte pracht, omdat haar kleindochter slachtoffer was geworden van de opvriezende sneeuw.

Op het moment dat ze de draaideur doorliep, botste ze bijna tegen Hubert en Nandine, haar zoon en schoondochter aan.

'Mam, wat doe jij hier?' riep Hubert verbaasd uit.

'Ik kon niet slapen. Ik moet haar zien. Hoe gaat het met haar?'

'Ze ligt in coma en wordt beademd,' antwoordde Cecilia's zoon. Een gepijnigde blik lag op zijn gezicht en hij zag bleek van moeheid. Ook Nandine zag er gekweld uit. Haar ogen waren rood van het huilen. 'Het is afschuwelijk, haar hele gezicht zit onder de snijwonden. Ze kan haar baan nu wel vergeten,' zei ze en barstte weer in snikken uit. Hubert sloeg troostend een arm om haar schouders. Verbijsterd keek Cecilia haar schoondochter aan. Wie maalde er nu om die ellendige baan? Het ging er toch om of Lottemarie in leven bleef? Echt Nandine, ze veranderde ook nooit, dacht Cecilia kribbig. Ze haalde haar schouders op. 'Ik blijf een poos bij haar,' zei ze tegen haar zoon. 'Rijd voorzichtig, het is glad.' Toen draaide ze zich om en liep naar binnen.

De grote ziekenhuishal was leeg. Alleen een receptionist hield slaperig een televisiescherm in de gaten. Hij keek op toen de oude dame op de balie toe liep. 'Wat kan ik voor u doen?' vroeg hij.
'Ik kom voor mijn kleindochter. Ze is hier vanavond binnengebracht en ligt op de intensive care. Een auto-ongeluk,' legde Cecilia uit.
'Zeker doorlopend bezoek,' begreep de man vlug en knikte meewarig. Dan was het met de patiënte niet goed gesteld. En dat nog wel op kerstavond.
'Loopt u maar door,' zei hij. 'De intensive care bevindt zich op de derde etage.'
Cecilia nam de lift. De gangen waren schaars verlicht. Hier en daar hing kerstversiering boven een deur, maar men had het versieren beperkt gehouden. De deuren naar de kamers stonden allemaal open. De balie in het midden van de gang was bemand met een verpleegkundige die aantekeningen maakte in een notitieblok. Ze keek op toen ze Cecilia hoorde aankomen.
'Kan ik u helpen?' vroeg de vrouw.
Cecilia knikte. 'Ik zoek de kamer van mijn kleindochter. Ze is vanavond binnengebracht. Volgens de receptionist moet ze op deze afdeling liggen,' antwoordde ze.
'O, dat meisje op kamer 303,' begreep de vrouw. 'Rechtdoor, links de bocht om en dan de eerste kamer rechts.' Ze knikte vriendelijk en ging daarna weer verder met haar werk.

Voorzichtig liep Cecilia naar binnen. Alleen het licht van een nachtlampje boven het bed verlichtte de kamer. De oude dame deed haar jas uit, hing die over een stoel en liep toen naar het hoge bed.
'Lotje,' fluisterde ze. Een golf van liefde overspoelde haar. Wat

was ze dol op dit kleinkind. Ze herinnerde zich nog de allereerste keer dat ze haar kort na haar geboorte in haar armen mocht houden. De diepe emotie van liefde die ze toen voelde, had haar volledig van haar stuk gebracht. En die liefde was in de loop van de jaren alleen maar intenser geworden. Er was een speciale band ontstaan tussen Cecilia en haar kleindochter. Misschien kwam het ook wel doordat Lottemarie innerlijk zo op haar enige zoon leek. Allebei waren ze zachtmoedig, maar ook koppig en drammerig; allebei waren ze van mening dat de mens ten diepste goed was. Naïef, vond Cecilia, zij wist wel beter. Ze streek heel even over de haren van het meisje. Toen ging ze op een stoel vlak naast het bed zitten. Hoofdschuddend keek ze naar haar kleindochter die door middel van slangetjes aan diverse infusen en via een kabel aan een monitor was verbonden. Een flexibele zuurstofslang lag in een hoek van de mond vastgemaakt met pleisters. Met doffe regelmaat kwam de zuurstof uit een zuurstoffles naast het bed. De huid van haar gezicht was bedekt met een web van snijwondjes en opgedroogd bloed. Om de hals was een kraag van witte kunststof aangebracht, terwijl het linkerkaakbeen een vreemde bobbel vertoonde. Beide polsen zaten in het gips. Het was een wonder dat haar kleindochter nog leefde.

'Lotje, ik ben het, oma Cecilia, kun je me horen?' vroeg de oude dame.

Maar er kwam geen beweging of teken van herkenning.

Cecilia aaide over de slanke vingers die uit het gips staken. 'Alles komt goed, liefje, alles komt goed, maak je maar geen zorgen,' fluisterde ze.

Hoor haar nu eens nonsens uitkramen: alles komt goed, maak je maar geen zorgen. Hoe moest haar kleindochter er weer bovenop komen, zo mager, zo uitgeput? En natuurlijk had Nandine gelijk gehad met de opmerking over die baan. Cecilia vond het niet erg, maar die ellendige baan was wel Lotjes leven. Zoals het er nu uitzag, kon haar kleindochter dat beroep wel vergeten. Grootmoeder Cecilia was daar absoluut niet rouwig om. Ze vond de modewereld een schijnwereld vol glitter en glamour. Ooit had ze een programma over aankomende fotomodellen gezien op een commerciële televisiezender. Cecilia was geschrokken van de afgunstige, liefdeloze sfeer die er heerste tussen die meisjes. Een schokkende documentaire zonder normen en waarden, vond ze.

'Wel wat kort door de bocht, mam. Er lopen ook heel fatsoenlijke en aardige mensen rond in de modewereld,' had haar zoon haar toegevoegd toen ze haar afkeer duidelijk kenbaar had gemaakt. Maar zolang het tegendeel niet was bewezen, bleef Cecilia nog steeds heilig overtuigd van haar gelijk. Dat haar kleindochter haar leven doorbracht in die lichtzinnige wereld vond ze een jammerlijke verspilling van tijd en talent. Diep in haar hart was ze ervan overtuigd dat haar zoon, in tegenstelling tot haar schoondochter, er ook zo over dacht, maar dat niet openlijk wilde toegeven om zijn dochter niet te hoeven afvallen.

Lottemarie had de mening van haar grootmoeder beleefd aangehoord, maar deze toen naast zich neergelegd. Ze wilde iets maken van haar leven, steden zien, dingen ontdekken en haar ambities waarmaken, namelijk een beroemd fotomodel worden. 'Oma, ik leef maar één keer.' Nu was er dan een abrupt einde gekomen aan die beloftevolle carrière. Alleen Lottemarie wist dat nog niet. Hoe zou haar kleindochter reageren? Was ze sterk genoeg om deze klap op te vangen?

Cecilia vroeg zich af hoe diep de bewusteloosheid van Lottemarie was. Er werd beweerd dat comapatiënten ondanks de toestand waarin ze zich bevonden, toch nog konden horen en dat je dus voorzichtig moest zijn met wat je zei. Het leek Cecilia een ramp om zo bewegingloos in een ziekenhuisbed te moeten liggen. Ging je niet dood door een ongeluk of ziekte, dan was het wel door verveling.

''t Is vreselijk glad, liefje, het heeft gesneeuwd,' begon ze. 'Ach, stom van mij, dat weet je natuurlijk, want anders lag je hier niet. Maar het ziet er buiten sprookjesachtig uit. Echt kerstweer.' Wanhopig dacht Cecilia na. Gek, ze had altijd gespreksstof, maar nu leek het wel of haar hoofd volledig leeg was.

Er klonk een geluid van voetstappen. Cecilia draaide zich om.

'Edgar?' zei ze enigszins verbaasd.

Een man met glad naar achter gekamd, golvend, blond haar, een zijden sjaal achteloos om zijn hals geslagen, kwam de kamer binnen. Verrast keek hij naar Lottemaries grootmoeder. 'U hier?' zei hij afgemeten. Hij hield niet van dat oude mens met haar scherpe tong en haar sceptische ogen. Het gevoel was wederzijds, wist hij. Cecilia was de enige in de familie die niet voor hem was gezwicht. In het begin had hij nog wel zijn best gedaan om haar te behagen en in te palmen, maar hij had gefaald. Ondanks zijn aversie tegen haar moest hij toegeven dat ze pit had. Stiekem waardeerde hij dat wel. Hij kon er ook niet omheen dat Lottemarie de schoonheid had geërfd van haar grootmoeder. Ooit moest Cecilia Mazurel een beeldschone vrouw zijn geweest, ooit.

Met een koele blik nam Cecilia de vriend van haar kleindochter op: het knappe, zonnebankbruine gezicht met de doordringende, helderblauwe ogen waarmee hij onweerstaanbare aantrekkingskracht scheen te hebben op een groot deel van de andere sekse. Afschuwelijk, vond Cecilia. Maar het meest ergerde ze zich aan zijn aanmatigende manieren. Zo gauw hij op Landsweerde was, deed hij net of het landhuis zijn bezit was. De inhoud van de koelkast behoorde hém toe. Zonder te vragen pakte hij geen gewoon glas, maar een van de allerduurste glazen van Nandine uit de prachtige antieke servieskast en schonk hij zichzelf wijn of iets sterkers in. En Nandine... vond het goed! Onbegrijpelijk. Het was haar werkelijk een raadsel waarom haar mooie kleindochter uitgerekend voor deze verwende, ijdele man was gevallen. Er dromden altijd bosjes jongens en mannen om haar heen, maar nee, het moest per se deze praatjesmaker zijn.

'Ik ben zo snel mogelijk gekomen,' zei Edgar Broese.

'Ja, je bent aan de vroege kant,' constateerde Cecilia kil. Ze trok haar wenkbrauwen een fractie op.

'Ik had eerst nog het een en ander te doen op kantoor. Toen ik klaar was, heb ik pas mijn voicemail afgeluisterd,' verdedigde hij zich.

Vreselijke man, dacht Cecilia. Dat niet iedereen inziet wat voor branieschopper je bent. Ze zuchtte onmerkbaar. Zelfs haar schoondochter was voor hem gevallen. Nandine, ook zo'n lichtgewicht. 'Een wuft schepsel,' had ze tegen Zeger, haar man gezegd toen ze de vriendin van haar zoon voor de eerste keer had ontmoet. 'Wuft' vond ze een prachtig woord dat precies bij de blonde Nandine paste. Je hoorde de wind door het woord waaien, wuffft. Cecilia had geprobeerd het huwelijk nog tegen te houden. 'Nandine is pas achttien, Huub, ze moet geestelijk nog zo groeien,' had ze uitgeroepen, maar haar zoon had koppig zijn plannen doorgezet en was met de oppervlakkige Nandine getrouwd. Een jaar daarna was Lottemarie geboren, een van de weinige goede dingen die uit Nandine was voortgekomen.

Cecilia stond met tegenzin op en maakte plaats voor de man. Vervolgens liep ze naar het raam. Voorzichtig schoof ze een van de gordijnen opzij en keek naar buiten. Een heldere maansikkel scheen over het landschap. De witte gebouwen van het ziekenhuis staken bleek af tegen de nachtblauwe hemel. *Midden in de winternacht...* Ze zuchtte zacht en voelde opeens de vermoeidheid toeslaan. Als die afschuwelijke man nu maar snel wegging.

Edgar Broese liep naar het bed. 'Arm liefje, arme schattebout,' fluisterde hij toen hij naar het gezicht van Lottemarie keek. 'Wat is er met je gebeurd?' Hij zuchtte en voelde zich een beetje schuldig. Afgelopen middag... Wat een bijzonder ongelukkig moment had Lottemarie uitgekozen om hem te bellen! Ze had hen bijna betrapt. Gelukkig had hij onmiddellijk die televisiesmoes verzonnen. Jammer dat Lotje niet wilde inzien dat hij zijn eigen leven wilde leiden zonder inmenging van anderen, ook niet van haar. Hij was baas over zijn eigen leven. Lotte kon hem de laatste tijd soms zo mateloos irriteren met haar vragen van: wat doe je en waar zit je? Alsof hij haar verantwoording schuldig was. En dan dat gedram over die huwelijksaankondiging, waarom konden ze niet gewoon een relatie met elkaar hebben zonder dat burgerlijke boterbriefje? Hé, daar had hij in de gauwigheid niet aan gedacht: dat gedoe op tweede kerstdag ging tenminste niet door. Dat was echt een geluk bij een ongeluk. Morgen zou hij onmiddellijk iedereen opbellen en het hele feestgedoe afblazen. Hij keek naar het beschadigde gezichtje. Zonde, het was zo mooi geweest, zo delicaat. Hij had het altijd geweldig gevonden om met Lottemarie te pronken tegenover collega's en vrienden. Kon ze haar beroep nog wel uitoefenen? Zoals het er nu naar uitzag... Jammer, ontzettend jammer. 'Arm kindje,' fluisterde hij.

Cecilia draaide zich om en keek naar het expressieve, knap-brutale gezicht waarop de elkaar snel afwisselende stemmingen waren af te lezen. Edgar leek werkelijk begaan met de situatie.

Misschien ben ik wel veel te kritisch en houdt hij echt van Lotje, dacht ze in een opwelling van welwillendheid. Misschien komt alles toch goed en heb ik me vergist.

Ze zag hoe de man zich vooroverboog, maar geen kus op het gezicht van het meisje drukte. 'Schatje, tot ziens,' fluisterde Edgar Broese. Hij streek Lottemarie nog even over haar hoofd. Toen draaide hij zich om en keek Cecilia Mazurel aan.

'Tot morgen, grootmama Cecilia.' Hij knikte kort en verliet snel de kamer.

Heel langzaam dreef ze naar boven. Lag ze in water of was het een tunnel van donkere, fluweelachtige lucht waar ze doorheen gleed? Waarom was er geen licht en wat deed dat ding in haar mond? Ze probeerde haar armen op te heffen, maar die bleken loodzwaar. Wat was er met haar aan de hand?

Een stem riep haar naam. Wie was dat? Ze was op weg gegaan... naar huis. Ze had kerstmannen gezien en rendieren met een slee op een dak.

'Lotje?' fluisterde een zachte vrouwenstem. 'Hoor je me?'

Opeens herkende Lottemarie de stem.

'Alles komt goed, Lot,' zei haar grootmoeder. 'Slaap maar.'

Lottemarie gleed weer weg in een aangename, fluweelachtige duisternis.

Vroeg in de morgen van eerste kerstdag reed Cecilia Mazurel naar huis. In het oosten verschenen de eerste oranjeroze strepen van de opgaande zon tegen de donkerazuurblauwe hemel. De bomen en velden zagen wit door de vers gevallen sneeuw, maar Cecilia had geen oog voor de sprookjesachtige schoonheid van de morgen. Voorzichtig draaide ze de lange oprijlaan in die door een soort park naar het grote landhuis kronkelde. Eigenlijk was Landsweerde meer een buitenplaats met het schilderachtige park aan de voorkant en de uitgestrekte tuinen aan de achterkant. Langzaam reed Cecilia over de besneeuwde, bochtige oprijlaan naar het imposante landhuis. Het indrukwekkende hoofdgebouw met de twee kleine torens op de hoeken en de langgerekte zijvleugels stak helder af tegen de paarsblauwe lucht. Naast de monumentale voordeur brandden twee lantaarns.

Cecilia parkeerde haar auto en stapte uit. Slapen wilde ze, heel lang slapen. Ze was doodmoe. In de hal stond een grote kerstboom. De lampjes brandden nog. Iemand had ze natuurlijk vergeten uit te doen.

'Hoi, mam,' klonk het zacht.

'Hubert!' riep Cecilia verschrikt uit. Ze keek naar de lange, slanke figuur die opeens overeind kwam uit een leunstoel naast de boom. Cecilia's zoon, die sprekend op zijn vader leek, had een aristocratisch voorkomen. Zijn zachte, blonde haar krulde een beetje in zijn nek, zijn blauwe ogen keken meestal wat zwaarmoedig de wereld in. Hubert Mazurel was een vriendelijke maar ook een standvastige man. Had hij eenmaal een plan in zijn hoofd, dan kon niemand hem daarvan afbrengen.

'Ik kon niet in slaap komen en ben maar weer naar beneden gegaan. Hoe is het met haar?' vroeg Hubert ongerust.

'Ze leek me even te herkennen,' antwoordde Cecilia. Met moeite onderdrukte ze een gaap. 'Weet je wie er ook nog op bezoek kwam?' vroeg ze, terwijl ze langzaam naar de brede trap liep die midden in de hal uitkwam.

'Laat me raden: Edgar,' antwoordde haar zoon.

'Precies. Hubert...' Cecilia draaide zich om en keek haar zoon in het schemerdonker aan. Ze aarzelde even. 'Edgar...'

'Wat is er met Edgar?'

'Vind je...? Ik bedoel... Je hebt eigenlijk nooit laten merken en zeker niet verteld wat je van hem denkt. Je lijkt sprekend op je vader. Die was ook zo'n oester.'
'Wil je werkelijk weten hoe ik over hem denk, mam?'
Cecilia knikte.
'Een mens zonder waarde.'
Cecilia vergat haar moeheid en haar verlangen naar slaap. 'Waarom heb je dat nooit tegen je dochter gezegd?' riep ze verontwaardigd op gedempte toon uit.
'Dacht je werkelijk, mam, dat mijn mening enige invloed zou hebben gehad? Iemand die zo verliefd is dat ze haar verstand bijna lijkt te hebben verloren? Verspilde energie.'
'Laat je dan zomaar toe dat ze met elkaar gaan trouwen?'
'Ik hoef niets toe te laten, ik weet zeker dat het huwelijk niet doorgaat. Dat wist ik vanaf het eerste moment dat ik van Lottemaries plannetje hoorde. Edgar Broese is geen man om te trouwen. Hij is het type Don Juan, de eeuwige vrijgezel die zich nooit zal willen binden. Als dit ongeluk niet was gebeurd, had hij zelf wel iets in elkaar gezet waardoor die dwaze huwelijksaankondiging niet door zou gaan. Waarschijnlijk zal hij nooit trouwen en als hij trouwt, is het met iemand die totaal niet lijkt op Lottemarie. Die is veel te zachtaardig voor hem. Hij heeft iemand nodig die hém volledig de baas is.'
'Wat ben ik blij dat jij dit zegt. Ik hoop zo dat je gelijk krijgt. O Huub, ik heb gebeden dat die verschrikkelijke huwelijksaankondiging niet door zou gaan, maar dat het uitstel op deze manier zou plaatsvinden...'
'Tja, je verhoring op gebed is wel wat rigoureus geweest, mam. En nu voel je je zeker schuldig?'
'Ach, wel een beetje.'
'Mam, niet doen. Gods wegen zijn ondoorgrondelijk. Daar kunnen jij en ik niets aan veranderen. Maar zeker weten dat het goed komt met Lotje. Maak je maar geen zorgen.'
'Denk je dat echt?'
'Ja, en ga nu slapen. Je ziet er allerbelabberdst uit.'

De kerstdagen gingen voorbij in een roes zonder de gebruikelijke tradities. Van kerkgang kwam niets en de feestgerechten verdwenen ofwel in de vriezer of in de vuilnisbak naargelang de houdbaarheid van de producten. Alleen de jongere broers van Lotte, Niek van zeventien en Daniël van vijftien aten zich bijna misselijk aan de diverse taarten, tulbanden en kerststollen, maar niemand had hen tegengehouden. Zelfs hun grootmoeder Cecilia had zich van commentaar onthouden.

Er werd heen en weer gependeld tussen het ziekenhuis en de statige buitenplaats Landsweerde die aan het riviertje de Borne in het Sallandse lag. Sinds de dood van haar man Zeger woonde Cecilia Mazurel in een aparte vleugel van het buiten. Hubert had het huis geërfd op voorwaarde dat zijn moeder tot aan haar dood een deel van het huis zou mogen bewonen. Cecilia was geen bemoeizuchtige vrouw. Ze gaf alleen haar mening als er om gevraagd werd, vond ze zelf.

Oudjaar eindigde met storm, regen en natte sneeuw. Van het afsteken van vuurwerk kwam niets terecht. De beide broers van Lottemarie bleven mopperend en chagrijnig binnen. Ze hadden een grote partij vuurwerk ingekocht, maar de regen was de grote spelbreker geweest. Alles ging met een sisser uit. December liet zich kennen als een maand vol tegenslag, narigheid en nattigheid.

Het was half januari. Een schrale zuidooster gierde over het land. Op sloten en plassen lag een dun laagje ijs, terwijl de aangevroren mist het land had veranderd in een schitterende, witte wonderwereld.

Lottemarie lag niet meer op de intensive care maar op een eenpersoonskamer. Nog steeds deed het ademhalen pijn vanwege de gekneusde ribben, maar erger was de pijn om de verandering in haar gezicht. Er was niets meer over van de perzikachtige gloed die altijd over haar huid had gelegen. Toen ze de eerste keer in de spiegel keek, was ze volledig onderuitgegaan. Was zij dat werkelijk, dat meisje met die huid vol littekens, een bobbel in de kaaklijn en met die afschuwelijke diepe snee over het voorhoofd? Een volledige ontreddering had zich van haar meester gemaakt. Hoe moest dit weer goed komen? Haar baan kon ze voor altijd vergeten. Wat moest ze doen? Hoe iedereen haar ook troostte dat haar gezicht niet altijd zo zou blijven en dat de littekens weg zouden trekken en dat er ook nog zoiets als plastische chirurgie bestond, het had niet geholpen. Lottemarie was in een diep, zwart gat geraakt. Nu keek ze naar de uitbundige hoeveelheid rozen die in grote glazen vazen op de tafel en in de vensterbank stond. Edgar... Ze glimlachte mat. Haar vriend deed wel lief en aardig, maar meende hij het ook? Lottemarie wist hoe hij over gehandicapte, oude en lelijke mensen dacht. Hield hij genoeg van haar om de beschadigingen aan haar gezicht voor lief te nemen? Als ze aan Edgar dacht, werd ze overmand door de benauwendste gedachten. Wat als hij het uitmaakte? Ze kon echt misselijk worden bij dat rampzalige vooruitzicht.

Cecilia liep door de wintertuin achter het huis die doorliep naar het riviertje. Elk seizoen had zijn eigen charme, vond ze. Ze genoot van de winterviburnum die met zijn fragiel geplooide bladeren en rozewitte bloempjes een heerlijke, kruidige geur verspreidde, en van de cotoneasters met hun rode besjes die sprookjesachtig gloeiden tussen de berijpte, donkergroene blaadjes. De berkenbomen met hun grijs-witte bast vormden met hun takken een kantachtig web tegen de strakblauwe winterhemel. Hier kwam Cecilia tot rust en zag ze de dagelijkse beslommeringen in een juist perspectief. Haar gedachten gingen uit naar haar kleindochter. Een diepe rimpel verscheen tussen haar wenkbrauwen. Hubert had erop gestaan dat zijn dochter een eenpersoonskamer kreeg.
'Mijn dochter hoeft niet lastig te worden gevallen door gepraat van vreemden,' had hij gezegd. 'Ze heeft rust nodig.'
Cecilia was het niet met hem eens geweest. 'Huub, het is gezelliger als er één of meer personen bij elkaar op een kamer liggen. Niet iedereen kwebbelt er maar op los. Er zijn ook een heleboel aardige patiënten. Lotte heeft dan tenminste wat aanspraak,' had ze gezegd, maar het was praten tegen dovemansoren geweest, haar zoon bleef op zijn standpunt staan.

Natuurlijk was Edgar het met hem eens geweest. Een kamer met meerdere personen? Hoe kwam iemand op het idee. Onbespreekbaar.

Edgar... De rimpel in het voorhoofd van Cecilia verdiepte zich. Iedereen, inclusief Edgar was dolgelukkig geweest toen Lottemarie uit het coma was ontwaakt. Hij had Lottemarie overladen met rode rozen, parfums en dozen bonbons. Ze hadden zelfs gepraat over het bepalen van een nieuwe datum voor de huwelijksaankondiging. Alles leek goed en Cecilia was bijna geneigd geweest om Edgar Broese aardig te gaan vinden. Stom, ze zou er op het laatste moment toch nog zijn ingetuind, maar sinds het laatste bezoek van bijna een week geleden – een week nota bene! – was hij niet meer op komen dagen en had hij niets meer van zich laten horen. Niemand wist waar hij uithing. Wat haar nog meer verontrustte, was dat Margot van Lansschot ook niet meer op bezoek kwam. Lottes vriendin zat in Londen volgens zeggen, maar Cecilia was daar niet zo zeker van. Ze had zomaar een bang vermoeden, of had ze te veel fantasie en zag ze beren en leeuwen op de weg die er niet waren? Margot van Lansschot. Brutaal meisje. Was vanaf de kleuterschool de hartsvriendin van Lottemarie. Cecilia had de vriendschap nooit kunnen begrijpen. Ze hield het er maar op dat uitersten elkaar aantrekken. Margot, niet mooi, niet aardig, wel geestig en ad rem en ze had dat ondefinieerbare waardoor veel mannen zich onweerstaanbaar tot haar aangetrokken voelden, als beren tot een pot honing. Margot was ook nooit afkerig geweest van een flirtpartijtje met Edgar. Lottemarie had dat altijd vergoelijkt en er geen kwaad in gezien. Ongelooflijk, zo naïef dat kind altijd was. Cecilia's gedachten keerden weer terug naar de vriend van Lottemarie. Edgar... Zijn afwezigheid zou zeker niet de genezing van haar kleindochter bevorderen. Daar maakte Cecilia zich druk om. De schrale oostenwind deed haar rillen. Kom, het werd tijd om naar huis te gaan. Dan zou ze zich klaarmaken om naar het ziekenhuis te rijden.

Hoofdstuk 2

Lottemarie lag nog te slapen toen haar grootmoeder op bezoek kwam.

Cecilia keek naar het gezicht van haar kleindochter. De diepe, overdwarse snijwond op het voorhoofd was dicht, maar vormde nog steeds een vurig rood litteken. Een van de chirurgen had met klem verzekerd dat na verloop van tijd het litteken amper meer te zien zou zijn. De kleine snijwonden in het gezicht die al eerder geheeld waren, vormden een wirwar van roze lijntjes op de vroeger zo smetteloze huid. Haar kleindochter zou nooit meer haar baan kunnen oppakken, dacht Cecilia. Haar blik dwaalde naar het smalle, hoge nachtkastje waarop een stapel ansichtkaarten lag met bovenop een smalle envelop zonder postzegel. Op de witte brief stond alleen maar een naam in kleine letters geschreven. Haar hart begon opeens met zware slagen te bonzen. Gebiologeerd staarde Cecilia naar de envelop. Zou ze…? Zo erg was het toch niet om te kijken wie de afzender was? Ze zou het niet in haar hoofd halen om hem te openen en vervolgens te lezen. Als ze iets verafschuwde, was het wel het lezen van post die niet voor haar ogen bestemd was.

Aarzelend stak ze haar hand uit en pakte de envelop waarop alleen maar de naam Lottemarie was geschreven. Toen draaide ze de envelop om. Edgar, meer niet. Een lichte duizeling beving haar. Wanneer en door wie was deze brief bezorgd? Had Edgar hem zelf gebracht of had hij hem bij de receptie afgegeven? Dit was mis, zeker weten. Kon ze die brief maar laten verdwijnen, maar vroeg of laat zou de waarheid toch aan het licht komen. Intuïtief kende ze de inhoud.

Cecilia legde de brief onder op de stapel en ging naast het bed zitten.

Heel langzaam opende Lottemarie haar ogen. 'Hoi oma,' zei ze fluisterend.

'Dag lieverd, hoe gaat het ermee?'

'Gaat wel. Alleen mijn hele lichaam doet nog steeds pijn als ik ademhaal.'

'Dat komt door die gekneusde ribben.'

'Zit u hier al lang?'

'Nee, nog maar een paar minuten.'

'Waar blijft Edgar? Ik maak me zulke zorgen, oma. Hij zou toch niet ziek zijn? Misschien heeft hij ook wel een ongeluk gehad.'

'Welnee Lotje, hoe kom je erbij. Dan hadden we heus wel bericht gehad van zijn familie. Je ziet er goed uit.' Cecilia manoeuvreerde behendig naar een veiliger onderwerp.

'Ja hoor, oma, ik zie er geweldig uit,' merkte Lottemarie zacht-spottend op. 'Heeft u mijn huid gezien en dat afschuwelijke litte-ken op mijn voorhoofd alsof ik een piraat ben? En dan die rare bobbel op mijn kaak...'

'Lotje, dat komt allemaal goed,' zei haar grootmoeder beslist. 'Die littekens trekken weg en ook die zwelling bij je kaak verdwijnt op den lange duur, maar je moet geduld hebben.'

'Ik zal nooit meer model kunnen zijn.' Lottemarie keek haar grootmoeder aan.

'Ja, daar heb je gelijk in,' gaf Cecilia Mazurel toe. 'Vind je het heel erg?'

Lottemarie haalde haar schouders op. Natuurlijk vond ze het ellendig dat ze geen model of mannequin meer kon zijn, maar ten diepste vond ze het geen ramp. Hoewel ze een redelijke kans had gemaakt om de top te bereiken, had het haar soms toch aan heilig vuur ontbroken.

Misschien kwam dat wel omdat de wereld van glitter en roem haar behoorlijk was tegengevallen. Dat eindeloze gevecht om de opdrachten en de niet-aflatende jaloezie van collega's... Vanzelf-sprekend hield ze van de luxe, het geld, de complimenten en de overvloedige aandacht die ze overal kreeg, maar de baan zelf vond ze slopend. Altijd weer dat eindeloos oppassen op je lijn en het steeds weer moeten volgen van diëten, omdat de couturiers hun ontwerpen maakten voor maatje 34/36.

'Er zijn toch nog genoeg andere dingen die je kunt doen?' onderbrak de stem van haar grootmoeder haar gedachtestroom.

'O ja, wat dan?' vroeg Lottemarie lusteloos.

'Je kunt bijvoorbeeld heel goed schilderen. Kun je daar niets mee doen?'

'Oma, dat geklieder... En op mijn leeftijd kun je toch niet meer naar een kunstacademie gaan? Ik zie mij al zitten tussen al die pubers. Vreselijk!' antwoordde Lottemarie een beetje ongeduldig.

'Word nu eerst maar beter,' zei haar grootmoeder.

'Waar blijft Edgar nou? Ik vind het raar dat ik bijna een week niets van hem heb gehoord. Wat zou er aan de hand zijn? Misschien wil hij toch niet meer verder met mij. Ik zie er niet uit. En dat Margot uitgerekend nu in Londen moet zijn. Ik mis haar zo. Ze is zo grappig, oma. Altijd heeft ze wel een leuk verhaal om te vertellen. Jammer dat ze er niet is.'

'Tja,' zei Cecilia. Ze haalde lichtjes haar schouders op en draaide haar hoofd weg.

Plotseling keek Lottemarie haar grootmoeder aandachtig aan. Er was iets aan de hand, wist ze opeens heel zeker, maar wat? 'Weet u iets wat ik niet weet of mag weten?' vroeg ze argwanend.

Cecilia zuchtte even. Dat uitgerekend zij nu degene was die aanwezig moest zijn bij het lezen van de rampzalige brief, maar misschien was het ook wel juist de bedoeling van Hogerhand. Met een beslist gebaar greep ze het stapeltje post en legde dat in de geopende, nog steeds verbonden handen van haar kleindochter. 'Alsjeblieft.'

Lottemarie bekeek de stapel. Ze schoof de ansichtkaarten met een achteloos gebaar weg en hield alleen de brief in haar handen. 'Edgar?' zei ze gespannen.

'Kunt u even de envelop voor me openmaken?'

Grootmoeder Cecilia ritste de envelop open, haalde de brief eruit en gaf deze opengevouwen aan haar kleindochter. Terwijl Lottemarie begon te lezen, trok ze spierwit weg, haar mond viel een stukje open, haar ogen werden groot van verbijstering. Ze slikte en schudde ongelovig haar hoofd.

'Wat is er, lieverd?' vroeg Cecilia bezorgd.

Lottemarie schoof de brief zwijgend over de dekens naar haar grootmoeder toe.
Deze pakte de brief van het bed en begon halfluid te lezen.

Lieve Lotte,
Met pijn in mijn hart schrijf ik deze brief, maar ik moet wel, omdat het me heel moeilijk valt om elke keer bij je op bezoek te gaan. Je hebt altijd uitdrukkelijk gezegd dat we eerlijk tegenover elkaar moeten zijn, ook al zou het vlak voor ons huwelijk zijn. Misschien heb je het wel gemerkt, maar de laatste tijd lopen bepaalde dingen tussen ons niet zo van een leien dakje. Dat merkte ik vooral tijdens ons telefoongesprek vlak voor je ongeluk. Je wantrouwde me en dat neem ik niet. Lieve Lotje, ik ben tot de ontdekking gekomen dat ik niet het type ben om me te binden. Jij hebt iemand anders nodig, een rustige, aardige, degelijke man die meer bij je past en ik val meer op een iets boeiender persoonlijkheid. Het spijt me echt, maar ik kan niet anders. Ik hoop dat je snel beter wordt. Doe je ouders de groeten van me. Het ga je goed.

Edgar

'Wat een vreselijke oneerlijke en huichelachtige brief,' zei Cecilia wit van drift. Er kwam een waas voor haar ogen. Waarom dan die rozen en dozen bonbons gestuurd, vroeg ze zich af. Die afschuwelijke lammeling had niet eens het lef gehad om langs te komen en het mondeling uit te maken. Zo'n brief schrijven en denken dat je ermee weg kon komen. De meest afschuwelijke straffen welden opeens in haar op. Als Edgar Broese nu voor haar stond, had ze hem met zijn hoofd tegen de kamermuur kunnen beuken. Cecilia haalde diep adem en probeerde de vreselijke gedachten weg te duwen. Even sloot ze haar ogen, toen keek ze haar kleindochter aan. 'Hij is het niet waard dat je één traan om hem laat,' zei ze uiterlijk kalm, maar vanbinnen raasde de woede door haar heen.
Lottemarie huilde niet. Ontredderd keek ze naar het stuk papier in de handen van haar grootmoeder. Ze kon geen woord meer uitbrengen, want haar keel zat dicht. Haar adem kwam moeilijk. De klap was zo hard aangekomen, dat ze nauwelijks kon nadenken.

Dit gebeurt niet echt, dacht ze ontdaan. Dit is een nachtmerrie waaruit ik straks wakker word. Dan ben ik weer gelukkig en lach ik om de vreselijke woorden die ik zogenaamd gelezen heb. Maar toen ze naar het gezicht van haar grootmoeder keek, zag ze dat de brief geen waanbeeld was. Ze sloot haar ogen om het medelijden niet te hoeven zien. Dit wilde ze echt niet. Waarom overkwam haar deze ellende? Had ze iets verkeerds gedaan, maar wat dan? Een boeiender persoonlijkheid, wat of wie bedoelde hij daarmee? Edgar en zij hadden toch intens van elkaar gehouden? Daar kon toch niet zomaar een eind aan komen? Of kwam het door haar ongeluk dat Edgar misschien niet leven kon naast iemand met een beschadigd gezicht en daarom naar een excuus zocht? Lottemarie opende haar mond maar sloot hem gelijk weer. Nog steeds kon ze geen woord uitbrengen.

Cecilia keek gespannen haar kleindochter aan. 'Zeg wat,' drong ze aan.

Lottemarie haalde diep, maar moeilijk adem. 'Ziet u wel dat ik gelijk heb?' mompelde ze toen met schorre stem. Ze keek haar grootmoeder bijna beschuldigend aan.

'Wat bedoel je, Lotje?' vroeg Cecilia.

'Dat elk geluk zijn prijs heeft. Dat zei ik toch? Tegenover elk geluk staat een portie ongeluk. En u zei...' Ze maakte de zin niet af maar haalde alleen krampachtig haar schouders op.

Cecilia herinnerde zich de woorden en wist even niets te antwoorden. 'Liefje...' Troostend streek ze over de met gipsverband omwikkelde handen van haar kleindochter. Ze keek naar het inwitte gezichtje. Wat moest ze in vredesnaam zeggen? Dat Edgar Broese een laffe ellendeling was en dat zij hem altijd had doorgehad? Daarmee hielp ze Lottemarie niet. Eén zin in de brief begreep ze niet. 'Wat bedoelde hij met dat telefoongesprek?' informeerde ze toen voorzichtig.

'Ik belde hem toen ik op weg naar huis reed. Ik hoorde een vrouw lachen. Toen ik vroeg of er iemand bij hem was, werd hij een beetje boos en zei dat ik niet zo wantrouwend moest zijn. Er was niemand bij hem. Hij keek naar de tv, zei hij. Hij had haast en maakte bijna meteen een eind aan het gesprek,' antwoordde Lottemarie toonloos.

'De leugenaar,' mompelde haar grootmoeder voor zich uit.

In de gang klonken stemmen en het geluid van naderende voetstappen. Even later ging de deur open en de ouders en broers van Lottemarie stapten binnen.

'Wat is hier aan de hand?' Hubert Mazurel keek verbaasd naar de verslagen gezichten van zijn moeder en zijn dochter.

Grootmoeder Mazurel schudde alleen maar haar hoofd, terwijl Lottemarie zonder ook maar een woord te zeggen haar hand optilde en op de brief wees die op de dekens lag.

Lottes vader wilde de brief pakken, maar haar moeder was haar voor. 'Van wie is die?' wilde ze kribbig weten.

'Lees maar,' fluisterde Lottemarie. Nog steeds waren haar ogen droog. Nog steeds kon ze niet bevatten wat er in de brief stond.

'Nee hè, wat is er gebeurd? Hadden jullie soms ruzie? Dit kan niet, dit kan echt niet!' riep Nandine plotseling overstuur uit. Edgar, charmante Edgar over wie ze altijd opschepte tegenover haar bridgevriendinnen; Edgar met zijn geweldige baan, zijn interessante vrienden, deze Edgar had het uitgemaakt met haar dochter! En wat bedoelde hij met dat telefoongesprek? Ze keek haar dochter aan die nog steeds met een versteend gezicht voor zich uit staarde. 'Liefje, hij komt heus terug, hoor. Hij is natuurlijk wat in de war door dat ongeluk,' begon ze manmoedig. 'Je zult zien...' Ze maakte haar zin niet af.

Lottemarie keek haar moeder aan. Wat kletste mam nu? Edgar kwam niet terug, daarvoor kende ze hem te goed. Edgar hield alleen van interessante, rijke, maar vooral boeiende vrouwen en niet van saaie meiden met een beschadigd gezicht.

Ook Cecilia keek haar schoondochter met enige scepsis aan. Had Nandine wel hersens? Wat Hubert in die oppervlakkige vrouw had gezien, was haar werkelijk een raadsel. Nou ja, mannen lieten zich vaak bedotten door een lief gezichtje en een kirrende lach. En nu was Nandine volledig van de kook.

'Mag ik de brief ook lezen?' vroeg Hubert aan Lottemarie.

Zijn dochter knikte.

Huberts ogen gleden haastig over de inhoud van het papier. Heel langzaam schudde hij niet-begrijpend zijn hoofd. Toen keek hij zijn dochter aan. 'Die man zet nooit meer een voet in ons huis,' zei hij kalm.

'Maar ik houd van hem, papa!' fluisterde Lottemarie opeens schor. 'Ik kan er niets aan doen. Ik houd van hem, wat jullie ook zeggen. Ik kan niet zonder hem!' Haar prachtige warmbruine ogen werden donker van verdriet.

'Och lieverd.' Hubert Mazurel streek met een liefkozend gebaar over het hoofd van zijn dochter. 'Het is echt over, Lotje,' zei hij zacht. 'Stel je daar maar op in. En als hij terug zou komen, ik zeg als, dan nog kun je niet terug. Je zou altijd bang zijn dat hij op zekere dag weer genoeg van je kreeg. Je zou hem altijd blijven wantrouwen en dat is geen goede basis voor een huwelijk.'

Het meisje kromp in elkaar bij deze woorden. 'Maar...' begon ze tegen beter weten in. Ze schudde haar hoofd. Wanhopig keek ze haar vader aan. De pas geheelde snee over haar voorhoofd gloeide vurig en de overige littekentjes tekenden zich felroze af op de bleke huid. Haar maag kromp ineen van verdriet en veroorzaakte een schrijnende pijn. Ze voelde zich diep vernederd. Alle woorden van troost die om haar heen klonken, troffen geen doel. Ze dacht alleen maar aan één ding: Edgar had haar verlaten omdat zij niet mooi, niet boeiend genoeg voor hem was. Die wetenschap deed meer pijn dan haar gebroken polsen, haar gekneusde ribben en halswervels en de pijnlijke plekken in haar gezicht bij elkaar.

De volle omvang van de afschuwelijke werkelijkheid drong plotseling tot haar door. Edgar was voorgoed verdwenen. Ze barstte in tranen uit. Het schorre, moeilijke geluid vulde de kamer.

Verslagen keek iedereen toe.

'Och mijn liefje, mijn liefje.' Oma Mazurel sloeg de armen om het radeloos huilende meisje heen.

'Wij gaan maar,' zei Hubert zacht. Hij begreep dat toeschouwers op dit moment niet gewenst waren. Zacht maar dwingend duwde hij zijn tegenstribbelende vrouw en zonen de kamer uit. Nandine

wilde per se blijven. Zij was de moeder. Cecilia moest niet denken...
Maar de arm van Hubert Mazurel duldde geen tegenwerking.
'Ik... houd... van... hem...' snikte Lottemarie met schorre tranenstem.
Cecilia wiegde haar kleindochter zacht heen en weer. 'Stil maar,' fluisterde ze. 'Stil maar.'

Op de gang bleven ze even staan. Hubert zuchtte diep en Nandine snufte verontwaardigd in haar zakdoek. Altijd weer Cecilia die zich op de voorgrond drong. En wat was er in vredesnaam met Edgar gebeurd? Ze begreep er niets van.
'Hij is verliefd op Margot,' klonk het opeens uit de mond van Daniël, de jongste broer van Lottemarie.
Er viel een stilte in de gang. Verbaasd keken de ouders naar de jongen die schutterig heen en weer wiebelde op zijn benen.
'Echt waar,' herhaalde Daniël heftig knikkend met zijn hoofd.
'Wat bedoel je?' vroeg Hubert. Wantrouwend keek hij zijn jongste zoon aan. Daan zat toch niet te fantaseren?
'Hij heeft gelijk, pap, die Edgar is een misselijke klojo. Al heel lang houdt hij het met Margot. Die griet zit waarschijnlijk niet in Londen, maar bij hem,' merkte Niek, de andere broer van Lottemarie venijnig op.
'Ik kan het bijna niet geloven,' merkte Nandine verontwaardigd op en schudde ongelovig haar hoofd. 'Dat kan niet waar zijn. Zoiets zouden Edgar en Margot nooit doen. Margot is haar hele leven al het vriendinnetje van onze Lotte geweest. Ze zit wél in Londen. Jullie verzinnen maar wat.'
'O ja? O ja?' riep Daniël verontwaardigd met overslaande stem uit. 'We hebben ze zelf samen zien zoenen... in de tuin... onder de appelboom, hè Niek?' De jongste Mazurel keek hulpzoekend naar zijn broer.
'Hij heeft gelijk, mam, ik was erbij,' viel Niek zijn broertje bij.
'Waarom hebben jullie dan niets gezegd?' wilde Hubert Mazurel weten.

'We wilden Lotje geen pijn doen,' merkte Niek op. 'We dachten dat het wel over zou gaan. Maar dat ging het niet. Ik heb dat stel ook nog samen een keer in Zwolle gezien toen Lot in Amerika zat. Ze liepen gearmd en dachten zeker dat niemand hen zag. Nou, mooi wel.'

'Dom van jullie om niets te zeggen,' vond hun vader.

'Wat moeten we nu doen?' vroeg Nandine op huilerige toon.

'Niks,' antwoordde haar man laconiek. 'Er komt heus wel iemand anders voor Lotje.'

'Maar geen Edgar,' pruilde Nandine.

'De hemel zij dank niet,' vond Hubert Mazurel.

'Moeten we het niet aan Lottemarie vertellen?' vroeg zijn vrouw.

'Wat, dat verraderlijke gedoe tussen Edgar en Margot? Nee, Lotje heeft vandaag genoeg ellende gehad. Ze zal er vanzelf wel achter komen hoe de vork in de steel zit en dan is het vroeg genoeg. Wat een afschuwelijke toestand. Kon ik het kind maar helpen.' Hubert Mazurel zuchtte diep.

De dagen gingen langzaam voorbij.

Wat de broers allang wisten, was nu ook pijnlijke waarheid geworden voor Lottemarie.

Margot stuurde eveneens een brief. Ook nu weer was Cecilia op bezoek bij haar kleindochter toen een vrijwilligster de post binnenbracht.

'U hebt heel wat vrienden,' zei de vrouw en overhandigde Lottemarie een bundeltje kaarten en brieven.

Lottemarie nam de post door en hield dadelijk een brief omhoog. 'Hèhè, wat duurde dat lang,' zei ze. 'Eindelijk een levensteken van Margot. Oma, maakt u hem even open.'

Toen Lottemarie de opengevouwen brief in haar handen kreeg, begon ze halfluid te lezen.

Lieve Lot,
Het valt me vreselijk zwaar om deze brief te schrijven, vooral nu je dat ongeluk hebt gehad, maar ik kan het niet langer uitstellen. Je hebt

gezegd dat we altijd ons hart moeten volgen. Die raad heb ik opgevolgd. Edgar en ik hebben elkaar gevonden. Ik vind het zo pijnlijk om dit te moeten schrijven, Lotje. Misschien heb je dat diep in je hart ook wel geweten. Edgar en ik, we zijn two-of-a-kind. Ik had je deze pijn graag bespaard, Lot. Ook Edgar vindt het vreselijk, dat kun je wel nagaan.

Natuurlijk is het ellendig om aan de kant te worden gezet. Ik voel zo met je mee. Toch hoop ik dat je ons kunt begrijpen. Eigenlijk reken ik er zelfs op. Jij bent altijd zo grootmoedig.

Ik vertrouw erop dat we vriendinnen blijven. We hebben tenslotte samen zoveel meegemaakt. Gaat het al wat beter met je? Schrijf me even, zo gauw je daartoe in staat bent. Bellen mag ook, zodat we weer een afspraak kunnen maken.

Kusjes, Margot

Verbijsterd keek Lottemarie haar grootmoeder aan, verbijsterd over het verraad van haar vriendin en haar vriend. De botheid en het egoïsme van de brief brachten haar volledig van haar stuk.
'Ik kan het bijna niet geloven, oma,' zei ze tegen Cecilia. 'Margot! Hij is verliefd geworden op Margot, nota bene mijn allerbeste vriendin! Ik heb haar altijd zo vertrouwd.'
'Och Lotje.' Cecilia moest moeite doen om niet in een driftbui uit te vallen. Die ellendige meid, zo harteloos, zo lomp, zo zonder enig medeleven.
'Waarom heb ik niets gemerkt?' vroeg Lottemarie bitter. Ze keek haar grootmoeder wanhopig aan. 'Ze was toch mijn vriendin? Zoiets verwacht je toch niet, of ben ik nu zo naïef?' Lottemarie zweeg. 'Nou begrijp ik ook...' fluisterde ze opeens.
'Wat begrijp je ook, liefje?' vroeg haar grootmoeder.
'Ik heb me die middag voor Kerst dus toch niets ingebeeld,' zei Lottemarie. 'Het was natuurlijk Margot die toen bij Edgar zat. Daarom vond ik die lach zo bekend voorkomen. En ik maar denken dat het iemand van de televisie was.'
Tranen van verdriet en vernedering, maar ook van opkomende woede gleden plotseling over haar gezicht. Hoe had ze zo stom

kunnen zijn om niet te zien wat er zich onder haar ogen afspeelde. Wat was ze argeloos en stom geweest.

Met weloverwogen gebaren verscheurde ze de brief. 'Wilt u hem even weggooien?' vroeg ze aan haar grootmoeder.

Haar zelfrespect had een enorme deuk opgelopen. Ze was ervan overtuigd dat ze saai was en niet de moeite waard. Wat haar nog aantrekkelijk had gemaakt, haar breekbare schoonheid, was ook nog van haar afgenomen.

'Margot,' fluisterde ze bitter. Als Margot er niet was geweest...

Na een paar dagen mocht Lottemarie naar huis.

'Zullen we haar kamer niet even behangen en opnieuw inrichten?' stelde Nandine voor. 'Lotte zal de eerste maanden heus wel thuis blijven wonen.'

'Lieve kind, ik vind het een geweldig idee, maar niet voor dit moment,' merkte haar man zachtmoedig op. 'Lotje is in één klap alles kwijtgeraakt: haar vriend, haar vriendin en haar baan. Alles is veranderd. Laat haar kamer maar met rust. Dan heeft ze tenminste iets vertrouwds waarin ze zichzelf kan zijn.'

Maar Nandine was wel zo slim geweest om alle foto's van Edgar Broese te verwijderen die op de toilettafel en de ladekast in de kamer van haar dochter stonden.

Zo keerde Lottemarie Mazurel op een donkere winterdag in februari naar huis terug. Tussen haar vader en Niek in strompelde ze de grote hal binnen.

'Ik wil liever meteen naar mijn kamer,' zei ze toen haar moeder voorstelde dat ze de koffie in de verwarmde serre zouden gebruiken.

Ondersteund door haar broer en haar vader liep Lottemarie de trap op, terwijl haar grootmoeder achter hen aan kwam.

'Zal ik je even helpen bij het uitkleden, Lot?' vroeg grootmoeder Cecilia.

Nog steeds zat er verband om de polsen van haar kleindochter en dat veroorzaakte moeilijkheden bij het aan- en uitkleden.

Uitgeteld lag Lottemarie even later op bed en trok het dekbed over zich heen.

'Probeer maar wat te slapen,' raadde Cecilia haar aan. Ze trok de overgordijnen dicht en verliet de kamer.

Lottemarie staarde in het halfdonker naar het plafond waarop nog steeds de lichtgevende sterretjes zaten die ze, toen ze pas naar het vwo ging, in een enthousiaste bui had opgeplakt. 's Nachts had ze zich dan een soort prinses gewaand die in een sprookjeswereld leefde. Ze glimlachte bitter: sprookjeswereld.

Haar ogen dwaalden naar de ladekast die tussen de twee ramen stond. Onmiddellijk ontdekte ze de lege plek waar de grote foto van Edgar had gestaan. Die foto had ze genomen toen ze op een stormachtige dag over het Noordwijkse strand hadden gewandeld. Edgar, wijdbeens met zijn hoed achter op zijn hoofd, zijn armen over elkaar, een branieachtige trek op zijn gezicht waarin zijn stralende ogen uitdagend de wereld aankeken. Tranen gleden vanuit haar ooghoeken langs haar slapen op het kussen. Hoe zou ze ooit over dit gemis heen komen, dacht ze wanhopig. Kon ze maar razen, tieren…

Ondanks het diepe, uitputtende verdriet of misschien wel juist daardoor, viel ze in slaap. Ze werd wakker doordat iemand zacht op de deur klopte. Het was Niek. Hij stak zijn hoofd om de deur en liep toen op zijn tenen naar binnen. Terwijl hij zich langzaam op het bed liet zakken, zei hij fluisterend: 'Mam was ongerust, omdat je zo lang sliep. Daarom moest ik even van haar kijken of het wel goed met je ging. Je hebt hartstikke lang geslapen, Lot. Gaat het weer een beetje?' De jongen leunde met zijn ellebogen op zijn knieën, zijn handen bungelden doelloos tussen zijn benen. Niek Mazurel leek het meest op zijn grootmoeder Cecilia, net zo slim, scherp, zelfbewust en kalm. Maar waar Niek zich nog weleens tot een ongecontroleerde uitval liet verleiden, bleef zijn grootmoeder de beheersing zelve.

Lottemarie duwde het dekbed een stukje van zich af, kwam overeind en knikte soezerig. Het bleef een korte tijd stil.

'Vind je het heel erg dat je niet meer op die omslagen komt te staan?' Niek wees met zijn hoofd naar een stapel modebladen die in een hoek van de kamer lag.

Lottemarie antwoordde niet meteen. Het leek alsof ze naar woorden moest zoeken.

'Mensen zien alleen maar de buitenkant van mijn baan,' begon ze aarzelend. 'Bewonderd worden, mooie kleren dragen, over de hele wereld reizen, complimentjes krijgen en veel, heel veel geld verdienen. Ze zien me niet als ik moederziel alleen in een hotelkamer zit met heimwee en vooral verveling. En dan die afschuwelijke jaloezie waar je tegen op moet boksen, het eeuwig moeten letten op je lijn... Die dingen zien mensen niet.'

'Dus dat van die baan vind je niet zo erg?'

Lottemarie schudde haar hoofd, maar voegde er toen op bijna verontschuldigende toon aan toe: 'Er gebeurden ook hele leuke dingen. Je ontmoet vaak interessante mensen. Verleden jaar heb ik tijdens een diner in New York naast Leonardo Di Caprio gezeten.'

'Leonardo Di Caprio? Wauw! Maar waarom heb je ons dat nooit verteld?' vroeg Niek verontwaardigd.

'Ach, dat staat zo opschepperig.'

'Je bent niet goed snik. Dat is toch niet opschepperig? Zal je mam over horen. Die bazuint het alsnog rond tegen haar vriendinnen. Leonardo Di Caprio...' Er klonk oprechte bewondering door in Nieks stem.

Lottemarie begon te glimlachen. Toen werd ze weer ernstig. 'Maar ik weet echt niet wat ik nu moet doen. Ik heb alleen maar een opleiding tot fotomodel en mannequin gevolgd en die is nu volledig waardeloos.'

'Ach wat, je bent toch hartstikke creatief! Doe een beroepkeuzetest.'

Lottemarie haalde lusteloos haar schouders op. Het ergste was het verdriet om Edgar, maar dat kon ze haar broer niet uitleggen. Ze wist hoe hij over Edgar dacht, evenals hun grootmoeder.

'Houd je nog steeds van hem?' vroeg Niek, alsof hij haar gedachten raadde.

Lottemarie knikte.

'Na alles wat hij je heeft aangedaan met die misselijke meid, Margot van Lansschot? Ik begrijp je echt niet. Ik zou razend zijn.'
Natuurlijk was ze razend op Edgar en vooral op Margot, maar daarnaast hield ze nog steeds van Edgar Broese. Hoe moest ze Niek uitleggen dat liefde niet zomaar op bevel kon verdwijnen? Haar broer zou dat niet kunnen begrijpen. Misschien was hij daarvoor ook nog wel te jong, dacht Lottemarie.
Er viel een stilzwijgen. Niek keek haar onderzoekend aan. Toen zei hij grinnikend: 'Een geluk bij een ongeluk is dat je nooit meer naar die stomme familie van hem hoeft te gaan.'
Ondanks haar verdriet verscheen er een flauwe glimlach op het gezicht van Lottemarie. 'Daar heb je wel gelijk in,' gaf ze toe. Wat had ze een hekel gehad aan die luidruchtige, snobistische familie van Edgar. Zijn moeder spande de kroon met haar manipulatieve karakter. Vanaf de allereerste dag had Lottemarie een hekel aan haar gehad en dat gebrek aan liefde was wederzijds geweest.
Maar als ze Edgar terug kon krijgen door elke dag bij die vrouw op bezoek te moeten gaan, dan deed ze het, wist Lottemarie zeker. 'Nou, dan ga ik maar weer. Maak je maar geen zorgen, Lot. Alles komt goed, zul je zien. 'k Zie je.' Niek Mazurel stond op en verliet de kamer.

De lente brak aan. De tuinen om Landsweerde bloeiden. Groepjes krokussen, sneeuwklokjes en narcissen prijkten als kleurige perkjes in de zwarte aarde onder de kale bomen.
Lottemarie was alweer tweeënhalve maand thuis. Met de moed der wanhoop probeerde ze de draad van haar leven op te pakken, maar dat lukte niet erg. Steeds weer dwaalden haar gedachten af naar die afschuwelijke gebeurtenis in januari. Machteloze woede en schrijnend verdriet wisselden elkaar af. Ze pijnigde zichzelf met de vraag wat nu precies de aanleiding was geweest tot de breuk, maar ze vond het antwoord niet. Was het van haar kant dus inbeelding geweest dat Edgar en zij van elkaar hielden? Dat kón ze niet geloven. Uiteindelijk schoof ze de schuld volledig op Margot van Lansschot. Die had Edgar natuurlijk verleid met haar flirterig

gedrag en aanstellerige lachjes. Grootmama Cecilia had haar gewaarschuwd, maar Lottemarie had luchtig haar schouders opgehaald en de waarschuwing in de wind geslagen. Zo'n flirtpartijtje kon toch geen kwaad?

Af en toe werd ze midden in de nacht wakker en dacht ze dat ze nog steeds droomde; dat het niet waar was wat haar was overkomen; dat Edgar nog steeds haar vriend was en van haar hield. Maar die momenten duurden niet lang. Dan drong de realiteit van het verraad weer in haar volledige omvang tot haar door en werd ze overmand door verdriet, maar ook door boosheid.

De toezegging van de chirurg dat de meeste littekens weg zouden trekken en haar gezicht bijna weer de oude vorm zou hernemen, was niet uitgekomen. Ze moest een heleboel make-up gebruiken om de littekentjes van de kleine snijwonden weg te werken en de linkerkaaklijn vertoonde een onveranderlijke zwelling. Nog steeds was Lottemarie een mooie, jonge vrouw, maar de adembenemende schoonheid was verdwenen. Haar lange haren had ze af laten knippen. In de plaats daarvan droeg ze een kort kapsel waarbij donkere haarlokken over haar voorhoofd vielen zodat het diepe, lange litteken niet meer zo opviel.

'Je moet meer eten, Lotje, want je bent echt te mager,' sprak Nandine afkeurend.

'Ik heb geen trek,' antwoordde Lottemarie lusteloos en trok zich terug in de grote serre aan de achterkant van het huis. Met nietsziende ogen keek ze naar het ontluikende leven in de tuin.

Zelfs als ze samen met haar moeder of grootmoeder winkelde, verliet de herinnering aan Edgar haar niet. Soms meende ze hem te herkennen in iemand die voor haar liep: die typische stand van zijn hoofd of een glimp zonlicht die op een blond mannenkapsel viel. Maar steeds bleek het op een vergissing te berusten en werd ze weer overvallen door het rampzalige gevoel van verlatenheid en gemis.

Uiteindelijk werd de sfeer thuis volledig bepaald door de verbroken relatie van Lottemarie en iedereen kreeg er schoon genoeg van. Het was dan ook een kwestie van tijd dat de bom zou barsten. Eind april was het zover.

Lottemarie, haar moeder en haar broers zaten bij elkaar in de woonkamer. Lottemarie zat ineengedoken op een bank en staarde met een apathisch gezicht voor zich uit. Ze zag op tegen het begin van elke dag en wist werkelijk niet hoe ze die door moest komen. Het liefst bleef ze in bed liggen met het dekbed ver over zich heen getrokken. Steeds zag ze in gedachten het beeld van Edgar en Margot innig gearmd, slenterend door Londen of Parijs of Praag. Praag? Oh nee, niet Praag, alsjeblieft geen Praag! Twee jaar geleden was zij daar samen met Edgar in de herfst geweest. Urenlang hadden ze gedwaald door de straatjes van de Joodse Wijk, langs het kleine, armelijke geboortehuis van de schrijver Franz Kafka – ze had meteen begrepen waarom die man zulke intens treurige en sombere boeken had geschreven – over de oude pleinen met de monumentale gebouwen en de gevels in jugendstil. In haar verbeelding zag ze de imposante bruggen over de Moldau waarop de kooplieden hun ansichtkaarten, posters, speelgoed en goedkope sieraden probeerden te slijten.

Ze kon bij wijze van spreken nog de geur van brandend houtskool ruiken die van de kleine vuren afkwam waarop allerlei etenswaren werden geroosterd. En dan het bezoek aan de Sint Vituskathedraal hoog op de Burcht. De meeste indruk hadden de schitterende, gebrandschilderde glas-in-lood-ramen gemaakt. De gouden herfstzon had erdoorheen geschenen, zodat het leek of de glasvoorstellingen in brand stonden. Ze was er bijna duizelig van geworden. Hand in hand hadden ze langs galerietjes en juwelierswinkels gedrenteld. De overweldigende hoeveelheid gouden sieraden die voornamelijk bezet waren met de wereldberoemde, dieprode Tsjechische granaten had een diepe indruk nagelaten. Met bewondering hadden ze voor de chique etalages gestaan waarin duur Boheems kristal lag uitgestald. Het bezoek aan Praag was een droomtijd waarin Lottemarie onbeschrijflijk gelukkig was geweest.

'Lieve Heer, alstublieft geen Praag, laat Edgar Margot niet meenemen naar Praag. Dat kan ik niet verdragen,' bad ze in stilte. Tranen welden op in haar ogen. Afschuwelijk, zij die vroeger nooit hoefde te huilen, kon nu elk moment in tranen uitbarsten.

'Ik snap echt niet dat je nog jankt om die stomme Edgar,' viel Daniël opeens uit. Zijn stem sloeg over van kwaadheid. Met felle ogen keek hij naar zijn zuster die voor de zoveelste keer de sfeer verknoeide met haar drupgezicht. Geschrokken veerde Lottemarie overeind. Haastig veegde ze met haar hand over haar ogen.

'Omdat ik van hem houd,' wilde ze ertegen inbrengen, maar Niek ontnam haar de gelegenheid en viel onmiddellijk zijn broer bij. 'Ik geef Daan groot gelijk. Je hebt inderdaad lang genoeg gejankt over die huichelachtige, gladde slijmjurk. Hou es op met dat gejank, Lot. Niemand durft iets te zeggen, omdat iedereen bang is dat je weer begint te snotteren over die gozer. Hij is je niet waard, zie dat nu eens in. Wees blij dat die onbetrouwbare kerel aan de haal is gegaan met Margot. Je kunt hem missen als kiespijn en die zogenaamde vriendin ook.'

Verslagen keek Lottemarie haar broer aan.

'Ik wil dat jullie onmiddellijk stoppen met die opmerkingen,' zei hun moeder geagiteerd. Vurige plekjes verschenen op haar wangen.

'Oh, mam, ben je soms ook verliefd op die gladjakker?' vroeg Niek smalend.

'Hoe durf je!' riep Nandine uit.

'Willen jullie dadelijk ophouden met dit geruzie.' Hubert Mazurel stond hoog opgericht in de deuropening. 'Jij en jij...' hij wees met een priemende wijsvinger naar de jongens. '... naar je kamer. En ik wil met jou even onder vier ogen praten,' zei hij vervolgens tegen Lottemarie. 'In de de serre,' voegde hij eraan toe.

De zon scheen door de glazen panelen. Lottemarie ging in een grote rotan tuinstoel zitten, maar haar vader bleef staan en keek aandachtig naar buiten, alsof er wonderveel te zien was. Toen draaide hij zich om naar zijn dochter. 'Wat ga je doen?' vroeg hij vriendelijk.

'Hoe... hoe bedoel je?' Lottemarie schuifelde onrustig heen en weer.

'Wel, wat zijn je plannen voor de toekomst? Ik vind het prima dat je hier bijkomt van de tegenslagen die op je weg zijn gekomen, maar wordt het niet eens tijd dat je iets zinvols aanpakt, Lotje?'

'Ik wil helemaal niet op jouw zak te teren. Ik heb nog geld genoeg op de bank.'

'Wie heeft het hier over geld?' Er verscheen een pijnlijke blik in de ogen van haar vader. 'Al zou je je hele leven hier willen blijven, ik zou er geen cent voor willen ontvangen en dat weet je. Je kwetst me met deze woorden, Lot. Het draait hier om heel iets anders. Het lijkt wel of er voor jou maar één persoon in de wereld bestaat, de rest van de mensheid telt niet meer mee. Je huilt maar en je huilt maar. Dit kan zo niet langer doorgaan. Je moet je gedachten verzetten en aan andere dingen denken. Wij zijn er ook nog. Wat denk je van een baan bij mij op de ontwerpafdeling?'

Hubert Mazurel bezat een groothandel in verpakkingsmaterialen met als specialiteit kartonnen dozen. Daarnaast beschikte hij over een eigen drukkerij, een speciale ontwerpafdeling die onder andere de opdrukken voor de verpakkingen verzorgde en een fotostudio voor de reclameafdeling. Via deze studio was zijn dochter terechtgekomen bij een modellenbureau.

Deze eigendommen hadden Hubert Mazurel geen windeieren gelegd. Hij was rijk, maar hij had zijn kinderen nooit in de watten gelegd. 'Als je iets wilt, moet je ervoor werken,' had hij zijn kroost altijd voorgehouden.

Nu keek hij zijn dochter aan en wachtte op antwoord.

Lottemarie haalde besluiteloos en ook een beetje beschaamd haar schouders op. Waarom was ze over het geld begonnen? Natuurlijk voelde haar vader zich gekwetst. En had ze zich werkelijk zo egoïstisch en huilerig gedragen?

'Pap, ik wilde je echt niet kwetsen, sorry. En wat betreft die baan... Ik weet het niet. Ik heb nog nooit iets ontworpen,' antwoordde ze ten slotte timide.

'Je moet iets doen, liefje en heus niet vandaag of morgen. Je mag alle tijd nemen die je nodig denkt te hebben, maar zonder werk ga je kapot aan deze verbroken relatie. Werken is het beste medicijn. Ik vraag me overigens af...' Hij maakte de zin niet af.

'Wat vraag je je overigens af?'

Hubert zuchtte even. 'Ik hoop dat je niet kwaad wordt,' zei hij aarzelend, maar ik vraag me af waar je trots is gebleven.'

'Mijn trots? Is het dan erg om van iemand te houden en verdriet te hebben, omdat die ander niet meer van jou houdt?' Tranen, die ze dapper probeerde tegen te houden, borrelden toch weer op in haar ogen. Met een ongeduldig gebaar streek ze ze weg.

'Vind je dit liefde? Lieve meid, dit noem ik bijna een verslaving.'

'Oh, en dan ben ik zeker aan het afkicken,' zei ze snuffend.

'Zo zou je het kunnen noemen. Je bent blind voor wat Edgar jou werkelijk heeft aangedaan.'

'Liefde is ook blind, papa. Hoe staat het er ook weer: de liefde bedekt alles, verdraagt alles...'

'Vergeet het maar, Lotje, liefde is niet blind. Als je van elkaar houdt, kun je elkaar heel liefdevol de waarheid zeggen. Jij verdoezelt wat Edgar heeft uitgehaald en schuift de volledige schuld op Margot. Dat is niet terecht, Lot. Margot heeft je behoorlijk veel ellende bezorgd – ik zal de laatste zijn die dat ontkent – maar Edgar is de hoofdschuldige. Hij deugt voor geen cent en het wordt tijd dat je dat inziet. Je moet weer echt gaan leven en Edgar volledig uit je hoofd zetten. Hij is jou niet waard.'

'Ik vind het zo vreselijk moeilijk, pap en ik voel me zo... zo waardeloos.' Lottemarie schudde wanhopig haar hoofd.

'Weet je wie waardeloos is? Edgar Broese.' De stem van Hubert Mazurel klonk voor zijn doen ongelooflijk streng. 'Die maakte, achter jouw rug om, jouw vriendin Margot het hof, vergeef me als ik me wat ouderwets uitdruk. Als dat liefde moet heten...'

Het bleef een lange tijd stil.

'Je hebt gelijk,' klonk het toen bijna deemoedig uit Lottemaries mond. 'Maar hoe ik me er ook tegen verzet, de gedachte aan Edgar spookt steeds door mijn hoofd en ik zie maar steeds zijn ogen.

Afschuwelijk. Kon ik hem maar vergeten. En ik vind het vooral moeilijk om toe te geven dat hij niet echt van me hield.'

'Lieve Lotje, dat is ook moeilijk, maar het is geen ramp. Jullie zijn gewoonweg niet voor elkaar bestemd. Waarom moet je je vernederd voelen, omdat iemand niet van je houdt? Daar kan niemand iets aan doen. Ik houd toch ook niet van mama's vriendin Aimee van Zanten? Dat hoeft gelukkig ook niet.' Hubert glimlachte even. Er verscheen ook een waterig lachje op het gezicht van Lottemarie. Aimee van Zanten... Een aanstelleriger mens kon ze zich niet voorstellen.

'Houd je van mama, pap?' vroeg ze toen voorzichtig.

'Waarom vraag je dat? Laat ik dat soms niet genoeg merken?'

'Nee, maar...' Ze durfde niet verder te gaan, bang om haar vader te kwetsen. Diep in haar hart vond ze haar vader en moeder niet bij elkaar passen, maar wie was zij om daarover te oordelen?

'Ik mag misschien wat introvert zijn, Lotje, maar ik houd veel van haar. Ik...'

De schuifdeuren van de serre werden weggeschoven. Nandine Mazurel dribbelde met kittige pasjes naar binnen met in haar handen een vol theeblad. Ze ving nog juist de laatste woorden van haar man op.

'Van wie houd je?' vroeg ze kribbig argwanend.

'Van jou, lieve kind,' antwoordde Hubert Mazurel. Een plagend lachje verscheen om zijn mond. Hij kneep zijn ogen toe van plezier.

'Oh.' Nandine kreeg een diepe kleur, maar haar ogen begonnen te stralen. Ze haalde verlegen schokkend haar schouders op.

In een flits begreep Lottemarie waarom haar vader verliefd was geworden op haar moeder en nog steeds van haar hield.

Een kleine glimlach verscheen op haar gezicht. 'Wie had je dan gedacht, mam?' vroeg ze. 'Papa met een nieuwe vlam?'

Met enige opluchting luisterde Hubert Mazurel naar de woorden van zijn dochter. Ze kon weer een grapje maken en nog wel over iets ellendigs wat ze zelf had ondervonden. Zou het herstel van haar gedeukte zelfrespect eindelijk intreden?

Lottemarie keek naar haar vader. Nee, het was onvoorstelbaar dat hij er een minnares op na zou houden.

Edgar Broese kon niet in de schaduw van haar vader staan, besefte ze, maar deze wetenschap maakte geen eind aan haar liefde voor hem.

'Wat voor baan zou je willen?' vroeg Cecilia een paar weken later aan haar kleindochter.

'Nou, u kunt beter vragen welke baan niet,' antwoordde Lottemarie. 'Ik deug niet voor de verpleging. Ik ga onmiddellijk over mijn nek bij het zien van bloed en als ze maar met een naald of spuit op me afkomen, val ik al flauw. Het onderwijs... Nee, ook niets. Daarvoor moet je ook een diploma hebben evenals voor de verpleging. En wat de huishouding betreft, ik heb twee linkerhanden. Nee oma, ik weet het niet.'

'Heb je de advertenties in de dagbladen weleens nagelezen? Koop zaterdag een paar kranten, dan zul je zien hoeveel advertenties er in staan. Misschien zit er iets voor je bij,' stelde Cecilia voor.

De volgende zaterdag kocht Lottemarie alle dagbladen die voorradig waren bij de plaatselijke supermarkt. Daarna ging ze met de stapel naar haar grootmoeder die in haar eigen afdeling van het landhuis zat.

Cecilia had de koffie al klaar. 'Kind, ik heb vanmorgen speciaal wat kniepertjes gemaakt. Jij bent toch zo dol op die opgerolde wafeltjes? Als jij nou even de slagroom haalt uit de koelkast om ze te vullen, dan schenk ik alvast de koffie in. En vergeet vooral niet de slagroomspuit mee te nemen!' riep ze haar kleindochter na.

Een beetje rillend zat Lottemarie even later diep weggedoken in een van de gemakkelijke, ouderwetse crapauds. Nog steeds was ze veel te mager en nog steeds had ze last van kou.

Cecilia pakte een wollen plaid uit een kast en gaf hem aan haar kleindochter. 'Hier, sla deze maar om je heen.'

Dankbaar wikkelde Lottemarie zich erin. Ze keek om zich heen. Wat hield ze van deze kamer. Alles was met elkaar in evenwicht.

De muren waren bespannen met crèmewit linnen behang waarop grote, helderblauwe bloemen waren gedrukt. De ouderwetse, lichte meubels pasten er wonderwel bij. Op de glanzende parketvloer lag een enigszins verschoten, maar nog steeds schitterend wollen, crèmekleurig tapijt met randen van bleekblauwe anemonen en resedagroene bladeren. Het vloerkleed zou niet misstaan in een cottage of in de woonkamer van een Engels buitenhuis. Een grote Friese staartklok hing in de hoek van de kamer naast een van de ramen waarlangs pauwblauwe gordijnen hingen. De ramen keken uit op het voorplein en de lange, bochtige, met beuken omzoomde oprijlaan die tussen de hoge loofbomen van het park verdween. Rondom het voorplein groeiden afwisselend buxusboompjes en rododendrons. Hoge lantaarns stonden vlak naast de ingang van het landhuis en langs de oprijlaan.

'Kind, wat ben je toch aardig bijgetrokken,' merkte oma Mazurel tevreden op, terwijl ze haar kleindochter opnam. Er hing nog wel een waas van melancholie om Lottemarie heen, maar de tranen behoorden tot het verleden.

Lottemarie knikte. 'Dat kwam door papa, door iets wat hij zei.'

'Wat zei hij dan?'

'Iets over de liefde. Ik zei dat liefde blind was, maar volgens hem was dat niet waar. Hij legde me uit waarom niet. Later zag ik hem kijken naar mama. Toen begreep ik ook ineens wat liefde werkelijk was. Zo heeft Edgar nooit naar mij gekeken, zo... zo innig... zo... zo echt liefdevol. Ik weet niet hoe ik het anders moet uitleggen. Maar het hielp me toch wel om de dingen in de juiste verhoudingen te zien. Edgar hield niet echt van mij, hoewel ik het nog steeds vreselijk vind om dat toe te geven. Hij hield alleen van mijn uiterlijk, niet van mijn innerlijk, mijn persoonlijkheid; hij had me alleen nodig om indruk te maken op zijn vrienden en relaties, meer niet.'

'Ik ben zo blij dat je het door hebt, liefje.'

'Maar nog steeds houd ik van hem. Ik kan er niets aan doen,' verzuchtte Lottemarie. 'Soms denk ik dat ik er nooit overheen kom.' Wanhoop klonk door in haar stem.

'Je komt eroverheen,' zei haar grootmoeder beslist. 'Op een dag gebeurt het zomaar dat je niet meer aan hem denkt. De tijd heelt alle wonden, liefje, neem dat maar van je oude grootmoeder aan.'

'Zou het werkelijk?' vroeg Lottemarie.

Cecilia knikte.

'Wel vraag ik me af...' Lottemarie aarzelde even. Toen ging ze verder: 'Wel vraag ik me af of Margot bij hem past. Vindt u dat gek dat ik dat wil weten?'

'Helemaal niet, maar volgens mij past niemand bij Edgar Broese, ook Margot niet. Je hebt zelfs kans dat het nu al uit is tussen die twee. Ze zijn allebei veel te veel op zichzelf gericht.'

Even vlamde er een sprank wilde hoop op bij Lottemarie. Als Edgar nu weer bij haar terugkwam, zou ze...? Maar onmiddellijk verwierp ze de mogelijkheid dat ze weer bij elkaar konden komen. Het was over en uit, begreep ze berustend, maar nog steeds schrijnde dat. Zou ze ooit weer gelukkig worden?

'Als jij nu deze krant neemt, neus ik die door,' stelde oma Mazurel voor. 'De afdeling huishoudelijke hulp, reizen en huwelijk kunnen we gevoeglijk overslaan. Wat blijft er over? Diversen dan maar.'

Even later waren ze allebei verdiept in de bijlagen met advertenties.

Het was moeilijk om iets te vinden. Er werden enorm veel mensen gevraagd voor de horeca en de huishouding, maar dat viel zonder meer af.

'Lot, wat zou dit in vredesnaam betekenen?' Cecilia vouwde de krant in vieren en gaf die toen aan haar kleindochter. 'Daar,' wees ze op een kleine advertentie die geen enkele afkorting bevatte.

Lottemarie begon hardop te lezen:

'Gevraagd: aardige, creatieve lifestyle-coach
voor gezin met twee opgroeiende kinderen.
Vereisten: uitstekende omgangsmanieren, geduld
en gevoel voor stijl.
Brieven onder nummer B.v.d.K 2233617.

'Wat een vreemde advertentie! Vereisten: uitstekende omgangs-manieren, geduld en gevoel voor stijl... Wat wordt er in vredes-naam bedoeld met een lifestyle-coach, oma? Ik wist niet dat dit beroep bestond. Of bedoelen ze soms een huishoud-coach?'

'Daar heb ik ook nog nooit van gehoord,' merkte Cecilia verbaasd op. 'Wat kan het nog meer zijn, soms een huisstyliste? Maar waar-voor is dat geduld dan nodig en die uitstekende omgangsvormen? Of willen ze iemand die mogelijk een huis moet inrichten?'

'Nee, dat is een binnenhuisarchitect en dat zou er dan toch wel staan. Trouwens, een binnenhuisarchitect zoek je heel makkelijk op in de Gouden Gids of op internet. Daarvoor plaats je geen advertentie. Je belt gewoon zo'n bureau op en dan maak je een afspraak met een van die mensen. Lifestyle-coach... Ik mag een boon zijn als ik het weet.' Lottemarie haalde niet-begrijpend haar schouders op.

Maar ze vond de advertentie wel heel intrigerend.

'Waarom schrijf je er niet op?' stelde oma Mazurel voor. 'Gewoon vragen om informatie om te zien wat ermee bedoeld wordt. En stuur ook maar je cv, dan weten ze tenminste met wie ze te maken hebben.'

Lottemarie fronste even haar wenkbrauwen. 'Moet ik dan ook over mijn ongeluk schrijven?'

'Welnee Lot, alleen maar dat je door omstandigheden de mode-wereld vaarwel moest zeggen. Niet meteen zo zwaar op de hand zijn.'

'Ach, oma, u hebt gelijk, waarom ook niet,' merkte Lottemarie na een korte pauze luchtig op.

'Vandaag nog,' raadde Cecilia aan. 'Dan is de brief maandag of dinsdag op zijn bestemming. Gunst, ik ben toch zo nieuwsgierig, Lot. Een lifestyle-coach.'

De donderdag daarop viel er een brief voor Lottemarie in de bus. Nieuwsgierig opende ze hem en begon te lezen.

Geachte mevrouw,
Dank voor uw briefje. Graag zou ik een gesprek met u willen
hebben, waarin ik u meer informatie kan geven over de baan.
Schikt woensdag 18 juni u om elf uur des morgens?
Met vriendelijke groeten,

Jan van den Homburg

Onder aan het papier stond het adres met het telefoonnummer.
Lottemarie fronste haar wenkbrauwen. Wat een vreemd briefje
zonder enige informatie. En dan dat ouderwetse: *om elf uur des*
morgens...
Zou die Jan al een oude man zijn? En waar was mevrouw Van den
Homburg? Of was Jan van den Homburg gescheiden of misschien
weduwnaar?
Het adres, Albrecht Dürerlaan 32, Laren (N-H) zag er duur uit.
Ze vertrouwde het niet helemaal. Met de brief in haar hand stapte ze naar haar grootmoeder.
'Lees even, oma, ik weet niet wat ik ervan moet denken,' zei ze
tegen Cecilia.
'Als ik jou was, ging ik er rustig op af. Neem je mobiel mee en als
je het niet vertrouwt, ga je gewoon niet naar binnen of je belt
direct naar huis. Maar ik denk dat het wel goed zit. Probeer het
maar, niet geschoten, altijd mis,' vond haar grootmoeder. 'Laren..'
ging Cecilia mijmerend verder, '...daar woonde vroeger een vriendin van mij, Millie van Stoetwegen. Dat was zo'n leuke meid. Jammer dat we elkaar uit het oog zijn verloren. Toen ze van het internaat af kwam, trouwde ze meteen en vertrok onmiddellijk daarna
met haar echtgenoot naar het buitenland. Ze was...'
'Hoe kom ik daar?' Lottemarie sneed dwars door de woorden van
Cecilia heen. Het relaas van haar grootmoeder was volledig langs
haar heen gegaan. Ze had een probleem en al haar aandacht was
daarop gericht. Sinds het ongeluk had ze zelf niet meer gereden.
Haar BMW coupé was total loss verklaard. De verzekering had al
uitbetaald, maar ze had nog geen nieuwe auto aangeschaft, omdat
ze dat eigenlijk nog niet durfde. 'Met de auto gaat eigenlijk niet.

Ik vind het eng om weer achter het stuur te kruipen.'
'Lotje, natuurlijk is het eng, maar angst is nu wel een heel slechte raadgever. Het lijkt me het beste dat je vandaag nog probeert om zelf een stuk te rijden. Beter erdoor gevlogen dan gekropen. Je neemt mijn auto en ik ga naast je zitten. Of wil je je eerste rijtoer liever uitproberen met je vader naast je?'
Lottemarie knikte. 'Als u het niet erg vindt, liever met hem. Ik zal het hem straks vragen.'
Ze werd nu al nerveus bij het idee.

Zenuwachtig ging ze naast haar vader achter het stuur van de Saab zitten, de degelijke, luxe wagen van haar grootmoeder. Met een trillende hand stak ze het sleuteltje in het contact. Een zacht zoemen klonk.
'Je kunt het,' zei haar vader bemoedigend. 'Rijden maar.'
Voorzichtig gaf ze gas. Langzaam gleed de auto vooruit.
'Nog meer gas geven, toe maar, niet bang wezen, er kan niets gebeuren.'
Opeens vielen de zenuwen van haar af. Ze gaf gas, de automatische versnelling deed de rest. Ze reed! Ze reed werkelijk! Behendig stuurde ze de auto over de oprijlaan de provinciale weg op. Lottemarie slaakte een zucht van opluchting. Ze gaf meer gas. De wagen zoefde over de weg.
'Mevrouw, tachtig kilometer,' waarschuwde haar vader lachend.
'Kunnen we ook nog even een stukje snelweg doen, pap?' vroeg ze.
'Ik vind het best, maar niet te ver, want ik heb over een uur een bespreking.'
Ook het rijden op de snelweg viel Lottemarie honderd procent mee.
Een zware last gleed van haar schouders. Ze had haar angst voor het autorijden glorieus overwonnen.

Hoofdstuk 3

Achttien juni.

'Ik weet echt niet hoelang ik het nog daar uithoud! Ik ga dood van heimwee!' riep Lucie van den Homburg uit. Met een dramatisch gebaar hief ze haar mollige handjes de lucht in. Ze was op bezoek bij Melanie Hordijk, een van haar vriendinnen, die op een etagewoning in de Albert Cuypstraat woonde en haar verjaardag vierde. De kamer zat vol met vrouwen die medelijdend naar Lucie keken. Ze kon zo weggelopen zijn uit de pruikentijd. Haar popperige gezicht met de ronde, blauwe kinderogen en het pruimenmondje werd omlijst door lichtblonde krullen die in bedwang werden gehouden door diverse roze strikjes. Ze droeg een bloes van witte broderiekatoen die uitbundig versierd was met ruches. Uit de korte pofmouwtjes staken haar ronde, poezelige armen. Het zeer diep uitgesneden decolleté liet een uitdagende, volle boezem zien. 'Als je iets moois hebt, moet je het in de etalage zetten,' was het motto van Lucies man en Lucie was het volledig met hem eens. Ze droeg een veel te kort, nauw rokje waardoor het beeld van de pruikentijd toch enigszins teniet werd gedaan. De stevige, bruine benen kregen te veel aandacht, maar niemand in de kamer stoorde zich hieraan. Trouwens, kritiek op Lucie was niet zo verstandig. Lucie had namelijk één belangrijke hobby: bakken. Met innig genoegen verzorgde ze gratis alle taarten en zoete lekkernijen voor de verjaardagen van haar vriendinnen. Die huldigden dan ook terecht het principe: je bijt niet in de hand die je voedt.

De grote schuiframen waren open. Zacht deinde de witte vitrage met de grote volants in de tocht die door de kamer trok. Een mengelmoes van geluiden dreef de kamer binnen: schreeuwende kooplui die aandacht vroegen voor hun koopwaar, flarden muziek, het gegons van stemmen en het verre, schelle geluid van een tram die knarsend de bocht om ging van de Ferdinand Bolstraat.

'Ik mis dit zo,' zei Lucie met een snik in haar stem en wees met haar hoofd in de richting van de ramen. 'Jullie weten niet half hoe erg het is in Laren: één stille, saaie bende.'

'Vertel, meid, dat lucht zo op,' raadde Josie Bonekamp aan.
'Strakkies, we gaan eerst koffiedrinken,' zei Melanie. Met een verlekkerd gezicht keek ze naar de twee grote, witte, kartonnen dozen
die op de tafel stonden. Wat zou Lucie nu weer gebakken hebben?
'Mag ik ze openmaken, Luus?' vroeg ze.
Lucie knikte met een gezicht waarop al weer een lach was verschenen.
Melanie tilde de deksels van de dozen, terwijl de vriendinnen-
schaar zich allemaal tegelijk naar voren boog.
'Lucie, meid, wat zien ze er weer geweldig uit! Hoe verzin je het
toch elke keer!' riep Truus, de gezellige, gezette moeder van Melanie bewonderend uit.
Lucie glunderde bij alle oh's en ah's. Het Larense leed was voor
even verdwenen. Trots, maar ook verlegen bij zoveel loftuitingen
stond ze bij de tafel. De overvloedige eer was wel op zijn plaats. In
de ene doos zaten roomhoorns en slagroomsoezen gevuld met
aardbeien, ananas en abrikozen, de andere doos bevatte noten-
taartjes bedekt met een laagje fijngemalen karamel, chocoladepun-
ten met kersenvulling en vierkante marsepein gebakjes die versierd
waren met versuikerde viooltjes in tere pastelkleuren.
'Hoe doe je dat toch?' vroeg Josie, terwijl ze op de bloempjes wees.
'Oh, heel eenvoudig,' antwoordde Lucie. 'Met een vork klop je
eiwit op. Dan strijk je het eiwit met een penseeltje op de viooltjes.
Vervolgens doop je de bloemen in de poedersuiker en klaar is
Kees.'
Het klonk zo gemakkelijk, maar de vriendinnen wisten wel beter.
Je moest gewoon talent hebben voor zulke zaken en dat had Lucie,
meer dan ze zelf besefte.
'Je kunt zo bij de koningin aan het werk,' meende Truus. 'Majes-
teit verhuist binnenkort toch naar Drakensteyn. Ze zijn al bezig
met de renovatie, heb ik horen vertellen. Allicht dat ze een goeie
banketbakker nodig heeft. En het is lekker dichtbij. Je kunt het op
de fiets redden. Dat kasteeltje ligt op spuugafstand van Laren.'
'Welnee ma, hoe kom je daar nu bij? Drakensteyn ligt toch in Lage
Vuursche,' riep Melanie uit.

'Nou, ligt dat dan niet bij Laren?'

'Welnee, Lage Vuursche ligt bij Baarn, dicht bij Soestdijk.'

'Wijfie, zo zie je maar, je moe was nooit goed in aardrijkskunde,' merkte Truus onverschillig op. 'Nou, gaan we nog koffiedrinken of hoe zit dat?'

Weldra had iedereen haar keuze gemaakt en zat men innig tevreden de taartjes naar binnen te werken. Zelfs Stefanie Holleman, die altijd en eeuwig aan de lijn deed, had de verleiding niet kunnen weerstaan en was voor een chocoladepunt met kersenvulling bezweken.

'Je moet een winkeltje beginnen, Luus,' merkte Melanie genietend op. Ze beet in een slagroomsoes die gevuld was met abrikozen en bedekt was met een grote toef slagroom.

'Een winkeltje?' echode Lucie verbaasd.

'Ja, een winkeltje, een banketbakkerswinkeltje. Je hebt toch een diploma voor banketbakker en een middenstandsdiploma, wijfie? Je kunt zo beginnen,' viel Truus haar dochter bij.

Een winkeltje? Daaraan had ze nog nooit gedacht. Er verscheen een dromerige blik in Lucies ogen. Een eigen winkel met de mooiste taarten en cakes en natuurlijk bonbons, want ze had ook het keuzevak patisserie gevolgd. O, die verrukkelijke bonbons... Maar opeens trok er een schaduw over haar gezicht.

'Wat is er, Luus?' vroeg Melanie belangstellend.

'Jan ziet me aankomen!'

'Wat nou, Jan...' Melanies moeder keek Lucie met gefronste wenkbrauwen aan. 'Hij heeft toch ook een winkeltje in wijn, waarom jij dan niet? Dat geld is ook van jou. Je bent toch in gemeenschap van goederen getrouwd? Nou dan!'

'Ja, en het is doodzonde dat je je talenten niet gebruikt,' viel Stefanie Truus bij. Lucie was veel te goed voor dat tirannieke mannetje, vond ze.

Lucie haalde gelaten haar schouders op. Ze merkte het al, tante Truus en Stefanie kenden haar Jan niet. Hij wilde absoluut niet dat ze ging werken. Toen ze gingen trouwen, had ze onmiddellijk moeten stoppen met haar baan bij een banketbakker. En ze had het zulk leuk werk gevonden. 'Mijn vrouw hoeft niet te werken voor haar onderhoud, dat doe ik,' had Jan heel beslist gezegd. En of ze nu had geprotesteerd dat ze het niet voor het geld deed maar voor het plezier, het had niet geholpen, Jan was bij zijn standpunt gebleven. Soms kon ze nog zo intens verlangen naar haar vroegere baan, de gezellige drukte in de bakkerij, de humor en de kameraadschap tussen de mensen die er werkten.

Beneden op de markt begon een draaiorgel te spelen.

'Hoor!' zei Lucie en deinde zwierig mee op de jengelende orgelklanken. Vergeten waren de bakkerij en het eigen winkeltje.

'Hebben ze in Laren dan geen draaiorgels?' vroeg Sijtske Blom, die het buskruit beslist niet had uitgevonden. Ze keek Lucie aan met grote, dommige ogen.

'Die mogen daar niet spelen, Sijt, snap dat nou,' zei Melanie, 'dat vindt dat Larense publiek ordinair. *Verboden voor draaiorgels* staat er op de borden te lezen als je Laren inrijdt, hè Luus?'

'Dat nog net niet, maar ik heb nog nooit een draaiorgel in Laren gezien,' merkte Lucie op. 'Daarvoor zijn ze vast veel te deftig.'

'Ik word nou toch wel nieuwsgierig,' merkte moeder Truus op. 'Is het werkelijk zo verschrikkelijk in Laren, wijfie? Jullie wonen er toch nog niet zo lang? Wat zal het zijn, een halfjaar? Het leek mij altijd wel een aardig dorpie. Je moet altijd wennen aan een nieuwe omgeving.'

'D'r is niks aan,' antwoordde Lucie somber. 'De kinderen kunnen ook maar niet wennen op school. Ze zijn volledig van slag af, vooral Daisy. Die draagt tegenwoordig alleen maar zwarte kleren. "Ik ben in de rouw," zegt ze en ze blijft die vreselijke kleren dragen tot we weer terug verhuizen naar Amsterdam. En ze zijn allebei zo ongezeglijk, ze willen maar niet naar me luisteren. Ik zie ook nooit iemand. Ja, 's morgens een vrouw die een stel honden uitlaat, maar die woont er niet. Die haalt alle honden uit de buurt op en laat ze dan uit. Gewoon, een hondenuitlaatservice.'

'Wat belachelijk, een hondenuitlaatservice! Ik wist niet eens dat die bestond!' riep Melanies moeder uit. 'Waarom laten die mensen zelf hun honden niet uit? Werken ze allemaal of schamen ze

52

zich ervoor? Het lijkt me juist zo gezellig om met een hond te wandelen.'

'Weet je al wie je buren zijn?' vroeg Stefanie.

'Je bedoelt dat ik op bezoek bij ze ben geweest? Ik zou het wel willen, maar ik durf niet. Die vrouw die links van ons woont, ziet er zo... zo op een afstand uit. Ze hadden een keer een tuinfeest. Toen heb ik even over de heg gegluurd, maar zo dat ze me niet konden zien. Nou, net zo'n verzameling Gooische vrouwen, ik zweer het je.'

'Bedoel je Linda de Mol?' vroeg Sijtske opeens opgewonden. Ze was dol op de serie *Gooische vrouwen* en miste geen aflevering.

'Ja... nee... Linda speelt natuurlijk die Gooische vrouw Cheryl, maar een van die vrouwen in die tuin leek sprekend op haar, Sijt.'

'Ik vind die meiden toch zo'n dellerig zooitje,' zei Melanies moeder afkeurend. 'Die doen nou werkelijk aan God noch gebod.'

'Mam, ze spelen het toch maar,' merkte Melanie op.

'Vertel mij wat, zo zijn ze in werkelijkheid ook,' hield haar moeder vol. 'Maar waarom verhuizen jullie niet naar IJburg, Luus? Daar heb je hele chique huizen. Ik heb er eens eentje vanbinnen gezien samen met Melanie. Wat een luxe, hè Mel, vooral de keuken en de badkamer. Die badkamer had een badkuip op pootjes en een gouden kraan in de vorm van een zwaantje. Stroomde er zo water uit dat bekkie. Zo geinig. Dus Lucie, zeg maar tegen Jan...'

'Jan luistert echt niet naar me, tante Truus,' onderbrak Lucie haar. 'Hij wil dat ik het nog een jaartje probeer in Laren en dan weet je het wel. Dan komt er nog een jaartje bij en nog één. Vanmorgen komt er een lifestyle-coach bij Jan op sollicitatiebezoek.'

Er viel een perplexe stilte die alleen verbroken werd door de geluiden van de markt. Verbouwereerd keken de vriendinnen Lucie aan.

'Een lifestyle-coach? Wat moet ik me daar bij voorstellen?' vroeg Melanie.

Lucie haalde haar schouders op. 'Jan zegt dat ze me helpen gaat bij het inrichten van het huis en...'

'Wat is er mis met de inrichting van jouw huis?' wilde Stefanie snibbig weten.

'Die deugt niet en Jan heeft gelijk, Stef, dat heb je toch ook wel gezien? Die nappaleren banken…'

'O Luus, die vind ik nu net zo mooi!' riep Sijtske uit. 'Als je ze wegdoet…'

'Dan denk ik eerst aan jou, Sijt,' beloofde Lucie. 'Een klein beetje hulp kan ik dus wel gebruiken. Het is veel makkelijker om een kleine kamer in te richten. Geef mij maar mijn kamertje in de Govert Flinck.' Lucie schudde treurig haar hoofd. 'Alles is even ongezellig in dat grote huis. Ik weet echt niet hoe ik het veranderen moet en ik heb er ook geen zin in. Ik kan alleen maar taarten bakken.'

'En waarmee gaat die life… style… coach je verder helpen?' wilde moeder Truus op nadrukkelijke toon weten.

'Hoe ik mensen moet ontvangen, bijvoorbeeld de buren of de klanten van Jan.'

'Wijfie, dat kun je toch? Wij komen toch ook op bezoek of zijn die mensen soms anders?' merkte Melanies moeder verontwaardigd op. 'En die klantjes moet Jan maar ontvangen in zijn kantoor.' Truus begreep er niets van. En dat Lucie dat nam. Maar ja, dat kind was vanaf dat ze zestien was, al gek geweest op Jan de groenteboer. Luus deed werkelijk alles voor hem. Wat ze in die bolle zag, was Truus een raadsel. Ze vond Jan een behoorlijke egoïst met een zeer bedrieglijk uiterlijk. Als je hem zag, dacht je onmiddellijk aan een gezellige knuffelbeer. Nou, mooi niet. Jan was een harde en ging soms over lijken. Maar dat kon ze beter niet zeggen, want Lucie vloog haar aan, zeker weten.

'Stel je nou toch voor dat het zo'n vreselijke betweterige vrouw is die me commandeert, wat moet ik dan doen?' vroeg Lucie zich benauwd af.

'Dan zet je dat mens gewoon de deur uit,' zei Truus kalm.

Maar Lucie haalde gedeprimeerd haar schouders op. Het leven zag er somber uit. Donkere wolken pakten zich samen boven haar leven. Had Jan maar nooit die staatsloterij gewonnen, dan was ze nu een stuk gelukkiger geweest.

Achttien juni.

Lottemarie Mazurel stond al vroeg voor haar klerenkast en inspecteerde de inhoud. Wat moest ze aantrekken? Het grootste deel van haar kleding bestond uit chique avondkleding en dure designontwerpen. Het werd tijd dat ze een nieuwe garderobe aanschafte. Ze schoof de kleren opzij en trok een bleekgroen complet er tussenuit dat bestond uit een getailleerd jasje met revers en een geplisseerd rokje. Een mouwloze, zachtroze zijden bloes voltooide het geheel. Zou het te chic zijn, vroeg ze zich af. Maar ze had niets anders. Ze kon toch moeilijk een wit bouclé mantelpakje aantrekken, waarin ze precies een bruid leek. Bruid... Even vlijmde er een pijnsteek door haar heen. Niet meer aan denken. Wat geweest was, was geweest.

Al vroeg verliet ze het huis. Alleen grootmoeder Cecilia en haar vader wisten van haar reisdoel. Hubert Mazurel had eerst zijn bedenkingen gehad. 'Lotje, je wordt toch geen dienstmeisje bij een of andere rijke familie in Laren? Lifestyle-coach? Nog nooit van gehoord. Als ze daarmee soms een hulp in de huishouding bedoelen, vind ik niet dat je daarop moet ingaan.'

'Ach welnee, pap, doe niet zo raar. Als het niets is, ben ik zo weer terug.'

'En bellen als je het niet vertrouwt,' zei haar vader waarschuwend. 'Je hebt je mobiel toch wel bij je, hè?'

'Papa, ik ben over de halve wereld getrokken. Toen belde ik je toch ook niet? Ik red me heus wel. Maak je nu maar niet ongerust, ik loop echt niet in zeven sloten tegelijk.'

'Eén sloot is al erg genoeg,' mompelde Hubert somber. ''t Is maar goed dat je moeder hier niets vanaf weet.'

'Huub, stop met dat gedoe.' Cecilia had schoon genoeg van het gezeur van haar zoon. 'Laat dat kind nu maar vertrekken, anders komt ze te laat.'

Het was druk op de weg. Vooral op de A28 moest ze een paar keer in een file staan. Ook de A1 was niet filevrij. Voorbij knooppunt Eemnes nam ze de afslag Laren en reed door een bomenlaan het schilderachtige dorp binnen. In het centrum vlak voor een kerk parkeerde ze de Saab. Ze had nog tijd genoeg om haar make-up te controleren en een kop koffie te drinken. Bij de Bodega aan het plein ging ze naar binnen. Toch wel zenuwachtig haalde ze de internetroutebeschrijving uit haar tasje. Wat stond haar te wachten?

Nadat ze een kop koffie gedronken had, liep Lottemarie naar de chique toiletruimte waar ze haar zorgvuldig aangebrachte make-up inspecteerde. Alleen als je van heel dichtbij keek, kon je nog de lijntjes van de littekens ontdekken, maar van een afstand zag haar huid er bijna weer normaal uit. Ze schikte behoedzaam de donkere haarlokjes over het diepe litteken van haar voorhoofd. 'Zo moet het maar,' mompelde ze.

In het restaurant rekende ze af en liep vervolgens naar de auto. Lottemarie keek omhoog naar de kerktorens die boven de bomen uitstaken. 'Ik heb een beetje hulp nodig, lieve Jezus, vriend van kinderen,' bad ze mompelend haar schietgebed.

Automatisch gebruikte ze de ingesleten aanspreektitel van de Heer uit haar jeugd. Oma Cecilia had haar, toen ze vijf was, het liedje geleerd: *Kent gij reeds de Goede Herder*. Lottemarie herinnerde zich nog goed dat ze in huilen was uitgebarsten, toen oma het over een lammetje kreeg dat verdwaald was. 'Schat, het lammetje wordt weer gevonden,' had oma haar snel getroost. Het laatste couplet van het versje begon met de zin *Lieve Jezus, vriend van kinderen*. Tijdens haar kindertijd en ook nog gedurende een deel van haar tienerjaren had ze de Heer op die wonderlijk kinderlijke manier aangesproken en nu deed ze het zomaar weer. Vreemd, waarom eigenlijk?

In gedachten deed Lottemarie het portier open, stapte in en reed vervolgens de parkeerplaats af op weg naar een onzekere toekomst.

De Albrecht Dürerlaan was een brede, voorname bomenlaan die uitmondde in een rond pleintje. Hoge hagen van laurierkers en liguster ontnamen het zicht op de dure landhuizen. Alleen de rietgedekte daken staken net boven het groen uit. Niet bepaald gastvrij, dacht Lottemarie. Zouden die mensen zich niet opgesloten voelen?

Nummer 32 vormde een uitzondering. Een hoog, donkergroen met gouden punten geschilderd hek van sierlijk gietijzersmeedwerk vormde de begrenzing van een gladgeschoren gazon dat glooiend opliep naar een mooi, indrukwekkend landhuis met een rieten dak. Achter het imposante huis verhieven zich rijen beuken- en kastanjebomen. Het hek van de brede oprit stond gastvrij open. Lottemarie reed de auto tot vlak bij het huis. Toen greep ze alle moed bij elkaar, stapte uit en belde aan.

Een grote, tamelijk gezette man deed open. Hij droeg een glanzend pak van grijze zijde met een wit overhemd en een paarse das die te strak om zijn hals zat geknoopt. Alles bij elkaar zag hij er een beetje 'verkleed' uit.

'Mevrouw Mazurel?' vroeg de man. Hij stak zijn hand uit. 'Jan van den Homburg,' stelde hij zich voor. 'Komt u binnen.' De stem had een licht Amsterdams accent.

'Bambi,' flitste het door Jan van den Homburg heen, toen hij het duur geklede, tengere meisje zag. In één oogopslag nam hij het grote litteken over het voorhoofd waar dat voor het grootste gedeelte verscholen zat onder het donkere haar. Waarschijnlijk een ongeluk, dacht hij. Er hing een waas van onderdrukte treurigheid om het meisje heen. *Ik ben wel verdrietig, maar ik zal het niet laten merken.* Het maakte hem verlegen. Zijn hele leven had hij te maken gehad met vrouwen, vooral bijdehante vrouwen die er soms een kunst van maakten om een eerlijke groenteboer af te zetten. Dit type vrouw dat voor hem stond, was hem vreemd.

Toen het meisje langs hem liep, rook hij een vleugje bloemig parfum, geen opdringerige geur die secondenlang in je neus bleef hangen en waar je soms misselijk van werd, maar een vluchtig aroma dat even snel verdween als het langsgekomen was. De geur verleende het meisje iets mysterieus.

Lottemarie liep achter de man aan naar een enorme, ronde hal met een opvallende vloer van warmbeige natuursteen waarop verschillende deuren uitkwamen. Precies in het midden lag een langwerpig Perzisch kleedje dat vreselijk uit de toon viel. De man opende een deur en liet Lottemarie met een handgebaar voorgaan. Waarschijnlijk de werkkamer, dacht Lottemarie. In het midden van de kamer stond een groot, ouderwets eiken bureau met daarop een hypermoderne computer met een platbeeldscherm van enorme afmetingen. Naast de computer lag een stapel papieren. De kamer gaf verder een sombere, ouderwetse indruk, wat waarschijnlijk kwam door het donkergroene behang en de eikenhouten lambrisering. De rest van de inrichting was tamelijk smakeloos. Lottemarie nam plaats in een diepe, donkerbruine, leren fauteuil terwijl de man achter het bureau ging zitten.

'Wilt u iets drinken?' vroeg Jan. Hij probeerde uit alle macht zijn Amsterdamse accent te onderdrukken.

Lottemarie schudde ontkennend haar hoofd. Waar was de vrouw des huizes of bestond die soms niet? Ze voelde zich wat onbehaaglijk.

De man nam haar nauwkeurig op. 'Heeft u een ongeluk gehad?' vroeg hij toen.

Lottemaries gezicht verstrakte. Waar bemoeide die man zich mee? Ze wilde helemaal niet over het ongeluk praten. Ze knikte kort.

'Daarom kon u natuurlijk niet meer werken in de modewereld,' begreep hij.

Weer knikte Lottemarie, maar ze zei niets. Ze was niet van plan om meer los te laten dan ze wilde.

'Ik wilde u niet kwetsen, maar ik dacht... Nou ja, laat ook maar,' zei de man een beetje van zijn stuk gebracht door het ernstige zwijgen van het meisje.

Er viel een ongemakkelijke stilte. Toen zei hij: 'U zult wel denken: waar blijft zijn vrouw. Die zit namelijk in Amsterdam. Een van haar vriendinnen is jarig en dan kunnen geen tien paarden mijn vrouw tegenhouden om daar naartoe te gaan.'

Vreemd, dacht Lottemarie, die mevrouw wist toch al ver van tevoren dat haar vriendin jarig was? Waarom was er dan geen afspraak gemaakt op een andere dag? Of wilde die vrouw bewust niet bij het sollicitatiegesprek aanwezig zijn?

'Trouwens, ik heb zelf de advertentie geplaatst,' legde de man uit. Er begon een alarmbelletje in Lottemaries hoofd te rinkelen. Was er iets aan de hand met zijn vrouw?

'Eh, mag ik u misschien bij de voornaam noemen?' onderbrak de man haar gedachten.

Lottemarie knikte. 'Ik heet Lottemarie.'

'Kom je soms uit deze buurt? Ze hebben hier ook allemaal van die dubbele namen: Pieter-Jan, Jochem-Jaap, Jan-Willem, Rogier-Piet... 't Klinkt natuurlijk wel duur. Onze dochter heet Daisy en onze zoon Kevin. Die namen vond Lucie zo mooi. Lucie is mijn vrouw. Zelf ben ik meer op Anita en Johnny, gewoon, Hollandse namen, maar goed, ik houd van vrede in de tent, dus mijn Pollewop kreeg haar zin.'

'Pollewop?' vroeg Lottemarie bevreemd.

'Ja, Pollewop, van Bomans.'

Wie in vredesnaam was Bomans, dacht Lottemarie. Ze had nog nooit van die man gehoord.

'Godfried Bomans ken je toch wel?' drong de man aan.

Ontkennend schudde Lottemarie haar hoofd.

'Dat was een heel beroemde schrijver. Toen die man in 1971 vlak voor de Kerst doodging, was het hele Nederlandse volk in de rouw.' Jan schudde meewarig zijn hoofd. 'Ik heb al zijn boeken,' ging hij verder. 'Ja, van mijn vader geërfd, hoor. Die ouwe was dol op Bomans. Pa kon toch zo om hem lachen. Die man verscheen vaak op de televisie en dan lag pa al in een deuk voordat die gast zelfs maar een woord had uitgekraamd. En z'n boeken... literatuur! Ach, dat je hem niet kent, Godfried Bomans. Je mag de boeken weleens lezen als je hier bent. Ik leen ze verder nooit uit, want ik zeg maar zo, boeken zijn net vrienden en die leen je ook niet uit. Godfried schreef ook de strip *Pa Pinkelman en tante Pollewop* in een krant, welke weet ik niet meer, vandaar de naam Pollewop. Ik heb al zijn boeken hier staan.' Door zijn geestdrift verviel Jan van den Homburg weer in zijn Amsterdamse accent. Hij wees glunderend op een smalle boekenkast die vol stond met Engelse, Franse en Italiaanse boeken over wijn. Alleen de bovenste drie planken werden in beslag genomen door het complete werk van zijn lievelingsschrijver. 'Allemaal,' herhaalde hij trots. 'Ook het boek met interviews met een van zijn broers en zijn zuster staat erbij. Die zaten allebei in het klooster. Begreep Bomans dus geen barst van. Die keek liever naar de vrouwtjes en dat kun je in het klooster niet hebben. Dan is het hek van de dam. Nee, persoonlijk heb ik niks met die interviews. Zijn me te ernstig. Kan ik niet om lachen. Tjonge, dat je Bomans niet kent.'

Een nauw merkbare glimlach verscheen op het gezicht van het meisje. Wat een drukke man. Grappig dat hij zich zo mee liet slepen door zijn enthousiasme voor boeken. Dat had ze niet achter hem gezocht. Vanavond moest ze toch maar eens informeren bij haar grootmoeder of vader wie die Bomans was. Misschien...

'Maar nu de baan,' onderbrak Jan van den Homburg haar gedachten. 'Je zult wel denken: wat doet zo'n gewone jongen als Jan van den Homburg in Laren.'

Inderdaad, die gedachte was wel in haar opgekomen, dacht Lottemarie. De man zag er niet bepaald uit als een dure zakenman die in Laren zijn residentie had.

'Dat zit zo,' ging Jan verder. 'Een paar jaar geleden heb ik de hoofdprijs in de staatsloterij gewonnen.' Hij begon breed te lachen. 'Tjonge, wat een consternatie op de Albert Cuyp! Ik was daar groenteboer en al die kerels maar vragen of ze vriendje met me konden worden. "Ja, 't is goed met jullie," zei ik. Nou heb ik altijd twee wensen gehad: één, als ik eens een bom duiten krijg, koop ik een wijngaardje in Frankrijk of Italië en twee, als ik ooit de kans krijg, wil ik in Laren wonen. Vroeger, toen ik nog een jochie was van een jaar of tien, wandelde ik vaak samen met mijn vader op de zondagmiddag door Laren. Wij vonden het hier zo prachtig! Al die huizen met rieten daken, de bomen en de lanen, vooral in de herfst. "Jochie," zei pa dan. "Mocht je nou es een cent te makken hebben, verhuis dan naar dit mooie dorp. Dan ben je tenminste iemand en het is ook goed voor de kinderen. Dan krijgen ze kansen die ze anders nooit krijgen." Toen ik dus die loterij won, heb ik eerst een wijngaardje gekocht in Italië. Om een lang verhaal kort te maken: van het een kwam het ander en nu is Jan wijnimporteur met een kantoor in Amsterdam op de Prinsengracht. Ik moet zeggen: de zaken gaan lang niet slecht, zelfs heel goed. Ik had geen betere handel kunnen bedenken. Het geld dat ik erin heb gestoken, is al dik terugverdiend en het blijft binnenstromen. Maar nu komt het probleem. Op zekere dag zeg ik tegen Luus: "Meissie, je weet dat ik altijd in Laren heb willen wonen. Goed voor ons, goed voor de kinderen. Daarvoor krijgen we nu de kans. Bovendien, als ik es een zakenrelatie mee naar huis wil nemen, kan ik hem moeilijk ontvangen op tweehoog achter in de Govert Flinckstraat – want daar woonden we toen – dus we moeten verhuizen. Ik heb een mooi pandje in Laren gezien, waar je goed mee voor de dag kunt komen, niks mis mee." Dat vond Luus niet leuk, want alle vriendinnen van Pollewop wonen in de Pijp.'

Hier begrijp ik ook niets van, dacht Lottemarie. Haar vader handelde al zijn zaken af op zijn kantoor. Nooit nam hij een zakenrelatie mee naar huis.

'Maar na veel vijven en zessen ging Lucie overstag en verhuisden we naar Laren,' vervolgde de man tegenover haar. 'En dat gaat nu fout. Luus heeft geen aansluiting bij de dames hier. Ze durft ze ook niet uit te nodigen, want ze voelt zich eigenlijk te min. En wat ik ook zeg, dat alle mensen gelijk zijn – we belanden ten slotte allemaal eens tussen zes plankies, nietwaar – ze wil niet luisteren.' Jan zuchtte diep. 'Ik heb, denk ik, mijn hand overspeeld. Luus is doodongelukkig. De helft van de tijd zit ze in Amsterdam te klagen bij haar vriendinnen en de andere helft is ze hier aan het taarten bakken en da's ook niet gezond. Je moet weten dat ze vroeger banketbakker was. Banketbakker en dat voor een vrouw...' Er klonk een neerbuigende ondertoon door in zijn stem.

Jan van den Homburg had zeker weinig op met werkende vrouwen in het algemeen en vrouwelijke banketbakkers in het bijzonder, dacht Lottemarie.

'Maar teruggaan, daar doen we niet aan,' ging de man verder.

'Mijn pa zei trouw: "Jan, je moet altijd voor het hoogste gaan en je niet laten kisten." Die raad volg ik altijd op. Ondertussen zit ik dus wel met een probleem. Toen kreeg ik opeens het heldere idee: als er nou es iemand is die mijn Lucie helpt in te burgeren, want zo mag ik het toch wel noemen. Iemand die haar bijstaat bij het kopen van haar kleren. En als diezelfde persoon haar nou ook es deftige manieren bijbrengt, bijvoorbeeld hoe je een tafel moet dekken en gasten moet ontvangen, omgangsvormen zogezegd. En die persoon moet ook wat doen aan de inrichting van het huis, want daar heeft mijn Pollewop evenmin kaas van gegeten. Het interesseert haar ook geen bal. Weet je wat, ik laat je even het huis zien, dan kom je er precies achter wat ik bedoel.'

Jan van den Homburg stevende met besliste stappen op de deur af. Lottemarie volgde de man naar de hal, een beetje overdonderd door alle informatie. Voor het hoogste gaan? Inburgeren? Helpen bij kleren kopen? Deftige manieren? En dat moest zij voor elkaar maken? Ze kon de man nauwelijks bijhouden.

'Alsjeblieft, wat vind je ervan? Eerlijk zeggen, hoor!' Met een weids gebaar opende Jan van den Homburg een deur. Lottemarie keek een kamer in. Op zichzelf was het een schitterende ruimte. De halfronde buitenmuur bestond uit glazen panelen met in het midden twee openslaande deuren die op een immens groot terras uitkwamen. Achter het terras strekte zich een groot gazon uit waardoor de tuin een parkachtig aanzien kreeg. Om de tuin stonden de hoge, oude bomen die ze bij haar aankomst vanaf de weg had gezien. Maar toch deinsde Lottemarie even achteruit. De kamermuren waren behangen met een soort grove, donkergroene jute waarop felgekleurde bloemen, vlinders en insecten waren geschilderd. Waarschijnlijk was het behang bedoeld als een soort verbinding met de tuin. Buiten is binnen en binnen is buiten, maar niets was minder waar.

De inrichting van de kamer was niet om aan te zien. Een massief bankstel van donkerbruin nappaleer stond in het midden van de kamer. De rugleuning en het zitgedeelte van de twee- en driezitsbank bestond uit enorme, dik opgepropte kussens. Ook over de armleuningen hingen kussens van hetzelfde materiaal. Twee grote fauteuils van dezelfde makelij voltooiden het geheel. Tegen een van de muren stond een kolossale plasmatelevisie. Overal in de kamer stonden tafeltjes met gekleurde porseleinen beeldjes en koperen kannetjes. Aan de wand hingen schilderijen van donker fluweel die beschilderd waren met huilende zigeunerkindjes. De tranen lagen als glinsterende kogeltjes op de dikke, blozende wangetjes. De schilderijen waren voorzien van namaakgouden krullijsten.

'Nou, wat vind je er van?' drong Jan aan.

'Adembenemend,' antwoordde Lottemarie enigszins geschokt.

'Hoe bedoel je?' vroeg de man argwanend. 'Je gaat me toch niet vertellen dat je dit mooi vindt?'

'Nee, ik bedoel juist... Nou ja, ik eh, ik vind het niet zo mooi.'

'Hierin kan ik toch zeker niet mijn zakenrelaties en onze eventuele kennissen en vrienden ontvangen? Die zijn wel wat anders gewend. Ik had Lucie nooit haar gang moeten laten gaan. Ze kan wel een kleine kamer inrichten, maar deze ruimte was te groot.' Hij zweeg even. 'Het wordt een hele klus om deze kamer opnieuw in te richten, maar je hebt volledig de vrije hand,' zei hij toen.

'Voor de inrichting van een huis hebt u een binnenhuisarchitect nodig en dat ben ik niet,' merkte Lottemarie op. Bij het idee alleen al raakte ze lichtelijk in paniek.

'Ik ben geen *u*, hoor, zeg maar Jan. Een binnenhuisarchitect? En dan zeker opgezadeld worden met zo'n steriel, wit interieurtje! Ik ben niet gek. Nee, ik wil een gezellige, mooie inrichting en ik heb zomaar het idee dat jij daarvoor kunt zorgen. Geld speelt geen rol. Ik geef je gewoon mijn creditcard mee of je laat de rekeningen naar mij toesturen. Dat wordt kat in 't bakkie,' zei hij vergenoegd. 'Kom, dan zal ik je de rest van het huis laten zien.'

Jan zag waarschijnlijk dat zijn bezoekster een beetje in de war was geraakt. Daarom beperkte hij de rondgang alleen tot de begane grond van het landhuis.

De inrichting van de keuken, een grote, rechthoekige ruimte, bleek mee te vallen. Hoewel de inbouwapparatuur uit roestvrijstaal bestond, waarschijnlijk nog een erfenis van de vorige bewoners, werd het koude effect opgeheven door de rest van het interieur. In het midden van de keuken stond een lange, grenenhouten tafel waaraan zeker tien personen konden zitten. Over de tafel lag een helderblauw tafelkleed. Op de tafel stonden grote boeketten paarsblauwe ridderspoor en botergele lelies in glazen vazen die voor een zonnige, feestelijke sfeer zorgden. Rond de tafel stonden eenvoudige, blankhouten stoelen met rieten zittingen. Op de brede vensterbank voor de ramen die uitkeken op de achtertuin, stonden planten in kleurige potten. In de korte muur die op de tuin aan de zijkant van het huis uitkeek, zat een donkergroene, glazen buitendeur. Het glas was onderverdeeld in kleine ruitjes, waardoor de keuken een ouderwets gezellige uitstraling kreeg. Aan beide kanten van de buitendeur stonden lichtbeuken boekenkasten gevuld met kookboeken in alle soorten en maten. Naast de deur die uitkwam op de hal stond een kolossale, blankhouten servieskast met een enorme sortering serviesgoed. Lucie van den Homburg had een bizarre smaak. Tussen roomkleurig serviesgoed van Regout en een sierlijk theeservies van Wedgwood stond prullerig, donkerroze aardewerk versierd met gele medaillons waarop figuurtjes uit de napoleontische tijd waren geschilderd.

'Ja, mijn Pollewop heeft soms wel degelijk smaak. Deze keuken is echt háár domein,' verklaarde Jan van den Homburg trots. 'Ze is stapel op keukens en ze weet alles af van serviezen, dat zie je zeker wel.'

Lottemarie had zo haar twijfels over de smaak van Jans echtgenote, maar wilde de zoete droom van de man niet verstoren.

'Als we op vakantie zijn in Frankrijk of Spanje, struint ze alle markten af op zoek naar nieuwe spulletjes voor de keuken. Nou, dit was het wel. De rest van de kamers komt wel een andere keer.'

Jan draaide zich om en liep, gevolgd door Lottemarie, terug naar zijn sombere werkkamer.

'Heb je misschien nu wel trek in koffie?' vroeg hij.

Lottemarie knikte. Toen de man weg was, zuchtte ze diep. Ze kon toch niet zomaar kamers inrichten? Hiervoor was ze niet geschikt. Hoe moest ze dat die man duidelijk maken?

Jan kwam na een paar minuten terug met een vol blad. Naast de gebruikelijke koffie stond er ook een schaal met smakelijk uitziende petitfours.

'Lieve help,' zei Lottemarie. Haar sombere gedachten verdwenen bij de aanblik van het buitengewoon aanlokkelijke gebak.

'Heeft mijn Lucie speciaal voor vandaag gemaakt. Mijn Pollewop is een topkok,' zei Jan glimmend van trots. Hij gaf Lottemarie een gebakschoteltje en hield haar de schaal voor. 'Je mag nemen zoveel als je wilt. Ze zijn ervoor,' zei hij royaal. Toen schonk hij de koffie in. 'Je moet er zelf maar van alles ingooien,' stelde hij voor.

Het bleef even stil. Lottemarie nam een hapje van het taartje.

'En?' vroeg Jan nieuwsgierig.

'Heerlijk,' antwoordde het meisje.

'Ja hè, alsof engeltjes over je tong fietsen,' merkte Jan genietend op.

Lottemarie schoot even in de lach.

'Dan nu de baan. Voel je er iets voor?' Gespannen keek de man naar het meisje.

'Ik weet niet of ik voor deze baan geschikt ben,' antwoordde Lottemarie onzeker. 'Ik kan uw, je vrouw natuurlijk wel leren hoe ze een tafel moet dekken en ook wil ik haar wel helpen bij het uitzoeken van geschikte kleren, maar of ze dat zelf wil... En ik heb nog nooit een kamer voor iemand anders ingericht.'

'Ik weet zeker dat het gaat lukken,' zei Jan heftig knikkend. 'Ik heb volledig vertrouwen in je.'

'Maar u kent me niet eens,' wierp Lottemarie tegen. Ze had nog steeds moeite om de man te tutoyeren.

'Meissie, als je jaren op de Albert Cuyp hebt gestaan, weet je alles van mensen af, alles!'

Er viel een stilte.

'Maar dat inburgeren... Ik weet niet wat ik me daarbij voor moet stellen. Wegwijs maken in de Larense gemeenschap... Wil uw vrouw, ik bedoel, wil je vrouw dit ook, wil ze er werkelijk bij horen en vindt ze het ook goed dat er iemand komt die zomaar alles in huis gaat veranderen?'

'Lucie had natuurlijk in het begin wel bezwaren, maar toen ze eenmaal aan het idee gewend was, kon ik de advertentie plaatsen.'

'Ik wil het proberen, maar ik moet eerst kennismaken met uw vrouw. Misschien passen we wel niet bij elkaar,' zei Lottemarie aarzelend.

'Lucie vindt je leuk, dat weet ik zeker. Je bent tenminste niet zo'n opgefokte hotemetoot zoals die troela's uit de *Gooische Vrouwen*.'

Weer keek Lottemarie de man niet-begrijpend aan. 'Gooise vrouwen?' vroeg ze. 'Is dat een soort club?'

'Welnee, dat is een televisieserie. Kijkt Lucie graag naar, maar zodra ze zo'n aflevering ziet, begint ze vrijwel altijd meteen te huilen. "Kijk, Jan, daar wonen wij nu tussen!" roept ze vervolgens over haar toeren uit. "Meid, stel je toch niet zo aan, dat gedoe is toch verzonnen. Zo zijn de mensen hier echt niet! Ze spelen het alleen maar," roep ik dan weer, maar Lucie wil niet luisteren. Zo is mijn Pollewop nu eenmaal. Wat zullen we afspreken? Kun je overmorgen nog een keer langskomen om kennis te maken met Luus? Dan ben ik ook thuis en dan bespreken we meteen wat je gaat verdienen.'

Lottemarie knikte. Opeens vielen de bedenkingen weg. Als die man het aandurfde met haar, waarom dan niet? Een licht gevoel van prettige opwinding kwam over haar. Niet geschoten, altijd mis, hoorde ze haar grootmoeder in gedachten zeggen. Oma Cecilia had gelijk, ze moest niet zo terugdeinzen voor het leven.

Lottemarie reed niet direct naar huis, maar wilde eerst nog het centrum van Laren verkennen. In een winkeltje kocht ze een witte linnen broek en een felrood truitje.

Ze nam niet dezelfde weg terug, maar besloot via Blaricum te rijden. Zo kon ze nog even uitgebreid de omgeving van het schildersdorp verkennen.

Verrukt keek ze naar het heideveld dat vlak voor de afslag naar de

A27 lag. Wat een mooie plek om te wandelen.

Heel langzaam groeide haar zelfvertrouwen. Ze had weer een doel in haar leven. Als het een beetje meezat, viel die vrouw van Jan mee.

Eigenlijk was het een non-baan. Dat maakte het spannend, maar tegelijk ook een beetje angstig. Op welke manier moest ze die baan invullen? Hoe een tafel gedekt moest worden, nam maximaal een dag in beslag en ook het adviseren bij het kopen van kleding kostte echt geen weken. Het inrichten van een kamer was met een paar maanden wel bekeken. Hoewel, hij had het over kamers, dat was ze even vergeten. Stel dat het inrichten van dat huis nu eens een jaar nam, wat dan? Waarschijnlijk kwamen dan de moeilijkheden. Hoe moest ze het voor elkaar krijgen dat Lucie van den Homburg een geaccepteerd en gerespecteerd lid werd van de Larense gemeenschap? Want ten diepste wilde Jan van den Homburg dat. Hoe moest ze dat in vredesnaam aanpakken? Inburgeren... Bijna een onmogelijke taak. Welke wegen moest ze daarvoor bewandelen? Zou ze daarvoor genoeg fantasie hebben? Nou ja, ze kon het natuurlijk altijd proberen. En als het niet lukte, wat dan nog? Zij had de man gewaarschuwd. Maar het bleef bizar.

'Je wordt dus een veredelde huishoudster,' sneerde Nandine. De helft van het verhaal van Lottemarie was haar ontgaan. Met een verongelijkt gezicht keek ze haar dochter aan. Waarom waren haar man en schoonmoeder wel op de hoogte geweest van het sollicitatiebezoek en zij niet? Zij was toch zeker de moeder? Ja, natuurlijk wel Cecilia. Altijd maar Cecilia! Af en toe haatte ze haar schoonmoeder uit de grond van haar hart. Cecilia deed net alsof ze meer rechten had op Lottemarie dan Nandine.

'Mam, hoe kom je daar nu bij? Ik hoef helemaal niet te poetsen en te boenen. Die man wil alleen maar mijn hulp bij het opnieuw inrichten van een kamer en...'

'Inrichten van een kamer? Je bent toch zeker niet Jan des Bouvrie?' sneed Nandine dwars door de woorden van haar dochter heen. Haar ogen hadden een broeierige blik. 'Sinds wanneer heb jij verstand van woninginrichting en binnenhuisarchitectuur?' ging ze op aanvallende toon verder. 'Een opleiding tot fotomodel betekent nog niet dat je...'

'Wil je nu je mond houden, Nandine?' De stem van Hubert Mazurel klonk ijzig. 'Het kind is moe. Laat haar met rust. Ik heb trouwens Lottemarie aangeraden om jou niet in te lichten, je zou je maar nodeloos opwinden omdat die baan waarschijnlijk niet je goedkeuring kon wegdragen. Als ik je reactie beluister, had ik volledig gelijk.'

Nandine schokte beledigd met haar schouders en keek demonstratief naar buiten.

Lottemarie zuchtte en keek haar vader aan. Die trok zijn wenkbrauwen op. 'Laat maar praten,' mimede hij met zijn mond. 'En wat heb je nu verder afgesproken met die man?' vervolgde hij hardop.

'Overmorgen ga ik er weer heen om kennis te maken met zijn vrouw en waarschijnlijk ook met zijn kinderen. Dan bespreken we wat die baan verder inhoudt en wat ik ga verdienen.'

Nandine snoof minachtend. 'Zeker afgescheept worden met een fooi,' mompelde ze zacht.

Lottemarie deed net alsof ze niets hoorde. 'Ik ga nog even naar oma,' zei ze toen.

'Ja, vooral,' merkte Nandine wrokkig op.

Cecilia keek blij verrast op toen Lottemarie de kamer inkwam. 'Nou, hoe was het?' verwelkomde ze haar kleindochter. 'Viel het mee? Je ziet er moe uit.'

'Dat komt meer door mama. Die was vreselijk verontwaardigd toen ze erachter kwam dat ik papa en u wel had verteld waar ik naartoe ging en haar niet. Ze gedroeg zich heel onaangenaam. Nou ja, u kent mama.'

Cecilia knikte. Ja, ze kende haar schoondochter door en door. Ze moest zich werkelijk beheersen om haar niet even neer te zetten als een drenzerige kleuter die overgeslagen was tijdens het uitdelen van ballonnen. Helaas kon ze dat niet maken tegenover

Hubert, maar ook niet tegenover zijn dochter, vond ze.

Lottemarie vertelde uitgebreid wat ze die dag had meegemaakt.

'Die Jan was erg trots op zijn vrouw, maar toch sprak hij over haar met een beetje... hoe zal ik het zeggen...'

'Dédain?' vroeg Cecilia.

'Dat is te sterk uitgedrukt, meer zoals je over een kind spreekt dat nog heel veel moet leren.'

'Waarom was ze zelf niet bij het gesprek?'

'Ze zat in Amsterdam, omdat een vriendin van haar jarig was. Ik vond het vreemd, hoor. Waarschijnlijk wilde ze niet bij het gesprek zijn, ik weet het anders ook niet.'

'Hoe heet die vrouw?' vroeg grootmoeder Cecilia.

'Lucie, maar haar man noemt haar Pollewop.'

'Pollewop?' Cecilia begon te glimlachen. 'Dat is een figuur van Bomans,' zei ze.

'Ja, dat klopt. Die man was een fan van Godfried Bomans. Ik had nog nooit van die schrijver gehoord. Hij keek me beslist een beetje ontdaan aan. Hebt u weleens iets van die man gelezen?'

'Ja, maar ik weet echt niet meer welk boek. Zo gecharmeerd was ik ook weer niet van hem. Gunst, dat jij Bomans niet kent. Is die man al van de literatuurlijst afgevoerd?'

Lottemarie knikte. 'Ik heb hem tenminte niet gehad.'

'Dan is het werkelijk: opgaan, blinken en verzinken. Ga alsjeblieft verder met je verhaal.'

'Die Lucie is banketbakker geweest. Waarschijnlijk mag ze dat tegenwoordig niet meer zijn van haar man, dus nu bakt ze taarten als een soort hobby.'

'Ach, dat arme mens.'

'Ja oma, ik weet het niet zeker, hoor, ik veronderstel het alleen maar,' zei Lottemarie snel.

'Neem je die baan?'

'Ik weet het niet. Ik wil het wel proberen, alleen als die Lucie aardig is.'

'Je moet er rekening mee houden dat die vrouw een beetje wantrouwig is. Uiteindelijk heeft haar man die advertentie geplaatst.

Misschien ging hij wel dwars tegen de wens van haar in, dat weet je maar nooit.'
'En als ze me niet leuk vindt?'
'Dan stap je op en ga je weg. Je zit niet verlegen om nog meer moeilijkheden in je leven, maar zover is het nog lang niet. Wacht het nu eerst maar eens af.'
'Op de weg terug bedacht ik plotseling hoe ik die inrichting van die kamer wellicht kan aanpakken. Ik koop gewoon een heleboel bladen op woonstijlgebied. Vooral die Engelse tijdschriften zijn geweldig. Als ik ze samen met die vrouw doorneem, kom ik er misschien achter wat ze werkelijk mooi vindt.'
'Ik denk dat je het wel redt, lieverd,' merkte Cecilia bemoedigend op. Ze had gelijk, haar kleindochter was een slimme vechtjas die zich niet snel uit het veld liet slaan, door niemand, ook niet door dat verraderlijke duo Edgar Broese en Margot van Lansschot.
'Maar daarna komt de moeilijkste klus,' sprak Lottemarie.
'Welke klus?' wilde Cecilia weten.
'Het inburgeren van Lucie.'
'Inburgeren?'
'Ja, zo noemde die man van Lucie dat, inburgeren. Hij bedoelde daar waarschijnlijk mee dat Lucie aansluiting moet krijgen bij de Larense gemeenschap of zoiets, maar ik weet werkelijk niet hoe ik dat zou moeten aanpakken. Bij inburgeren denk ik aan les krijgen, hoe je je in een bepaalde gemeenschap moet gedragen en zo.'
'Dat wordt inderdaad een probleem.' Cecilia fronste haar wenkbrauwen.
'Ergens vind ik het niet in orde,' merkte Lottemarie langzaam op. 'Waarom moet iemand zich zo veranderen om ergens bij te kunnen horen?'
'Lieve Lotje, dat gedoe is van alle tijden. Iedereen die ergens nieuw komt, moet zich aanpassen en doet hij het niet, dan komt hij buiten die gemeenschap te staan. Inburgeren is zo gek nog niet. Als ik jou was zou ik eerst maar eens aan die andere klussen beginnen zoals de inrichting van die kamer, en zie dan maar verder. Deze baan is natuurlijk wel een uitdaging, een leuke uitdaging.'

Even bleef het stil.

'Gek, oma, ik heb werkelijk gedacht dat ik nooit meer blij zou kunnen zijn, maar vandaag was ik voor het eerst toch weer op een bepaalde manier gelukkig,' verbrak Lottemarie de stilte.

'Ach Lotje, soms doet God een deur in je leven dicht, maar opent Hij daarna onmiddellijk weer een raam,' merkte Cecilia filosofisch op.

'Ik vind dat Hij die deur wel heel hard voor mij heeft dichtgeslagen,' meende Lottemarie.

'Misschien deed Hij dat wel om je te behoeden voor narigheid,' opperde Cecilia.

'Behoeden voor narigheid? De laatste maanden zat ik juist midden in de narigheid.'

'Je kunt het ook anders zien,' merkte haar grootmoeder op. 'Stel dat je getrouwd was met Edgar en je kwam erachter dat hij vreemdging, wat dan? Ook als hij niet met Margot had aangepapt, dan nog vraag ik me af of je wel werkelijk gelukkig was geworden met deze man.'

'Wat bedoelt u?' vroeg Lottemarie.

'Soms ziet een mens schijngeluk aan voor werkelijk geluk. Wees eens eerlijk, Lotje, kon je altijd jezelf zijn bij Edgar? Hoefde je je nooit anders voor te doen dan je was?'

Lottemarie dacht diep na. Er waren weleens momenten geweest...

'Ik weet het niet. Ach, het doet er toch niet meer toe.' Lottemarie haalde een beetje gelaten haar schouders op en keek uit het raam.

'Niet meer aan denken, Lotje. Ga vanavond maar vroeg naar bed, want je ziet er ontzettend vermoeid uit,' raadde haar grootmoeder haar aan. Vroeg naar bed gaan was bij Cecilia de remedie voor rouwen, ziekte en verdriet. Een uitgerust mens bekeek de zaken nu eenmaal vanuit een helderder perspectief.

Hoofdstuk 4

Lucie van den Homburg kon niet slapen. Ze woelde heen en weer en staarde naar het donkere plafond. Morgen zou die vrouw komen. Vreselijk, waarom had ze toegestemd dat Jan die advertentie plaatste? Ze maakte zich grote zorgen. Jan mocht dan wel erg enthousiast zijn over die Bambi – ja, hoe verzon hij het, Bambi – zij moest nog maar afwachten of dat vrouwtje werkelijk zo aardig was als ze zich had voorgedaan. Een beetje vrouw draaide een man met het grootste gemak een rad voor de ogen. Mannen waren zo naïef! Was ze maar zo ad rem als Melanie of slim als Josie die de mannen om haar vinger wond; was ze maar een feeks als Stefanie die dadelijk van zich af sloeg. En dat haar Jan zo medelijdend over die vrouw sprak, vertrouwde ze al helemaal niet. Dat begon met medelijden en eindigde in verliefdheid, leer haar de mannen kennen. Lucie zuchtte diep. Ze was dol op Jan en wilde hem niet verliezen. Ze was zelfs bereid om tot aan het eind van haar leven in Laren te blijven wonen en alle Gooise vrouwen voor lief te nemen, als Jan maar van háár bleef. En als het wérkelijk moest, ging ze ook een gevecht niet uit de weg. Ze liet zich niet zomaar wegwerken. Morgen zou ze haar paasbeste kleding aantrekken: de roze, zijden bloes waarvan de hals aan de voorkant lekker diep was uitgesneden en aan de onderrand zo prachtig versierd was met lovertjesgarneersel; en natuurlijk de strakke, zwarte broek die superslank afkleedde. En daarbij zou ze dan de zwarte lakschoenen met de hoge stelthakken dragen, zodat ze iets langer leek dan ze was. Ze kon maar beter op alles voorbereid zijn.

Toch wel een beetje zenuwachtig reed Lottemarie weer in de auto van haar grootmoeder naar Laren. Een fijne regen daalde neer uit de zachtgrijze hemel. Om haar zenuwen te kalmeren, deed ze de autoradio aan en zette die op een populaire zender.
Een schreeuwerige stem joeg een reclametekst de auto in, waarna een man met veel bombarie een programma aankondigde. 'Back to the eighties, terug naar 1981, de hit van Max Werner met het wel

zeer toepasselijke lied *Rain in May*. Nou ja, *rain in June*, zullen we maar zeggen. Max, Max, hoe kon je de regen zo verheerlijken? Afijn, hier komt ie dan.' De stem van de discjockey daalde in een soort misprijzen. Toen klonken de eerste klanken van het lied.
Zacht neuriede Lottemarie het liedje mee: '*Rain in May, wipes your worries away.*' Ze wou voor een lief ding dat de regen inderdaad haar zorgen kon wegvegen. Hoe zou die Lucie op haar reageren? Misschien wilde de echtgenote van Jan wel helemaal niet geholpen worden. En dan die kinderen, wat kon ze van hen verwachten?
Lottemarie draaide de Albrecht Dürerlaan in en reed onder de druipende bomen door naar nummer 32. Het grind knarste weg onder de autobanden toen ze de Saab over de oprit naar het landhuis stuurde. Er lag een zilverachtige glans over de bladeren van de laurierkersstruiken die naast het huis stonden.
Lottemarie stapte. 'Lieve Jezus, vriend van kinderen,' mompelde ze. Toen stak ze haar hand uit en drukte op de bel.

Lucie van den Homburg stond in haar slaapkamer en drentelde zenuwachtig heen en weer. Help, wat waren die stelthakken ongemakkelijk. Ze moest straks uitkijken dat ze niet zwikte. Sloeg ze helemaal zo'n pleefiguur. Nog even en dan kwam dat mens. Plotseling klonk het geluid van knarsend grind. Lucie liep naar het raam. Een dure auto werd aan de zijkant van de oprijlaan geparkeerd en even later stapte een mager meisje uit. Ze had kort, donker haar en droeg een eenvoudige witte jurk met een brede, zwarte lakceintuur. De duurte spatte er van alle kanten af, vond Lucie. En dat moest de lifestyle-coach voorstellen. O, nee, wat hing er boven haar hoofd. Moest ze dat mens werkelijk in huis dulden? Ze werd nu al kwaad. En dat allemaal omdat het Jan in zijn bol was geslagen!
Lucie boog zich voorover om beter te kunnen zien. Het meisje had een kaarsrechte houding. Met lenige, sierlijke passen liep ze naar de voordeur. Zo liepen mannequins, wist Lucie en aan die meiden had ze een grondige hekel. Aanstellerig spul dat leefde op slablaadjes. Lucie hoorde de bel gaan. Even haalde ze diep adem,

toen rechtte ze haar rug en liep de slaapkamer uit. Ze liet zich niet zomaar inpakken. Langzaam liep ze de trap af. Krampachtig hield ze de leuning van de trap vast om niet te zwikken. Onderaan bleef ze staan. Ze zag hoe Jan naar de voordeur liep en het meisje binnenliet. Het hart klopte Lucie in de keel.

Even later verschenen ze in de hal. Het meisje liep voor Lucies man uit en kwam op haar af. Nu ze haar van dichtbij zag, viel er een last van Lucies schouders. Had ze hier nou tegen opgezien, dit magere scharminkel met het ernstige gezicht dat, leek het wel, een beetje uit zijn verband was? De donkere haarlokken konden nauwelijks het litteken verhullen dat over haar voorhoofd liep. Alleen de ogen en de mond waren prachtig, moest Lucie toegeven. Maar wat was dit kind mager! Waarom aten die meiden tegenwoordig toch zo weinig? Dachten ze werkelijk dat mannen dat magere mooi vonden? Ze hoefde zich geen zorgen te maken, haar Jan hield van vlees op de botten. Toch bleef ze op haar hoede. Sinds ze naar Laren waren verhuisd, had Lucie genoeg magere, duur geklede vrouwen ontmoet en eerlijk gezegd had ze niet veel met hen op. Ze vond ze meestal onaardig en vooral arrogant. Lucie keek op en zag de afwachtende blik in die ogen van het meisje. Alle spanning viel van haar af. Dit wijfie was natuurlijk net zo zenuwachtig als zij, ging het door haar heen. Eigenlijk had ze dat totaal niet verwacht. Met een hartelijk gebaar stak ze haar hand uit. 'Lucie van den Homburg,' stelde ze zich voor.

'Lottemarie Mazurel.' Een trek van opluchting verscheen op het ernstige meisjesgezicht.

'Zullen we naar de kamer gaan?' stelde Jan van den Homburg voor.

Opeens klonk er van boven een oorverdovend lawaai. Een knoertharde techno-dreun denderde door het huis. Een gierende synthesizer vulde snerpend de ruimte.

'Gloeiende, gloeiende… Daisy! Wacht, ik zal haar leren! Daisy!' schreeuwde Jan driftig naar boven, maar het leek wel of het geluid nog een paar decibellen harder werd gedraaid.

Jan van den Homburg spurtte weg. Voor een man van zijn omvang rende hij opvallend lenig de trap op, sloeg verscheidene treden over en holde een gang in.

'Jan! Jan!' schreeuwde Lucie hem na. 'Pas op je hart, Jan en niet slaan, Jan!'

Een deur knalde open... woedend geschreeuw... gekraak, toen werd het stil.

'Daisy,' zei Lucie. Ze draaide haar ogen omhoog, haalde haar schouders op en schudde gelaten haar hoofd. 'Ze wil zo graag terug naar Amsterdam. Daarom maakt ze zoveel kabaal. En Jan is zo vreselijk driftig.'

Dat kon nog wat worden, dacht Lottemarie. Gelukkig was ze niet een nanny die voor de kinderen moest zorgen, anders had ze gelijk rechtsomkeert gemaakt.

Lucie ging haar voor naar de woonkamer waar de zigeunerkindjes nog steeds treurig huilden. Lottemarie nam plaats in een van de bruine fauteuils. Binnen in haar hoofd tolden de gedachten als een mallemolen rond. De eerste indruk van de propperig vrouw in de hal had haar verbijsterd. Ze leek precies op een van haar vroegere barbiepoppen met die enorme, uitdagende boezem, het hoog opgekamde krullenkapsel met de glinsterende kammetjes en klemmetjes, de nauwe broek die veel te strak om haar benen spande en de schoenen met de hoge stelthakken. Hoe moest ze deze vrouw met haar aardige viooltjesogen smaak bijbrengen? Daarvoor zou ze alle tact en geduld van de wereld nodig hebben, want ze wilde absoluut niet deze Lucie van den Homburg kwetsen. Gelukkig bezat ze genoeg professionaliteit om de wirwar van haar gevoelens te kunnen verbergen onder een uitdrukkingsloos gezicht.

De kleine vrouw nam plaats op de tweezitsbank tegenover Lottemarie.

Ze keek even om zich heen. 'Het zag er in de winkel best aardig uit,' merkte ze verontschuldigend op. 'Maar toen ze het hier neerzetten, viel het wat tegen.'

Er viel een stilte. Lottemarie wist niet goed wat ze moest zeggen.

'Heeft u dit al vaak gedaan?' vroeg de vrouw tegenover haar.

'Wat bedoelt u?' Lottemarie keek haar vragend aan.

'Nou, dit gedoe, dit stijlen van een huishouding en zo. Ik bedoel, doet u dit werk al lang?'

'Dit is mijn eerste keer,' biechtte Lottemarie op. 'Eigenlijk weet ik nog niet zo goed hoe ik deze baan moet invullen. Ik heb wel een idee… Uw man zei… Hij hield nogal aan… Tja…' Ze stotterde onzeker en maakte haar zinnen niet af.

'Ja, Jan kan erg dominant zijn. Die praat je zo een baan in,' begreep Lucie onmiddellijk. 'Wat ie in zijn hoofd heeft, heeft ie niet in zijn gat.'

'Maar was die advertentie alleen het idee van uw man? U moet het ook willen,' greep Lottemarie opeens haar kans.

Lucie aarzelde even. 'Eerlijk gezegd, ik doe het voor Jan. Dit is Jans idee. Maar nu ik er iets langer over heb nagedacht, ben ik het wel met hem eens. We wonen hier nu eenmaal en dan vind ik het ook leuk om erbij te kunnen horen. En als je me daarmee kunt helpen, heel graag. Kijk, wij zijn nooit rijk geweest. Ik weet dus ook niet hoe rijke mensen met elkaar omgaan. Ze lijken me zo anders. Ik wil het dus wel proberen,' gaf ze langzaam toe. 'Maar ik moet nog zo aan het idee wennen. Ik bedoel dat iemand zo maar in mijn huis…' Ze zweeg.

'U wilt geen pottenkijkers in uw huis,' begreep Lottemarie. 'Dat vindt niemand leuk, hoor. Ik geef u alleen maar een paar ideeën. Wat u niet wilt, gebeurt niet.'

Lucie zuchtte van opluchting. Dit meisje begreep haar. Lucie moest het maar met haar proberen. Trouwens, als dit meisje het niet werd, kwam er een ander, misschien wel een haaibaai. Ze kende Jan, die hield vol tot hij zijn zin kreeg. Hij leek af en toe sprekend op een foxterriër: bijten en vasthouden.

'Wilt u bijvoorbeeld deze meubels houden?' vroeg Lottemarie voorzichtig.

'Och… nou… nee… Ik heb ze eigenlijk gekocht omdat ze zo groot waren. Ze vulden zo lekker de kamer. Maar ik vind ze niet echt mooi. Van mij mogen ze weg.'

Lottemarie zuchtte onmerkbaar van opluchting. Gelukkig, dat was tenminste een opening waarmee ze iets kon. En als ze nu ook nog

eens de koperen en porseleinen prulletjes kon laten verdwijnen...
'Zeg,' stelde Lucie voor. 'Zullen we maar naar de keuken verhuizen? Als u het niet erg vindt...' Vragend keek ze haar gaste
aan.
'Prima,' antwoordde Lottemarie. Ze had al weer lang genoeg
tegen de huilende zigeunerkleuters aangekeken. 'Zegt u maar Lottemarie,' vervolgde ze toen.
'Heel graag en laat dat ge-u maar zitten, ik ben Lucie,' antwoordde de vrouw.

De keuken zag er nog precies hetzelfde uit als de laatste keer,
alleen de blauwe ridderspoor en de gele lelies waren verdwenen. In
plaats daarvan stonden er boeketjes van zoet geurende, gele rozen
en blauwe campanula's in bolvormige vazen op de tafel met het
blauwe kleed. Klaarblijkelijk was Lucie dol op geel en blauw.
'Mijn domein,' zei Lucie trots.
'Ik weet het,' zei Lottemarie. 'Gezellig, vooral de servieskast.' Ze
wees op de kast met de glazen deuren.
'Ja, mooi hè. Ik was altijd al dol op serviezen, maar vanaf dat we
hier kwamen, ben ik pas echt goed op jacht gegaan naar serviesgoed. Er is toch geld genoeg.' Lucie haalde achteloos haar schouders op. 'Boven op zolder heb ik nog veel meer spullen: koffieser-
viezen, theeserviezen, dat werk. Ik moet er alleen nog een plaatsje
voor vinden,' vervolgde Lucie enthousiast. Ze begon zich hoe langer hoe meer op haar gemak te voelen. Dit meisje viel haar honderd procent mee.
Lottemarie bleef nog even staan, draaide zich om en liep toen
langzaam naar de buitendeur. Er stonden alleen maar bomen langs
het uitgestrekte gazon. Nergens waren bloemen en planten te
bekennen.
'Thuis in Amsterdam hadden we geen tuin.' Er klonk heimwee
door in Lucies stem, alsof ze de tuin dadelijk wilde inwisselen voor
de etagewoning in de Govert Flinckstraat.
'Houd je dan niet van bloemen?' vroeg Lottemarie verbaasd.
'Jawel, maar vertel me maar waar ik ze moet planten. Ik heb er

geen verstand van. Wie weet laat ik een paar perkjes in het gazon aanleggen.'

'Misschien is het wel een goed idee…' Lottemarie maakte haar zin niet af. Om nu gelijk al kritiek te leveren…

'Wat vind je een goed idee?' wilde Lucie nieuwsgierig weten.

Lottemarie aarzelde. 'Vind je het niet vervelend?'

'Wat moet ik vervelend vinden?' vroeg Lucie verbaasd.

'Dat ik me nu al met jouw zaken bemoei.'

'Welnee, ik vind het geweldig. Ik ben geen tuinierster.'

'Als u, je nou eens een deel van het gazon langs de rand laat afgraven door een tuinman.' Lottemarie wees naar buiten, terwijl haar hand een slingerende beweging maakte. 'Niet recht maar met bochten. Je laat er nieuwe potgrond op gooien en daarin plant je dan bloemen. Wacht eens, ik heb nog een beter idee.' Haar stem kreeg plotseling een enthousiaste klank. 'Wat vind je van een kruidentuin?'

'Een kruidentuin?' Langzaam verscheen er een trek van interesse op het gezicht van Lucie. 'Een kruidentuin?' herhaalde ze. 'Zou dat werkelijk kunnen?'

'Natuurlijk,' antwoordde Lottemarie. 'Bijvoorbeeld in die hoek bij die bomen. Daar is schaduw maar ook nog genoeg zon. Je moet kruiden niet in de volle zon zetten. Daar kunnen ze niet tegen. Heerlijk, lavas, selderie, peterselie, basilicum… Wij hebben thuis ook een kruidentuin en een moestuin.'

Achter hen ging de deur open. Jan van den Homburg stapte de keuken in. 'Ik zocht jullie. Waarom zitten jullie hier?' vroeg hij verbaasd.

'Het is hier veel gezelliger,' antwoordde Lucie. 'Jan, moet je horen.'

'Waarom heb je nog geen koffie ingeschonken?' onderbrak Jan zijn vrouw ongeduldig.

'Gunst, helemaal vergeten, Jan. En ik had nog wel zoiets lekkers gebakken, angelcake, Amerikaans, heb je dat weleens gegeten?' vroeg ze aan Lottemarie.

Lottemarie knikte. 'In een restaurant in New York,' antwoordde ze.

78

'New York? Was je daar soms voor je werk?'
Weer knikte Lottemarie.
'Schenk nou die koffie in, Luus. Dat meisie zit te smachten en ik ook,' drong Jan aan.
'Oké, oké, niet zo ongeduldig. Als jij nou de koffieroom en de suiker op tafel zet, pak ik de kopjes en de schotels, Jan.'
Lucie liep zwikkend op haar stelthakjes naar de servieskast en haalde er mokken, lepeltjes en gebakschoteltjes uit. Ze zette alles neer op de tafel, schonk de koffie in en zei: 'Jullie moeten zelf maar suiker en melk erin doen.' Toen liep ze naar de grote, ingebouwde oven en haalde er een met poedersuiker bestoven cake uit. 'Tata,' zei ze glunderend. 'Hij is goed gelukt. Een enkele keer wil zo'n cake nog weleens in elkaar ploffen door de vele eiwitten die erin zitten. Je hoeft niet bang zijn voor je lijn, er zit niks in, alleen maar wat bloem, maïzena en eiwitten.'
Lottemarie zou later ontdekken dat het de gevleugelde uitdrukking was van Lucie die ze steeds gebruikte als ze iets had gebakken: er zit helemaal niets in.
Voorzichtig sneed Lucie drie dikke plakken van de cake en schoof die met een taartschep op de gebakschoteltjes.
Als ik dit elke dag krijg, kan ik in de toekomst zonder auto naar huis rollen, dacht Lottemarie, maar ze begon toch te eten om Lucie niet voor het hoofd te stoten. Ze zou wel een deel laten staan, nam ze zich voor, maar dat voornemen ging niet door. De cake leek wel in haar mond te smelten. Ze at de hele plak op.
'Hoe zit het, doe je het?' vroeg Jan van den Homburg aan Lottemarie, terwijl hij zijn mond afveegde met een papieren servetje.
'Wat moet ze doen?' vroeg Lucie verbaasd.
'De baan aannemen, Pollewop,' antwoordde haar man.
'Natuurlijk neemt ze de baan aan, toch?' Lucie keek Lottemarie vragend aan.
'Ik wil het proberen,' zei Lottemarie aarzelend. 'Maar ik weet echt niet of ik het kan.'
'Ach meisie, dat komt dik voor mekaar, maak jij je maar geen zorgen. Zullen we de rest even bespreken in mijn werkkamer?'

'Dat kun je hier ook wel doen,' vond Lucie.

'In mijn werkkamer,' zei Jan nadrukkelijk. Er verscheen een vastberaden trek om zijn mond.

Opeens begreep Lottemarie waarom deze man zo goed zijn zaakjes voor elkaar had. Jan van den Homburg liet zich door niets en niemand van de wijs brengen en zette zijn eigen plannen door.

'Zeg, als jullie klaar zijn, ga dan nog niet onmiddellijk weg,' zei Lucie tegen Lottemarie. 'Waarom blijf je niet tussen de middag hier? Ik heb een heerlijke hartige taart gemaakt, echt, er zit niks in, met een lichte salade van verse tomaatjes, blokjes feta en uienringetjes.' Haar stem klonk verleidelijk.

Lottemarie begon te lachen.

'En dan kunnen we meteen even bespreken waar die kruidentuin moet komen,' vervolgde Lucie. Ze keek Lottemarie smekend aan. Eindelijk iemand die wat afwisseling bracht in haar saaie leven.

'Een andere keer,' beloofde Lottemarie. 'Ik moet nog zoveel regelen als ik hier kom werken. Eerst moet ik op zoek naar een kamer.'

'Daar hoef je niet naar te zoeken. Wij hebben hier ruimte genoeg, hè Jan!' riep Lucie uit.

Maar Jan zag het gevaar. Lucie meende het goed, maar ze moest dat meisje niet onder druk zetten. Natuurlijk wilde dat kind niet hier in huis komen wonen. Zou hij ook niet doen. Vanzelfsprekend wilde Lottemarie na haar werk niet meer geconfronteerd worden met haar baan. Die wilde vrij zijn. Je moest zaken en privé altijd gescheiden houden.

'Ga je mee?' zei Jan van den Homburg. Zonder ook maar met een woord op Lucies suggestie in te gaan, stond hij op en hield de keukendeur uitnodigend open voor het meisje.

Lottemarie kwam overeind. 'Ik kom nog terug, maar ik blijf niet eten,' beloofde ze vlug. 'Maar er komen nog genoeg dagen.' Toen draaide ze zich om en volgde Lucies echtgenoot naar zijn werkkamer.

Jan van den Homburg bood Lottemarie een flink salaris aan. Het bedrag kon natuurlijk niet in de schaduw staan van het geld dat ze met haar baan als fotomodel verdiende, maar het was meer dan genoeg om in haar onderhoud te voorzien. Ook de secundaire arbeidsvoorwaarden waren uitstekend. Jan van den Homburg was een ruimhartige werkgever. Ze spraken af dat Lottemarie de eerste september zou beginnen. De grote vakantie stond voor de deur. De familie zou vier weken naar Mallorca gaan.

'Ik wil het proberen, maar het kan best zijn dat het niet lukt,' waarschuwde Lottemarie nog maar eens. 'Vooral dat inburgeren van uw, je vrouw... Ik weet niet hoe ik dat moet aanpakken.'

'We zien wel waar het schip strandt,' merkte Jan luchthartig op. Hij had alle vertrouwen in dit meisje. Zij kwam uit een welgestelde familie, dat kon je van een afstand zien. Dat meisje wist dus hoe de rijken met elkaar omgingen. Als ze dat nu eens op Lucie kon overbrengen, dan was hij al een zeer gelukkig man.

Tegen de middag nam Lottemarie afscheid van haar nieuwe werkgever. Ze voelde zich redelijk voldaan. Alleen jammer dat ze de kinderen nog niet had ontmoet.

Nandine, Hubert en Lottemarie zaten in de serre. De regen droop in grillige sporen langs de ruiten.

'Waar ga je wonen?' wilde Hubert weten. Hij keek naar het gezicht van zijn dochter. Voor het eerst sinds tijden stond het weer opgewekt.

'Huren in Laren is vast een kostbare zaak, als er al iets te huur staat,' stelde Nandine vast. 'Hadden we maar kennissen in Laren.' Lottemaries moeder was weer bijgedraaid. Ze bleef meestal niet lang kwaad.

'Ik kan toch ook in een andere plaats iets huren,' zei Lottemarie. 'Bijvoorbeeld in Huizen of Blaricum.'

'Lood om oud ijzer, lieverd,' merkte Hubert op. 'Al die plaatsten in het Gooi zijn vreselijk duur. Wat zou je ervan denken als ik iets voor je kocht?'

'Pap, dat is toch helemaal niet te betalen! Trouwens, ik heb geen flauw idee hoelang deze baan gaat duren. Misschien ben ik met een halfjaar al klaar en dan zit je mooi met dat huis in je maag.

Daarbij heb ik zelf ook nog een behoorlijke hap geld op de bank staan, hoor.'

'Luister, Lotje, je vader is rijk genoeg. Laat jij dat geld nou maar rustig op de bank,' raadde haar vader haar aan. 'Ik koop gewoon een huisje en dat verhuur ik aan jou. En als je later trouwt...'

'Trouwen? Nooit,' zei Lottemarie vastberaden. 'Voorlopig heb ik genoeg van mannen. Trouwens, wie wil mij nou nog hebben?'

'Wat bedoel je?' vroeg Nandine snibbig.

'Mam, kijk naar mijn gezicht.'

'Die paar littekentjes? Je gezicht is nog steeds heel mooi.' De stem van Nandine klonk fel, haar ogen gloeiden. Ze zag alleen wat ze wilde zien, geen verbroken kaaklijn en geen littekens op de eens zo mooie huid.

Lottemarie sloeg een arm om de schouders van haar moeder. 'Je bent lief, mams,' zei ze innig.

'Ik kan er niet tegen als je zo minachtend over je uiterlijk doet. Je ogen en je mond zijn schitterend, trouwens, je ziet er nog steeds beeldschoon uit.' Nandine snufte verontwaardigd.

'Oké, ik zal het nooit meer zeggen.'

'Meisjes, ik moet nog naar een vergadering,' zei Hubert. 'Lot, kijk vanmiddag alvast op de huizensites of er iets van je gading bij zit. Als je nu een straal van twintig kilometer van Laren aanhoudt, dan valt er heus nog wel iets redelijks te kopen. Overigens, je moet ook nog een nieuwe auto hebben. Ik heb een mooie gezien bij Van Lent, showmodel, een kleine BMW. Wat vind je ervan, zullen we hem morgen bekijken?'

Zijn dochter knikte. 'Ik moet straks eerst nog even naar de bibliotheek.'

'Waarom?' vroeg Nandine.

'Ik ga een paar boeken over kruiden halen, want ik wil weten hoe je een kruidentuin aanlegt,' legde Lottemarie uit.

'Ga je een kruidentuin aanleggen? Waar? In Laren?' vroeg haar moeder verbaasd. 'Ik dacht dat je een kamer moest inrichten.'

'Ook dat,' antwoordde Lottemarie. 'Maar die tuin is nogal saai. Alleen maar wat gras en bomen. Nu houdt die Lucie veel van koken en bakken. Daarom stelde ik voor om een kruidentuin aan te leggen, maar hoe dat moet...' Lottemarie haalde lachend haar schouders op.

'Kind, het moet niet erger worden,' zei haar moeder afkeurend, maar haar vader lachte hartelijk.

Het was niet druk in de bibliotheek. Lottemarie liep langs de boekenkasten op zoek naar de afdeling met de tuinboeken. Eindelijk had ze die gevonden.

'Kruiden, kruiden,' mompelde ze zacht. Ze had nooit geweten dat er zoveel boeken over kruiden bestonden. Aandachtig bladerde ze ze door. Dat je zoveel met kruiden kon doen: niet alleen koken en bakken, maar je kon ze ook gebruiken om shampoo, haarlotion en zelfs crèmes te maken. De stapel boeken in haar handen groeide gestaag. Nog een laatste boek...

'Hallo, Lotte,' hoorde ze opeens een bekende stem achter zich.

Lottemarie slikte en draaide zich langzaam om. Daar stond Margot van Lansschot, even zelfbewust als altijd. Een vracht donker krulhaar lag om een niet bijzonder mooi, maar wel aantrekkelijk en geestig gezichtje. Donkere ogen straalden de wereld in.

'Ik zag je de bibliotheek ingaan,' zei Margot losjes, alsof er nooit iets voorgevallen was.

Lottemarie zei niets, haar keel leek dichtgeschroeid. Ze voelde hoe bitterheid bezit van haar nam. Hier stond degene die haar in het ongeluk had gestort, die haar dierbaarste bezit zonder enige scrupule had afgepakt, zoals een verwend kind het lievelingsspeelgoed afpakt van een ander kind.

'We hebben elkaar al zo'n lange tijd niet gezien. Ik dacht dat je me wel zou schrijven of bellen. Dat had ik toch gevraagd in mijn brief, of heb je hem soms niet ontvangen? Hoe gaat het met je? Je ziet er al weer een stuk beter uit.' De woorden ratelden uit Margots mond. 'Waarom zeg je niets? Edgar hoeft toch niet tussen ons in te staan? We waren toch vriendinnen?' De stem van Margot klonk vleiend, overredend.

Lottemarie pakte de stapel boeken onder haar ene arm en met de andere duwde ze haar voormalige vriendin zacht, maar beslist opzij. Nog steeds zei ze niets.

'Lotte, waarom doe je nu zo? Als je Edgar terug wilt hebben...' Margot liep Lottemarie achterna. 'Je kunt hem zo weer krijgen. Ik dacht echt dat Edgar en ik *two-of-a-kind* waren, Lot, maar ik heb me vergist. Het is toch zo'n egoïst! Lot, sta nu even stil, ik praat met je. Ik snap werkelijk niet hoe je het zo lang met hem hebt uitgehouden. Alle aandacht moet voor hem zijn. En dan die familie... Vreselijk!'

Lottemarie liep onaangedaan, haar rug kaarsrecht, naar de balie om haar boeken door de computer te laten administreren.

'Lot, alsjeblieft, doe nou niet zo rottig. Oké, ik had het niet moeten doen, maar echt, Edgar is je niet waard. Het is beter dat je daar nu achter bent. Eigenlijk moet je me dankbaar zijn. Stel dat je met hem getrouwd was en je kwam er dan pas achter dat hij zo'n onbetrouwbaar sujet is, want dat is hij, Lot! Als hij de kans krijgt, legt hij het aan met iedere mooie vrouw die hij tegenkomt. Wat doe je nou, Lotje?'

Lottemarie opende het portier van de auto van haar grootmoeder. Ze gooide de boeken op de achterbank en stapte toen in.

Margot hield het portier tegen. 'Lotje, toe nou,' zei ze smekend.

Met een ruk trok Lottemarie het portier uit Margots handen en deed hem kalm dicht. Toen startte ze de motor en reed rustig weg.

'Lotte!' schreeuwde Margot. Verdwaasd keek ze de wegrijdende auto na.

Nog steeds geschokt door de ontmoeting liep Lottemarie met een bleek gezicht het huis binnen. Gelukkig was er niemand. Snel liep ze de trap op naar boven naar haar kamer en legde de boeken op een stoel. Toen liet ze zich neervallen op het bed. Met brandende ogen keek ze naar het plafond. Begon dat vreselijke gedoe nu weer van voren af aan? Ze was juist zo blij geweest dat ze niet meer de hele tijd aan de ellende van januari moest denken. Waarom kon Margot haar niet met rust laten? Was het niet voldoende dat ze Edgar van haar had afgepakt? Hoe haalde Margot het in haar hoofd om te denken dat ze hun oude vriendschap weer konden voortzetten alsof er niets gebeurd was? Ze moest wel een heel dikke plank voor haar hoofd hebben. Klaarblijkelijk was de verhouding met Edgar op niets uitgelopen. Lottemarie vroeg zich af wie wie aan de kant had gezet. Ach, wat deed het er nog toe.

Toch wel met enige voldoening constateerde ze dat ze zich niet van de wijs had laten brengen door Margot. Ze was keurig gebleven, had niets teruggezegd en haar ex-vriendin volledig genegeerd. Daar kon Margot niet tegen, wist ze, maar daarnaast voelde ze zich intens treurig dat er een einde was gekomen aan hun vriendschap. Nooit meer zou ze uitbundig kunnen lachen om Margots snelle, geestige antwoorden, haar absurde verhalen en haar grappige opmerkingen. Dat was voorgoed verleden tijd.

Ik kan hier niet blijven liggen, dacht Lottemarie zwaarmoedig, maar ik wil ze beneden ook niet weer opzadelen met mijn verdriet. Langzaam kwam ze overeind en kwam van het bed af. Toen liep ze naar de badkamer. De grote spiegel boven de wastafel weerkaatste haar inwitte gezicht met daarin haar ogen donker van wanhoop. De roze littekens schenen door de make-up heen.

'Lot, laat je niet eronder werken,' sprak ze plotseling streng tegen haar spiegelbeeld. 'Het wordt tijd om terug te vechten.' Ze gooide koud water over haar gezicht zodat de bleke kleur verdween en bracht een nieuwe laag make-up op. Met mannenmoed toverde ze een opgewekte trek op haar gezicht. Niemand mocht iets merken.

Het werd gelukkig een bijzonder drukke tijd voor Lottemarie, zodat haar gedachten geen kans kregen om af te dwalen naar Edgar of Margot.

Zolang ze nog geen kamer of huis had, zou ze haar intrek nemen in een hotel.

'Maak je maar geen zorgen om een huis, dat regel ik wel,' zei haar vader op een dag. 'Ik heb iets ontdekt in Eemnes. Gezien de prijs denk ik dat het niet veel is. Er stonden maar twee foto's bij: een vooraanzicht van het huis en een foto van de omgeving. Wat vind je ervan, zullen we zaterdag even een kijkje nemen?'

'Maar als het nu een bouwval is,' zei Lottemarie twijfelend.

'Prima toch? Ik stuur er gewoon een ploeg bouwvakkers door-heen, maak je maar geen zorgen.'

Maar ze maakte zich wel zorgen. Stel dat die baan niets was, dan zaten ze mooi met dat huis opgescheept.

'Lotje, weet je nou niets beter te doen dan bezwaren te maken?' merkte haar vader een beetje geërgerd op. 'Leef wat makkelijker. Ik val me echt geen buil aan zo'n huisje.'

'Maar als die baan nou niet bevalt...'

'Dan verkoop ik die woning met winst.'

Het huis stond in een stil laantje aan de rand van Eemnes. Het bleek inderdaad een bouwval te zijn. Vanbinnen was het leeg.

'Je kunt er heel wat van maken,' prees de makelaar het huis aan. 'Het behoorde aan een man die de zaak volledig heeft laten ver-slonzen. Ik zal meteen maar de probleempjes opnoemen: geen iso-latie, wat lekkage aan het dak en een van de muren is verzakt, maar voor de rest is het een puik pandje. Het fundament is pri-ma in orde evenals de rest van de muren. Een paar maanden ge-leden is die man overleden. Zijn erfgenamen willen er zo snel mogelijk vanaf.' Hij stak een sleutel in het slot en opende de voor-deur.

Hubert en de makelaar gingen naar binnen, maar Lottemarie bleef nog even buiten staan. Nieuwsgierig keek ze om zich heen. Hoe-wel de kleine voortuin was verwaarloosd, groeiden er toch nog hosta's, phloxen en ridderspoor tussen het woekerende onkruid. Aan de linkerkant van het huisje bloeiden stokrozen. Blauwe bloe-men hingen over een oude, brokkelige muur waarin een groene, verzakte deur zat die waarschijnlijk toegang gaf tot de achtertuin. Er klonken vogelgeluiden, verder was het stil. Zou het erg veel kosten om dit huis te renoveren, vroeg Lottemarie zich af.

'Lotje, kom je!' riep haar vader.

Snel liep ze het huisje in. Binnen rook het muf, maar de ruimte viel Lottemarie erg mee. In het kleine halletje zaten vier deuren naar het toilet, de keuken, de woonkamer en de toegang naar een

nauwe trap. Het woongedeelte bestond uit een voor- en achterkamer die met elkaar verbonden werden door suitedeuren waarin
kleurige glas-in-loodpanelen zaten. Beide kamers hadden twee
grote, brede ramen. In de voorkamer zat halverwege de buitenmuur een schouw met een rookgat.
'Hier stond altijd een plattebuiskachel, maar die hebben de erfgenamen jammer genoeg meegenomen,' merkte de makelaar spijtig
op.
'Leuk voor een open haardje, Lot,' zei Hubert.
De keuken was klein met een granieten aanrecht en een wit email-
len gootsteen. Tegen een van de muren stond een vaste, olijfgroen
geschilderde servieskast. Op de vloer lag donkerrood, gescheurd
zeil, waarschijnlijk nog afkomstig uit de jaren vijftig. Het toilet was
afschuwelijk om aan te zien. Lottemarie werd er moedeloos van.
Het zou maanden duren om dit huisje op te knappen, maar haar
vader leek niet onder de indruk van de haveloze staat van het huis.
Boven onder de dakspanten waren twee slaapkamers en een grote
overloop met een soort berging.
'Zoals ik al zeg, er is heel wat van te maken,' merkte de makelaar
geestdriftig op. 'En het is natuurlijk niet al te prijzig voor deze
omgeving.'
'Ik heb het gezien,' zei Hubert. 'Heb jij nog vragen, Lot?'
Lottemarie schudde haar hoofd. Het was een leuk huisje, maar
niet voor haar. Er was te veel opknapwerk voor nodig.

'Dit is precies wat voor jou,' zei Hubert toen ze afscheid van de
makelaar hadden genomen en weer naar huis reden.
'Pap!'
'Wat nou, pap?'
'Het kost kapitalen om deze woning op te knappen. Je hebt zeker
wel een jaar nodig om het bewoonbaar te maken.'
'Liefje, je hebt er totaal geen verstand van. Zodra de koopakte is
gepasseerd, stuur ik er een architect naartoe voor een bouwteke-
ning. Je moet maar aangeven hoe je het wilt hebben. Daarna huur
ik een paar mannetjes in en over drie, vier maanden heb jij je huis.

Vertrouw jij je vader nu maar en gebruik je energie voor je nieuwe baan.'

De eerste september viel op een dinsdag.
Met haar nieuwe auto vol kleren, schoenen en wat persoonlijke spullen om haar hotelkamer een beetje huiselijk te maken, verliet Lottemarie Landsweerde. Op de achterbank lag ook nog een plastic tas vol met kruiden. Ze waren bestemd voor Lucie van den Homburg.
'Dat doet het altijd zo aardig,' had Cecilia gezegd.
Het was nog vroeg in de morgen. Nevelbanken hingen over de weilanden, het zou een prachtige dag worden.
Na een paar uur rijden reed Lottemarie Laren binnen. De zon scheen helder, de nevels waren opgetrokken. Ze wilde net de Albrecht Dürerlaan indraaien, toen een auto van rechts plotseling moest stoppen voor haar. Lottemarie trapte razendsnel op het rempedaal zodat de motor van de auto afsloeg. Verschrikt keek ze opzij. Ze zag een man met een smal, gebruind gezicht die haar ongeduldig gebaarde dat ze door moest rijden. 'Ik ga al, ik ga al,' prevelde ze, terwijl ze met trillende handen het contactsleuteltje zenuwachtig omdraaide. Gelukkig sloeg de motor onmiddellijk aan en kon ze meteen doorrijden. Achter haar schoot een zwarte auto in een flits weg.
'Welkom in Laren,' mompelde Lottemarie. Nog steeds klopte haar hart in haar keel en trilden haar handen. Had ze toch bijna weer een ongeluk gehad! Dat kwam ervan als je even je gedachten liet afdwalen.

Lucie van den Homburg zag er verpletterend uit. Ze droeg een soort dirndljurk van blauw katoen. Haar volumineuze boezem werd, voor zover dat mogelijk was, in bedwang gehouden door een wit geplooid frontje dat met een koordje gesloten werd. Waar, oh waar, had Lucie deze creatie op de kop getikt, vroeg Lottemarie zich af. Niet in Laren, wist ze heel zeker. Misschien gekocht tijdens een vakantie in Oostenrijk of Beieren?

'Wat ontzettend aardig van je,' zei Lucie van den Homburg. Ze nam de zak met kruiden van Lottemarie in ontvangst.

'Volgend jaar kun je ze misschien uit je eigen tuin plukken,' zei Lottemarie.

'Dat zou geweldig zijn. Ik heb de koffie klaar. Gaan we eerst uitgebreid koffiedrinken.'

Lucie dribbelde met de zak in haar handen naar de keuken. 'Ik vind het toch zo gezellig dat je er bent,' zei ze ondertussen. Lucie was als een blad aan een boom omgedraaid en had zich volledig verzoend met de komst van Lottemarie. Dat meisje kon geen kwaad, had ze tegen haar echtgenoot gezegd.

'Zie je wel, Pollewop, mijn ideeën zijn zo slecht nog niet,' had Jan nogal opschepperig geantwoord.

Toen ze in de keuken kwamen, drukte Lucie de toets in van het ultramoderne koffiezetapparaat. 'Je zult wel trek hebben na die lange reis. Daar heb ik rekening mee gehouden. Kijk...' Uit een van de keukenkasten pakte Lucie een roomwitte schaal met daarop een taart die uit lagen cake en vruchten in gelei bestond. Bovenop op de taart lag ook een dikke laag aardbeien, kersen en besjes in gelei. De taart was verder gegarneerd met toefjes slagroom.

'Zit werkelijk niets in,' zei Lucie bedrijvig. 'Je ziet het, voor het overgrote deel vruchten, dus alleen maar gezond.' Ze sneed een punt uit de taart en legde die op een gebaksschoteltje. Toen haalde ze uit een besteklade een stel grappige gebakvorkjes die aan het uiteinde waren versierd met kleurige taartjes van kunststof.

'Uit een speciale kookwinkel in Utrecht, geinig, hè.' Lucie schonk glunderend de koffie in.

Dit werd een probleem, begreep Lottemarie. Hoe moest ze deze aardige vrouw ervan overtuigen dat je niet elke dag gebak kon eten? Dat stuk taart stond gelijk aan een hele broodmaaltijd, maar moest ze dat nu al tegen Lucie zeggen?

Haar overwegingen werden doorkruist door een enorm lawaai dat plotseling de stilte verscheurde. Knoertharde heavy metal denderde door het huis.

'Oh nee, hè, Daisy! En Jan is er niet. Wat moet ik nou?' Lucie ging met een wanhopig gezicht aan tafel zitten. 'Dit kan uren duren,' zei ze terneergeslagen.

Uren? Lottemarie keek Lucie verbijsterd aan. Dus niet! Ze was absoluut niet van plan om naar deze herrie te luisteren en ze liet zich ook niet wegjagen.

'Zal ik even met haar praten?' stelde ze voor. Ze wachtte niet eens het antwoord van Lucie af, maar stond op en liep weg.

De muziek ging door merg en been. Lottemarie had de neiging om haar handen voor haar oren te houden. Ze liep de trap op, een kleine gang door en wachtte even voor de deur waarachter het muziektumult schalde. Kloppen had geen zin, dat zou verloren gaan in het oorverdovende lawaai.

Vastberaden greep ze de klink van de deur en drukte die naar beneden. Dit werd haar eerste confrontatie.

Hoofdstuk 5

Nog nooit had Lottemarie in haar leven zo'n dramatisch ingerichte slaapkamer gezien. Hoe kan een mens hierin slapen, flitste het even door haar heen. Tegen een achtergrond van donkerrood gesausde muren hingen levensgrote zwart-witposters van agressief uitziende popidolen of mensen die daarvoor doorgingen. Lottemarie had het idee alsof ze in een spookhuis van een kermis terecht was gekomen dat bevolkt werd door monsters en andere griezels. De ramen stonden wijd open. Op een bed met een zwartrood gestreepte sprei lag een meisje van een jaar of vijftien. Het zwarte, halflange haar was met strong gel bewerkt, waardoor de lange haarplukken als een stekelkrans om haar hoofd stonden. Haar blauwe ogen die ze overduidelijk van haar moeder had geërfd, waren zwart omrand. Het meisje droeg een zwarte, nauwe broek en een zwart T-shirtje zonder mouwen. Met haast vijandige blikken nam ze Lottemarie op en deed geen moeite om de muziek zachter te draaien. Dit was dus Daisy.

Lottemarie bleef doodstil staan, terwijl de hellemuziek voortstampte en snerpte.

Haar oren deden pijn, maar ze gaf geen krimp. Ze had voor heter vuren gestaan.

Na een paar minuten richtte het meisje zich op en schreeuwde boven de muziek uit: 'Wat moet je?'

Lottemarie wees op haar oren en mond en haalde daarna hulpeloos haar schouders op.

Ten slotte draaide het meisje de volumeknop om zodat de muziek meer een achtergrondgeluid werd.

'Ik heb een zachte stem,' zei Lottemarie op verontschuldigende toon.

'Wat kom je hier doen?' vroeg het meisje op scherpe toon.

'Me even voorstellen en kennismaken.' Lottemarie stak haar hand uit. Het meisje wachtte even maar greep, weliswaar onwillig, de uitgestoken hand. 'Daisy. Dus jij zal ons even vertellen hoe we moeten leven.' Daisy van den Homburg snoof minachtend.

Lottemarie schoot in de lach. 'Wie heeft jou dat wijsgemaakt?'
'Mijn vader. Nou, hij kan lang wachten, ik heb lak aan jouw praatjes.'
'Dan blijf je toch lekker mokken op je kamer?' merkte Lottemarie
onverschillig op. Ze draaide zich om en liep naar de deur. Dit was
ploegen op de rotsen en daar leende ze zich niet voor.
'Hé, wacht es…' Daisy liet zich van haar bed glijden. 'Vind je dat
ik mok?' vroeg ze toen.
Lottemarie knikte.
'Zou jij het leuk vinden als je van de ene dag op de andere moet
verhuizen zonder dat je iets gevraagd wordt? Dat je zomaar naar
een andere school moet met stomme kakmeiden? Nou?' Verontwaardiging klonk door in de meisjesstem.
'Ik zou het heel vervelend vinden,' gaf Lottemarie toe. 'Maar ik
zou alles wel slimmer aanpakken.'
'Hoe dan?'
'Mag ik even zitten?' Lottemarie voelde opeens hoe haar benen
begonnen te trillen. Hè, vervelend dat ze nog steeds op de meest
ongelegen momenten last had van bibberende benen, een vervelend overblijfsel van het ongeluk.
'Ja, natuurlijk, ga je gang,' zei het meisje haastig. Ze keek naar het
gezicht tegenover haar dat plotseling nogal bleek zag. Kleine, roze
littekenlijntjes werden vaag zichtbaar.
'Pap zegt dat je een ongeluk hebt gehad.' Daisy nam Lottemarie
aandachtig op. Ze zag de verbroken kaaklijn, het litteken op het
voorhoofd en voelde medelijden opkomen. Alles wat ziek, zwak en
misselijk was, wekte Daisy's diepe mededogen op.
Lottemarie knikte.
Het bleef stil. De muziek bonkte zacht op de achtergrond.
'Die herrie!' Daisy liep geërgerd naar de muziektoren en draaide
de muziek uit.
Lottemarie schoot in de lach. 'Waarom zet je die… muziek dan
aan?'
'Wil je het echt weten? Om die deftige hotemetoten in de buurt
dwars te zitten. Soms lijkt het wel of iedereen hier dood is. Nou,

wat zou jij doen in mijn geval?' vroeg ze daarna aan Lottemarie.
'Wat bedoel je?'
'Hoe kom ik hier weg?'
'Denk je werkelijk dat je het van je vader kunt winnen?' vroeg Lottemarie voorzichtig.
Daisy dacht even diep na en schudde toen mismoedig haar hoofd.
'Pap is zo tiranniek als de pest. Altijd heeft ie gelijk en hij moet altijd zijn zin hebben.'
'Als je niet van hem kunt winnen, maak er dan van wat er van te maken valt.'
'Hoe dan?'
'Wat wil je worden?'
'Ik wil iets doen met dieren.'
Waarom had Lottemarie dit antwoord verwacht? 'In een asiel of zo?' vroeg ze toen.
''k Weet niet.' Daisy haalde schokkend haar schouders op.
'Op welke school zit je?'
'Havo.'
'Is er geen vwo in de buurt?'
'Hoezo? Ik wil daar helemaal niet naartoe.'
'Wel als je dierenarts wilt worden.'
'Dierenarts? Ik?'
'Waarom niet?'
Tja, waarom niet. 'Daar heb ik eigenlijk nog nooit aan gedacht,' merkte Daisy op.
'Dan zou ik daar maar eens aan denken. Alleen maar stallen schoonmaken of in een dierenasiel werken, valt ook niet mee.'
'Dierenarts,' mijmerde Daisy. Er verscheen een dromerige glimlach op haar gezicht. 'Ik ben best wel goed op school,' zei ze toen een beetje verlegen.
'Dan vraag je aan je vader of je naar het vwo mag.'
'Dierenarts... Wauw... Cool!'
Lottemarie stond op en speelde haar laatste troef uit. 'En Daisy, ik zou als ik jou was die muziek niet zo hard zetten.'
Daisy trok haar wenkbrauwen op. Een argwanende trek verscheen

op haar gezicht. Die Lottemarie mocht dan best meevallen, ze moest vooral niet denken dat ze zich zomaar liet inpakken. Daisy had iedereen onmiddellijk door en liet niet de baas over zich spelen. 'Waarom niet?' vroeg ze.

'Het vriendinnetje van mijn oudste broer luisterde ook altijd naar harde muziek en die heeft nu een constante pieptoon in haar oren,' ging Lottemarie onverstoorbaar verder, alsof ze het wantrouwen niet had opgemerkt. 'Ze komt er nooit meer vanaf, zegt de oorarts. Ze wordt soms gek van dat geluid.'

'Hoe oud is die broer van jou?' vroeg Daisy plotseling geïnteresseerd.

'Niek is zeventien en zijn vriendin, die met die pieptoon in haar oren, zestien.'

'Is dat werkelijk waar, dat van die pieptoon?' wilde Daisy weten.

Lottemarie wees op de computer die op een tafel in een hoek van de kamer stond. 'Zoek maar op op internet. Je kunt van die harde muziek natuurlijk ook nog doof worden. Nou ja, da's natuurlijk niet zo erg. Je hebt tegenwoordig al heel kleine gehoorapparaatjes,' voegde ze er losjes aan toe. 'Persoonlijk vind ik tachtig jaar vroeg genoeg om zo'n ding achter mijn oor te moeten klemmen.'

Met enig leedvermaak zag ze de plotselinge schrik op het gezicht van het meisje verschijnen.

'Doof?'

'Ja, doof. Nou, ik ga naar beneden. Je moeder wacht op mij.'

Lottemarie verliet de kamer. Toen ze de deur achter zich had gesloten, bleef ze even staan en leunde tegen de muur. 'Ik word oud,' mompelde ze zacht voor zich uit. 'Ik lijk wel een onderwijzeres die een leerling tot de orde roept.'

Toen liep ze de trap af naar beneden.

Boven bleef het stil.

'Hoe heb je dat voor elkaar gekregen?' vroeg Lucie van den Homburg verbijsterd.

Lottemarie haalde haar schouders op. 'Ach,' zei ze alleen maar.

'Ik zal even verse koffie voor je inschenken,' zei Lucie bedrijvig.

'O, wat is het heerlijk stil.' Ze schoof het kopje met verse koffie naar Lottemarie toe.

'Zeg, wat zullen we straks eens gaan doen?' wilde ze vervolgens weten.

'Je kunt kiezen: of we beginnen binnen met de kamers of buiten met de tuin,' antwoordde Lottemarie.

'Wat vind jij?'

'Ik zou eerst de kamer doen. Per slot van rekening zitten jullie daar elke avond televisie te kijken,' stelde Lottemarie voor. 'Maar het een hoeft het ander niet uit te sluiten. Als je volgend jaar kruiden uit eigen tuin wilt hebben, moet je de tuin nu wel in orde maken, zodat je in de lente kunt zaaien en planten.'

'Ik weet niets van kruidentuinen af,' merkte Lucie op.

'Ik ook niet, maar dat kun je wel leren. Er staan stapels kruiden-boeken in de bibliotheek, dus...'

'En anders kopen we ze gewoon,' zei Lucie. Ze nam een flinke hap van de vruchtentaart.

Op hetzelfde moment ging de deur open en stapte Daisy binnen.

'Heb je ook nog koffie voor mij?' vroeg ze. Toen ging ze op mis-prijzende toon verder: 'Wat zit je je weer vol te proppen. Je groeit zo dicht, mam.'

Lucie verslikte zich even in de taart.

'Er zit helemaal niks in, Dais,' zei ze toen ze weer op adem was gekomen. 'Alleen maar vruchten en die zijn hartstikke gezond.'

'Je weet best dat dat niet waar is. Die cake bestaat toch niet uit lucht? Ik zie je altijd meel, boter, suiker en andere dingen in de deegkom kwakken. Nou ja, je moet het zelf weten.' Daisy haalde achteloos haar schouders op.

'Vind jij dat ook?' vroeg Lucie. Ze keek Lottemarie aan.

'Ze heeft wel een beetje gelijk,' antwoordde deze. Toch had ze te doen met Lucie. Dan heb je een lekkere taart gebakken en hoorde je vervolgens alleen maar kritiek.

'Als je nu es eenmaal in de drie dagen iets bakte,' stelde Lottema-rie voorzichtig voor.

'Nog te veel,' lawaaide Daisy.

'Daisy,' pruilde Lucie.

Dat kon nog wat worden, dacht Lottemarie. Ze voelde zich precies een stuurman die zijn schip tussen twee rotsen moest laveren. Snel koerste ze naar een veiliger onderwerp: de inrichting van de kamer.

'Zullen we naar IKEA gaan?' vroeg Lucie.

'Ik had een ander idee in mijn hoofd. Als we nu eerst even naar een boekwinkel gaan om een paar tijdschriften op het gebied van woninginrichting te kopen, dan kom ik erachter wat jij mooi vindt,' stelde Lottemarie haastig voor. Ze keek op haar horloge. 'Het kan nog net, want het is pas kwart over elf.'

Met hun armen vol met glossy woonbladen liepen Lucie en Lottemarie naar de keuken.

'Leg ze daar maar neer.' Lucie wees naar de tafel. 'Ik zal de bloemen even wegzetten.'

Ze pakte de vazen en zette ze op de lange vensterbank voor de ramen.

'Ziezo, hebben we tenminste alle ruimte. Kijk, dit vind ik nou mooi.' Lucie pakte een Engels tijdschrift, sloeg dat open en wees op een oorfauteuil die bekleed was met witte stof geborduurd met bloemen in heldere kleuren.

'Kost een fortuin,' wist Lottemarie.

Lucie haalde haar schouders op. 'Jan heeft geld genoeg. Hij heeft gezegd dat ik alles mag kopen, als het maar mooi is. Nou, deze stoel is prachtig. Dat vind jij toch ook?'

Lottemarie knikte. 'Maar laten we eerst even verder kijken. Er is zoveel keus. Houd je van zulke meubels?' Ze wees op een strakke kast van kersenhout.

Weldra waren ze volledig verdiept in het bezichtigen van de tijdschriften en vergaten de tijd.

Om één uur kwam Daisy de kamer binnen. 'Wordt het geen tijd om te eten, mam, ik rammel.'

'Helemaal vergeten. Ik zal snel een paar broodjes voor ons in de oven zetten.'

'Niet voor mij,' zei Lottemarie snel.

'Waarom niet? Natuurlijk eet je met ons mee,' zei Lucie beslist.

'Nee, ik ga even naar Eemnes om te kijken of ze al begonnen zijn met het renoveren van mijn huisje.'

'Dat kun je vanmiddag na vijven toch ook doen?' vroeg Lucie teleurgesteld.

Lottemarie schudde haar hoofd. Ze moest dit doorzetten, anders hield ze tussen de middag geen tijd over voor zichzelf en eerlijk gezegd, daar snakte ze naar.

'Flauw,' vond Lucie. Waarom at Lottemarie niet lekker een boter-hammetje met hen mee? Haar gezicht betrok.

Lottemarie stond op. 'Ik ga even, over een uurtje hoop ik er weer te zijn.' Met opzet keek ze niet naar Lucie, die met een bokkig gezicht het raam uit staarde.

Snel liep ze naar de deur en verliet even later het huis.

Het kleine huis lag verlaten in het stille laantje.

Natuurlijk waren er nog geen bouwvakkers aan het werk. Lotte-marie had die smoes verzonnen om weg te komen. Aankomende zaterdag zou de architect in Landsweerde langskomen met de tekeningen. Ze was vreselijk benieuwd wat hij van het interieur van het huisje had gemaakt.

Lottemarie opende de groene, scheefgezakte deur in de muur naast het huis en liep de tuin in. Tegen de achtermuur van het huis stond een oude houten tuinbank die zijn beste tijd wel had gehad. Met een zakdoek veegde ze de rommel er vanaf en ging toen zit-ten. Heerlijk, wat een rust. Even geen vreemden om haar heen en even geen gedoe aan haar hoofd. Ze had die pauze tussen de mid-dag echt nodig. Dan kwam ze tenminste weer tot zichzelf. Verve-lend dat ze nu tegen haar eerste, echte probleem aanliep. Hoe moest ze Lucie duidelijk maken dat zij geen vriendin was maar haar werkgeefster? Lottemarie werd niet zomaar bevriend met iemand. Zo zat ze nu eenmaal niet in elkaar.

Ze sloot haar ogen en voelde de weldadige warmte van de zon op haar gezicht. Twee weken geleden had ze een crème van een huidarts gekregen die ervoor kon zorgen dat de littekens voor een groot deel zouden wegtrekken. 'Het liefst geen make-up opdoen,' had de arts haar geadviseerd. 'De crème werkt beter zonder dat spul op uw gezicht.'

Maar nog steeds voelde Lottemarie lichte huiver om zich zonder make-up onder de mensen te begeven. Misschien over een tijdje.

Langzaam doezelde ze weg, maar het geluid van een verre claxon bracht haar weer terug naar de werkelijkheid. Ze keek op haar horloge. Jammer, ze moest weer terug. Ze zag op tegen de ontmoeting met Lucie van den Homburg.

'Ben je boos?' vroeg Daisy van den Homburg, terwijl ze haar moeder aankeek. Lucies hele houding straalde beledigd ongenoegen uit. Ze antwoordde niet.

'Nou?' drong Daisy aan.

'Een beetje.'

'Waarom?'

'Ik had speciaal iets lekkers gemaakt voor haar voor tussen de middag.'

'Maar ze heeft toch nu pauze? Ze mag dan toch doen waar ze zelf zin in heeft?'

'Ik dacht...'

'Ja, wat dacht je nou? Dat jullie vriendinnen waren?' maakte Daisy de zin voor haar moeder af.

'Nou, vriendinnen...'

'Mam, ze is niet je vriendin. Ze is hier nog niet eens een halve dag en je bent een stuk ouder.'

'Ouder, ouder, nou zeg, kom op, ik ben helemaal nog niet oud.'

'Ik zei ouder! Je bent zeker tien jaar ouder en jij bent haar bazin.'

'Bazin?' Afgrijzen klonk door in Lucies stem.

'Nou ja, werkgeefster dan. Ze werkt toch voor je? Daarom is ze hier.'

Lucie zuchtte.

'Als je verstandig bent, doe je alsof er niets gebeurd is, ma. Verhip, ik moet naar school. Straks kom ik nog te laat. Nou, ik ga.' Bij de deur bleef ze staan en draaide zich om. 'Die Lottemarie is best wel cool, mam. Doei.' En weg was Daisy.

Opgelucht merkte Lottemarie dat Lucie weer heel normaal deed. Ze namen de tijdschriften stuk voor stuk door. Als snel had Lottemarie door wat Lucie mooi vond: een niet al te strakke inrichting, maar ook geen barokke meubels met tierelantijnen, precies ertussenin. En ze was stapel op kleur. Het liefst gaf ze alle muren een verschillende kleur, maar Lottemarie raadde haar dat af. 'Dat wordt te druk. Eén muur kan wel.'
'Rood?'
'Zou kunnen, maar je moet eerst weten welke meubels je gaat kopen,' antwoordde Lottemarie voorzichtig. Ze nam een blad papier en schreef de wensen van Lucie op. Die wensen waren beslist niet goedkoop. Ze vond vooral de meubels uit de buitenlandse bladen erg mooi. Lottemarie moest maar eens op internet kijken of er ook firma's waren die de meubels importeerden.
'Wat wil je met die schilderijen doen?' vroeg Lottemarie. Ze wees op de huilende zigeunerkleuters.
'Die kunnen weg, want ze helpen toch niet.' Lucie haalde gelaten haar schouders op.
'Helpen toch niet?' vroeg Lottemarie verbaasd.
'Ik heb ze opgehangen om te laten zien dat ik me net als die kindjes voelde, dat ik ook zo ongelukkig was, maar Jan begreep het niet. En ik wilde hem dwarszitten, want ik weet dat hij een bloedhekel heeft aan dat soort schilderijtjes. In het begin was ik zo verschrikkelijk kwaad dat we hier terecht waren gekomen... Ik moest gewoon iets terugdoen. Ken je dat gevoel dat je zo razend bent, dat je wraak wilt nemen?'
Ja, dat gevoel kende Lottemarie wel. Ze knikte en dacht even aan Edgar, maar vooral aan Margot. Ze slikte.
'Toen we hier net woonden en Jan een week naar Italië moest voor z'n wijngaardje, heb ik deze kamer laten behangen met dat behang. Maar daar had ik hem niet mee. Hij zei alleen maar: 'Als

jij dit mooi vindt…' Van wraak nemen kwam niks terecht. Jan is af en toe zo'n kouwe.'

Er viel een korte stilte. Toen zei Lucie nadenkend: 'Ik begrijp die vrouwen zo goed die wraak nemen op hun man als ze in de steek worden gelaten. Dat hoor je zo vaak. Mijn Jan zou dat niet moeten uithalen.' Er kwam een dreigende klank in Lucies stem.

'Wat zou je dan doen?' vroeg Lottemarie nieuwsgierig. Zij had eigenlijk nooit aan wraak gedacht. Eerlijk gezegd wist ze ook niet hoe ze dat had moeten doen.

'Al zijn boeken verscheuren, die van Bomans het eerst. En dan natuurlijk de boeken over wijn… In de kelder heeft hij een prachtige verzameling flessen wijn staan. Ik zou ze allemaal door de gootsteen leeggieten of weggeven. En zijn pakken waren ook niet veilig. Ik zou ze mooi met een schaar bewerken.' Met vurige ogen somde Lucie de wraakoefeningen op.

'Maar jouw Jan doet zoiets niet,' merkte Lottemarie kalm op.

'Nee.' Lucie begon te glimlachen. 'Zoiets doet mijn Jan niet. En ik hoop ook dat alle mensen waarvan ik houd, zoiets nooit overkomt, want het lijkt me vreselijk.'

Daar heb je volledig gelijk in, Lucie van den Homburg, dacht Lottemarie, maar je moest eens weten.

De tijdschriften waren allemaal doorgewerkt. Lottemarie had zich een beeld gevormd over wat Lucie van den Homburg mooi vond, maar was ook erg somber geworden tijdens het lezen. Waar moest ze in vredesnaam beginnen? De kamer was zo vreselijk groot. Als Lucie nu van boeken hield, konden ze boekenkasten kopen om een wand te bedekken, dan had je wat vulling, maar dat was helaas niet het geval.

'Wat kijk je ernstig?' zei Lucie.

'Ik denk toch dat jullie een binnenhuisarchitect nodig hebben.'

'Denk je dat werkelijk? Ik vertrouw die mensen niet. Dan komen ze met zo'n moderne inrichting, weet je wel, twee enorm grote, bruine urnen op de vensterbank. En bloemen en planten zijn verboden of het moeten cactussen zijn of van die vreselijke staakplanten, die Belgische sanseveria's. Ik houd niet van dat kouwe gedoe. En dan durf ik natuurlijk niet nee te zeggen, want die mensen weten het altijd zo goed.' Het leek wel of Lucie regelmatig omging met binnenhuisarchitecten.

Lottemarie vond dat Lucie zwaar overdreef. Er waren geweldige binnenhuisarchitecten die prachtige interieurs ontwierpen. 'Laten we dit afspreken, Lucie, ik slaap er een nachtje over,' zei Lottemarie toen. 'Krijg ik een idee, dan hebben we geen binnenhuisarchitect nodig. Maar weet ik niets te verzinnen, dan moet je echt zo'n man of vrouw inschakelen. Je hoeft niet bang te zijn dat je iets krijgt wat je niet mooi vindt, Lucie, daarvoor zorg ik wel, afgesproken?'

Lucie knikte. 'Zullen we nu maar eerst theedrinken? Dat hebben we wel verdiend.'

Ze ging Lottemarie voor naar de keuken.

Lucie had net de thee ingeschonken, toen Kevin, de elfjarige zoon van de familie Van den Homburg binnenstapte.

Het was een tamelijk dikke jongen met een ontevreden trek op zijn gezicht. Hij groette met een stugge knik, zijn ogen neergeslagen. 'Heb je wat lekkers, mam?' waren zijn eerste woorden.

Dat joch wordt gepest op school, wist Lottemarie heel zeker. Ze herkende de trek op het gezicht van Kevin. Zo had Daan ook gekeken toen hij net in de brugklas zat en gepest werd door een miezerig knulletje dat van pesten zijn hobby had gemaakt. Gelukkig had haar vader daar vakkundig een eind aan gemaakt. Hij was niet alleen naar de school gegaan, maar ook naar de ouders van de betreffende jongen, maar dat zag ze Lucie of Jan van den Homburg niet snel doen.

'Schat, natuurlijk, hier.' Lucie opende een kast en pakte een bord tevoorschijn met daarop het restant taart van die morgen. 'Zeg, haar ken je nog niet. Dat is nu onze Lottemarie. Geef effe een hand, Kev.'

Onwillig schudde Kevin de hand van Lottemarie, terwijl hij zijn ogen neergeslagen hield.

Lucie schoof een grote punt taart op een gebakschoteltje. 'Hier, liefie, en er staat cola in de koelkast. Heb ik vanmorgen nog voor je gekocht.'

Even later stommelde de jongen met de taart en de cola de keuken uit.

'Wat ga je doen?' riep zijn moeder hem na.

'Computeren.'

'Hij heeft het zo zwaar,' merkte Lucie zuchtend op. 'Ze pesten hem zo op die school. Alleen maar omdat hij een beetje te dik is. Dikke Jordanees... Dat roepen ze hem na. In Amsterdam had hij er geen last van. Daar waren meer van die dikkerdjes. Jan is al een keer naar die school gegaan, maar het helpt niet veel. Die knullen wachten hem vaak op na schooltijd. Dan komt hij onder de blauwe plekken thuis. Ellendige schoffies. Zogenaamd beschaafd... Ik zou ze wat kunnen doen!' Tranen schoten in Lucies ogen.

'Waarom doen jullie hem niet op judo?' vroeg Lottemarie. 'Dan leert hij zichzelf verdedigen. Dat geeft hem zelfbewustzijn. Je zult zien dat het pesten dan gauw is afgelopen.

'Daar komt ie natuurlijk ook diezelfde jongens tegen.'

'Maar niet als je een sportschool in Hilversum neemt.'

'Da's waar. Maar intussen zitten we er maar mooi mee. Ik wou maar dat Jan nooit die ellendige staatsloterij had gewonnen,' zei Lucie terneergeslagen.

Lottemarie wist niet wat ze moest zeggen. Triest dat Lucie en haar kinderen ongelukkig moesten worden omdat Jan van den Homburg zo nodig zijn diepste wens in vervulling wilde zien gaan. Langzaam stelde ze haar mening over de man des huizes wat bij. Eigenlijk was hij een behoorlijke egoïst. Zijn uiterlijk was tamelijk misleidend.

'Soms ben ik bang dat ik hier nooit wen. Die mensen zijn zo anders. Wij passen er niet tussen. Ik heb dat al honderd keer tegen Jan gezegd, maar hij wil niet luisteren. Mijn vriendinnen zijn het met me eens. Die zijn een paar keer geweest, maar vinden het hier maar niets, zo vreselijk saai. "Er valt niets te beleven in dat stomme dorp," zeggen ze en ze hebben gelijk. Ze hebben hier niet eens een HEMA. Zeker te min voor ze. Die mensen hier bemoeien zich alleen met elkaar. Mij zien ze niet eens staan. Alsof ik een wolk ben.'

'Nounou,' zwakte Lottemarie de woorden af. Plotseling realiseerde ze zich dat Lucie gelijk had. Als je tot een bepaalde kring hoorde, ging je niet zo snel om met mensen van andere komaf. Zij had zich toch ook alleen maar bemoeid met een groepje meiden van haar klas waarvan de ouders in redelijke welstand leefden. Een lichte schaamte overviel haar. Ze had alleen maar oog gehad voor haar eigen sociale groepje. Ze keek naar Lucie. Wat moest ze zich eenzaam voelen. Hoe kon Lottemarie haar helpen?

'Lucie, er wonen ook leuke mensen in Laren, dat weet ik heel zeker,' probeerde ze Lucie te troosten. 'Misschien heb je wel een heel vreemd beeld van de mensen die hier wonen, omdat je waarschijnlijk te veel naar die vreemde serie over Gooische Vrouwen hebt gekeken. In die klas van Kevin zitten vast ook leuke kinderen.'

'Misschien heb je wel gelijk.' Lucie veegde snel over haar ogen. Ze schudde haar hoofd. 'Daarom troost ik Kev maar een beetje met wat lekkers,' vervolgde ze mistroostig.

Die troost kan hij missen als kiespijn, dacht Lottemarie, maar ze durfde dat niet hardop te zeggen.

Toen Lucie ook een punt taart voor haar op een schoteltje wilde leggen, weigerde ze beslist. 'Ik kan dan straks niet eten,' legde ze uit.

'Zonde,' verzuchtte Lucie. 'Moet ik straks weer de rest weggooien. Dat gaat me toch zo aan het hart.'

Maar Lottemarie liet zich niet vermurwen. Lucie kon beter een eigen winkel beginnen met taarten en andere lekkernijen in plaats van al die zoetigheid zelf naar binnen te werken.

'Heb je nooit aan eigen winkel gedacht, Lucie?' vroeg Lottemarie. 'Grappig, dat vroeg mijn vriendin Melanie Hordijk ook. Ik heb er ook alle papieren voor, hoor, maar waar vind ik een winkelpandje in Amsterdam? Want in Laren ga ik van z'n lang zal ze leven niet met een winkel beginnen. Ik ben daar gek... Dan kijken ze hier helemaal op me neer.'

Lottemarie schudde haar hoofd. 'Ik denk dat je je vergist, Lucie. Waarschijnlijk komen ze diep onder de indruk als ze zien wat jij kunt, want dat is echt heel goed. Als ik jou was, zou ik maar eens trots op mezelf worden.'

Lucie bloosde. 'Vind je dat werkelijk?' vroeg ze.

Lottemarie knikte. 'Dat vind ik werkelijk, Lucie, je bent heel talentvol. Als ik jou was, zou ik toch maar eens denken aan een winkel.'

Ja, denken over een eigen winkel lukte wel, dacht Lucie, maar werkelijk met een winkel beginnen zou een hoop strijd en ruzie opleveren. Ze kende haar Jan. Nee, een eigen winkeltje kon ze heus vergeten.

's Avonds lag Lottemarie doodmoe in bed op haar hotelkamer. Ze had haar kleren in de garderobekast gehangen en de rest van haar spullen verdeeld over de andere kasten en de toilettafel. Ook had ze wat persoonlijke spullen, waaronder een paar foto's, hier en daar neergezet. Vreemd, in het verleden had ze vaak veel langere dagen gemaakt, maar ze was dan lang niet zo moe geweest als vandaag. Misschien kwam het wel door de enerverende dingen die de revue gepasseerd waren: de uitdaging om een muziekzender op een redelijk luisterniveau te krijgen en het duidelijk maken dat ze over haar eigen vrije tijd wilde beschikken. Maar het meest had haar de ongelukkige situatie van Lucie en haar kinderen aangegrepen. Waarom wilde Jan van den Homburg dat niet zien? Was zijn droom dan zo belangrijk dat alles daarvoor moest wijken, zelfs het geluk van zijn vrouw en zijn kinderen? Maar het lag toch niet op haar weg om dat te veranderen? Zij was toch niet ingehuurd als maatschappelijk werkster? En dan was er natuurlijk nog het probleem van de kamerinrichting. Hoe moest ze dat aanpakken? Even maar niet aan denken. Ze keek op haar horloge. Feitelijk moest ze nu naar beneden om te eten, maar daarvoor was ze werkelijk te moe. Daarbij, ze hield niet van vroeg eten. Gelukkig sloot de keuken pas om elf uur, dus was er tijd genoeg om eventueel later op de avond een maaltijd te gebruiken.

Om tien uur ging ze naar beneden en bestelde een lichte salade. Daarna ging ze weer naar bed.

Ze werd wakker. Even wist ze niet waar ze was. Nog slaperig keek ze om zich heen. Oh ja, het hotel. Ze rekte zich uit en keek op de kleine reiswekker die op het nachtkastje naast het bed stond. Halfacht, mooie tijd. Opeens flitste er een gedachte door haar heen: gisteren was de eerste dag dat ze niet bedroefd was geweest en nauwelijks aan Edgar en Margot had gedacht. Had haar grootmoeder dan toch gelijk dat tijd alle wonden heelt?

Lottemarie stapte uit bed, liep naar het raam en schoof de overgordijnen weg. Ze keek naar de tuin die zich uitstrekte achter het hotel. Aan het eind lag een smalle bosrand. De zon was net boven de bomen uit gekomen. Lottemarie opende het raam en ademde diep de frisse ochtendlucht in. Beneden stonden zeker de terrasdeuren open, want de geluiden die typisch bij een hotel hoorden, klonken over de tuin: het getinkel van bestek, het verschuiven van stoelen en het zachte gemurmel van stemmen.

Lottemarie draaide zich tevreden om en liep naar de kleine, luxe badkamer. Ze had het juiste hotel uitgekozen. Hier kon ze het wel een paar maanden uithouden, wist ze zeker.

Langzaam maar zeker nam de baan van Lottemarie vastere vorm aan.

Midden in de nacht had ze zomaar een idee gekregen hoe ze te werk moest gaan bij het inrichten van de woonkamer. Ze zou beginnen met de meubels en uitgaan van het bankstel.

'Als je nu een tweezitsbank en een driezitsbank neemt van dezelfde stof en je neemt de armstoelen of de fauteuils in een andere kleur, dan staat dat heel mooi en niet zo pompeus,' stelde Lottemarie voor.

Lucie vond alles goed. Ze vertrouwde volledig op het oordeel van Lottemarie.

Samen bezochten ze verschillende gerenommeerde meubelzaken die Lottemarie had opgezocht op internet. Dagen achtereen brachten ze hun tijd door met het bekijken van de chicste meubeltoonzalen, maar Lucie kon maar niet haar keuze bepalen.

'Ik zie steeds die Engelse meubels voor me uit dat tijdschrift, hoe heette dat ook al weer, *House and Garden*. Die vond ik zo mooi,' zei ze klagend. 'Zullen we maar naar Engeland gaan en daar de meubels kopen?'

'Vind je dat niet een dure oplossing? Allereerst weet ik de weg daar niet. Alleen Londen ken ik van mijn werk, met de rest van Engeland ben ik niet bekend. En als er iets aan de meubels mankeert, is het vrij moeilijk om te reclameren of de zaak te laten repareren. Ik zou het niet doen, Lucie. Misschien wil een Nederlandse meubelzaak die meubels wel voor je maken of importeren,' zei Lottemarie. 'Maar dan moet je wel bij een speciaalzaak zijn. Ik ben benieuwd of die er is.'

In het weekend ging ze naar huis. Ze kwam pas laat thuis, want ze nam nog net een staartje van de vrijdagmiddagspits mee. Helemaal gaar van het rijden stapte ze de auto uit en liep naar binnen, waar ze met zoveel warmte en genegenheid werd begroet dat ze zich precies de verloren zoon waande. Na de maaltijd gingen ze naar de grote serre.

'Vertel, hoe was het?' vroeg Nandine nieuwsgierig. 'We willen alles weten.'

'Ach, dat kind is misschien veel te moe om iets te vertellen.' Cecilia keek haar kleindochter bezorgd aan. Lottemarie had blauwe kringen van vermoeidheid onder haar ogen.

Het zal niet zo zijn, dacht Nandine giftig. Natuurlijk moest Cecilia weer de boel vergallen met haar zogenaamde bezorgdheid. Waar bemoeide die vrouw zich mee? Had een moeder dan helemaal geen recht meer om haar dochter te vragen hoe het haar in haar nieuwe baan was vergaan? Waarom was haar schoonmoeder niet in haar eigen afdeling van het huis gebleven? En dan maar denken dat ze geen bemoeial is. Begreep ze dan niet dat ze op dit moment te veel was? Dit was de tijd voor kinderen en ouders, niet voor grootouders en kleinkinderen. Nandine kneep haar lippen op elkaar tot een witte streep.

'Nee hoor, ik ben niet te moe,' zei Lottemarie sussend. Ze zag het boze, wrokkige gezicht van haar moeder. Waarom zei oma dat nu? Het was heel normaal dat haar moeder wilde weten wat ze van haar baan vond. Oma en mama, water en vuur. Lottemarie had geen zin in het gekibbel en gekift tussen haar moeder en grootmoeder. Met moeite toverde ze een opgeruimde trek op haar gezicht. Dit had ze vroeger zo vaak moeten doen. Als ze tijdens een fotosessie doodmoe was geweest, had ze het nooit laten merken. Dat had ze zich niet kunnen permitteren. Nu kwam dat vermogen tot je-anders-voordoen-dan-je-bent haar goed van pas.

'Tja, het was best opwindend. Toen ik kwam…' Ze vertelde uitvoerig wat ze die week had meegemaakt. Van de doofmakende muziek van Daisy, tot de pesterijen op school van Kevin en het verdriet van Lucie. Krampachtig onderdrukte ze haar gapen. Ze kreeg er tranen van in de ogen.

'Naar bed jij. Morgen vertel je maar de rest van het verhaal,' maande Hubert die met stijgende geprikkeldheid de situatie had aangezien. Waarom moest zijn dochter zo haar best doen om een ruzie tussen de beide vrouwen te voorkomen?

Dankbaar keek Lottemarie haar vader aan. Ze had geen aanmoediging meer nodig.

Onmiddellijk stond ze op, wenste iedereen welterusten en tolde even later doodmoe in bed. Ze werd pas wakker toen haar vader naar boven kwam met de mededeling dat de architect er was met de bouwtekeningen. Het was elf uur in de morgen.

Ze had weinig kritiek op het ontwerp.

'Verschillende authentieke elementen heb ik laten zitten, zoals de suitedeuren met die glas-in-loodpanelen, de schouw en de servieskast in de keuken. Die moeten alleen opgeknapt en geschilderd worden,' merkte de man op.

De indeling op de begane grond was volledig intact gebleven, maar boven had de architect rigoureus ingegrepen. Er waren nog wel twee slaapkamers, maar de berging en de overloop waren veranderd in een badkamer. Een smalle gang met drie toegangsdeuren leidde naar de vertrekken.

In elke kamer van het huis zouden radiatoren voor de centrale verwarming worden aangebracht.

'En in de voorkamer kunt u natuurlijk een haardkachel zetten of een open haard,' stelde de architect voor.

Lottemarie hoefde alleen maar te zegen of ze het mooi vond en of ze nog veranderingen wilde. Hubert zou voor de verdere afhandeling van de verbouwing zorgen. Het bezwaarde Lottemarie dat het zoveel werk was, maar haar vader wuifde de bezwaren weg. 'Lot, dit is amper werk. Bemoei jij je nu maar met de inrichting van dat huis in Laren. We waarschuwen wel als de verbouwing van jouw huisje klaar is.'

Het was een grote opluchting voor Lottemarie. En een huis inrichten van een vreemde én je bezig houden met de verbouwing van je eigen huis was op dit moment net iets te veel van het goede.

De avond viel, maar nog steeds was het heerlijk warm buiten. Ze zaten op het terras terwijl de zon langzaam achter de bomen aan de overkant van de rivier verdween.

'Maar nu heb je nog niet verteld hoe het met de inrichting van die kamer is gegaan,' merkte Nandine op.

'Daar zit nu juist de moeilijkheid, mam. Lucie wil heel speciale Engelse meubels hebben die ze in het blad *Home and Garden* heeft gezien. Ze stelde zelfs voor om dan maar naar Engeland te gaan en de meubels daar te zoeken.'

Verbaasd keken Nandine en Cecilia Lottemarie aan. Helemaal naar Engeland?

'Weet je dat er in Lochem een heel aardige meubelmakerij zit,' zei Nandine. 'Aimee van Zanten heeft daar een prachtige kast vandaan gehaald. Waarom neem je daar niet eens een kijkje?'

'Een heel goed idee,' meende Cecilia. Ze keek haar schoondochter goedkeurend aan. Soms had Nandine nog wel eens een goede inval.

'Maken ze daar ook banken en stoelen?' vroeg Lottemarie.

'Ben je gek, dat kost een fortuin,' riep Nandine uit. 'Waarom kopen jullie niet banken en stoelen bij een gerenommeerde meubelzaak?'

'Maar Lucie wil speciale, Engelse bekleding hebben,' zei Lottemarie.

'Dan laat je die toch door de firma bij wie je de meubels koopt, bestellen in Engeland?' antwoordde haar moeder. 'Je laat door een meubelmaker de bekleding van de gekochte meubels verwijderen en daarvoor in de plaats komt dan die Engelse bekleding.'

'Mam, je bent geniaal,' zei Lottemarie lachend.

Nandine kreeg een diepe kleur van genoegen. Ja, daar hadden ze niet van terug, maar op het gebied van meubels en het inrichten van kamers stond ze haar mannetje. Lottemarie had het niet van een vreemde. Die Mazurels moesten vooral niet denken dat zij de enigen waren met hersens.

'Nou, dan zou ik die meubels maar zonder bekleding kopen. Dat scheelt een hoop in de kosten,' zei Cecilia laconiek die het leuke idee van Nandine vakkundig onderuithaalde.

Nandine kneep haar lippen op elkaar. Natuurlijk, Cecilia kon het niet hebben dat haar schoondochter een leuk idee opperde.

'Maar oma, ik denk dat dat niet gaat. Je kunt toch niet zomaar een meubelzaak binnenlopen en zeggen: "Ik wil banken en stoelen kopen maar zonder bekleding want die laat ik door een speciale meubelmaker erop zetten." Ze zullen ons voor gek verklaren.'

Cecilia haalde haar schouders op. 'Je kunt het toch altijd proberen?' zei ze.

Nandine gnuifde triomfantelijk. Ziezo, eindelijk nam haar eigen dochter het voor haar op. Ja, daar had Cecilia niet van terug. Nandines avond kon niet meer stuk.

Het idee van Lottemaries moeder viel in goede aarde bij Lucie. Ze vond het fantastisch dat de familie van Lottemarie had meegedacht bij het zoeken naar een oplossing.

Op een mooie dag laat in september reden Lucie en Lottemarie naar de meubelmakerij in Lochem, waar ze hartelijk werden ontvangen door een vrij jonge man. Ze kwamen er al snel achter dat hij twee jaar geleden de zaak van zijn vader had overgenomen, van wie hij het meubelmaken had geleerd. De zaken ging zeer voorspoedig, want hij had al een paar man in dienst genomen.

'Ik weet niet of ik precies dezelfde stoffen op de kop kan tikken,' zei de man twijfelend, toen hij naar de foto's in het tijdschrift keek die Lucie voor hem op de werkbank had gelegd.

'Dan maar iets wat er op lijkt,' hakte Lucie de knoop door.

'Ik ken een heel goede firma in Sussex in Engeland, Barnaby&Co, die een enorm assortiment meubelstoffen heeft. Zeker weten dat ze een stof hebben die op die stof lijkt,' zei de man tegen Lucie. Hij wees op de foto in het tijdschrift. 'Als ik u was zou ik de stof voor de stoelen in een andere kleurstelling nemen, maar wel van dezelfde stof.'

'Dat zei zij ook al,' riep Lucie verrast uit. Ze wees op Lottemarie. Lottemarie lachte verlegen.

'Dan stel ik voor dat u eerst het bankstel en de stoelen koopt en hier laat bezorgen. Daarna bestel ik zo snel mogelijk de stoffen in Engeland,' zei de man. 'Maar het kost wel wat,' voegde hij er waarschuwend aan toe.

Geld was echter geen bezwaar.

'U maakt ook kasten en tafels?' vroeg Lottemarie.

De man knikte.

'Geen boekenkasten, want we hebben geen boeken,' zei Lucie snel.

'Maar wel een heel mooie servieskast,' merkte Lottemarie op. 'Stel je voor, Lucie, zo'n prachtige kast waarin je de rest van de serviezen zet die je nog op zolder hebt staan.'

'Wat ben je toch slim, Lotte,' merkte Lucie met glinsterende ogen op. Ze zag het meteen al voor zich: een enorme kast met glazen deuren gevuld met haar mooiste porselein en aardewerk. Daar konden die vrouwen in Laren niet tegenop, wist ze heel zeker.

Ze besloten dat de kast in kersenhout zou worden uitgevoerd. De glazen deuren zouden facet worden geslepen.

'Dat staat zo chic,' verzekerde de meubelmaker hun. Hij liet hun een catalogus zien met modellen van kasten en tafels. Na veel wikken en wegen hadden ze eindelijk hun keuze bepaald.

'En wanneer kunnen de meubels bezorgd worden?' vroeg Lucie.

'Dat ligt eraan. Meestal gaan er toch acht weken overheen eer de bestelde banken en stoelen bij ons bezorgd kunnen worden. Reken dan nog eens drie weken voor het bestellen van de stoffen plus minimaal drie weken voordat we de andere bekleding erop hebben gezet. En voor het maken van de kast en de tafels heb ik toch ook wel drie maanden nodig.'

'Duurt dat zo lang?' riep Lucie teleurgesteld uit.

'Ja mevrouw, we hebben natuurlijk nog meer werk te doen, maar met een beetje goede wil hebt u alle meubels nog voor de Kerst in huis. Ondertussen kunt u wel de schilder en de behanger bestellen. Ik ga ervan uit dat de muren en deuren ook behangen en geschilderd moeten worden?' Vragend keek de man Lottemarie aan.

'Weet u wat, ik stuur u gewoon een paar staaltjes van de stof op en dan kunt u bepalen wat voor behang u op de muren wilt hebben,' besloot hij toen.

Het was nu niet meer zo moeilijk om banken en stoelen uit te kiezen. Ze kwamen terecht bij een firma die bekendstond om zijn kwaliteitsmeubelen.

Zo aardig de meubelmaker in Lochem was, zo waanwijs was de verkoper van deze zaak. Hij had al snel gezien dat Lucie niet tot de gewone, chique clientèle van zijn zaak behoorde.

'Wanneer kunnen de stoelen en banken geleverd worden?' vroeg Lucie toen ze hun keuze hadden gemaakt.

'De levertijd is minimaal drie maanden,' antwoordde de verkoper minzaam.

'Nee,' hield Lucie vol. 'Ze moeten echt binnen twee maanden geleverd worden, anders hoeft het niet.'

'Mevrouw, het bekleden vergt veel tijd. Dat is precisiewerk,' zei de verkoper op afkeurende toon. Het ontbrak er nog maar aan dat hij Lucie niet aansprak met 'mevrouwtje'. Met een keurende blik nam hij Lucie op. Heel erg *nouveau riche*, dacht hij geringschattend.

'U mag ze ook zonder bekleding leveren,' merkte Lottemarie plotseling op. Ze vond de verkoper een akelige man en een buitengewoon slechte reclame voor de zaak.

'Zonder bekleding?' riep de verkoper verbaasd uit.

'Ja, dat is nog wel zo makkelijk,' vond Lucie.

'Wilt u soms een andere bekleding erop zetten? Dat kan toch? We hebben keuze genoeg.' Voordat ze konden protesteren, liep de man weg om even later terug te komen met een lijvig stalenboek. 'Kijk,' zei hij minzaam. 'Leer, wol, fluweel, u zegt het maar.' Hij bladerde het boek door.

'Wij willen Engelse bekleding op de banken en stoelen hebben,' zei Lucie.

'Dat doen wij niet. Wij hebben onze eigen stoffen,' zei de man beslist.

'Dan denk ik toch dat we naar een andere firma moeten gaan. Ik krijg zelfs het idee dat u niet wilt verkopen.' Lucie draaide zich kordaat om en liep weg. Ze had zo langzamerhand genoeg van de neerbuigende houding van de verkoper.

De man zag opeens in dat hij een goede klant aan het verliezen was. Dat kon hij zich echt niet permitteren. Ook chique zaken leefden van klandizie. Hij draaide om als een blad aan een boom. 'Luistert u eens, misschien kunnen we er toch wel een mouw aan passen,' zei hij terwijl hij haastig achter Lucie aan liep.

'Ik wil de banken en stoelen zonder bekleding,' eiste Lucie. Ze keek de man met harde ogen aan. Er was geen spoortje meer over van onzekerheid en het toch wel geïntimideerd zijn. Die opgeblazen man kon het dak op. Lucie had opeens de situatie onder controle en die liet ze zich niet meer afnemen. Ze wilde Engelse bekleding en die moest er door die aardige meubelmaker in Lochem op gezet worden.

'Goed, goed,' zei de verkoper haastig, die zag dat het menens was. 'En binnen twee maanden bezorgd.'

'Zoals u wilt.'

De bon werd opgemaakt. De verkoper schrok van het adres. In Laren... Daar had hij dat ordinaire vrouwtje niet voor aangezien. Haast buigend van dienstbaarheid hield hij de deur open voor

Lucie en Lottemarie toen ze de zaak verlieten.

'Wat een oen,' zei Lucie.

'Ja, maar de meubels zijn schitterend.' Lottemarie keek Lucie lachend aan. 'Wat moest ik vreselijk lachen. Zoals jij die man aanpakte, geweldig!'

Lucie knikte voldaan. De klant is koning en aan deze stelregel had iedereen zich te houden, ook opgeblazen verkopers van dure meubelzaken.

'Ik kan niet wachten tot december,' zei Lucie. Ze was voor het eerst sinds tijden weer in een stralend humeur.

'En wat met de tuin?' vroeg Lottemarie.

'De tuin?'

'Ja, als je volgend jaar bloemen en kruiden wilt hebben, zul je nu toch wel iets aan de tuin moeten doen.'

'Wordt het niet wat veel?' vroeg Lucie beducht.

'Welnee, we kunnen toch niets doen als de behangers en schilders hier aan het werk zijn.'

De stalen meubelstof kwamen binnen en waren schitterend. Lucie was opgetogen. De banken zouden bekleed worden in crèmewitte meubelstof, met geborduurde bloemen in zachte oranjeroze tinten en bladeren in groene kleuren. De armstoelen en de fauteuils werden uitgevoerd in dezelfde stof maar dan met dezelfde bloemen tegen een heldergroene ondergrond.

In overleg met de behanger werd er voor licht crème-groen streepjesbehang gekozen, hier en daar bedrukt met een paar wazige bleekroze bloemen. Het probleem van de overgordijnen werd meteen ook opgelost. Bij het behang konden ook gordijnen geleverd worden in dezelfde kleuren en met dezelfde motieven.

Hoofdstuk 6

Op een donkere namiddag in de herfst zat Daisy van den Homburg samen met haar moeder in de keuken. De regen gutste met felle vlagen tegen de ramen.

'Zeg mam, nog wat, volgende week is die ouderdag van de havo in Hilversum, weet je wel? Daar wilde jij toch naartoe met pa?' Daisy zat aan de keukentafel en keek haar moeder afwachtend aan.

Lucie knikte.

'Wil je dan wel iets anders aantrekken, niet zo'n jurk,' Daisy gebaarde met haar hoofd naar de strakke, diep uitgesneden jurk die alle vetkussentjes en -rollen van Lucie onthulde. '… of een bloes met zo'n afschuwelijk diepe hals.'

Sinds kort viel het Daisy op hoe haar moeder gekleed ging en daar was ze niet blij om. Vroeger kon het haar niets schelen, nu wel. Bah, ze moest er niet aan denken, haar moeder tussen al die onberispelijk geklede ouders uit Laren en de rest van het Gooi. Ze zou het ook vreselijk vinden als die mensen misschien lieten merken dat haar moeder uit de toon viel. Daisy was dol op haar moeder. Niemand moest proberen om haar belachelijk te maken, maar daar was ze juist zo bang voor.

'Wat is er mis met mijn bloezen? Je vader vindt ze prachtig. Hij zegt altijd…'

'Ja hoor, dat je mooie dingen in de etalage moet zetten. Maar pap vergeet één ding: je zet alleen dingen in de etalage die je wilt verkopen. Die borsten hoeven toch niet verkocht te worden?' merkte Daisy scherp op.

'Hè Dais, wat doe je onaardig,' pruilde Lucie verontwaardigd.

'Ik zeg alleen maar hoe het zit. Neem een voorbeeld aan Lottemarie. Die ziet er altijd uit om door een ringetje te halen. Waarom koop jij nu niet eens zulke kleren?'

'Omdat Lottemarie een magere skriebel is,' antwoordde Lucie vinnig. Ze liet zich niet alles zomaar zeggen.

'Nou, ga dan ook op dieet.'

'Daar houdt je pa niet van.'

'Pa... Pa... Alles draait om pa! Mam, doe eens je eigen zin. Maar als je geen andere kleren aandoet, hoef je van mij niet naar die ouderavond toe.'

Daisy stond op en verliet stampend de keuken. Even later dreunde er harde muziek door het huis. De duur werd gelukkig beperkt tot een kwartier, want Daisy was niet gek. Ze herinnerde zich de woorden van Lottemarie nog heel goed.

Lottemarie zat tegen een stel kussens op haar bed in haar hotelkamer en las een boek over kruiden. Langzaam dommelde ze weg. Plotseling werd er zacht op de deur geklopt. Lottemarie schrok wakker. Wie kon dat zijn? Ze kende hier, buiten de familie Van den Homburg, niemand. Nieuwsgierig gleed ze van haar bed en opende de deur.

'Daisy?' zei ze stomverbaasd.

Het meisje keek haar verlegen aan. 'Mag ik even binnenkomen? Ik weet dat het niet hoort en dat je het niet leuk vindt, maar ik moet je iets vragen en het heeft echt haast, anders zou ik vanavond niet zijn gekomen.' De woorden tuimelden over elkaar heen.

'Kom binnen.'

'Echt, je hoeft niet bang te zijn dat ik je ooit nog eens stoor, hoor, maar...' klonk het nog eens verontschuldigend. Daisy liep aarzelend de kamer in.

'Dat geloof ik wel,' zei Lottemarie sussend. 'Wie heeft je verteld dat ik in dit hotel logeer?' Ze had het adres niet doorgegeven aan Jan van den Homburg en zijn vrouw, dat wist ze heel zeker. Lottemarie was gewend om haar privéleven altijd zorgvuldig af te schermen. Als men haar wilde spreken, kon dat via haar mobiel. Lottemarie wilde volledig vrij zijn in haar eigen tijd.

'Ik heb alle hotels in Laren opgebeld en gevraagd of jij er logeerde. Ik deed net alsof ik een bos bloemen moest bezorgen en dan gaat zo'n telefoniste geheid door de knieën. Mam en pap weten er niets van af, hoor.'

'Nou, vertel me dan nu maar wat zo belangrijk was dat je zelfs alle hotels afbelde om achter mijn adres te komen. Kon het echt niet wachten tot morgen?'

Daisy schudde haar hoofd. 'Nee, ik kan niet met je praten met mam erbij. Het gaat over volgende week.'

'Volgende week?' vroeg Lottemarie verbaasd.

'Ja, volgende week is er een ouderavond van de havo. Pap en mam gaan ernaartoe om te vragen of ik naar het vwo mag. Ik zou dat zo graag willen, maar…' Daisy haalde een beetje wanhopig haar schouders op.

'Maar?' drong Lottemarie aan.

'Zie je het voor je, mam in zo'n vreselijke bloes met een hals tot hier?' Daisy wees met haar hand ter hoogte van haar navel. 'Ik wil haar geen pijn doen, maar ze kan zo echt niet naar die avond. Iedereen lacht haar achter haar rug uit. En ik ben voortaan de klos. Denken die leraars meteen als ze me zien: oh, daar heb je dat kind met die ordinaire moeder, grinnik, grinnik.'

'Ja, en?' vroeg Lottemarie.

'Begrijp je het dan niet? Als jij nou es morgen of overmorgen met haar meegaat om kleren te kopen, iets fatsoenlijks. Tegen jou kijkt ze op, jij hebt smaak.'

Lottemarie zuchtte licht. Ze schudde langzaam haar hoofd. 'Ik kan morgen moeilijk naar je moeder gaan en zeggen: "Kom, Lucie, we gaan kleren voor je kopen." Ik wil best met haar meegaan, Daisy, maar je moet zelf regelen dat ze die kleren werkelijk wil kopen. Jij moet het haar duidelijk maken, ik niet. Zo goed ken ik je moeder nu ook weer niet.'

'Oh, maar daar zorg ik wel voor. Als jij maar meegaat, dan komt alles voor elkaar. Echt.' Daisy knikte enthousiast. 'Dan laat ik je nu alleen. Ik zal je niet meer storen. Cool, joh, cool.' Ze liep op Lottemarie toe, sloeg haar armen om haar hals en gaf haar twee kussen op beide wangen. Toen liet ze snel los en rende de kamer uit.

'Cool, joh, cool,' mompelde Lottemarie glimlachend. 'En mag ik dan nu met rust gelaten worden?'

Toch wel nieuwsgierig reed ze de volgende morgen naar de villa aan de Albrecht Dürerlaan. Had Daisy haar moeder ingelicht over haar kledingangst voor de ouderavond? Ze hoopte maar dat het meisje het onderwerp meteen gisteravond had besproken met haar moeder en het niet in haar hoofd zou halen om het aan te snijden waar Lottemarie bij was. Ze had absoluut geen zin om tussen twee vuren in te zitten, maar haar angst was voorbarig. Daisy had haar belofte ingelost. Lucie wachtte haar met een mokkend gezicht op in de keuken. 'Dat wordt vandaag kleren kopen,' zei ze pruilend. 'Daisy wil dat ik iets fatsoenlijks aantrek naar die ouderavond. Alsof ik in dellerige lorren loop. En ik moest jou vragen of je meeging.'

Ze keek Lottemarie met opgetrokken wenkbrauwen aan.

'Als je dat werkelijk wilt...'

'Daisy wil het,' merkte Lucie nadrukkelijk op.

'Als jij het niet wilt, ga ik niet met je mee,' zei Lottemarie kalm. Ze had geen zin om met een verongelijkte Lucie op stap te gaan.

Lucie haalde haar schouders op en dacht even na. Toen ging ze overstag. 'Ik zou het graag willen,' zei ze.

'Oké. Zullen we straks Laren in gaan? Ik heb daar een paar heel leuke boetiekjes gezien.'

'Ik zie er altijd tegenop om zo'n winkel in te gaan. Er staan vaak van die vreselijke verkoopsters die je wegkijken of doen alsof je een lellebel bent.'

'Verbeeld je je dat niet? Dat zou toch wel erg stom zijn. Je kijkt toch geen klanten de winkel uit?' vroeg Lottemarie verbaasd.

'Ik hoor het al, natuurlijk is zoiets jou nog nooit overkomen. Jij ziet er daarvoor te duur uit, maar ik...' Lucie zwolg in zelfmedelijden.

Lottemarie begon te lachen. 'O Lucie, doe niet zo raar. Ik weet een heel leuke boetiek waar je ontzettend leuk wordt geholpen. Laten we daar eerst maar naartoe gaan.'

De boetiek lag een beetje achteraf in een smalle straat.
Lottemarie liep langs een rek en keek keurend naar de pakjes en jurken.

Ze schoof twee kledingstukken opzij en haalde er een grijsblauwe jurk tussenuit.

'Zeg, ik ben geen bejaarde,' sputterde Lucie tegen. Met afschuw bekeek ze de japon. 'Wat een tutjurk!' Ze was echter wel zo wijs om haar mening niet van de daken te schreeuwen.

Lottemarie zuchtte. Lucie had totaal geen gevoel voor kleding. Ze zag werkelijk niet wat voor kostbaar kledingstuk Lottemarie van het rek had gehaald. De eenvoudige, blauwgrijze jurk was gemaakt van soepele wollen stof en had een ronde, niet al te diepe hals en driekwart vlindermouwen. Een brede rand aan de hals was versierd met donkergrijsblauw zijdeborduurwerk dat herhaald werd aan de onderkant van de mouwen.

'Trek hem alsjeblieft even aan, Lucie,' zei Lottemarie.

Lucie liep onder protest naar een kleedkamer. Een paar minuten later kwam ze weer tevoorschijn. Ze tripte op haar hoge hakjes de winkel door. 'Je hebt gelijk, het is inderdaad geen tutjurk,' gaf ze minzaam toe. 'Hij valt me honderd procent mee.'

'Hij is prachtig,' zei Lotte bewonderend.

'Hij staat u inderdaad schitterend,' mengde de verkoopster zich ook in het gesprek. 'Heel chic.'

De jurk viel in soepele plooien om Lucie heen. Haar licht gebruinde hals stak prachtig af tegen de donkergrijsblauwe geborduurde halsrand.

Lucie bekeek zich in de spiegel. 'Ik denk dat Dais dit wel mooi vindt, denk je niet?' vroeg ze aan Lottemarie.

'Ik zou hem absoluut nemen, als ik jou was,' vond Lottemarie. 'Je wordt de ster van de avond.'

'Oh, maar dit is geen avondjurk!' riep de verkoopster verschrikt uit. 'Dan moet u hier zijn.' Ze liep naar een rek met galajaponnen.

'Nee, mevrouw gaat niet naar een feest,' legde Lottemarie uit. Meer zei ze niet. Het ging de verkoopster niets aan voor welke gelegenheid de jurk was bedoeld.

'Nooit gedacht dat we zo snel zouden slagen,' riep Lucie bijna juichend uit.

'Zou je hier nog niet wat meer kleren kopen?' vroeg Lottemarie.

'Kijk, wat vind je van deze bloes?'

Beladen met papieren tassen liepen ze een uur later door Laren. 'Nu alleen nog een paar schoenen kopen die bij de jurk passen,' raadde Lottemarie aan. Dat viel echter niet mee. Ze liepen schoenwinkel in, schoenwinkel uit, maar ze konden de juiste schoenen niet vinden.

'Ik denk dat je vanmiddag beter even in Hilversum kunt kijken. Daar heb je heel speciale schoenwinkels waar vooral veel mensen van de televisie kopen,' zei Lottemarie. 'Je hebt grote kans dat je daar wel slaagt.'

'En anders gaan we morgen naar Amsterdam. Kan ik je meteen aan mijn vriendinnen voorstellen,' zei Lucie opgetogen met glinsterende ogen.

'We zien wel,' merkte Lottemarie ontwijkend op. Ze zat echt niet te wachten op een ontmoeting met Lucies vriendinnen.

'Ik heb geen voeten meer over,' merkte Lucie klagend op. 'Laten we eerst maar naar huis gaan. Jij gaat zeker straks naar Eemnes?'

Lottemarie knikte.

Maar in plaats dat ze naar Eemnes reed, ging ze terug naar het hotel, maar dat hoefde Lucie niet te weten.

De ouderavond werd een succes.

Toen Lucie die avond de trap afdaalde in haar nieuwe creatie slaakte Daisy, die samen met haar vader onder aan de trap stond, een kreet van verbazing en van genoegen.

'Waauw! Cool, mam! En wat een geweldige schoenen! Waar heb je die gekocht?'

Lucie zag er inderdaad geweldig uit. De jurk zwierde soepel om haar heen, terwijl ze de trap afdaalde. Haar haar hing in losse krullen op haar schouders. Een effen wollen stola lag sierlijk om haar schouders. De bijpassende zilverkleurige schoenen hadden ze op de kop getikt in een speciaal schoenenzaakje in Hilversum.

'Oooh, Luus, wat zie je er prachtig uit.' Jan van den Homburg snufte van ontroering. Zijn Pollewop zou beslist niet onderdoen voor al die andere Gooise vrouwen.

Lucie genoot. 'Mooi, hè,' zei ze trots. 'Werk van Lottemarie, hoor.'

Wat had hij een juweeltje ingehuurd, dacht Jan. Bambi was haar geld dubbel en dwars waard. Hij moest haar maar aan het eind van de maand een bonus geven.

'Kom, we gaan, meid.' Jan sloeg zijn arm om de schouders van zijn vrouw. Zo, nou es kijken hoe die gasten van dat Hilversumse College op hen zouden reageren.

Lucie viel vooral in de smaak bij de leraren van Daisy. Die hielden wel van de lichtelijk ordinaire schoonheid van mevrouw Van den Homburg. Het vrouwelijke deel van het lerarencorps leek iets minder gecharmeerd van Lucie, maar daar had Daisy's moeder geen boodschap aan. Ze snoof de jaloezie van een afstand. Er werd zeker over haar gepraat, wist ze, maar dan wel op de manier die haar beviel.

Zelfbewust, bijna swingend liep ze naast haar Jan door de gangen van het gebouw. Hier was zij, Lucie van den Homburg, vrouw van een wijnimporteur. Wie had er nog kritiek?

Die avond werd er besloten dat Daisy alsnog naar het vwo mocht. Ook het deel van het lerarencorps dat het niet zo op de ordinaire ouders van Daisy van den Homburg had begrepen, moest toegeven dat Daisy een bijzonder slimme meid was.

Zonder noemenswaardige moeite zou ze de overstap naar het vwo kunnen maken.

Een paar bijlesjes misschien…

Daisy was intens gelukkig toen ze de volgende dag te horen kreeg dat ze naar het vwo mocht. En allemaal Lottemaries werk, wist ze. Als Lottemarie niet de mogelijkheid had geopperd dat ze diergeneeskunde kon studeren en als Lottemarie haar moeder niet zo geweldig had aangekleed, zat ze nu nog te chagrijnen op de havo. Ze moest maar een mooie bos bloemen kopen voor Lottemarie. Nog diezelfde middag reed ze naar het centrum van Laren. Gewapend met een schitterend boeket ging Daisy naar huis. Ze vond

Lottemarie in de keuken, omringd door boeken en folders over kruiden en kruidentuinen, die op de lange tafel lagen uitgespreid. 'Wat ben jij aan het doen?' wilde Daisy weten. Ze keek verbaasd naar de boeken. Ze had tijdschriften en boeken over woninginrichting verwacht, zeker geen tuinboeken.

'Ik zoek informatie over een kruidentuin,' antwoordde Lottemarie verstrooid. Ze greep een boek. 'Kijk, hierin staat hoe je een pergola met bogen moet maken.'

Toen keek ze op en zag Daisy staan met het enorme boeket bloemen in haar handen. 'Mooi zeg, die bloemen, wat een schitterende kleuren. Voor wie zijn die? Is er iemand jarig?'

'Die zijn voor jou.'

'Voor mij?' Lottemarie keek Daisy stomverbaasd aan. 'Van wie en waarom?'

'Je hebt ze van mij. Jij hebt ervoor gezorgd dat mijn moeder gisteravond geen pleefiguur heeft geslagen en dat ik naar het vwo mag. Nu heb ik gelukkig niets meer te maken met die tuttige meiden van de havo. Alsjeblieft.'

'Ik weet echt niet wat ik moet zeggen. Het was toch gewoon mijn werk, Daisy?'

'Vind ik van niet. In elk geval, deze zijn voor jou.' Daisy drukte het boeket met een beslist gebaar in Lottemaries handen.

'Nou, dankjewel, maar het had echt niet gehoeven. Ik zal ze zolang even in een emmer met water zetten.'

Terwijl Lottemarie opstond om een emmer van buiten te halen, nam Daisy een boek van de tafel. 'Bogen en Pergola's,' las ze. 'Wat moet je met dit boek?' vroeg ze aan Lottemarie die de keuken weer binnenkwam.

'Die kruidentuin die we gaan aanleggen, wil ik achter een pergola of een hoge heg van liguster met rozenbogen verbergen. Dat geeft iets geheimzinnigs aan de tuin.'

'Verbergen?' vroeg Daisy. 'Hoezo, verbergen?'

'Nou ja... Kijk, ik denk dat niemand in Laren een moestuin of kruidentuin heeft. Heb je die tuinen hier in de buurt weleens bekeken? Allemaal gazons, al of niet met bloemperken of randen met bloemen, maar nergens een moes- of kruidentuin. Het lijkt wel of ze zich daarvoor schamen. Waarschijnlijk vinden ze zichzelf daarvoor te deftig, ik weet het anders ook niet. Als je de kruidentuin met een heg afschermt, hoeft niemand iets te zien.'

'Echt belachelijk,' vond Daisy. 'Wat kan jou nou de mening van die snobs schelen?'

'Mij scheelt het niets, maar jouw ouders willen er graag bij horen en dan moeten ze beslist niet uit de pas lopen, begrijp je.'

'Ik zou er niet eens bij willen horen,' riep Daisy heftig uit.

'Maar jij bent je ouders niet en ik werk nu eenmaal voor je ouders. Daarom houd ik ook rekening met hen. Wil je zien waar de kruidentuin komt?' switchte Lottemarie handig naar een veiliger onderwerp. 'Laten we wel even een jas aandoen, want het is behoorlijk fris buiten.'

Ze liepen samen de tuin in, Daisy nog steeds een beetje namopperend over die snobistische flauwekul van Gooise vrouwen.

Een frisse wind blies vanuit het oosten. 'Ik hoop maar dat het niet gaat vriezen,' zei Lottemarie rillend. 'Dat kunnen we nu nog niet gebruiken.'

'Houd je niet van vorst?' vroeg Daisy.

'Jawel, maar niet nu. Er moeten struiken en boompjes worden geplant en dat kan niet bij vriezend weer. Kijk, daar in die hoek komt de kruidentuin. Morgen komt een hovenier…'

'Tuinman,' onderbrak Daisy haar kribbig. 'Wij zijn maar heel gewone mensen.'

'Jij je zin, tuinman, maar ik vind het woord hovenier veel mooier klinken,' zei Lottemarie glimlachend. Dat moest Daisy toch wel met enige tegenzin toegeven.

Een groot stuk van het gazon in een hoek van de tuin was afgezet met paaltjes.

'Al dat gras gaat weg en een deel van de ondergrond wordt afgegraven,' zei Lottemarie. 'Daarop komt nieuwe aarde speciaal voor kruiden. En voor de boompjes en struiken wordt er eerst een diepe gleuf gegraven waarin ook weer nieuwe aarde wordt gestort. Dan heb je de grootste kans dat ze aanslaan.'

'Behoorlijk nog wat werk,' vond Daisy.

'Maar wel leuk werk,' zei Lottemarie.

'En waar komt dan die heg met die bogen?'

'Daar, rondom de kruidentuin. Bij die bogen planten we klimrozen, zodat later de takken eromheen geleid kunnen worden. Heel romantisch.'

'En hoe doe je dat met die kruiden? Zaai je die gewoon in?' Daisy zwaaide breed met haar arm als een ouderwetse boer die vroeger zijn koren op die manier inzaaide.

'Welnee, ik maak perkjes van buxusstruikjes en tussen die perkjes komen grindpaadjes zodat je makkelijk bij de kruiden kunt komen. In al die tuintjes komen de verschillende plantjes en ik zaai ze natuurlijk ook in, maar daarvoor moeten we wachten tot de lente.'

'En wat betekenen die witte, kronkelige lijnen langs het gazon?' vroeg Daisy. 'Komt daar ook iets?'

'Dat zijn opgespoten krijtlijnen die je ook weleens op straat ziet. Achter die lijnen wordt het gras weggehaald en daar komen bloemen. Ik denk dat het wel leuk is om daar eerst een heleboel bloembollen in de grond te stoppen. Dan krijg je in het voorjaar een prachtige lentetuin.'

'Heb je hiervoor geleerd? Je deed toch iets met mode?' vroeg Daisy opeens nieuwsgierig.

Lottemarie antwoordde niet meteen. Eigenlijk wilde ze niet over haar verleden praten. Dat ging niemand iets aan. Maar om nu helemaal geen antwoord te geven, ging haar toch ook wat te ver. Voorzichtig zei ze: 'Wat ik nu doe, heb ik uit boeken. Ik wist ook niets van kruiden en planten af.' Ze aarzelde even en vervolgde toen met enige tegenzin: 'En ja, ik deed iets met mode. Ik was fotomodel.'

'Echt? Stond je op de omslagen van modebladen? Zie je wel, ik dacht het al. Je kwam me zo bekend voor,' riep Daisy opgewonden uit. 'Welke bladen?'

'Oh, *Vogue, Glamour, Elle, Allure,*' antwoordde Lottemarie nog steeds een beetje onwillig.

'Wauw, en daar heb je ons niets van verteld.'

'Waarom zou ik?'

'Ik zou stiktrots zijn en het overal rondbazuinen.'

'Daisy, doe me een plezier, wil je het niet verder vertellen? Ik heb er geen zin in dat de roddelbladen erachter komen. Die blazen de zaken altijd zo op.'

'Heb je weleens in een roddelblad gestaan?'

'Een paar keer en dat vond ik niet leuk.'

Dat begreep Daisy volkomen.

'En door dat ongeluk ben je zeker je baan kwijtgeraakt?'

Lottemarie knikte.

Het bleef even stil.

Langzaam liepen ze terug naar het huis.

'Lotte, heb je een vriend?'

Lottemarie zuchtte. 'Jij bent helemaal niet nieuwsgierig, hè, Daisy.'

'Nee, ik wil alleen alles weten. Nou?'

'Wat, nou?' vroeg Lottemarie ontwijkend.

'Heb je een vriend?'

'Je lijkt op je vader, ook zo'n vasthoudend iemand.'

'Nou?' drong Daisy aan. Ze moest en zou een antwoord krijgen.

'Ik had een vriend.'

'En die heeft je zeker in de steek gelaten toen je dat ongeluk kreeg,' begreep Daisy onmiddellijk.

Lottemarie knikte. Ze sloot even haar ogen. Alsjeblieft, niet te veel laten merken en zeker niet huilen waar Daisy bij was. De tijd van huilen lag achter haar.

'Sorry,' zei Daisy stil die het ongelukkige gezicht naast haar zag. 'Ik wist niet... Ik had er niet over moeten beginnen.'

'Laat maar, Daisy.'

'Houd je nog van hem?' vroeg Daisy aarzelend.

Lottemarie knikte. 'Ik weet niet of ik ooit nog van iemand kan houden. Zullen we het nu maar over iets anders hebben. Wanneer ga je naar je nieuwe klas?'

'Morgen. Ik ben best wel een beetje zenuwachtig.'

Lottemarie vergat dadelijk haar eigen probleem Ze keek naar Daisy's haren die, behandeld met strong gel, nog steeds alle kanten uit piekten. Ach, wat was het eigenlijk een lief, maar ook een beetje triest kind.

'Dat zou ik ook zijn, Daisy,' zei ze begrijpend. 'Maar mag ik je een raad geven? Doe wat anders met je haren.'

'Ik vind het best cool staan.'

Lottemarie haalde haar schouders op.

'Jij vindt het niet cool staan?' vroeg het meisje.

'Ik vind het wat agressief staan. Net alsof je wilt dat iedereen bang voor je is.'

'Dat wilde ik ook eigenlijk,' bekende Daisy. 'Aan de ene kant vond ik die tutmeiden uit mijn klas afschuwelijk, maar aan de andere kant was ik bang voor ze. Ken je dat gevoel? Bang voor wat ze van me vonden en wat ze van me zeiden. Dat ze me zouden laten merken dat ik minder was dan zij.'

Lottemarie knikte. 'Misschien zitten in deze vwo-klas wel heel aardige meisjes. Het zou jammer zijn als je ze van tevoren al van je afstootte. Je moet ze een kans geven.'

'Dus gewoon mijn haar maar los laten hangen?'

'Ja, je hebt prachtig haar, waarom niet.'

'Oké, ik kan het allicht proberen.'

Ze stapten de keuken weer in. De koude wind joeg een sliert bladeren naar binnen.

Snel deed Lottemarie de deur achter zich dicht.

'Lotte, ik zal niemand vertellen van… nou ja, je weet wel. *My lips are sealed.*'

Daisy maakte een beweging met haar hand voor haar mond, alsof ze een sleutel omdraaide. 'Succes met je kruidentuin en je bloembollen.'

Lottemarie keek haar glimlachend na. Grappig kind.

Die nacht droomde ze voor het eerst sinds lange tijd weer van Edgar. Ze stonden in een grote fotostudio met overal fel schijnende lampen. Edgar liep op langzaam op haar af. Heel even streek hij over haar hoofd en zei: 'Jammer, hè.' Toen verdween hij achter een deur. Ze wilde zijn naam roepen om hem tegen te houden, maar er kwam geen geluid uit haar mond. De lampen doofden en ze werd wakker. Ze voelde dat haar ogen nat waren. Zou dit ooit overgaan, dit pijnlijke gemis? Waar zou hij nu zijn? Zou ze hem nog ooit tegenkomen? Wat zou hij dan zeggen? Niet meer aan denken.

De daaropvolgende weken werden een soort race tegen de tijd. De herfst tooide zich met uitbundige kleuren, maar de bladeren vielen snel. Er werd een strenge winter verwacht, zei men.

Als die dan maar niet zó vroeg inviel, dacht Lottemarie. Door de keukendeur keek ze naar de tuin. Tuinlieden hadden een groot stuk van het gazon afgegraven en nieuwe aarde erop gestort. In overleg met de tuinman en op aanwijzingen van Lottemarie was de kale aarde in perkjes verdeeld. Kleine buxusboompjes vormden de afscheidingen tussen de perkjes. Op de paden was een dikke laag fijn grind gestrooid. Met ladingen tegelijk waren ligusterstruiken aangevoerd die de kruidentuin moesten afschermen tegen het zicht vanaf de weg. Een paar metalen bogen vormden de toegang. 'Welke klimrozen wil je ertegenaan laten groeien?' vroeg Lottemarie aan Lucie. 'New Dawn is een heel sterke roos en als je die dan combineert met blauweregen...'

'Ik vind alles goed,' onderbrak Lucie haar. 'Als het maar mooi wordt.'

'Wat vind je ervan als we bloembollen langs het hele gazon in de grond zetten?' wilde Lottemarie weten.

'Geweldig, maar waar haal je ze vandaan?'

'Toevallig weet ik een heel goed adres. Thuis kopen we daar altijd de bloembollen. Bij die gewone tuincentra ben je altijd zoveel geld kwijt... Ik zal in het weekend wel even langsgaan. Welke bloembollen wil je hebben?'

'Tulpen?'

'Alleen maar tulpen?'

Lucie haalde haar schouders op.

'Wat vind je van hyacinten, wat narcissen en krokussen en vooral sneeuwklokjes. Die groeien zo grappig vroeg in het voorjaar,' stelde Lottemarie voor.

'Lotte, ik heb er geen verstand van, je doet maar. Ik ga nu koken. Ik moet die mannen tussen de middag wel iets extra's geven. Ze werken zo hard.' Lucie wees op de tuinlieden die bezig waren het gazon achter de krijtlijnen af te graven.

Lottemarie lachte. Lucie zou elke gelegenheid aangrijpen om haar hobby uit te oefenen: koken en bakken.

Na twee weken met man en macht werken was de tuin opnieuw ingericht. De ligusterstruiken stonden als stramme soldaten in het gelid. De kale aarde in de kleine met buxushaagjes omringde perkjes lag braak voor de plantjes en de zaden die in het voorjaar geplant en gezaaid zouden worden. De bloembollen die Lottemarie had gekocht, lagen te wachten in de grond op de eerste zonnestralen van de lente.

Tevreden liep Lottemarie door de tuin. Ze verheugde zich nu al op lente, dan kon het echt leuke werk beginnen.

Binnen waren de schilders en behangers aan het werk. De woonkamer was volledig kaal en leeg. De schilderijtjes met de wenende zigeunerkindjes waren terechtgekomen bij een kringloopwinkel en het bankstel van nappaleer was verhuisd naar de kleine etagewoning van Sijtske Blom, die de koning te rijk was. 'Hoeveel moet je ervoor hebben?' had Sijtske aan Lucie gevraagd. Het bankstel was per slot van rekening nog geen jaar oud.

'Niks, meid, heb jij ook eens een meevallertje,' had haar vriendin geantwoord, die allang blij was dat ze op zo'n prettige manier van haar miskoop verlost werd.

November.

Nog steeds was het overdag zonnig weer, maar elke morgen was alles kletsnat van de mist. De bomen glinsterden in het zonlicht. Op een morgen moest Lottemarie in Laren zijn om een pakketje van Lucie naar het postkantoor te brengen. Lottemarie had het zelf aangeboden. Het was zulk prachtig weer. Ze vond het altijd

heerlijk om door de stille herfstlanen te rijden. 'Ik neem wel even jouw fiets, als je het niet erg vindt,' zei ze tegen Lucie.
'Doe maar voorzichtig, het kan hier en daar glad zijn. Toen ik net de achterdeur uitliep, gleed ik bijna uit,' merkte Lucie op.
Lottemarie knikte. Het zou wel meevallen. Het zag er buiten niet echt vorstig uit.

Paul Conradie stapte haastig zijn huis uit en sloot de voordeur achter zich. Hij keek op zijn horloge. Vervelend, hij was aan de late kant, net nu hij een belangrijke vergadering had. Als er nu maar geen file op de oprit naar Baarn stond, kon hij het nog precies halen. Gelukkig was hij er bijtijds achter gekomen dat hij het manuscript in zijn werkkamer had laten liggen. Geweldig dat het bij zijn uitgeverij aangeboden was. Dit manuscript had de potentie om een bestseller te worden. De hele nacht had hij doorgelezen en hier en daar een opmerking in de kantlijn geschreven, maar het waren er niet veel. Vanmorgen zou hij het contract laten opmaken, als hij tenminste tot een vergelijk kon komen met de auteur. Hij liep met de stapel papieren in zijn hand de oprijlaan af en haastte zich om de luxe bestelbus heen. Gelukkig, morgen kon hij weer in zijn eigen wagen rijden. Die zou hij vanmiddag ophalen uit de garage.

Lottemarie reed de laan uit. Ze keek even om of er geen verkeer aankwam en zwenkte toen naar links. Precies op de hoek stond een hoge, luxe bestelauto. De motor was al aan, want kleine slierten rook kringelden uit de uitlaat omhoog. Een man dook plotseling op vanachter de auto. Hij droeg een stapel papieren in zijn handen. Het was zo onvoorbereid, dat Lottemarie een onverwachte beweging maakte met haar stuur. Kwam het door de natte bladeren of toch door een opgevroren weggedeelte, Lottemarie kon het zich later niet meer herinneren, maar opeens gleed de fiets onder haar weg. Met een klap viel ze op de grond terwijl ze nog net de man raakte. Een verwensing klonk. Papieren zwierden over de natte grond.

Verdwaasd bleef ze even liggen. Toen kwam ze langzaam overeind. Een steek joeg door haar rechterschouder, haar knieën begonnen te schrijnen. Ze zag hoe de man de papieren bij elkaar raapte en herkende hem onmiddellijk. Dat was de man in de auto die haar bijna had geraakt toen ze aan haar allereerste werkdag begon.

'Sorry,' zei ze bedremmeld. Ze pakte haar fiets op en verbeet haar pijn.

De man keek op. 'Hebt u zich pijn gedaan?' vroeg hij kort.

'Een beetje,' loog Lottemarie.

De man keek hoofdschuddend naar de smerige papieren die hij bij elkaar geharkt had. 'Nou, die kan ik wel wegdoen,' mompelde hij en zuchtte diep.

'Sorry,' zei Lottemarie nogmaals verontschuldigend.

Ze keek naar beneden naar haar knieën die door de gerafelde plekken in haar broek te zien waren en hoe langer hoe meer begonnen te schrijnen. Die broek kon ze weggooien, dacht ze spijtig. Zo kon ze echt niet verder fietsen en dat stuur kreeg ze ook niet recht. Ze moest maar weer teruggaan. Nog een keer keek ze om, maar ze zag dat ze niets kon doen. Toen draaide ze de fiets om, knikte als groet en liep weg.

'Zal ik u wegbrengen?' bood de man aan.

Hij liep opeens naast Lottemarie en nam haar onderzoekend op. 'U ziet bleek.'

'Dat doe ik altijd,' antwoordde Lottemarie. Ze keek de man in het gezicht.

Nog nooit had ze zo'n recht, onaandoenlijke gezicht gezien: een strakke mond, een kaarsrechte neus, wenkbrauwen die bijna als rechte lijnen boven grijze ogen stonden en een kin die ook geen buiginkje vertoonde. Lottemarie schatte zijn leeftijd tussen de dertig en de veertig jaar.

'Nou, hoe zit het, zal ik u niet even naar huis brengen?' vroeg de man een beetje ongeduldig.

'Het hoeft niet, het is maar een klein eindje lopen,' antwoordde Lottemarie haastig.

'Wat is een klein eindje lopen?'

'Hier de hoek om, aan het eind van de laan.'

'Eind van de laan? Op het pleintje waar die nieuwe mensen zijn komen wonen?'

Lottemarie knikte.

'O, dat huis,' begreep de man.

Dat huis? Wat bedoelde die man? Lottemarie bleef stilstaan en keek de man verbaasd aan. 'Dat huis?' vroeg ze.

'Ja, gewoon, dat huis,' antwoordde de man. Zijn gezicht stond onbewogen.

Lottemarie haalde haar schouders op en liep met rechte rug verder. Al deed haar hele lichaam pijn en al schrijnden haar knieën als een oordeel, ze zou zich niet laten kennen. Wat een vreselijk onaardige man. En wat had hij met *dat huis* bedoeld?

De man keek haar met opgetrokken wenkbrauwen na. 'Nou, dan niet,' mompelde hij vervolgens. Een kleine glimlach verscheen om zijn strakke mond. Pittig ding, mooie ogen en een mooie mond. Hij vroeg zich af waar dat lange litteken op haar voorhoofd vandaan kwam. Een ongeluk?

'Wat is er met jou gebeurd?' riep Lucie van den Homburg uit. Ze keek naar Lottemarie die de hal in strompelde.

'Gevallen,' legde Lottemarie met een pijnlijk gezicht uit.

'Ga gauw zitten, je ziet spierwit. Straks val je nog flauw.'

Lottemarie voelde zich ook een beetje misselijk.

In de keuken namen ze de schade op. De zwarte broek was bij de pijpen stuk en liet haar geschaafde knieën zien.

'Je moet met die knieën naar een dokter,' zei Lucie.

'Ach welnee, ze zijn alleen maar geschaafd,' protesteerde Lottemarie.

'Alleen maar geschaafd... Erg genoeg,' sputterde Lucie.

'Wat is hier aan de hand?' Daisy kwam de keuken in. Ze keek naar Lottemarie en knielde onmiddellijk naast haar neer.

'Ze is gevallen,' zei Lucie. 'En ze wil niet naar een dokter.'

'Dat zou ik maar wel doen, Lot. Het is behoorlijk smerig op straat. Waarschijnlijk moet je ook een tetanusinjectie hebben,' merkte

Daisy op. 'Zal ik even een andere broek halen? Je kunt er makkelijk een van mij aan.'
'En dan zal ik alvast de auto voorrijden,' zei Lucie vastberaden.
Lottemarie knikte. Haar hele lichaam deed pijn.

'Heel goed dat u bent gekomen,' zei de huisarts toen hij naar Lottemaries geschaafde knieën keek. 'De assistente zal de schaafplekken schoonmaken en dan geef ik u straks een tetanusinjectie.'
'Zie je wel dat ik gelijk heb!' riep Daisy triomfantelijk uit die naast Lottemarie zat. Het meisje had dadelijk van de gelegenheid gebruikgemaakt om de school de school te laten en snel achter in de auto van haar moeder te kruipen.
De doktersassistente begon voorzichtig de schaafplekken schoon te maken.
'U bent vervelend terechtgekomen,' merkte ze op. 'Gleed u zomaar uit?'
'Nee, ik schrok en maakte toen een plotselinge beweging. Daardoor gleed mijn fiets weg,' verduidelijkte Lottemarie.
'Waarvan schrok je eigenlijk?' wilde Lucie weten. 'Stak er soms een haas de weg over?'
Ondanks de narigheid schoot Lottemarie in de lach. Ook Daisy en de doktersassistente begonnen te lachen.
'Nou, jullie lachen wel, maar zo gek is dat nog niet. Er zitten in deze buurt vast hazen en konijnen. 't Is hier zo hartstikke stil. En nu het zo koud wordt, zoeken ze misschien wel voedsel,' merkte Lucie een beetje verontwaardigd op.
'Mam, hou op, die dieren blijven heus wel in het bos, hoor, ze hebben voedsel genoeg,' zei Daisy grinnikend. 'Maar waarvan schrok je dan zo?' liet ze er gelijk op volgen. Ze keek Lottemarie aandachtig aan.
'Er stond een bestelauto op de hoek van de laan geparkeerd vlak voor dat donkere huis met dat rieten dak en die sombere ramen.'
'Zeker van een koeriersdienst,' veronderstelde Daisy.
'Nee, waarschijnlijk van de man die daar woonde, tenminste, dat denk ik. Plotseling kwam hij achter die bestelauto vandaan. Ik zag

hem te laat. Toen botste ik tegen hem aan,' antwoordde Lottemarie een beetje ontwijkend.

'En toen?' vroeg Lucie nieuwsgierig.

'Niks. Ik viel.'

'Niks? Hielp die man je niet overeind?'

'Dat hoefde niet. Ik stond zo weer op. Die man was kwaad. Hij had een stapel papieren in zijn handen en die vlogen toen over straat. Kennelijk waren het heel belangrijke papieren.'

'Maar daar kon jij toch niets aan doen?' vroeg Daisy verbaasd. 'Je deed het toch niet expres?'

Lottemarie haalde haar schouders op. Nog steeds stond ze voor een raadsel. Wat had die onvriendelijke en ongeduldige man bedoeld met *dat huis?*

De assistente was klaar. 'De dokter komt zo om u een injectie te geven,' zei ze terwijl ze de smerige spulletjes bij elkaar raapte en weggooide in een pedaalemmer.

Na de injectie reden ze weer naar huis met de boodschap: over een halfjaar terugkomen voor de vervolgprik.

'En nu ga jij rusten, jij doet vandaag helemaal niets,' zei Lucie beslist. 'Ik maak een bed op in de logeerkamer en dan ga ik je vandaag lekker verwennen.'

'Ik hoef helemaal niets te eten, Lucie, ik kan echt geen hap door mijn keel krijgen. Als ik een paar uur rust, ben ik zo weer oké,' zei Lottemarie snel. Alsjeblieft, nu geen taart of ander gebak. Ze werd al misselijk bij het idee.

's Middags toen ze weer een eind was opgeknapt en bij Lucie in de keuken zat, gebeurde er iets verrassends. Er werd gebeld. Toen Lucie opendeed, stond er een bloemist op de stoep met een grote bos bloemen in zijn handen.

'Bloemen voor het meisje dat vanmorgen gevallen is. Volgens de man voor wie we ze moesten bezorgen, woonde het meisje op dit adres,' legde de man uit.

'Dan bent u inderdaad goed,' zei Lucie. Ze nam het boeket aan en keek stiekem even op het kaartje dat aan de buitenkant van het pakpapier zat vastgeniet. *Beterschap. P.L. Conradie.* Zo, die geheim-zinnige buurman heette dus P.L. Conradie. Wat een vreemde naam.

Lucie liep naar de keuken. 'Voor jou,' zei ze een beetje ademloos. Lotte keek verbaasd op. 'Van wie?' wilde ze toen weten.

'Van die man van vanmorgen. Hij heeft vast spijt dat hij je niet geholpen heeft,' zei Lucie. 'Hij heet P.L. Conradie. Dat staat op het kaartje,' voegde ze er snel aan toe. 'Misschien vindt meneer Conradie je wel heel leuk,' bedacht Lucie, die ongeneeslijk roman-tisch was.

Zonder op Lucies woorden in te gaan, nam Lottemarie het boeket aan en trok het papier er vanaf. Het waren prachtige, crème kas-rozen. Over de tere bloemblaadjes lag een zalmroze glans.

'Wat een prachtige rozen!' riep Lucie uit. 'Nou, Lot, daar heeft die man behoorlijk voor moeten dokken. Zeg, was ie getrouwd?' wilde ze vervolgens weten.

'Hoe moet ik dat nu weten en waarom vraag je dat?' vroeg Lotte-marie een beetje kribbig. Lucie moest zich vooral niets in haar hoofd halen.

'Nou ja, je kunt nooit weten, Lot. Als hij ongetrouwd is...' Ze keek Lottemarie veelbetekenend aan. 'Kom je gezellig hier wonen. Worden we buren.'

'Geen sprake van!' riep Lottemarie uit. 'Al was hij honderd keer ongetrouwd, dan nog is hij echt niets voor mij. Ik vond hem vre-selijk onaardig, om niet te zeggen bot.'

'Nou, zo bot vind ik hem anders niet, Lotte. Als je zulke mooie rozen stuurt...'

'Over wie hebben we het hier?' Daisy kwam de keuken in en keek Lottemarie nieuwsgierig aan. 'En van wie heb je die schitterende bloemen?'

'Van die man, van vanmorgen, weet je wel. Hij heet Conradie, P.L. Conradie,' antwoordde Lucie voor Lottemarie in de plaats. Ze gaf Daisy een dikke knipoog.

'Maar wat heeft die man nu met trouwen te maken?' wilde Daisy weten.

'Je moeder is aan het fantaseren, Daisy,' merkte Lottemarie een beetje geïrriteerd op. 'Die bloemen betekenen alleen maar een soort excuus van die man, meer niet.' Maar Lucie lachte. Maar Lucie wist wel beter. Als een man een meisje zulke prachtige rozen gaf... 'Ik zal even een vaas halen, dan kun je daarin de bloemen zetten tot je ze vanmiddag meeneemt naar je hotel,' zei Lucie glimlachend. Ze stond op.

Lottemarie haalde haar schouders op. 'Kom, ik ga nog even aan het werk,' zei ze vervolgens. Ze stond op en verliet de keuken. Vervelend, ze hield er absoluut niet van als mensen zich met haar leven gingen bemoeien.

Peinzend keek Daisy naar de bloemen. Die man was waarschijnlijk een vreselijke lomperik geweest, anders had Lottemarie niet zo achteloos naar de rozen gekeken. Dat was niets voor haar, vooral omdat die rozen zo bijzonder waren. Misschien wilde ze die bloemen wel helemaal niet hebben. Maar ja, dat zou ze nooit zeggen. Daarvoor was Lottemarie net even te aardig en te beschaafd. Die was nou precies het type dat vaak over zich heen liet lopen. Net als bij dat rottige ex-vriendje. Eigenlijk had Lotte iemand nodig die het eens voor haar opnam.

Lucie kwam terug met een vaas, deed er water in en zette het boeket erin.

'Ik denk dat Lotte die bloemen niet eens wil hebben. Ze keek zo ongeïnteresseerd,' zei Daisy.

'Weggooien kan niet, Dais, da's zonde. Als Lotte die bloemen werkelijk niet wil hebben, laat ze ze hier gewoon maar staan,' besloot Lucie en verliet de keuken.

Je kunt die man natuurlijk ook op zijn nummer zetten, dacht Daisy. Zo'n hufterige man die Lottemarie niet eens hielp bij het opstaan. Uitgerekend Lottemarie, zo'n lief, zachtaardig iemand! Daisy dacht na. Toen greep ze met een vastbesloten gebaar het boeket, deed haar jas in de hal aan en verliet het huis.

Met stevige stappen liep Daisy de laan door tot ze bij het donkere huis op de hoek van de T-splitsing was gearriveerd. Op zichzelf

was het wel een aardig huis, maar de hoge bomen eromheen ontnamen al het licht. Kordaat belde Daisy aan. Het duurde even. Er
klonken voetstappen in de gang. Een oudere vrouw met een schort
voor, zeker de werkster, deed open.
'Is meneer Conradie thuis?' vroeg Daisy.
'Nee, die komt vanavond pas thuis,' antwoordde de vrouw. 'Moet
ik een boodschap voor hem achterlaten?'
'Deze bloemen zijn niet nodig, zegt u dat maar tegen meneer
Conradie.' Daisy gaf het boeket, draaide zich om en liep voldaan
weer terug. Die dure lui moesten niet denken dat ze zich alles konden permitteren.

Het was vijf uur. Lottemarie stond op het punt om naar huis te
gaan. Ze zocht de bloemen.
'Lucie, weet jij waar het boeket is gebleven?' vroeg ze toen ze in
de keuken en in de kamer had gekeken.
'Ik heb ze in een vaas in de keuken gezet,' antwoordde Lucie.
'Ik zie ze niet.'
'Hoe kan dat nou?'
Ze keken elkaar verbaasd aan.
'Ik zal Daisy even vragen. Misschien heeft die ze ergen anders
neergezet. Ik kan het me echter nauwelijks voorstellen. Daisy!'
riep ze vervolgens.
Boven ging een deur open. Daisy verscheen boven aan de trap.
'Weet jij waar de bloemen van Lottemarie zijn gebleven?' vroeg
haar moeder.
'Jazeker, ik heb ze teruggebracht,' antwoordde Daisy bijna triom-
fantelijk. 'Die man moet niet denken...'
'Wat?' onderbrak Lottemarie haar. Eerst kreeg ze een kleur, daar-
na trok ze wit weg. 'Heb je die bloemen werkelijk teruggebracht?'
fluisterde ze toen.
'Ja, ik dacht...'
'Daisy, zoiets onaardigs doe je toch niet? Wat moet die man wel
niet van me denken?' Verslagen keek Lottemarie het meisje aan.
Hadden ze dan helemaal geen manieren geleerd op de Govert

Flinckstraat? Waar bemoeide Daisy zich mee!

'Maar ik dacht echt...' zei Daisy verbouwereerd.

'Het waren mijn bloemen, Daisy, ik had je niets gevraagd. Vreselijk, wat moet ik nou doen?' vroeg Lottemarie zich wanhopig af.

Het werd stil in de hal. Daisy voelde zich opgelaten. Het huilen stond haar nader dan het lachen.

'Dan haal je ze toch gewoon weer terug,' stelde Lucie laconiek voor.

Lottemarie zuchtte diep. Tegen dit soort onbenullige praat was geen kruid gewassen.

'Ik ga er wel even naartoe.' Zonder te groeten verliet Lottemarie het huis.

Ze stond voor de rietgedekte villa. Boven de voordeur brandde een lantaarn.

Aanbellen maar, dacht ze. Lottemarie slikte en drukte zenuwachtig op de bel, maar er werd niet opengedaan. Ze belde voor een tweede keer, maar niemand liet zich zien. Wat nu? Een briefje misschien?

Ze zocht in haar tas naar een pen. Gelukkig had ze altijd een kleine blocnote bij zich. Wat moest ze schrijven?

> *Geachte heer Conradie,*
> *Mijn excuses voor het terugbrengen van de mooie bloemen.*
> *Het is buiten mij om gegaan. Alles berust op een misverstand. Nogmaals, mijn excuses en alsnog bedankt. Ik vond het gebaar heel aardig.*
> *Met vriendelijke groeten,*
>
> *Lottemarie Mazurel*

Ze vouwde het briefje twee keer dubbel en schoof het door de gleuf van de brievenbus naar binnen.

'Op hoop van zegen,' fluisterde ze zacht. Met een miserabel gevoel stapte ze vervolgens in haar auto en reed naar het hotel.

Eerder dan ze hadden verwacht, arriveerden de meubels vanuit Lochem. Het resultaat was schitterend. Een groot, wit wollen tapijt lag over de hele lengte van de kamer. Twee smalle stroken van de glanzende parketvloer waren nog net zichtbaar. Halverwege de kamer stonden het bankstel, de lage kersenhouten salontafel en de armstoelen. Naast de servieskast hing een ouderwetse staartklok die ze op de kop hadden getikt bij een antiquair. Voor de openslaande deuren stond een ovale kersenhouten tafel met zes stoelen, waarvan de zittingen bekleed waren met heldergroene stof, dezelfde kleur die terugkwam in de stof van de armstoelen. Stijlvolle schemerlampen, glazen karaffen, een paar schitterende reproducties en voorwerpen afkomstig uit woonstijlwinkels en bric-à-braczaakjes hadden de plaats ingenomen van de koperen en porseleinen prullaria die vervolgens naar de zolder waren verbannen.

Verrukt keek Lucie om zich heen. 'Wat prachtig,' zei ze. 'En alles past zo mooi bij elkaar. Wat ben ik blij dat je me geholpen hebt.' Ze keek Lottemarie dankbaar aan.

'Zeg, wanneer zullen we de buren uitnodigen voor een housewarmingparty?'

'Wacht daar nog even mee, Lucie,' zei Lottemarie haastig. 'Er komen zoveel feestdagen aan en er moet ook nog zoveel gedaan worden.'

Ze moest Lucie eerst even instrueren hoe ze haar nieuwe buren moest bezighouden en dat was niet op een achternamiddag geregeld.

Niet alleen Lucie was blij met de nieuwe inrichting, ook de rest van het gezin was sprakeloos.

'Waauw, Lot, je kunt je best verhuren als binnenhuisarchitecte,' riep Daisy uit.

Jan van den Homburg keek triomfantelijk rond. Dit was nu net wat hij wilde. En niet om het een of ander, als hij niet die advertentie had gezet, hadden ze nu nog in die vreselijke nappatroep gezeten. Hij kon trots op zichzelf zijn. Dat meisie had precies gedaan wat hij wou. Lottemarie moest ook maar even zijn werkkamer onder handen nemen. Hij had alle vertrouwen in haar. Bij-komend voordeeltje was natuurlijk ook dat die hele inrichting hem een fractie kostte van het bedrag dat hij had moeten betalen als hij een echte binnenhuisarchitect had moeten inhuren.

Hoofdstuk 7

December stond voor de deur.

Iedereen was druk bezig voorbereidingen te treffen voor het sinterklaasfeest.

Lottemarie had een vrije dag en liep door het centrum van Utrecht om inkopen te doen voor haar eigen familie en ook voor de familie Van den Homburg. Ze slenterde langs de feestelijk versierde etalages van de winkels aan de Oudegracht. Plotseling viel haar oog op de boekwinkel van De Slegte. Ha, daar kon ze tenminste terecht voor haar vader, die dol was op boeken over boekdrukkunst en oude handschriften. Ze ging meteen de winkel in.

Langzaam liep ze langs de stellingen vol met boeken. Ze kon uren doorbrengen in boekhandels, vooral die van de tweedehandsboeken. Na intensief speuren vond ze het boek voor haar vader, een naslagwerk over handschriften uit de middeleeuwen. Het stond vol illustraties van versierde, gouden hoofdletters en miniaturen in heldere kleuren. Innig tevreden liep ze met haar kostbare aanwinst door de winkel naar de kassa. Halverwege passeerde ze de afdeling kookboeken. Zou hier misschien iets voor Lucie bij zitten? Haar ogen dwaalden langs de rijen. Wacht eens... Ze strekte haar hand uit en greep een tamelijk groot en dik boek. Het bleek een uit het Frans vertaald standaardwerk te zijn over het maken van bonbons, geschreven door een beroemde patissier. Lottemarie bladerde het boek door. Verlekkerd keek ze naar de foto's en zuchtte diep. Schitterend! Iemand die echte bonbons wilde maken, kon zijn hart ophalen. Alles stond erin: van het konfijten van vruchtenschilletjes tot het maken van truffels en gekristalliseerde bloemen; van het gieten van borstplaat tot het suikeren van amandelen en het maken van luxebonbons gevuld met allerlei soorten vullingen. Ook al kon Lucie misschien wel heel goed bonbons maken, dit was hét boek voor haar, wist Lottemarie zeker. Maar was het wel zo verstandig om haar dit te geven, dacht ze. Lucie was al zo verslaafd aan zoetigheid. Als ze nu ook nog eens begon met bonbons te maken, was misschien het hek van de dam. Aarzelend schoof ze het boek weer terug tussen de andere boeken. Ze deed een paar passen, weifelde en liep toch weer terug. Weer greep ze het boek. Wie was zij om Lucie zo betuttelend te behandelen? Ze was toch niet Lucies moeder? Daarbij, de cakes en taarten die Lucie maakte, waren net zo dikmakend als bonbons, zo niet meer. En zeiden ze niet dat je algauw genoeg kreeg van het elke dag bonbons eten? Lucie zou werkelijk een gat in de lucht springen van blijdschap als ze dit uitgebreide standaardwerk zou krijgen, daarvan was Lottemarie beslist overtuigd. Ze zuchtte en keek naar het glanzende boek in haar hand. Nog even dacht ze na. Toen draaide ze zich om en liep met besliste passen naar de kassa waar ze de twee boeken resoluut op de toonbank neerlegde.

Het was voor in de middag van vijf december.
De familie Van den Homburg zat bij elkaar in de keuken thee te drinken. Ze zouden die avond het sinterklaasfeest vieren in Amsterdam bij de ouders van Lucie.
Plotseling kwam Lottemarie binnen met een doos in haar handen. Ze had haar jas al aan, omdat ze op het punt stond om naar huis te rijden. Ze zette de doos op de keukentafel. 'Door Sinterklaas bezorgd,' zei ze lachend. Zelf had ze van Jan van den Homburg een envelop met inhoud gekregen. Jan was beslist geen gierige werkgever. Lottemarie had even haar adem ingehouden bij het zien van vijf briefjes van honderd. Even had ze geprotesteerd, maar Jan had onmiddellijk de bezwaren van tafel geveegd. 'Wie het breed heeft, laat het breed hangen,' had hij lachend gezegd.
Lottemarie haalde het deksel van de doos en begon de cadeautjes uit te delen. 'Het zijn maar kleinigheidjes, hoor,' zei ze bijna verontschuldigend.
''k Dacht het niet,' zei Daisy. Verrukt keek het meisje naar de lange, zilveren ketting die bezet was met onyxsteentjes. 'O Lot, die wilde ik altijd al hebben, maar ik kon hem nergens vinden.' Ze omhelsde Lottemarie stevig.
Ook Kevin was in zijn sas met zijn computerspel. Een beetje schutterig bedankte hij Lottemarie.

Jan van den Homburg was zelfs ontroerd bij de aanblik van de chique stropdas. 'Had je echt niet hoeven doen,' prevelde hij snuffend en knipperend met zijn ogen en drukte Lottemarie stevig de hand. Met voorzichtige gebaren trok Lucie het sinterklaaspapier van het pak. Haar mond viel open toen ze het boek zag. Ze slikte en keek Lottemarie aan. 'Dit had je niet hoeven doen,' fluisterde ze. 'Wat schitterend!' Lucie was zo van de kaart dat Lottemarie er verlegen van werd.

'Weet je wat ik nou zo geweldig vind? Dat je nooit zit te zeuren dat ik moet vermageren en dat je me zelfs dit prachtige boek geeft.' Lucie liep op Lottemarie toe en gaf haar drie kussen op de wangen. Ze snufte. 'Ik ben zo machtig blij. Morgen ga ik meteen beginnen.'

'Nee hè!' riep Daisy op dramatische toon uit. 'Ga je nou aan de bonbonnetjes, mam?'

Lucie haalde alleen maar haar schouders op. Genietend bladerde ze door het boek. 'O heerlijk, kijk nou es, hier staat hoe je paaseieren moet maken!' riep ze uit. 'Dat was ik eigenlijk al vergeten. De vormen heb ik nog wel, alleen weet ik niet waar ik ze heb gelaten. Herinneren jullie je nog dat ik altijd paaseieren voor jullie maakte met Pasen?' Verwachtingsvol keek ze haar kinderen aan die onmiddellijk knikten.

'De laatste keer had je de eieren gevuld met bonbons, mam,' merkte Kevin op. 'Joh, wat was dat lekker!'

'Ja hoor… Man, je was hartstikke ziek omdat je alle bonbons achter elkaar naar binnen had gewerkt,' zei Daisy een beetje smalend.

'Nou ja.' Kevin haalde zijn schouders op. Wat deed Daisy weer snibbig. Wat mankeerde haar? De laatste tijd was ze alleen maar bezig stomme en onaardige opmerkingen te maken. Waarom liet ze niet iedereen met rust?

'Niet zelf die zoete troep opeten, mam,' waarschuwde Daisy haar moeder. 'Je kunt beter een winkeltje beginnen.'

'Voor Lotte zouden de bonbons misschien wel goed zijn,' zei Daisy.

'Voor mij?' Lottemarie keek het meisje verbaasd aan.

'Ja, als je verdrietig bent en je eet chocola of bonbons, dan kom je vanzelf in een beter humeur. D'r zit een stof in...'

'Ze is toch niet verdrietig, Dais?' onderbrak Kevin haar.

'Nou ja, een gebroken hart is hetzelfde. Lotte heeft... O!' Daisy sloeg een hand voor haar mond. Nou had ze Lottemarie zo plechtig beloofd om niemand iets te vertellen over die verbroken relatie! Wat moest Lotte wel niet van haar denken. Lottemaries gezicht verstrakte even. Die domme, loslippige Daisy! En dan zo'n dwaas idee opperen: bonbons voor een gebroken hart! Hoe kwam ze erbij.

Er viel even een ongemakkelijke stilte. Lucie keek Lottemarie aan. Waar had Daisy het over? Een gebroken hart? Lucie opende haar mond om ernaar te vragen, maar Daisy zag het gevaar. 'En ga jij nou alsjeblieft niet die zoete troep opeten, mam. Je kunt beter een wikeltje beginnen,' zei ze waarschuwend om haar moeder af te leiden.

'Bonbons zijn geen troep, Dais,' merkte Lucie enigszins bestraffend op. 'Maar dat winkeltje is een goed idee.' Ze keek haar man niet aan.

'Vergeet het maar, daar komt niks van in.' Jan keek zijn dochter aan met een autoritaire trek op zijn gezicht. 'Jouw moeder hoort hier thuis. Ze hoeft helemaal niet te werken, want er is geld genoeg.'

'Wat ben je vreselijk ouderwets, pap, alle vrouwen werken tegenwoordig, hoor. We leven niet meer in het jaar nul,' zei Daisy, terwijl ze demonstratief haar neus ophaalde.

'We praten er niet meer over,' gromde Jan. Zijn mond vertrok tot een rechte streep en zijn ogen kregen een kille uitdrukking.

'Maar ík wil er binnenkort wel over spreken,' merkte Lucie dapper op.

'Pardon?' Jan keek zijn vrouw verbaasd aan. 'Lucie, in het begin van ons huwelijk hebben we afgesproken dat ik voor het geld zou zorgen en jij thuis zou blijven. Ben je die afspraak soms vergeten?'

'Ja, dat heb jij met haar afgesproken, maar zij niet met jou,' sneerde Daisy.

'Zeg, hou jij je er even buiten. Je was nog niet eens geboren,' bitste Jan van den Homburg die behoorlijk link werd. Hij keek zijn dochter doordringend aan. Niemand moest proberen om zijn positie in dit gezin te ondergraven, zelfs niet zijn dochter die op het vwo zat en nu zeker dacht dat ze de wijsheid in pacht had.

'Geen ruzie maken,' smeekte Lucie, hoewel ze het volledig met Daisy eens was. Zij had onder druk moeten beloven dat ze niet zou werken in haar huwelijk, anders zou er niet getrouwd worden. Maar nu waren ze al zoveel jaren verder. Waarom zou zij eigenlijk niet mogen werken? Waarom mocht zij niet met een winkeltje beginnen? Alleen, deze middag vlak voor sinterklaas was niet de meest geschikte tijd om daarover te praten met Jan. Hij keek zo kwaaiig uit zijn ogen... Net een valse buldog met die hangwangen en die brede kin. Hè nee, dat mocht ze nou niet denken. Ze mocht Jan niet afvallen. Zij was zijn vrouw en nog steeds dol op hem.

'Ik maak geen ruzie. Ik zeg alleen maar dat pa achterlijke ideeën heeft,' kefte Daisy die er een onheilig genoegen in schepte om haar vader op de kast te jagen.

'Wij hebben ook iets voor jou gekocht, maar die pakjes mag je vanavond pas openmaken,' zei Lucie tegen Lottemarie. Haastig probeerde ze de aandacht van haar man en dochter af te leiden.

Lottemarie knikte. Het kwam haar eigenlijk wel zo goed uit. Ze wilde nu wegrijden om de te verwachten verkeersspits te ontwijken.

Lottemarie deed het portier van haar auto open. Een grote tas vol cadeaus stond op de achterbank. Ze wilde juist instappen toen Lucie haastig naar buiten kwam lopen. 'Nog wat van ons,' zei ze snel. Ze overhandigde Lottemarie een plastic tas en een vierkante kartonnen doos. 'Iets lekkers voor je familie.'

'Oh Lucie, dat had toch niet gehoeven. Ik heb al zoveel cadeautjes van jullie gehad.' Lottemarie schudde haar hoofd.

'We zijn erg blij met jou. Ik hoop dat je familie dol is op chocoladetaart.'

'Dat weet ik wel zeker,' zei Lottemarie glimlachend. Ze gaf Lucie spontaan drie kussen op haar wangen. Lucie kleurde diep. Ze wist dat Lottemarie niet snel iemand kuste en zeker niet drie keer. Twee keer was echt de limit.

Wuivend reed Lottemarie weg.

Het was koud. De temperatuur zakte langzaam onder nul. De mist die de hele dag over de streek had gehangen, begon langzaam op te vriezen.

Lottemarie keek vanuit de auto genietend naar buiten. Ze hield van dit mistige, vriezende weer. Ze verliet de provinciale weg en reed vrijwel meteen het dorp binnen. De warme bakker was nog open. Snel parkeerde ze de auto op het kleine plein voor de bakkerij. Ze kon nog net wat marsepein kopen waar ze als enige van het gezin dol op was.

Met innig genoegen keek ze de winkel rond. Hoewel de bakkerij gemoderniseerd en aangepast was aan de eisen van de tijd, heerste er toch een soort ouderwetse sfeer. Dat kwam voornamelijk door de grote wandplaten van Anton Pieck die aan de muren hingen. Als kind had Lottemarie uren kunnen kijken naar de platen met de arrensleeën die door de besneeuwde winkelstraatjes gleden; naar de oud-Hollandse huisjes met de houten trapjes en de verlichte ramen. Ook nu nog kon ze het niet nalaten om naar een sneeuwvoorstelling te staren.

'Nog steeds fan van Anton Pieck,' merkte de vrouw van de bakker glimlachend op, toen ze Lottemarie zag.

'Nog steeds,' beaamde Lottemarie. 'Vroeger droomde ik ervan dat ik in zo'n huisje woonde. Het leek me het einde.'

'Mij niet,' zei de vrouw. 'Die vreselijke kou. Geen centrale verwarming en de oven moest gestookt worden met takkenbossen en turf. Geef mij maar deze tijd. En jij komt natuurlijk voor de marsepein.'

Lottemarie knikte. Dat vond ze hier zo heerlijk: iedereen kende iedereen. Mensen mochten dan weleens klagen over de sociale controle die er heerste, maar een dorpsgemeenschap had ook zijn goede kanten.

'Een prettige sinterklaas,' wenste de bakkersvrouw haar toe.

Lottemarie groette en verliet glimlachend de winkel.

Thuis was iedereen nog bezig om cadeautjes in te pakken en op het laatste moment nog gedichten in elkaar te flansen.

'We gaan zo eten, Lotte,' zei haar moeder gehaast nadat ze elkaar hadden begroet. 'De tafel is al gedekt. We eten stamppot andijvie met uitgebakken spekjes. Daar is je vader zo dol op. Het wachten is op hem. Hij kan elk ogenblik thuiskomen.'

'Zal ik oma even roepen?'

'Da's goed, maar kom dan wel weer meteen terug,' bedong haar moeder. Ze vond het maar niets dat haar dochter dadelijk naar Cecilia ging.

Het werd een geweldige sinterklaasavond. De chocoladetaart van Lucie oogstte veel lof.

'Die vrouw is haar roeping misgelopen,' zei Niek Mazurel. 'Je bazin zou best met een winkeltje kunnen beginnen.'

'Sluit maar achteraan in de rij. Je bent nummer zoveel die dat vindt,' sprak Lottemarie. 'Maar Lucies man wil het niet hebben.'

'Wat een stommeling is die Jan,' vond haar oudste broer. 'Ik wist het wel. Ik zou zeggen: "Lieve meid, ga jij even de centjes verdienen, dan pas ik wel op het huis".'

Lottemarie begon te lachen. 'Zo zit Jan niet in elkaar, Niek, die is nog van het ouderwetse, degelijke soort.'

'Zeg, kan ze hier niet voor onze verjaardagen komen bakken?' vroeg Daan met glinsterende ogen.

'Ik zal het aan haar vragen,' beloofde Lottemarie lachend. Ze had ook de pakjes uit de plastic tas die Lucie haar had gegeven, geopend. Er kwam een prachtige, blauwe wollen sweater met col uit plus een azuurblauwe zijden sjaal.

'Nou, die vrouw heeft toch wel smaak,' vond Nandine. Ze hield de sweater bewonderend in haar handen.

Vrouwtje... Cecilia keek haar schoondochter misprijzend aan. Zoiets zeg je toch niet, dacht ze.

Lottemarie voelde zich innig tevreden.

De bodem van de juten zak was bijna in zicht. Daan greep het laatste cadeautje, een pakje met goudpapier eromheen.

'Voor Lotte,' zei hij.

Lottemarie nam het aan en keek naar het handschrift waarmee de naam op het papier geschreven was. Het was blokschrift en ze herkende het niet. Even was er een glimp van hoop, maar die doofde onmiddellijk. Nee, het was niet van hem, daarvoor kende ze hem te goed. Voorbij was voorbij. Ze wikkelde het papier van het pakje. Om het doosje zat een lintje met een hartvormig kaartje. 'Van Sinterklaas M, las ze hardop. Het werd doodstil in de kamer.

'M? Wie is M?' vroeg Daan verbaasd. 'Van jou, mam?'

Nandine schudde haar hoofd. Ze schoof een beetje ongemakkelijk heen en weer op haar stoel.

'Van wie is het dan?' wilde Niek weten.

Maar Lottemarie wist het antwoord al. Zwijgend schoof ze het lintje van het doosje en deed het open. Een klein zilveren medaillon aan een dunne ketting lag op een blauw fluwelen bedje.

'Van Margot,' wist ze zeker. Ze keek haar moeder aan. 'Jij wist hier vanaf, hè?' zei ze kalm.

'O Lotje, ze heeft zo'n spijt. Ze wil het zo graag weer goed hebben,' antwoordde Nandine. 'Ik kwam haar tegen op straat. Ze hield me aan en ze zei...'

'Ja hoor, dat het haar speet.' Lottemarie keek naar het medaillon. 'Waarom kan ze me niet met rust laten?' vroeg ze toen. 'Waarom heb je het aangenomen? Je wist toch dat ik er niet meer aan herinnerd wilde worden?'

'Maar ze drong zo aan, Lotje. Ik kon er niet onderuit komen.'

Lottemaries moeder vertelde maar niet hoe Margot van Lansschot haar onder druk had gezet. Midden op straat had de voormalige vriendin van Lottemarie haar aangehouden. Ze had Nandines arm gepakt en gezegd dat ze haar niet eerder los zou laten voordat Nandine het pakje aan zou nemen. 'Je moet het haar geven. Ik wil dat we weer vriendinnen worden. Leg haar maar uit dat die Edgar Broese niet deugt en dat ze me juist dankbaar moet zijn. Beloof het,' had Margot met haar aangeboren felheid gezegd. Nandine was bijna bang geworden van de fanatieke blik in Margots ogen. 'Ik had medelijden met haar,' voegde ze er zwakjes aan toe om zichzelf te rechtvaardigen.

'Ja, dat had ze ook met mij, mam, weet je nog een jaar geleden?'

'Smijt dat ding maar in de vuilnisbak, Lot,' zei Daan fel. 'Ik zou dat geval niet om mijn nek willen hebben.'

'Dat zou ik niet doen, liefje, dat medaillon is te duur. Als je het niet wilt hebben, stuur je het gewoon terug,' stelde oma Mazurel voor.

Die domme, ongevoelige Nandine... Hoe haalde ze het in haar hoofd om het laatste deel van de avond zo te bederven. Ze keek haar schoondochter aan die met een schuldbewust gezicht voor zich uit staarde.

De sinterklaasavond eindigde een beetje in mineur.

De volgende dag liep Lottemarie naar het woongedeelte van haar grootmoeder.

'Jou had ik al verwacht,' zei Cecilia, terwijl ze haar kleindochter onderzoekend aankeek. 'Kon je een beetje slapen?' Ze sloeg een fotoalbum dat op haar schoot lag, dicht en legde dat op een tafel.

Lottemarie schudde haar hoofd. De gebeurtenissen van het afgelopen jaar waren de revue gepasseerd, maar ze had voor het eerst niet hoeven huilen. Ze had alleen een soort weemoedige, schrijnende pijn gevoeld. Niet meer die hartverscheurende emotie die haar in het begin zo volledig in zijn greep had gehouden. Nog steeds vond ze het onbegrijpelijk dat iemand zomaar uit haar leven had kunnen verdwijnen zonder een vorm van afscheid, zonder een laatste groet of kus.

'Ik weet niet wat ik met dat medaillon moet doen, oma. Het liefst stuurde ik het terug.'

'En waarom doe je het dan niet?'

'Ik weet niet. Ik bedoel, je kunt natuurlijk niet altijd kwaad blijven.'

'Nee, een mens leeft van vergeving. Als die er niet was, kon deze wereld niet bestaan. Dan hingen we van wraak en oorlog aan elkaar.'

'Ik wil haar echt niet kwetsen zoals ze mij gekwetst heeft, door dat medaillon terug te sturen, maar ik kan geen vriendin meer met haar zijn. Juist toen ik haar zo nodig had, heeft ze me verraden en in de steek gelaten. En dan zo'n miezerige briefje schrijven, dat ik haar dankbaar moest zijn en dat ik haar vooral moest bellen om een afspraak te maken, want we waren tenslotte zulke goede vrienden, hoe durfde ze!' Even bleef het stil. 'Margot was altijd al een hebberd en een drammer,' vervolgde ze toen.

'Ik denk niet dat je het medaillon ooit zult dragen, Lot,' merkte oma Cecilia nadenkend op. 'Stuur het terug met een aardig briefje. Dat je niet meer boos bent, maar dat jullie geen vriendinnen meer kunnen zijn. Dat er daarvoor te veel is gebeurd. Margot zal dat moeten begrijpen. Ze mag ook weleens merken dat ze niet de hele wereld naar haar hand kan zetten.'

Lottemarie knikte. 'Ik ben ook niet meer boos en ik vind het ellendig dat onze vriendschap zo moest eindigen, maar dat is mijn schuld niet. Stel je voor...' Ze zweeg.

'Stel je voor...' herhaalde Cecilia.

'Nou, stel je nou in het raarste geval voor dat ik toch weer iemand ontmoet,' zei Lottemarie een beetje kleurend.

'Vind je dat werkelijk raar?' Cecilia keek haar kleindochter bevreemd aan. 'Je bent niet goed wijs, Lot. Ik weet heel zeker dat je op een goede dag iemand ontmoet die echt bij je past en werkelijk van je houdt.'

Waarom dacht Lottemarie opeens aan een strak gezicht met grijze ogen?

Totaal gestoord, vond ze zelf. Ze had P.L. Conradie nooit meer gezien en ze vond hem niet eens aardig.

'Wat is er, liefje?' vroeg haar grootmoeder nieuwsgierig.

'Oh, niets. Waar waren we ook weer gebleven?' vroeg Lottemarie vlug.

'Jij zei in verband met Margot: Stel dat ik toch weer...'

'Ja, ik weet het alweer,' onderbrak Lottemarie haar. 'Ik zou dan toch altijd bang zijn dat ze me opnieuw zoiets zou kunnen aandoen.'

'Als je werkelijk de ware ontmoet, Lotje, gebeurt zoiets niet,' zei Cecilia beslist.

'Vreemd, oma,' merkte Lottemarie peinzend op. 'Dat je soms niet weet dat je iemand voor de laatste keer hebt ontmoet. Ik bedoel Edgar, zomaar weg. Alleen een stom briefje als afscheid. De laatste keer dat ik hem zag, gaf hij me rode rozen. En ik wist niet eens dat dat de allerlaatste keer zou zijn dat ik hem zag. Ik heb hem ook nooit meer gezien. Zou hij ooit nog weleens aan me gedacht hebben of was hij meteen zo vreselijk verliefd op Margot of een ander dat hij me helemaal vergat?'

'Lotje, niet meer aan denken. Het is voorbij. Hoe gaat het overigens met de boze buurman?' vroeg Cecilia om Lottemarie af te leiden. Ze had het hele verhaal van de verdwenen bloemen gehoord en had er ook wel weer om moeten lachen. 'Die Daisy is een loyaal meisje, Lotje. Ze is vast dol op je, anders doe je niet zoiets,' had Cecilia gezegd.

'Boze buurman? O, u bedoelt P.L. Conradie. Ik heb hem nooit meer gezien. Het lijkt wel of hij is verzwolgen door de aardbodem,' zei Lottemarie lachend. 'Het valt me overigens op dat er zo weinig mensen uit de buurt op straat lopen. Ik hoor soms wel kinderstemmen, maar de kindjes zelf mogen zeker niet buiten het hek komen.' Het onderwerp P.L. Conradie moest niet te lang in de belangstelling staan, vond ze.

'Het lijkt me niet bepaald gezellig wonen in dat stuk van Laren, Lotje,' vond oma Cecilia.

Lottemarie was het volkomen met haar eens. Ze keek naar de stapel fotoalbums die op een bijzettafel stond. 'Was u bezig foto's te bekijken, oma?'

'Ja Lot, ik merk dat ik echt oud word. Ik denk steeds meer terug aan mijn jeugd.'

'Wat een onzin,' merkte Lottemarie kregelig op. 'U ziet er hartstikke jong uit. Niemand verwacht dat u vierentachtig bent. Je bent pas oud als je je oud voelt, oma.' Het idee dat haar grootmoeder er op zekere dag niet meer zou zijn, bezorgde haar een gevoel van lichte paniek. Voorlopig wilde ze daar niet aan denken. Oma Cecilia kon makkelijk honderd worden.

'Ik ben ook dol op foto's kijken,' zei ze ten slotte.

Cecilia opende het fotoalbum dat ze een paar minuten geleden had weggelegd.

'Wie zijn dat?' Lottemarie leunde over de schouder van haar grootmoeder en wees op een foto in sepiakleuren met daarop een groepje meisjes tegen de achtergrond van een met klimop begroeid gebouw. De meisjes waren bijna allemaal gekleed in ruimvallende jurken met een verlaagde taille, waarschijnlijk de mode van die tijd. Ze droegen schoenen met knoopjesbandjes.

'Dat waren een paar meisjes met wie ik op het internaat zat, de Starckenborgh vlak bij Nijmegen,' sprak Cecilia.

'Tegenwoordig hebben ze alleen maar internaten voor moeilijk opvoedbare kinderen,' zei Lottemarie.

'Dat weet ik niet zo zeker. Ik denk dat er echt nog wel internaten bestaan voor rijke kinderen, zeker in Engeland.'

'Vond u het er leuk?' vroeg Lottemarie nieuwsgierig.

'Och, leuk, leuk... Het ging wel. Kijk, dat meisje daar was Millie van Stoetwegen, weet je wel, dat vriendinnetje uit Laren over wie ik je vertelde toen we het over je baan kregen. Een fantastisch mens. Ze was werkelijk voor niemand bang.'

Lottemarie zag een knap meisje met donker haar dat in ouderwetse golfjes om haar gezicht lag. Haar oogopslag was vrijmoedig, bijna brutaal te noemen. Lottemarie schoot in de lach. 'Je kunt wel zien dat die niet bang was.'

'Wat zou ik die graag nog eens willen zien,' mijmerde Cecilia.

'Dan zoekt u toch uit waar ze woont? Met wie is ze getrouwd?'

'Ik weet het niet meer. Ze trouwde heel jong en is direct na haar huwelijk verhuisd naar het buitenland. Haar man deed iets op Buitenlandse Zaken.'

'Misschien woont ze wel weer in Laren,' suggereerde Lottemarie.

'Millie? Nee, dat was nou niet bepaald het type dat terugging naar het dorp van haar jeugd. En misschien leeft ze wel niet meer. Ze was een jaar ouder dan ik.'

'Als ik iets meer tijd heb, ga ik op zoek naar haar,' beloofde Lottemarie. 'Met Google op internet kom ik meestal een heel eind.'

Vroeg in de middag van de tweeëntwintigste december liep Lotte-marie door het centrum van Laren op weg naar een boekwinkel. Vanwege de kou droeg ze over haar camelkleurige jas een modieuze bruin-crème geblokte poncho.

De familie Van den Homburg was die morgen afgereisd naar de wintersport in Oostenrijk. Lottemarie was ook uitgenodigd om mee te gaan, maar ze had vriendelijk bedankt. De kerstdagen bracht ze thuis door bij haar familie. Vooral nu. Ze zag tegen Kerst op. Vierentwintig december was het precies een jaar geleden dat ze het ongeluk had gekregen met alle nare gevolgen die daaruit voortvloeiden. Kon ze die gedachten maar uitbannen. Ze zuchtte. Toen vermande ze zich. Straks zou ze naar haar huisje in Eemnes rijden om te zien hoever de bouwvakkers waren met de renovatie, maar eerst moest ze nog even een paar nieuwjaarskaarten kopen. Ze was laat dit jaar. Verleden jaar had ze de kaarten al kort na sinterklaas verzonden. *Prettige Kerstdagen en een Gelukkig Nieuwjaar,* toen nog ondertekend door Lottemarie Mazurel en Edgar Broese. Het vlijmde even door haar heen. Hoewel ze de verbroken relatie geaccepteerd had, voelde ze nog steeds af en toe pijn, vooral op de dagen dat ze moe was. Er waren van die dagen, dat ze zomaar haar draai niet kon vinden, dat haar handen trilden en haar benen precies stukken elastiek leken; dat er een zwaar gevoel achter in haar hoofd zat, dat meestal uitmondde in een drukkende hoofdpijn. Alles wat ze dan deed, leek bij haar handen af te breken. Dat was nog een nasleep van het coma, had de dokter haar verzekerd. Soms werd ze er moedeloos van. Eigenlijk zag ze er tegenop om van-avond naar huis te rijden. Het weer was grijs en schemerig, niet echt geschikt om de lange tocht naar huis te maken. Misschien was het beter om de nacht in het hotel door te brengen en morgen pas naar huis te gaan.

De winkels op de Brink waren stijlvol versierd met smaakvolle kerstattributen. Hier geen kerstman in een voortjagende arrenslee zoals op het dak van het wegrestaurant bij Venlo, herinnerde ze zich plotseling. Vreemd dat zich daar de eerste tekenen van het einde hadden voorgedaan. Daar had ze getelefoneerd en precies daar had het wantrouwen toegeslagen. Edgar en Margot... Ze zuchtte. Wanneer zou de dag aanbreken dat ze volledig gevoelloos zou zijn als ze aan hen dacht of zou die dag ooit nog wel komen? Ze keek naar de basiliek van Sint Jan. De twee hoge torens priemden in de grijze lucht. Een van de dubbele boogdeuren stond open. Als door een ingeving draaide ze zich af van de winkels en liep naar de kerk. Door de open deur klonk gedempte muziek. Ze liep het portaal in, opende een deur en kwam in de kerk. De ruimte was feestelijk maar eenvoudig versierd met sparrentakken en een paar kerstversieringen aan rode linten. Voor in de kerk speelde iemand op het orgel. Lottemarie herkende de muziek: het Requiem van Fauré. Zou er iemand een dezer dagen begraven worden en waren er nu alvast mensen aan het oefenen voor de herdenkingsdienst, of werd er voor eigen plezier gespeeld? Wat treurig om met Kerst van iemand afscheid te moeten nemen, dacht Lottemarie. In plaats van feest een rouwplechtigheid, in plaats van vrolijke kerstkransen treurige rouwkransen. En ze had al zo'n hekel aan rouwkransen, vooral als ze ook nog eens versierd waren met allerlei linten. Op haar begrafenis wilde ze alleen maar vrolijke bloemen. Hè, was er nu niets leukers om aan te denken? Misschien was er niet eens een begrafenis. Wat haalde ze in haar hoofd?

Een man begon te zingen. 'Libera me, Domine...' 'Bevrijd me, Heer...' De warme basstem vulde de hele ruimte en drong diep door tot Lottemarie.

Als dat eens waar kon zijn, dacht ze, bevrijd te worden van de pijnlijke herinneringen aan Edgar Broese en Margot van Lansschot, maar vooral van de haat en bitterheid die haar leven soms zo vreselijk somber en treurig maakten.

De muziek golfde door de kerk.

Langzaam liep Lottemarie naar voren tot aan het hoogaltaar dat versierd was met witte, lange, brandende kaarsen. Een prachtig boeket bloemen lag naast een kleine Russische icoon. Op de icoon stond een figuur met een gouden aureool om zijn hoofd en gehuld in een roodbruine mantel. In zijn ene hand hield hij een opengeslagen boek en met de andere hand maakte hij een zegenend gebaar. Lottemarie durfde de trap van het altaar niet op te gaan om alles van dichtbij te bekijken. Daarom boog ze zich iets voorover.

'Zoekt u iets?' hoorde ze een vriendelijke stem naast zich. Hij behoorde tot een tengere man die gekleed was in een grijs pak. Een smalle, witte boord lag om zijn hals. Kennelijk de pastoor van kerk, dacht Lottemarie.

'Ik keek naar de icoon,' antwoordde ze verlegen. 'Ik was benieuwd of er werkelijk een tekst op die bladzijden stond of dat het zomaar wat tekens waren.'

De laatste tonen van het orgel zwierven weg in de ruimte. Geen geluid was meer te horen, alleen de stem van de man naast haar. 'Het is een tekst in Cyrillisch schrift, woorden van de Heer: Komt allen tot Mij, die vermoeid en beladen zijn en Ik zal u rust geven.' Lottemarie stond doodstil. Een wonderlijke kalmte kwam plotseling over haar. Het trillerige gevoel in haar handen en benen vloeide weg. De zware druk achter haar ogen en de weemakende pijn in haar hoofd die haar soms duizelig maakte, losten op en verlieten haar hoofd. Ze voelde zich als herboren.

De pastoor knikte even en liep naar de musici.

Als in een droom wandelde Lottemarie terug. Juist op het moment dat ze de deur naar het portaal wilde openen, draaide ze haar hoofd even naar links. Ze zag een lange nis met aan het eind het beeld van Maria met het kindeke Jezus. Lange kaarsen gaven de bruine kleur van het hout een diepwarme gloed. Nieuwsgierig liep Lottemarie de nis in. Ze pakte een waxinelichtje, stak het aan en zette dat op het kaarsenplateau.

Even bleef ze in gedachten staan. '… en Ik zal u rust geven,' echoden de woorden van de pastoor na in haar hoofd.

Toen liep ze opgelucht de kerk uit.

Buiten was het nog steeds grijs weer, maar op de een of andere manier leek het lichter. De wind stak op. De dorre blaadjes van de beukenheggen langs de weg ritselden. Lottemarie liep naar de boekhandel. Binnen was het heerlijk warm.

Het interieur was aangepast aan Kerst. De top-tien-boekentafel midden in de winkel was nu gevuld met allerlei kerstartikelen. In het midden stonden een paar kerststalletjes. Eromheen koperen en kristallen kandelaars met kaarsen, chique servetten, rollen rood en goud satijnlint, dozen met de meest bijzondere kerstboomversieringen waaronder handgeschilderde houten kerstballen uit Polen. Sommige dozen met glazen ornamenten stond wel erg op het randje. Voorzichtig koerste Lottemarie erlangs. Daar was de standaard al met de kerstkaarten. Ze stak haar hand uit. Een van de losse poncho-uiteinden slipte uit haar handen en sloeg tegen een doos aan. Met tinkelend geluid viel een doos met glazen kerstballen van de tafel. De tere kerstversieringen sloegen stuk op de grond.

Oh, nee... Verdwaasd keek Lottemarie omlaag. Dat moest haar weer overkomen. Snel liet ze zich door haar knieën zakken en strekte haar handen uit naar de scherven.

'Niet aanraken,' waarschuwde een stem. 'Dat spul is hartstikke scherp.' Een man bukte naast haar en hield haar hand tegen. Ze keek op. Haar mond viel een stukje open. P.L. Conradie, ging het door haar heen. Dit was de eerste keer dat ze hem weer zag na het vervelende bloemenincident.

'Ben jij altijd zo'n brokkenpiloot?' vroeg hij fronsend. Hij greep haar handen en trok haar overeind. Ze merkte dat hij boven haar uittorende, terwijl zij toch echt niet een van de kleinsten was.

'Bram,' riep P.L. Conradie vervolgens naar de winkelier die bij een toonbank stond. 'Er is hier een ongelukje gebeurd. Een paar kerstballetjes zijn van de tafel gevallen. Stuur mij de rekening maar.'

'Ben je mal, Paul, we zijn ervoor verzekerd,' riep de man terug.

Besluiteloos keek Lottemarie naar de rommel op de grond. Ze voelde zich hevig opgelaten. Toen keek ze weer op naar de man naast haar. Zijn gezicht stond stug en vooral ontoegankelijk. Zou hij nog steeds kwaad zijn vanwege die bloemen? Maar ze had hem toch een briefje geschreven waarin ze haar excuses had aangeboden?

'Die bloemen...' zei ze aarzelend.

'Wat is er met die bloemen?' Onmiddellijk wist hij waar ze op doelde en keek haar afstandelijk aan.

Met de moed der wanhoop begon ze: 'Ik... Bent u nog steeds kwaad? Ik heb toch dat briefje geschreven?'

'Briefje?' Er verscheen een trek van lichte verbazing op het gezicht tegenover haar. 'Welk briefje?'

'Ik heb diezelfde middag nog een briefje geschreven.'

'Ik heb geen briefje gezien.'

'Het was een klein briefje, twee keer dubbelgevouwen.'

Hij dacht diep na. 'Ik heb echt geen briefje gezien.' Plotseling flitste er een verhelderende gedachte door hem heen. 'Misschien heeft mijn werkster het gevonden en weggegooid. Kinderen mikken weleens dat soort briefjes door de deur, je kent dat wel, met vragen of je iets overhebt voor een loterij of iets dergelijks. Gloria gooit die papiertjes meestal ongelezen in de prullenmand.'

Ze keken elkaar zwijgend aan.

'Heb je zin om ergens iets met me te drinken?' vroeg de man. 'Dan kunnen we dit probleempje alsnog de wereld uit helpen.'

Ze knikte.

'Ik ben Paul,' stelde de man zich voor.

'Lottemarie Mazurel,' zei Lottemarie.

Paul pakte haar bij de arm en leidde haar zacht voor zich uit de winkel door. 'Tot ziens, Bram,' zei hij tegen de winkelier.

Ze stonden buiten. Uit de grijze lucht viel een druilerige regen. Een westenwind was opgestoken, waarmee alle hoop op een witte Kerst volledig de bodem werd ingeslagen.

Paul keek naar het meisje naast hem. Er hing iets geheimzinnigs om haar heen wat hem vanaf de eerste ontmoeting had geïntrigeerd.

'Hierheen,' zei hij en liet haar voorgaan in het kleine restaurant dat een beetje naar achteren lag aan de Brink. Hier kwam hij vaak. 'Zal ik dat geval even van je aannemen?' vroeg hij, terwijl hij op de poncho wees.

'Wat is het, een omslagdoek?'

'Een poncho,' antwoordde Lottemarie kort.

Even later zaten ze aan een kleine tafel vlak bij een raam dat uitkeek over de Brink.

'Wat wil je drinken?' vroeg Paul.

'Chocolademelk met slagroom,' antwoordde ze onmiddellijk.

Paul schoot in de lach. Lottemarie keek verward toe hoe dat onaandoenlijke gezicht zo totaal veranderde. Het raakte haar op een wonderlijke manier. Blijf alsjeblieft lachen, dacht ze in een opwelling.

'Geen wijn, geen koffie, geen thee, maar chocolademelk met slagroom. Dat noem ik nou nog es origineel,' merkte hij grinnikend op.

'Dat vind ik nu eenmaal lekker,' zei Lottemarie waardig. Zo gek was het ook weer niet. Hij hoefde haar niet uit te lachen, want daar leek het nu een beetje op.

Waarschijnlijk was deze gedachte op haar gezicht te lezen, want dadelijk trok hij zijn gezicht weer in de plooi. 'En hoe zat het nu met die bloemen?' vroeg hij. 'Want ik begreep er inderdaad niets van. Dacht ik nog wel dat ik aardig bezig was en vond ik 's avonds laat de bloemen op de keukentafel.'

'Ach, Daisy... Daisy is de enige dochter van de familie,' legde Lottemarie uit. 'Ze is een ontzettend lief kind, maar ze denkt werkelijk dat ik niet voor mezelf kan opkomen. Volgens haar wilde ik die bloemen niet hebben – ik deed niet enthousiast genoeg – maar durfde ik ze niet terug te brengen. Daarom deed zij het.' Lottemarie zweeg even. 'Ik vond het afschuwelijk. Daarom heb ik dadelijk dat briefje geschreven,' vervolgde ze toen een beetje verlegen.

'Probleem dus opgelost,' zei Paul luchtig. Zijn gezicht stond bijna weer emotieloos met uitzondering van zijn grijze ogen die haar geïnteresseerd aankeken, of verbeeldde ze zich dat, vroeg Lottemarie zich af.

'Waarom had die Daisy de indruk gekregen dat je niet enthousiast was?' Paul keek haar vragend aan.

'Tja... nou...' Hè, vervelend dat die man zo scherp was en het naadje van de kous wilde weten.

'U... Je zei...'

'Vind je het moeilijk om *je* tegen mij te zeggen?' vroeg hij vriendelijk. 'Hoe oud ben je?'

'Vierentwintig.'

'Valt mee. Ik had je jonger ingeschat.'

Het bleef stil. Waarom zei hij nou niet zijn eigen leeftijd? Hij was toch nog niet zo oud, meende Lottemarie.

'Ik ben vierendertig.' Hij keek haar peilend aan. Moest ze iets zeggen?

Toen zei hij: 'Je was nog niet klaar met je verhaal. Ik wilde weten waarom je niet zo enthousiast reageerde op mijn bloemen. Was je soms kwaad en zo ja, waarom?'

Lottemarie dacht even na. 'Je vroeg die morgen, nadat ik gevallen was, of je me thuis moest brengen. Toen ik uitlegde waar ik naartoe ging, zei je op een bepaalde toon *dat huis* en dat begreep ik niet. Ik vond het vervelend, want de mensen die er in wonen, zijn vreselijk aardig. Het klonk net alsof ze minder waren.' Zo, het was eruit.

'Je hebt wel een beetje gelijk,' gaf Paul toe. 'Laat me het uitleggen. Ik was die morgen laat, te laat en het was mijn eigen schuld. Ik had een belangrijke bespreking. Nou ja, je weet wat er gebeurde. Ik werd onredelijk kwaad en toen je ook nog es vertelde in welk huis je woonde...'

'Daar woon ik niet, ik werk daar,' onderbrak Lottemarie hem.

'Nou ja, je moest er in elk geval naartoe. Nu had ik, vanaf het moment dat die familie daar kwam wonen, soms vreselijk last van afgrijselijke muziek die over de buurt schetterde.'

'Daisy,' wist Lottemarie.

'Daisy, *whatever*. Vandaar dat ik zei...'

'*Dàt huis*,' maakte Lottemarie de zin af.

Paul knikte. 'Maar ik bedoelde er verder niets mee. Het was alleen...' Hij haalde zijn schouders op.

'Het zijn heel aardige mensen, echt waar,' verzekerde Lottemarie hem.

Paul knikte. 'Wat doe jij daar eigenlijk?' was toen zijn vraag. 'Ben je soms de secretaresse van die man?'

Lottemarie schudde haar hoofd. Hoe moest ze haar baan uitleggen?

'Een paar maanden geleden kwam ik een vreemde advertentie tegen,' begon ze aarzelend, maar gaandeweg ging het vertellen haar steeds makkelijker af. Toen ze vertelde over Lucie die zo graag geaccepteerd wilde worden door haar omgeving en zo verschrikkelijk hard haar best deed, verscheen er even een trek van onbegrip over zijn gezicht, maar hij zei niets. Lottemarie vertelde ook over Lucies hobby: koken, maar vooral bakken. 'Lucie heeft alle diploma's van banketbakken en patisserie. Ze probeert heel vaak dingen uit. Ze is echt heel goed,' merkte Lottemarie op.

'Het lijkt wel of je trots op haar bent,' zei Paul.

'Dat ben ik misschien ook wel. Lucie is gewoon een heel lief mens. Ze zou eigenlijk een winkeltje moeten beginnen, maar haar man is er niet zo voor. Hij is nog van het ouderwetse soort die vindt dat vrouwen niet horen te werken, maar thuis moeten zijn om de huishouding te doen en de kinderen op te vangen na schooltijd.'

'Laat ik nu denken dat die mannen uitgestorven waren,' merkte Paul verbaasd op.

'Dus niet.' Lottemarie schudde haar hoofd.

Voordat ze het in de gaten kregen, waren ze zeker anderhalf uur verder.

De schemering was inmiddels ingevallen. De ouderwetse straatlantaarns die rondom het restaurant stonden en de ingetogen kerstverlichting langs de winkelgevels gaven de Brink een feeëriek aanzien.

Het bleef even stil tussen hen. Toen stak hij zijn hand uit en raakte heel voorzichtig het litteken op haar voorhoofd aan. 'Komt dat van een ongeluk?' vroeg hij vervolgens.

Ze schrok... slikte... voelde tranen opkomen. Kwam het door de warme toon in zijn stem of de meelevende blik in zijn ogen dat ze opeens van slag raakte? 'Overmorgen is het een jaar geleden dat ik een ongeluk heb gehad,' antwoordde ze schor. Snel draaide ze haar hoofd weg. Die man hoefde haar plotselinge verwardheid niet te zien. Vervelend dat een bepaald soort aardigheid haar soms zo uit haar evenwicht kon brengen.

Lottemarie keek op haar horloge. Al zo laat? De tijd was omgevlogen.

'Ik moet weg,' zei ze haastig. Misschien had ze al te veel tijd in beslag genomen van deze Paul. 'Ik vond het erg gezellig,' sprak ze toen ze opstond.

'Dat vond ik ook, Lottemarie Mazurel,' zei Paul die ook oprees van zijn stoel. 'Mazurel... Ik ken een Mazurel in het oosten van het land. Hubert Mazurel.'

'Dat is mijn vader,' reageerde ze blij verrast.

'Wat een samenloop van omstandigheden. Ik heb weleens zaken gedaan met je vader.'

'Heb je dan een fabriek of zo?'

'Fabriek?'

'Ja, mijn vader maakt verpakkingsmaterialen voor producten, dus ik dacht...'

'Jouw vader heeft ook een drukkerij. Toen de drukkerij waarmee wij altijd zaken deden, op een bepaald moment geen tijd meer voor ons had vanwege de drukte, zijn we uitgeweken naar het bedrijf van jouw vader.'

'Dus je bent uitgever?'

Paul knikte.

Opeens kwam ze tot de ontdekking dat deze man meer van haar wist dan zij van hem. Meestal was dat andersom. Meestal was zij degene die in een gesprek luisterde naar de ander.

'Ik moet gaan,' zei ze. Ze liepen naar de garderobe om haar jas en poncho op te halen. Heel voorkomend hield hij haar jas op. 'Hoe dat met die poncho moet, weet ik niet,' zei hij toen.

'Dat doe ik zelf wel.' Lottemarie sloeg het lange kledingstuk om zich heen. Toen stak ze haar hand uit. 'Hartelijk bedankt en een heel gelukkig kerstfeest,' zei ze.

'Gelukkig kerstfeest,' wenste Paul haar toe. Hij knikte even. Met enige spijt liet hij haar gaan.

Lottemarie stapte in haar auto. Heel langzaam reed ze het parkeerterrein af. Zoekend keek ze in de richting van het kleine restaurant. Zou hij er nog staan? Maar hij was klaarblijkelijk ook vertrokken, want ze zag hem nergens meer. Jammer.

Ze reed naar Eemnes. Het was al helemaal donker geworden. Door de laaghangende bewolking lag het huisje bijna helemaal verscholen in het duister. Voorzichtig zocht ze haar weg over het paadje naar de voordeur. Bijna op de tast stak ze haar sleutel in het slot van de deur. Binnen deed ze het licht aan. Ze zou haar vader vragen of hij zo snel mogelijk een buitenlantaarn wilde installeren boven de voordeur.

Binnen wachtte haar een verrassing. Het leek wel of er een schoonmaakploeg door het huis was gegaan. Alle grijze cementplekken waren verdwenen. Het glas in lood van de suitedeuren glansde vriendelijk in het zachte lamplicht. De oude houten vloerdelen waren behandeld met oxaanolie. Lottemarie liep door naar de keuken. Ook daar was alles blinkend schoon. Toen ze het huis verder inspecteerde, zag ze dat alle kamers en vertrekken met bezemen waren gekeerd. Alleen in een hoekje van de gang lag nog wat gereedschap van bouwvakkers. Wie had hiervoor gezorgd? Had haar vader soms de opdracht tot schoonmaken gegeven aan een schoonmaakbedrijf? Geweldig, nu kon ze de periode tussen Kerst en Oud en Nieuw gebruiken om meubels uit te zoeken die op de grote zolders van Landsweerde stonden. Generaties Mazurels hadden daar hun overtollige meubels gedumpt. Niet alles was bruikbaar en mooi, maar tussen de troep stonden mahoniehouten linnen- en meidenkasten, prachtige tafels met bijpassende stoelen, en boekenkasten in verschillende stijlen en ook een barokke bank die ze opnieuw wilde laten bekleden. Dat zou ze beslist laten doen door die aardige meubelmaker in Lochem. Ze herinnerde zich ook nog een paar koperen eenpersoonsbedden met dunne spijlen versierd met ronde knoppen. Die zouden geweldig staan in de slaapkamers. Ze hoefde alleen maar matrassen en beddengoed te kopen. Zo prettig dat de uitverkoop eraan kwam.

Lottemarie keerde terug naar de woonkamer en keek genietend

om zich heen. Ze wist precies hoe ze het vertrek zou inrichten en ook de rest van het huis zou absoluut geen probleem vormen. In januari zou haar verblijf in het hotel beëindigd zijn. Hoewel de mensen bijzonder aardig waren, had ze toch wel genoeg van het hotelleven. Ze zag ernaar uit dat alles om haar heen van haarzelf zou zijn, dat ze in haar eigen bed, haar koperen bed, kon slapen en niet meer afhankelijk was van het eten uit de hotelkeuken, hoe lekker dat soms ook was.

De volgende dag reed Lottemarie in een stralend humeur naar huis. De tegenzin voor de kerstdagen was verdwenen. Het verleden was volledig naar de achtergrond gedrongen. Als ze al aan het ongeluk dacht en de verbroken relaties met Edgar en Margot, dan veroorzaakten die hooguit een melancholiek gevoel, niet meer de bitterheid die ze vóór die tijd voelde. Melancholiek omdat wat goed leek, zo anders had uitgepakt. Ze had in illusies geloofd. De werkelijkheid was vreselijk tegengevallen.
Vreemd, dacht ze, het leek wel of het leven opnieuw begonnen was.

'Jij bent verliefd,' merkte oma Mazurel op. Ze bekeek haar kleindochter met zeer veel interesse.
'Ik? Verliefd? Hoe komt u erbij!' riep Lottemarie verbaasd uit.
'Kind, ik ken je. Je straalt aan alle kanten,' zei Cecilia kalm.
'Dat komt gewoon omdat ik het leven weer zie zitten,' zei Lottemarie luchtig. 'Ik was gisteren in die kerk aan de Brink.' Ze vertelde wat ze meegemaakt had, de prachtige muziek van Fauré die door de basiliek golfde en haar zo geraakt had, het zien van de icoon op het hoogaltaar en de pastoor die de tekst uit het boekje had uitgelegd.
'Op hetzelfde moment werd ik helemaal kalm, alsof een hand mijn hoofd leegveegde. Dat voelde zo vredig. Ik heb voor het eerst een kaarsje gebrand,' besloot Lottemarie lachend haar relaas.
Raar, dacht Cecilia, ze had er een eed op durven doen dat haar kleindochter iemand had ontmoet. Had ze het dan zo bij het ver-

keerde eind? Was de gebeurtenis in de kerk dan alleen de oorzaak van dat opgewekte gezichtje van haar kleindochter?

'Zeg, hoe is het met je-weet-wel?' gooide Cecilia het plotseling over een andere boeg.

'Wie, je-weet-wel?' Lottemarie keek haar grootmoeder argwanend aan. Ze kwamen nu op gevaarlijk terrein.

'De boze buurman. Heb je hem al weer een keer ontmoet en wat zei hij?'

'Hoe weet u dat nou?'

'Kind, dat snuif ik.'

'Hij is me enorm meegevallen,' gaf Lottemarie toe. 'Geen boze buurman meer. Ik heb alles uitgelegd, we hebben samen iets gedronken en toen zijn we weer uit elkaar gegaan. Verder niets.' De laatste woorden sprak ze met enige nadruk uit.

Cecilia merkte de tegenzin op bij haar kleindochter. Daarom drong ze niet verder aan. Maar er was toch wel enige duidelijkheid geschapen. Die buurman...

'Lot, iets anders. Je bent voorlopig nog niet af van Margot.'

'Margot, hoezo?' vroeg Lottemarie met tegenzin. Ze wilde helemaal niet praten over Margot van Lansschot.

'Ze belde op en wilde je adres en telefoonnummer weten. Je moeder heeft die gelukkig niet gegeven.'

'Gelukkig, dat valt me mee van mams. Maar wat wil Margot dan in vredesnaam? Ik heb toch duidelijk in dat briefje geschreven dat we nooit meer bevriend met elkaar kunnen zijn? Er is te veel gebeurd.'

'Margot is door en door verwend,' legde Cecilia uit. 'Ze heeft altijd haar zin gekregen en dat wat ze niet kan krijgen, is dubbel begeerlijk voor haar.'

Lottemarie haalde haar schouders op. 'Ik begin er niet meer aan.'

'Het zou mij niets verbazen als ze een dezer dagen langskwam,' zei Cecilia.

'Hier langskomen? Nou, dan moet ze wel heel veel lef hebben. Ik zou zoiets absoluut niet durven.'

'Nee, jij heet dan ook geen Margot van Lansschot. Laten we het maar over iets anders hebben. Wanneer ga je meubels uitzoeken voor je huis? De zolder staat vol met mooie dingen.'

De kerstdagen gingen in harmonie voorbij. Niemand repte over de gebeurtenis van een jaar geleden. Het leek alsof er geen ongeluk had plaatsgevonden.

Op de avond van tweede kerstdag, Lottemarie had zich juist met een boek in een stoel naast de open haard geïnstalleerd, ging de bel.

'Daan, doe jij even open,' vroeg Nandine.

Met sloffende voetstappen liep Daan weg om even later opgewonden terug te keren.

'Voor jou,' zei hij tegen Lottemarie.

'Wie?' vroeg ze.

'M-A-R-G-O-T' spelde hij met nadrukkelijke mondbewegingen. 'Ik heb gezegd dat ze weg moest gaan maar ze luistert niet. Ze is niet van plan om weg te gaan, voordat ze jou gesproken heeft.'

Lottemarie slaakte een diepe zucht. Iedereen keek haar verwachtingsvol aan.

Wat ging ze doen?

Langzaam stond Lottemarie op en liep naar de deur. 'Ik ben zo terug,' zei ze.

Toch wel gespannen liep ze naar de voordeur.

Margot van Lansschot stond tegen de deurpost geleund. Ze veerde op toen ze Lottemarie zag.

'Lotje,' zei ze. Margot wilde haar omarmen, maar Lottemarie weerde haar af en deed een stap achteruit. 'Wat wil je?' vroeg ze kort.

'Oh, Lotje, doe niet zo afstandelijk. Dat weet je best. Ik wil dat we weer vriendinnen worden.'

'Je houdt ook alleen maar rekening met je eigen wil en verlangen, hè,' merkte Lottemarie vriendelijk op. 'Weet je eigenlijk wel wat je gedaan hebt of is dat nog steeds niet tot je doorgedrongen?'

'Je had het niet zo zwaar op moeten nemen, Lot. In feite was het alleen maar een vluchtig flirtpartijtje. Het had werkelijk niets om het lijf.'

'Ik vond dat niets, zoals jij het noemt, verraad,' sprak Lottemarie. 'Zoiets doen echte vrienden elkaar niet aan.'

'Verraad, wat een dik woord,' zei Margot een beetje neerbuigend. Komkom, Lot moest niet zo overdrijven en zich vooral niet aanstellen.

'Zie je wel, je begrijpt niet eens wat ik bedoel,' sprak Lottemarie. 'Wij verschillen te veel. Ik ben erachter gekomen dat jouw waarden en normen niet de mijne zijn. Ik ben niet meer kwaad op jou, hoewel je onze vriendschap hebt kapotgemaakt en dat vind ik nog steeds jammer. Helaas is er geen weg terug. Je zult ermee moeten leren leven.' Lottemarie vermeed uiterst omzichtig om de naam van haar vriendin uit te spreken, wat heel hard aankwam bij Margot van Lansschot.

Alsof ik niets ben of een vreemde, dacht Margot. Ze deed nog een laatste beroep op Lottemarie. 'Lot, jij hebt weleens gezegd dat, als we ruzie hadden, we van vergeving leefden, weet je nog wel? Waren dat alleen maar vrome praatjes?'

'Oh, maar ik heb je vergeven. Ik zei toch dat ik niet meer kwaad op je was? Alleen wil ik nooit meer bevriend met je zijn.'

Lottemarie keek nog eenmaal haar voormalige vriendin aan. Toen greep ze de deurknop en met een handgebaar beduidde ze Margot dat ze kon gaan. Er viel niets meer te zeggen. Daarna deed ze heel beslist de deur dicht. Ze draaide zich om en liep kalm terug naar de woonkamer, maar haar ogen stonden vol tranen.

Hoofdstuk 8

In de daaropvolgende week verhuisde ze heel wat spullen van de zolder in Landsweerde naar haar huisje in Eemnes. Haar keuze was gevallen op een ronde, niet al te grote mahoniehouten tafel met vier bijpassende stoelen en een grappig meidenkastje. Verder had ze ook nog een stel boekenkasten van roodkleurig laqué gevonden die schitterend uitkwamen tegen de beigewit gesausde kamerwanden en aan beide kanten van de aubergine geëmailleerde openhaardkachel kwamen te staan. Samen met haar moeder kocht ze de rest van de dingen, zoals twee witte wollen tapijten voor de voor- en achterkamer, gordijnen voor alle ramen, beddengoed en een volledige keukenuitrusting.

Het maakte toch wel verschil uit of je je eigen huis moest inrichten of dat van een ander, vond Lottemarie. In een mum van tijd was het kleine huis bewoonbaar gemaakt.

'Schattig,' was het oordeel van Nandine en ook Lottemarie was heel tevreden over het resultaat.

Ze maakte kennis met de buren. Aan de linkerkant woonde een echtpaar op leeftijd. Het waren hartelijke mensen die meteen aanboden om haar huis een beetje in de gaten te houden als ze niet aanwezig was. En ook als Lottemarie wel aanwezig was, kon ze op hen rekenen, als er iets aan de hand was.

Het gezin aan de rechterkant bestond uit een jong echtpaar met twee kinderen, twee meisjes van zeven en negen. Ook deze mensen leken erg aardig.

'Als je es een avond niets te doen hebt, kun je altijd langskomen,' zei de jonge vrouw hartelijk.

Lottemarie knikte. Heel aardig aangeboden, maar of er veel van kwam, wist ze niet. Meestal was ze 's avonds meer dan moe.

In de eerste week van januari betrok ze haar huis. Ze voelde zich meteen thuis, alsof ze er al jaren gewoond had. Jammer dat zowel de voor- als de achtertuin eerst ontdaan moesten worden van puin en andere achtergebleven rommel van de verbouwing.

Ze kon niet wachten om aan de slag te gaan.

Maar er was nog genoeg te doen. Op een avond besloot ze het adres van Millie van Stoetwegen op te zoeken. Gelukkig had Niek de nieuwe computer aangesloten, want zelf wist ze absoluut niet hoe dat moest. Ze surfte naar de nationale telefoongids op Google en ging op zoek naar het adres van oma's vriendin. Binnen de kortst mogelijke keren had ze een adres gevonden. Lottemarie was verrast. Ene M. van Stoetwegen stond ingeschreven in Laren en woonde aan de Naardenseweg. Was Millie gescheiden? Het kon natuurlijk ook een andere Van Stoetwegen zijn, misschien wel een zuster. Lottemarie besloot gelijk te bellen. Het bleek inderdaad Millie van Stoetwegen te zijn, de vriendin van oma Cecilia. Toen Lottemarie zichzelf aan haar voorstelde, was de oude dame laaiend enthousiast geweest. Een afspraak werd op zeer korte termijn gemaakt.

Op een koude zaterdagmorgen in februari reed Lottemarie naar het huis aan de Naardenseweg. Het was geen al te groot maar wel een gezellig huis. Het had wat weg van een Engelse cottage.

In zo'n huis zou ik wel willen wonen, dacht Lottemarie. Ze belde aan. Een lange, slanke dame met grijsblond haar, een smal, mooi gezicht met een gevoelige mond en grijze ogen, deed open. Ze was stijlvol gekleed in een dieppaarse wollen japon waarop een amethisten hanger aan een dunne, zilveren ketting hing.

'Kind, kom binnen,' zei ze hartelijk. 'Wat leuk om de kleindochter van Cecilia te ontmoeten. Ik ben Millie van Stoetwegen. Jouw grootmoeder en ik zaten samen op een internaat en waren vriendinnen, maar door het huwelijk zijn we elkaar uit het oog verloren. Zo gaat dat.' Mevrouw Van Stoetwegen ging haar voor naar de kamer. Ze wees op een lage stoel bij de open haard waarin grote houtblokken knisterend brandden.

'Ik zal even de koffie halen en dan moet je me alles over je grootmoeder vertellen.'

Op de een of andere manier komt ze me zo bekend voor, dacht Lottemarie. Maar hoe ze haar hersens ook pijnigde en al haar kennissen en vrienden de revue liet passeren, ze kwam niemand tegen die op Millie van Stoetwegen leek.

De oude dame kwam weer terug. Even later waren ze in een geanimeerd gesprek gewikkeld.

'Is jouw grootmoeder nog steeds zo beheerst en koel? Cecilia was onder alle omstandigheden een dame, terwijl ik er alles uit kon flappen. Wij waren zo verschillend. Misschien ging het daarom wel zo goed tussen ons.'

Millie was een boeiend vertelster. Ze had de meest bizarre dingen meegemaakt en was omgegaan met de groten van het land. Cecilia had gelijk met haar opmerking dat haar vriendin voor de duvel en zijn grootje niet bang was, merkte Lottemarie. 'Als ik zo'n vreselijke imponerende heer tegenkwam, stelde ik me hem meteen voor als hij naar bed ging, je weet wel, ontdaan van de bovenkleding en de benen gehuld in zwarte, opgetrokken kniekousen. Dan blijft er weinig imponerends over, kind,' zei de oude dame lachend.

'Volgens mijn grootmoeder bent u na uw huwelijk naar het buitenland vertrokken.'

Millie knikte.

'Naar Amerika. In 1947 zijn we teruggekeerd naar Holland, vier kinderen rijker en veel illusies armer.' De oude dame zweeg even. Toen vervolgde ze luchtig: 'Meteen toen we aankwamen, zijn we gescheiden. Paul-Willem hield er andere vriendinnen op na. Als ik iets niet kan uitstaan, is het ontrouw. Maar je voelt je wel uitermate, hoe zal ik het zeggen...'

'Vernederd,' vulde Lottemarie aan.

Mevrouw Van Stoetwegen knikte instemmend. 'Dat is precies het woord. En hoe je jezelf ook voorhoudt dat het onzin is, toch voel je je enigszins minderwaardig. Vooral omdat veel mensen een beetje leedvermaak hadden. Oh nee, niet openlijk, stel je voor, maar ik zag het aan hun ogen en ik hoorde het in hun stem. Die bijdehante Millie... gescheiden. Ze was niet eens in staat haar echtgenoot vast te houden.'

Verbeeldde Lottemarie het zich of klonk er werkelijk nog bitterheid door in de stem van de vrouw.

'Vindt u het nog steeds erg?' vroeg Lottemarie.

'Nee, meisje, tijd heelt alle wonden. Een bijkomend voordeel is wel dat ik enorm veel mensenkennis heb opgedaan. Weinig mensen zijn echt te vertrouwen. Mijn echtgenoot Paul-Willem Conradie behoorde beslist niet tot deze groep.'

Lottemarie ging rechtop zitten. Paul-Willem Conradie? Was Paul Conradie...?

Opeens realiseerde ze zich dat ze nu wist, waarom Millie van Stoetwegen haar zo bekend voorkwam. Ze had precies dezelfde ogen als Paul Conradie, alleen anders, spontaner, niet zo afstandelijk.

'En vertel me nu eens iets van die baan, want daar ben ik erg nieuwsgierig naar.'

De oude dame keek het meisje nieuwsgierig aan.

'Het is wat ingewikkeld, maar ik zal proberen uit te leggen wat hij ongeveer inhoudt.' Lottemarie vertelde over de familie Van den Homburg, hun problemen met de aanpassing in Laren en wat er van haar verlangd werd.

Toen ze bij het hoofdstuk inburgeren was beland, verscheen er een diepe rimpel tussen de wenkbrauwen van Millie.

'Ik weet eigenlijk niet hoe ik dat aan moet pakken,' merkte Lottemarie haast verontschuldigend op. 'In de grond van de zaak ben ik erop tegen dat iemand veranderen moet om erbij te kunnen horen. Waarom mag je jezelf niet zijn? Lucie is zo'n goed en lief mens en enorm begaafd. Ze maakt tegenwoordig bonbons die eruitzien als chocolade kunstwerkjes, zo prachtig.'

'En wat doet ze met die kunstwerkjes van chocolade?' wilde de oude dame weten.

'Weggeven of opeten,' antwoordde Lottemarie.

'Opeten? Maar dat kan toch niet? Ik bedoel... Waarom verkoopt ze ze niet? Waarom begint ze geen winkel? Handgemaakte bonbons... Zeker weten dat zo'n specialiteit verkoopt hier in Laren.'

'Ze zou dolgraag een winkeltje beginnen, maar haar man is erop tegen,' antwoordde Lottemarie.

'Waarom? Is hij dan niet trots op zijn vrouw?'

'Hij vindt dat vrouwen thuis horen en alleen maar mogen werken als het werkelijk nodig is.'

'Wat een vreselijk ouderwetse man en wat jammer voor zijn vrouw,' meende Millie van Stoetwegen.

Er viel een kleine stilte.

'Bij wie wil Lucie nu eigenlijk horen?' hervatte Millie het gesprek. 'Er wonen hier mensen die alleen maar consumeren; die een soort wedstrijd met elkaar houden in het kopen van nieuwe auto's, nieuwe kleren en andere malligheid. Ze willen elkaar steeds maar overtreffen. Of je daar nu zo gelukkig van wordt... Maar er zijn natuurlijk ook genoeg andere mensen die wel de moeite waard zijn. Houdt Lucie van lezen?'

Lottemarie keek de oude dame weifelend aan. 'Ik denk het niet.'

'Anders kon ze bijvoorbeeld lid van een leesclub worden. Ik ken er wel een.'

'Ik denk niet dat het wat voor Lucie is,' merkte Lottemarie hoofdschuddend op.

Millie dacht na. 'Het zou ook niet gek zijn als ze iets van cultuur zou weten. Neem haar eens mee naar een tentoonstelling of een concert. En dan hebben we natuurlijk de weekendjes Londen, Parijs en Brussel,' zei Millie, terwijl ze begon te lachen. 'Daar doet het Gooise volkje graag zijn inkopen.'

'Dat is een geweldig idee,' riep Lottemarie uit. 'En dan kunnen we er gelijk een bezoek aan een museum of een concertzaal aan vastknopen. Zo krijgt Lucie een beetje een idee hoe het er toegaat in die rijke kringen.'

'Nogmaals, of ze er werkelijk gelukkig van wordt, vraag ik me af,' zei Millie sceptisch.

'Ze wil het zelf, of liever gezegd, ze wil het voor haar echtgenoot,' sprak Lottemarie. 'En dan denk ik dat we in de zomer de buren moeten uitnodigen om kennis mee te maken. Langer kunnen we niet wachten.'

'Nou, kind, sterkte. Ik hoop dat het goed komt,' zei Millie sceptisch.

'Ik moet gaan,' zei Lottemarie aan het eind van de morgen. Ze keek op haar horloge. 'Het was erg gezellig, maar ik wil het weekend naar huis.'

'Je moet het beslist nog een keer overdoen. Dat zou ik zo leuk vinden. Misschien kun je ook mijn kleinzoon Paul ontmoeten. Zo'n aardige, lieve jongen en ik ben dol op hem. Dat komt misschien omdat hij mijn eerste kleinkind is. Dat hoor je zo vaak dat eerste kleinkinderen een speciale plaats innemen bij de grootouders. Paul woont gelukkig ook in Laren.'

Zie je wel, dacht Lotte, ze had gelijk, Paul L. Conradie was de kleinzoon van Millie. Nee, toeval bestond niet, zeker weten.

'Ik zou hem zo graag getrouwd willen zien. Alleen zo vreselijk jammer dat hij een doorgewinterde vrijgezel is. Zijn vier zusters hebben van alles geprobeerd om hem te koppelen aan een van hun vriendinnen, maar tevergeefs, de vis wilde niet bijten,' ging de oude dame verder.

De stemming van Lottemarie draaide om als een blad aan een boom. Haar enigszins opgewonden hoerastemming veranderde in een mistroostig gevoel, maar ze wist haar gezicht heel goed in de plooi te houden.

Ze namen hartelijk afscheid. 'Doe Cecilia de hartelijke groeten. Zeg maar dat we nodig een afspraak moeten maken. Ik weet het nog beter, ik bel haar zelf wel,' zei Millie.

Lottemarie knikte, stapte in haar auto en reed al wuivend weg.

Waarom was ze nu opeens zo treurig, dacht ze tijdens het rijden. Dat die kleinzoon niet wilde trouwen? *So what*, zij was toch niet verliefd op hem? Ze moest zich vooral geen gekke dingen in het hoofd halen. Je kon toch ook niet het ene moment van de ene man houden en het volgende moment verliefd worden op een ander, alleen maar omdat hij soms zo vriendelijk kon kijken en zo'n aardige stem had. Dat ging nu eenmaal niet.

'Gebruik je verstand, mens,' mompelde ze voor zich uit.

Maar het rare was dat ze niet meer aan Edgar Broese dacht, maar aan een streng gezicht met grijze ogen.

'Millie heeft opgebeld,' zei Cecilia , toen haar kleindochter in het weekend bij haar langskwam. 'De jaren vielen gewoon weg. We praatten alsof we elkaar gisteren nog voor het laatst hadden gezien. We hebben onmiddellijk een afspraak gemaakt. En Lotje, ze vond het zo leuk dat je kwam.'

'Ze is ontzettend aardig. Ik ga er beslist nog een keer naar toe,' merkte Lottemarie op.

'Heeft ze het nog over haar kleinzoon gehad?' vroeg Cecilia onschuldig. 'Dat moet een enorm leuke jongen zijn. Wel iets ouder dan jij, maar…'

'Oma, alsjeblieft niet koppelen,' onderbrak Lottemarie haar. 'Die man is best aardig, maar hij voelt niets voor trouwen. Dat zei zijn grootmoeder tenminste. Zet dat idee maar gerust uit uw hoofd.'

'Oh, dus je hebt hem al een keer ontmoet?' vroeg Cecilia slim.

Lottemarie zuchtte diep. 'Heel toevallig is die man de buurman…'

'De boze buurman?' Er klonk opeens een opgewonden klank in Cecilia's stem.

'Ja, de boze buurman,' gaf Lottemarie onwillig toe. 'Met dit verschil dat hij niet zo boos is als hij aanvankelijk leek. Hij is aardig, maar echt niets voor mij.'

'Omdat hij te oud is?'

'Nee, niet omdat hij te oud is, oma. Gewoon, hij is aardig, maar hij voelt helemaal niets voor mij en ik niet voor hem. Ik bedoel, we zijn gewoon een paar mensen die elkaar ontmoet hebben, meer niet. Zullen we het nu maar over iets anders hebben?'

Jammer, dacht Cecilia. Wat zou het toch leuk zijn als de kleinzoon van Millie met haar kleindochter zou trouwen. Zij en Millie hadden het al uitvoerig besproken. Maar Lottemarie keek zo afwerend, dat Cecilia er het zwijgen toe deed.

Drie dagen voor Valentijnsdag viel de winter onverwacht streng in. Eerst begon het te sneeuwen en vervolgens daalde de temperatuur tot ver onder nul. Vooral in de nachten heerste strenge vorst. De meeste binnenwegen waren bijna onbegaanbaar.

'Je kunt hier best blijven logeren, hoor, Lotte,' bood Lucie aan, maar Lottemarie wimpelde het aanbod vriendelijk maar beslist af. Ze vond het heerlijk om tegen de avond naar haar huisje in Eemnes te rijden, ook al waren de wegen spekglad.

's Avonds trok ze de gordijnen dicht, draaide de openhaardkachel op en stak een paar kaarsen aan. Dan sloeg ze een plaid om zich heen, las een boek of bladerde woonstijlbladen door om ideeën op te doen voor het inrichten van de andere kamers van het landhuis aan de Albrecht Dürerlaan. Een enkele keer keek ze televisie als er bijvoorbeeld een detective op was. Vooral *Midsummer Murders* was haar favoriete serie.

Op Valentijnsdag sneeuwde het.

Lucie, Lottemarie en Daisy zaten in de keuken aan de koffie. Daisy had twee uur vrij van school en had meteen de rest van de dag eraan gekoppeld. Lucie had daar geen moeite mee. Ze informeerde nooit naar de reden van Daisy's afwezigheid, in tegenstelling tot haar man, die furieus werd als hij merkte dat zijn dochter spijbelde. Maar Jan van den Homburg zat op zijn kantoor in Amsterdam wijn te verkopen.

Lucie had ter ere van deze romantische dag kleine chocolade-nougattaartjes gebakken in de vorm van hartjes. 'Zit bijna niets in,' verklaarde Lucie toen ze de volle schaal op de tafel deponeerde.

'Tuurlijk en ik ben een elfje,' zei Daisy. Ze haalde haar schouders op.

Plotseling werd er gebeld.

'Ik ga wel.' Daisy stond op.

Nieuwsgierig deed ze de voordeur open. Er stond een jongen voor de deur met een boeket bloemen in zijn hand. Hij gaf het aan Daisy.

'Voor wie is het?' vroeg Daisy.

'Staat op de envelop,' antwoordde de jongen onverschillig. Hij draaide zich om en liep meteen weer glibberend en glijdend weg naar de auto die met draaiende motor aan het eind van de oprit stond.

Daisy keek op de dichte envelop die met een rond, groen ijzerdraadje aan een bloemstengel bevestigd zat. L. Mazurel. Had Lottemarie een stille aanbidder?

Met een opgetogen gezicht keerde ze terug naar de keuken.

'*Pour vous, madame*,' zei ze met een veelbetekenende blik in haar ogen. Ze overhandigde de bloemen aan Lottemarie.

'Voor mij?' zei Lottemarie verbaasd. Van wie kon dat boeket zijn? Ze draaide de envelop om, maar er stond geen afzender op de achterkant. Intuïtief wist ze van wie de bloemen afkomstig waren. Voorzichtig scheurde ze de envelop open, schoof een kaart eruit en las: *Deze bloemen had je nog te goed*. Een warm gevoel stroomde door haar heen. Ze zuchtte even heel licht.

'Vertel, wie is jouw nieuwe vriend?' vroeg Daisy.

'Ik heb helemaal geen nieuwe vriend,' antwoordde Lottemarie afwerend.

'En dat moeten wij geloven? Waarom heb je dan zo'n kleur, hè? Als je met Valentijnsdag bloemen krijgt, betekent dat wel iets, hoor,' merkte Daisy op.

Maar Lottemarie ging verder niet op de opmerking in. Ze hield er niet van dat haar privéleven onderwerp van gesprek werd.

'Waarom wil je ons niets vertellen? Wij vertellen jou toch ook alles?' zei Daisy een beetje gepikeerd. 'Jij weet bijna alles van ons.'

Lottemarie schudde haar hoofd. 'Nee, dat is niet waar,' zei ze. 'Ik weet niets van jouw privéleven, Daisy, wie jouw vrienden zijn, op wie je verliefd bent, wat je denkt en voelt. Als we ergens over praten, is het over uiterlijkheden, over je haar, je school, je muziek en je plannen voor de toekomst.'

'Dat mag je best weten.'

'Nee, dat hoef ik niet te weten.'

'Jij wilt gewoon niets vertellen, omdat je ons eigenlijk te min vindt,' viel Daisy opeens stampvoetend uit.

Verbijsterd keek Lottemarie het meisje aan. 'Hoe kom je daarbij?'

'Je bent net als al die andere mensen die hier wonen. Je kijkt stilletjes op ons neer. Ik dacht dat je bevriend met ons was, dat we vriendinnen waren, ja, vriendinnen. Mooi niet.' Woedend stond Daisy op, stoof weg en knalde de keukendeur achter zich dicht.

Even later dreunde knoertharde muziek door het huis.

Verward keek Lottemarie Lucie aan en haalde in onbegrip haar schouders op. Wat bezielde dat kind? Had ze aanleiding gegeven tot deze woede-uitval?

'Ze heeft wel een beetje gelijk, vind ik,' merkte Lucie op. 'Soms ben je een vreselijke binnenvetter, Lotte.'

'Zo zit ik nu eenmaal in elkaar,' sprak Lottemarie. Ze was absoluut niet van plan om te zeggen van wie de bloemen waren. Het was haar geheim dat ze met niemand wilde delen. Ze wist precies hoe het dan zou gaan, de speculaties zouden niet van de lucht zijn.

'Hoe gaat het met de buurman? Zeg, wanneer krijgen we hem te zien?' Lottemarie grilde bij dat idee. En ook waren ze geen vriendinnen. Ze mocht Daisy en Lucie heel graag, maar ze waren geen vriendinnen van haar. Hoe moest ze dat nu uitleggen? Ze zuchtte. Die vreselijke muziek.

'Ik ga wel naar boven,' zei ze tegen Lucie.

Daisy lag op bed. Ze keek niet op toen Lottemarie binnenkwam. Vanwege de kou stond het raam gelukkig niet open.

Lottemarie ging op het bed zitten en wachtte rustig af.

Eindelijk stond Daisy op en zette de muziek uit.

'Wat moet je?' vroeg ze wrokkig terwijl ze weer neerplofte op het bed.

'Je moeder zei dat ik soms een binnenvetter ben,' sprak Lottemarie.

'Daar heeft ze volledig gelijk in,' viel Daisy haar moeder bij.

'Dus ik moet precies als jullie worden en als ik dat niet wil, kijk ik op jullie neer.'

'Dat heb ik niet gezegd.'

'Dat heb je juist wel gezegd. Ik mag geen geheim voor jullie hebben, anders word ik vergeleken met de mensen die hier wonen, die vreselijk snobistisch en onaardig zijn. Ik ben geen snob, Daisy en ook niet onaardig. Ik mag jullie heel graag, maar jullie zijn niet mijn vriendinnen.' Lottemarie zweeg even. 'Zou je met mij naar een houseparty of een discotheek gaan?' ging ze toen verder.

Verbaasd keek Daisy Lottemarie aan. Nee, dat zou ze natuurlijk niet doen. Lottemarie was toch een heel eind ouder? Ze was toch niet een van haar vriendinnen?

Met een zacht sissend geluid hield ze opeens haar adem in. Een beetje ontdaan keek ze Lottemarie aan en begreep waarom zij die vraag had gesteld. Ze waren inderdaad geen vriendinnen, dat had ze zichzelf een paar seconden geleden toegegeven. Wat was ze vreselijk onredelijk geweest.

'Sorry,' zei Daisy onhandig.

Lottemarie stond op. 'Ik ben blij dat we geen ruzie meer hebben, Daisy, want daar kan ik niet tegen. Ga je mee naar beneden? De koffie wordt koud.' Ze lachte.

Daisy was allang blij dat de ruzie de wereld uit was. Ze sprong overeind en volgde Lottemarie naar de keuken.

'Anderhalve week geleden was ik op bezoek bij een vriendin van mijn grootmoeder die ook in Laren woont. Zij vertelde mij dat veel mensen hier in het weekend reisjes naar Londen of Parijs of Brussel maakten om daar hun inkopen te doen, bijvoorbeeld kleren kopen. Is dat ook niet wat voor jullie? Ik wil het wel voor jullie regelen. Dan kunnen jullie bijvoorbeeld ook meteen een beroemd museum bezoeken of naar een concert gaan.'

'Dat lijkt me geweldig!' riep Daisy uit. 'Wij met ons drieën, zonder pa en Kev, want die vervelen zichzelf te pletter als ze meegaan met winkelen. Maar vind jij dat dan wel leuk, Lotte?' vroeg ze plotseling bezorgd.

'Anders zou ik er toch niet over beginnen,' zei Lottemarie kalm. 'Zal ik dat dan maar regelen? Wanneer komt het jullie uit?'

Lucie straalde. Londen, Parijs en Brussel... Ze was nog nooit in die steden geweest. 'Zeg, als we in Londen zijn, gaan we zeker ook naar Harrods,' vroeg Daisy verheugd. Wat heerlijk dat haar vader zo rijk was. Ze zou het geld met bakken uitgeven.

Het boeket met bloemen stond tot het eind van de middag in een emmer met water in de keuken, maar het kaartje was eruit gehaald.

De lente brak aan. De tuin van de familie Van den Homburg stond vol met tulpen, narcissen en hyacinten.

'Het lijkt wel de Keukenhof!' riep Lucie uit. Ze liet haar handen, die net een klomp deeg kneedden, rusten en keek uit het keukenraam. Ze genoot van de kleurenpracht. Eerlijk is eerlijk, dit had je niet in de Govert Flinckstraat, gaf ze ruiterlijk toe. Straks zouden ze theedrinken op het terras. Ook iets wat niet mogelijk was geweest in haar dierbare huis in de Pijp. Laren had soms toch nog wel voordelen. Ze zou snel de zandkoekjes in de oven doen, dan waren ze precies klaar wanneer ze thee zouden drinken. Zo langzamerhand had ze zich een beetje verzoend met het wonen in Laren. Dat kwam natuurlijk ook door Lottemarie, die zoveel afwisseling in hun leven bracht. Lottemarie had hen meegenomen naar Londen, Parijs en Brussel. Londen had de meeste indruk gemaakt. De allerleukste plaats hadden ze de overdekte markt in Covent Garden gevonden met zijn gezelligheid, de muziek en zijn enorme sortering winkeltjes en restaurantjes. Lucie en Daisy hadden genoten en wat was het heerlijk dat ze zoveel geld omhanden hadden gehad, dat ze konden kopen wat ze wilden. Ze waren met stapels nieuwe kleren teruggekeerd naar hun hotel. Wie zei dat geld niet gelukkig maakte, moest maar eens bij haar langskomen, meende Lucie van den Homburg.

Op de zondagmiddag waren ze naar een Evensong in Westminster Abbey geweest, een soort kerkdienst maar dan zonder lange preek. Daar hadden ze geluisterd naar een beroemd jongenskoor. De koorzang had haar diep ontroerd. Ze had tranen in haar ogen gehad. Meestal gebeurde dat alleen als ze naar André Hazes luisterde of Marco Borsato, en ook Daisy had haar ogen niet droog kunnen houden. Als ze weer terugdacht aan dat weekend, werd Lucie helemaal vrolijk.

Ze vroeg zich af wanneer ze die buren nou es kon uitnodigen, tenminste de buurvrouwen. De mannen moesten nog maar een tijdje wachten. Lucie was meer beducht voor de Gooise mannen dan voor de Gooise vrouwen.

Lottemarie gaf haar bijna elke dag les hoe ze een gesprek moest voeren en hoe ze ongewilde pauzes kon opvullen. Ze had boeken over allerlei onderwerpen van de bibliotheek gehaald.

'Lees ze, Lucie, goed voor je algemene ontwikkeling,' had Lottemarie aangeraden. En zo was Lucie gaan lezen. Raar genoeg vond ze het leuk. Dat had ze nooit van zichzelf verwacht. De onderwerpen waren zeer afwisselend. Ze las over de grote hoofdsteden, over mode en beroemde couturiers, over componisten, schilders, schrijvers en bouwwerken.

'Heb jij ooit geweten, Dais, dat die tuinen van het Loo geïnspireerd zijn op de tuinen van Versailles?' had ze haar dochter gevraagd. De tuinen van Versailles... Wie had vroeger ooit kunnen denken dat zij wist dat er tuinen van Versailles bestonden.

'Moet ik over al die dingen met de buren praten, Lotte?' had ze argeloos aan Lottemarie gevraagd.

'Nee, Lucie, maar als ze het er eventueel over hebben, zit jij niet met een mond vol tanden. Je kunt ervan uitgaan dat al die mensen die hier wonen, veel gereisd hebben en veel weten van cultuur.'

Soms voelde Lottemarie zich schuldig en vroeg ze zich af waar ze mee bezig was. Het was toch raar dat Lucie feitelijk niet zichzelf kon zijn; dat ze allerlei capriolen moest uithalen om geaccepteerd te kunnen worden door de buren. Zouden ze het niet gewoon proberen en een leuke housewarmingparty organiseren? De mensen bij wie Lucie eventueel niet in de smaak viel, konden ze missen als kiespijn.

Lottemarie liep naar de kruidentuin. Een stralend maartzonnetje deed het pas gemaaide gazon glanzen als een strak biljartlaken. Het was prachtig weer om de plantjes in de grond te zetten en de zaadjes van de kruiden in te strooien.

Ze knielde op het grind naast de perkjes. Met een schepje groef ze gaten, gooide er water in en zette vervolgens de struikjes in de plantgaten. Daarna schepte ze de aarde weer terug.

'Wat doe jij?' hoorde ze opeens een stemmetje achter zich.

Lottemarie draaide zich om. Ze zag een klein meisje van een jaar of zes met blonde staartjes in het haar. Met grote, blauwe ogen keek ze Lottemarie aan.

'Ik zet plantjes in de tuin,' antwoordde Lottemarie.

'Wat voor plantjes?'
'Kruidenplantjes.'
'Waarom?'
'Als die planten groot zijn, kun je ze afknippen en gebruiken.'
'Waarin?'
'In de soep en in salades. Dat is heel lekker.'
'Ik vind dat leuk. Mag ik meehelpen?' zei het meisje.
Lottemarie keek naar de mooie spijkerbroek van het kind. 'Mag dat wel? Je hebt zo'n mooie broek aan. Als ie vuil wordt…'
'Dat hindert niet. Ik heb nog veel meer broeken, hoor.'
'Vooruit dan maar. Pak dat plantje maar en zet het in dit gat. Dan doe ik de aarde er wel bij. Hoe heet je?' vroeg Lottemarie toen.
'Frédérique.'
'Wat een mooie naam.'
'Ja, hè. Hoe heet jij?'
'Lottemarie.'
'Ook mooi, maar niet zo mooi als mijn naam,' vond het meisje.
'Nou, Frédérique, zet het plantje maar hierin.'
IJverig zette het meisje het plantje in het plantgat. Met een ernstig gezichtje keek ze toe hoe Lottemarie er nog wat water bijgoot en toen de aarde terugschepte.
'En waar woon je, Frédérique?'
'Daar,' zei het meisje. Ze wees naar het huis dat net boven de hoge heg van laurierkers uitstak.
'Je bent dus ons buurmeisje,' zei Lottemarie.
Het kind knikte heftig.
'De thee is klaar!' klonk opeens de stem van Lucie vanaf het terras.
'We gaan theedrinken. Lust je ook een kopje thee?'
'Ja, maar wel lammetjesthee.'
'Wat is lammetjesthee?' vroeg Lottemarie.
'Da's thee met melk en suiker.'
'Ik denk wel dat Lucie die voor jou wil maken.'
'Wie is Lucie?'
'Dat is die mevrouw daar met dat blonde krulhaar en naast haar zit

Daisy, de dochter van die mevrouw. Ga je mee?'

Met z'n tweeën liepen ze naar het terras waar Lucie de thee al had ingeschonken. Midden op de tafel stond een grote schaal met zandkoekjes.

'Dit is Frédérique,' zei Lottemarie. 'Frédérique is ons buurmeisje en vindt het hier erg leuk. Ze heeft me geholpen bij het planten van de struikjes. Ze lust ook thee, maar dan wel lammetjesthee.'

'Da's thee met melk en suiker,' wist Lucie. 'Ik zal dadelijk wat melk en een kopje voor je halen.'

'En dan kunnen we meteen onze handen wassen,' zei Lottemarie. Met z'n drieën verdwenen ze naar de keuken.

Toen ze weer terugkwamen, ging het meisje in een van de tuinstoelen zitten die dicht bij de tafel stond. Daisy had er snel een paar kussens in gedaan. Parmantig stak het hoofdje van het kind boven de tafel uit.

'Kan iemand me nog verder bijschuiven?' vroeg ze toen.

Daisy sprong overeind en schoof de stoel tegen de tafel aan.

'Dankjewel, Daisy,' zei het kind keurig.

'Hoe weet je mijn naam?' vroeg Daisy verbaasd.

'Van haar.' Frédérique wees op Lottemarie.

'Je lijkt wel de prinses op de erwt,' merkte Daisy op.

'De prinses op de erwt?' vroeg het meisje niet-begrijpend.

'Dat is uit een sprookje. Er was eens een meisje dat met een prins wilde trouwen. Niet iedereen geloofde dat ze een echt prinsesje was. De koningin van dat land liet het meisje toen op een hoge stapel matrassen slapen waaronder een erwtje lag,' vertelde Daisy.

'Wat zijn matrassen?' wilde het meisje weten.

'Als je in bed ligt, lig je op een matras,' legde Daisy uit. 'De volgende morgen vroeg de koningin aan het meisje: "Heb je lekker geslapen, lieve kind?" "Nee, majesteit, helemaal niet," antwoordde het meisje gapend. "Ik kon niet slapen. Het leek wel of er een hele grote steen onder het matras lag." Toen wist de koningin dat het meisje een echte prinses was.'

'En nu ben ik een prinsesje,' zei Frédérique parmantig.

Lucie kwam terug met een speciaal kopje versierd met vlindertjes.

'Alsjeblieft, lammetjesthee,' zei Lucie. 'Lust je ook koekjes? Ze zijn net gebakken.'

'Heb je dat zelf gedaan?' vroeg Frédérique verbaasd.

'Jazeker.' Lucie knikte.

'Heel goed, hoor,' zei het meisje bewonderend.

'Weet je wat ze ook zo goed kan? Bonbons maken,' zei Daisy, die toch wel trots was op haar moeder, maar dat niet zo vaak liet merken. 'Weet je wat bonbons zijn?'

'Natuurlijk!' riep Frédérique een beetje gepikeerd uit. 'Dat zijn chocoladebolletjes gevuld met lekker spul.'

'Precies. Vraag maar of je een bonbonnetje mag,' raadde Daisy het meisje aan.

'Mag ik een bonbonnetje, mevrouw?' vroeg Frédérique.

'Natuurlijk, schat. Daisy, haal jij even een schaaltje met bonbons,' zei Lucie vertederd.

Ze dronken thee en aten koekjes. Het meisje had haar mond volgepropt met een grote bonbon gevuld met zachte notenpasta.

'Vind je het lekker?' vroeg Daisy grinnikend.

Het kind knikte heftig. Ze slikte de rest van de bonbon door en zei toen enthousiast: 'Heerlijk!'

'Frédérique!' klonk het opeens. 'Frédérique, waar zit je?'

'Hier!' schreeuwde het meisje terug.

Om de hoek van het huis kwam een vrouw tevoorschijn. Ze was slank met donker, halflang haar en een smal gezicht.

Haastig kwam ze naderbij. 'Sorry dat ik u zomaar stoor,' zei ze verontschuldigend.

'Helemaal geen sorry,' sprak Lucie. 'U stoort helemaal niet. Wilt u soms ook een kopje thee?'

'Jawel, maar...'

'U stoort echt niet,' verzekerde Lucie. 'Dais, schuif jij even een stoel bij. Ik ben Lucie van den Homburg en dat is mijn dochter Daisy en daar zit Lottemarie.'

'En ik ben de prinses op de ... Waarop zat die prinses ook weer?' vroeg Frédérique.

'Op de erwt,' zei Daisy.

'En ik ben de prinses op de erwt.' Frédérique knikte haar moeder toe.

De vrouw begon te lachen. 'Ik ben Frédériques moeder, Clarice Verschuren. Ik woon hiernaast.'

Clarice Verschuren keek voorzichtig om zich heen. Ze had vreselijke verhalen gehoord over de nieuwe bewoners die in de Albrecht Dürerlaan waren neergestreken. Volgens Bartiene Mudde, de achterbuurvrouw, waren ze erg ordinair en pasten ze niet in Laren. Bartiene had de mensen nauwkeurig beschreven en ze wist alles van de inrichting van het huis. Maar hoe kwam Bartiene aan die wetenschap? Voorzichtig draaide Clarice Verschuren haar hoofd naar de hoge bomen waarboven nog net een stuk dak van de villa van de Muddetjes te zien was. In het dak zat een klein raam, waarschijnlijk een zolderraam. Bartiene zou toch niet…?

Plotseling schitterde iets in het zolderraam.

Als ze het niet dacht, dacht Clarice. Bartiene wist alles, omdat ze waarschijnlijk op zolder de boel in de gaten hield met een verrekijker. Bartiene was een bijzonder onaardig mens, maar je moest haar te vriend houden. Ze had vreselijk veel invloed in Laren, want ze zat in de belangrijkste commissies van het chique dorp. Daarbij was haar man ook nog eens wethouder. En nu zat Clarice op het terras bij die ordinaire familie en dronk thee. Nou ja, ze kon het uitleggen, als Bartiene erover begon. Frédérique was op stap gegaan en was bij die familie terechtgekomen. Clarice kon toch moeilijk zo'n vriendelijk verzoek om een kopje thee mee te drinken, afwijzen. Hè, vervelend dat Bartiene daar woonde en de zaken in de gaten hield. Die Lucie van den Homburg was overigens reuze hartelijk en aardig en helemaal niet zo ordinair als gesuggereerd was door Bartiene. Lucie kon geweldig bakken, want die koekjes waren hemels. Die deden beslist niet onder voor de koekjes van de dure banketbakker uit het dorp. En dochter Daisy was ook een heel leuk en vast slim kind, want ze keek beslist pienter uit haar ogen. Misschien kon ze die weleens voor een avond inhuren als oppas voor Frédérique. Maar wie was Lottemarie? Toch geen zuster van Lucie? Ook Bartiene had niet kunnen achterhalen wie dat meisje was. Knap mens overigens. Zag er duur uit. Paste precies in Laren.

Lucie genoot. Zo had ze het zich voorgesteld: de buren gezellig op de thee. Hoe meer zielen, hoe meer vreugd. Dat vrouwtje was beslist aardig en ze had helemaal geen kapsones. Misschien konden ze wel vriendinnen worden. En als alle andere buurvrouwtjes nu ook zo waren...

'Neem een bonbon,' zei Lucie tegen haar buurvrouw.

'Die heeft ze ook zelf gemaakt.' Frédérique wees op Lucie die meteen begon te blozen.

'Werkelijk?' vroeg Clarice verbaasd. Kijk nou, dat mens was een genie. Dat had ze nu helemaal niet achter haar gezocht.

'Ze begint binnenkort een winkel, een bonbonwinkel,' zei Daisy plagend.

'Ach welnee, luister maar niet naar haar.' Lucie schudde haar hoofd. 'Daisy zegt soms de gekste dingen.'

'Nou, ik vind het helemaal niet zo'n gek idee. Zulke bonbons koop je eigenlijk alleen maar in speciaalzaken en natuurlijk in België. Ze zien er echt geweldig uit,' vond Clarice. 'Als je in Laren een winkel begint, weet ik zeker dat ze in rijen voor je deur staan.'

Lucie lachte maar wat. Je, ze was daar gek! Geen haar op haar hoofd dacht eraan om een winkel in Laren te beginnen. Als ze al een winkel begon, was dat in Amsterdam, dicht bij haar vriendinnen. Hè, als dat nou eens zou kunnen. Haar vriendinnen...

Na een halfuur stond Clarice op. 'Ik moet nog het een en ander doen,' legde ze uit. 'Als je zin en tijd hebt, Lucie, dan kom je maar eens koffiedrinken.'

'Morgen meteen maar?' vroeg Lucie enthousiast.

Oh nee, Lucie, dat moet je niet zo doen, dacht Lottemarie. Laat niet dadelijk merken dat je zo graag wilt. Dat schrikt mensen af.

Clarice Verschuren werd een beetje overvallen door de vraag. 'Ja... eh, goed,' antwoordde ze. Schichtig keek ze in de richting van het huis achter de bomen. Zou Bartiene hen nog in de gaten houden? Nou ja, dan zag dat mens het ook maar. Ze kreeg zo langzamerhand een behoorlijke hekel aan Bartiene Mudde.

Lucie knikte. 'En je hoeft niets voor bij de koffie in huis te halen. Ik neem wel wat mee,' bood ze gul aan.

'Maar dat hoeft echt niet,' sprak haar buurvrouw snel.

'Ik doe het met plezier. Bakken is mijn hobby. Zeg, tot morgen dan.'

Even later liepen Clarice en haar dochter weg.

Daisy keek ze een beetje peinzend na.

'Wat is er, Daisy?' vroeg Lucie.

'Hadden jullie niet in de gaten dat die Clarice af en toe naar dat huis achter de bomen keek?' Daisy wees op het rieten dak waarin een donker raam glansde.

'Wat is daar dan te zien?' vroeg haar moeder.

'Dat weet ik niet, maar ze leek in het begin een beetje zenuwachtig.'

Lucie haalde haar schouders op. Ze keek naar het dak van het huis. Wat kon daar nu zijn?

Daisy stond op en liep het terras af naar binnen toe.

'Waar ga je naartoe, Dais?' riep Lucie haar dochter na, maar Daisy was al verdwenen. Ze rende de trap op naar de kamer van Kevin en opende de deur. Kevin zat achter zijn computer. Hij zat midden in een spelletje en keek verstoord op. 'Wat moet je, Dais?'

'Waar heb jij jouw verrekijker, Kev? Kan ik die effe van je gebruiken?'

Kevin wees op de boekenkast naast zijn bed. 'Bovenste plank, pak maar,' zei hij.

Daisy griste de kijker van de plank en verliet de kamer. Toen rende ze de trappen op naar de bovenste verdieping waar zich de uitgestrekte zolders bevonden. Er stonden nog behoorlijk wat onuitgepakte kisten en dozen van de verhuizing. Daisy liep naar een klein raam. Het glas was bedekt met spinrag, zodat ze er niet doorheen kon kijken. Daarom opende ze het raam en keek toen naar buiten. Achter de bomen zag ze een groot huis liggen met een hoog dak. Ter hoogte van de zolder zat een raam. Het glas glansde in het felle licht van de zon. Daisy hield de kijker voor haar ogen en tuurde naar het donkere zolderraam. Heel langzaam draaide ze aan het middenwieltje, zodat het beeld in de kijker scherper werd.

'Dacht ik het niet,' mompelde ze toen. 'Ongelooflijk, wat een gluurders. En dat noemt zich beschaafd!'

Met een klap sloot ze het raam en roetsjte de trap af. Ze rende de kamer van Kevin binnen en smeet de kijker op een tafel.

'Hé, zeg, wat krijgen we nou?' riep Kevin uit. 'Daisy, wat is er aan de hand?'

Maar Daisy was al bij de trap en vloog naar beneden.

Wat had Daisy, dacht Kevin nieuwsgierig. Waarom had ze zo verontwaardigd gekeken? Hij stond op en haastte zich naar de trap.

'Driemaal raden!' riep Daisy triomfantelijk. Ze stoof het terras op waar Lucie en Lottemarie nog steeds zaten.

'Waar heb je het over, Dais?' Lucie keek haar dochter verwonderd aan.

Daisy wees naar het dak dat boven de bomenrij uitstak. 'We worden beloerd,' zei ze bijna dreigend. 'Dat volk daar begluurt ons. Er staat een enorme verrekijker voor het zolderraam.'

'Zijn ze nou helemaal!' riep Lucie verontwaardigd uit. 'Waarom doen ze dat?'

'Wie en wat doen ze?' vroeg Kevin die inmiddels ook het terras op kwam.

'Die mensen daar hebben een hele grote kijker op de zolder staan, Kev, en die is gericht op ons.'

'D'r is hier toch niets te zien,' merkte Kevin een beetje onnozel op.

'Klaarblijkelijk wel. Dat soort daar wil vast alles van ons weten,' merkte Daisy venijnig op. 'Dan hebben ze weer wat om te praten. Ik zou wel eens willen weten wie daar woont. We moeten maar een groot spandoek maken met erop geschilderd *Verboden te gluren*.'

Lottemarie was ook diep geschokt. Zoiets deed je toch niet? Wat voor mensen woonden daar? 'Misschien gebruiken ze die verrekijker wel om naar de vogels te kijken,' bedacht ze.

'Ja hoor, vogeltjes kijken. Van welke planeet kom je eigenlijk!' riep

Daisy uit. Ze keek Lottemarie meewarig aan. 'Maar wat gaan we hieraan doen?' ging ze verder.

'Ik weet wel wat,' zei Kevin. 'We nemen een spiegel en richten die op die stomme kijker. Nou, dan laten ze het voortaan wel uit hun hoofd om te gluren.'

'Ja hoor, Kev, en dan zet je dadelijk dat hele huis in de fik.' Daisy keek haar broertje smalend aan.

'In de fik? Hoe kom je erbij, Dais?' Kevin wees met zijn wijsvinger op zijn voorhoofd. 'Een spiegel weerkaatst de zonnestralen. Alleen als die stralen door een stuk glas op één punt bij elkaar komen, kan de zaak in de fik raken, maar niet met een onnozel spiegeltje! Heb ik geleerd van mijn meester. Nou, jullie zoeken het zelf ook maar uit, ik ga weer computeren.' Kevin van den Homburg stond op en sjokte weg.

Lucie was bang. Tussen wat voor onbetrouwbare mensen woonde ze hier eigenlijk? Geen van haar vriendinnen zou het ooit in haar hoofd halen om buren te bespioneren met een verrekijker, dat wist ze heel zeker. Wat bezielde de mensen die achter haar woonden? Het maakte haar onrustig en angstig tegelijk.

Hoewel ze de gluurzaak heel erg vond, was Lottemarie er niet helemaal met haar gedachten bij. Morgenmiddag had ze afgesproken om bij Millie van Stoetwegen langs te gaan. Ze was benieuwd of Paul Conradie er ook zou zijn. Stiekem hoopte ze daarop. Sinds februari had ze niets meer van hem gehoord. Het kaartje dat bij het Valentijnsboeket zat, bewaarde ze zorgvuldig in een laatje van de ladekast op haar slaapkamer.

De tuin om het huis van Millie van Stoetwegen bood een typische lenteaanblik. Tussen bloeiende prunusbomen stonden primula's in allerlei vrolijke kleuren afgewisseld met pollen sleutelbloemen. Kleine, melkwitte cyclamen staken helder af tegen de knoestige stam van een appelboom.

Prachtig, vond Lottemarie. Ze werd blij bij het zien van de vrolijke tuin.

Langs de weg stonden een paar auto's geparkeerd, maar de kleine oprit van Millies huis was leeg. Hij was er dus niet, dacht Lottemarie snel. Het zenuwachtige gevoel dat haar de hele dag in zijn greep had gehad, stroomde langzaam weg, maar tegelijk voelde ze een lichte teleurstelling. Ze plaatste haar fiets tegen de gevel en zette hem op slot. Daarna belde ze aan.

Millie van Stoetwegen opende de deur. 'Gezellig dat je er bent,' verwelkomde ze Lottemarie. De oude dame droeg een makkelijk, donkerblauw fluwelen huispak. De kleur combineerde prachtig met haar grijswitte kapsel.

Mevrouw Van Stoetwegen ging haar voor naar een tuinkamer waar het zonlicht overvloedig naar binnen viel. De deuren naar de tuin stonden open.

'Wat een geweldig weer, hè,' zei Millie blij. 'Ik houd toch zo van het voorjaar. Niet die overdaad van de zomer, maar dat voorzichtige groeien. Bloemen die aarzelend tevoorschijn komen, bomen die angstvallig groen worden en overal merk je dat vreemde gevoel van verlangen naar iets nieuws, iets onverwachts, iets moois. Je ziet, ik word er helemaal lyrisch van.'

Lottemarie glimlachte. Natuurlijk hield ze ook van de lente, maar niet op de manier van haar grootmoeders vriendin. 'Ik ben dol op de herfst,' merkte ze op.

'Kind, ben je dat werkelijk? Ik word dan altijd overvallen door een weemoedig gevoel. Dat afsterven van planten en bloemen en vooral het korter worden van de dagen. Het liefst sloeg ik de herfst over. Dan gelijk maar de winter in met regen, storm, mist, sneeuw en ijs, dan weet je tenminste waar je aan toe bent.'

'Ik vind de herfst zo mooi,' zei Lottemarie. 'Het is inderdaad een weemoedig seizoen, maar met zoveel mooie dingen: spinrag met dauwdruppels in de ligusterheggen, het zachte licht dat langs de bomen in wazige banen op de grond valt, al die prachtige kleuren! Ja, ik houd van de herfst.'

'Zullen we na deze lyrische ontboezemingen maar een kop thee drinken?' vroeg Millie lachend. Ze pakte de wit porseleinen theepot die beschilderd was met bloemguirlandes in verschillende tinten blauw en schonk voorzichtig de thee in ranke, bijpassende kopjes. 'Daar staat suiker,' wees ze vervolgens op een prachtige suikerpot die ook bij het theeservies hoorde.

'Houd je van madeleines?' vroeg Millie. Ze hield Lottemarie een schaal met poedersuiker bestoven, goudbruine, waaiervormige koekjes voor.

Lottemarie pakte er een. Gelukkig geen grote bonbons, brownies, muffins of ander zwaar-op-de-maag-liggend gebak dat Lucie gewend was te maken. Best lekker, maar soms te veel van het goede.

'Vertel eens, hoe gaat het met de vrouw des huizes, raakt ze al ingeburgerd?' vroeg de oude dame.

Lottemarie wilde juist met haar verhaal van wal steken, toen de bel ging.

Haar hart sloeg even over.

Mevrouw Van Stoetwegen stond op en verliet de kamer. Lottemarie hoorde hoe ze de deur opende.

'Ha, oma Millie,' klonk een bekende mannenstem.

Opwinding maakte zich meester van Lottemarie.

Ze hoorde hoe Millie en haar kleinzoon elkaar hartelijk begroetten.

'Voordat we verdergaan, u hebt toch geen bezoek?' De mannenstem werd zachter maar ook ronduit wantrouwend. 'Ik zag namelijk een damesfiets tegen de gevel staan.'

'Ja, lieverd, ik heb inderdaad iemand op bezoek.' Er klonk een verdedigende ondertoon in de stem van grootmoeder.

'U bent al net zo erg als mijn zusters. Ik wens niet gekoppeld te worden aan wie dan ook. Dat weet u. Mijn vrijheid gaat me boven alles.' De iets boze stem ging over in fluisteren, maar Lottemarie kon nog net horen wat er gezegd werd. Vreselijk, ze wilde dit gesprek absoluut niet horen, maar ze kon toch moeilijk de deur sluiten.

'Dan ga je nu weg en kom je morgen terug. Ik wil absoluut niet dat je onaardig bent tegen mijn gaste,' hoorde ze mevrouw Van Stoetwegen kribbig tegen haar kleinzoon zeggen. 'En ik was ook niet van plan om jou aan wie dan ook te koppelen.'

Het bleef even stil.

Even later stapte Millie gevolgd door Paul Conradie de tuinkamer in.

'Mag ik je even voorstellen: mijn kleinzoon Paul. Hij blijft maar even, omdat hij weinig tijd heeft. Dus hij drinkt geen thee met ons.' Millie wilde verdergaan, maar zweeg toen ze de gezichten van Lottemarie en haar kleinzoon zag.

'Lottemarie,' zei Paul. De stugge trek op zijn gezicht veranderde in verbouwereerdheid.

'Dag,' groette Lottemarie met een afwijzend gezicht. Ze had de woorden die ze zojuist had opgevangen, stevig in haar oren geknoopt.

'Kennen jullie elkaar?' vroeg Millie verbaasd.

Lottemarie knikte.

'Ja, we zijn bijna buren,' sprak Paul Conradie plotseling opgewekt. Hij ging zitten. 'En dan is er thee,' zei hij vervolgens.

'Ik dacht dat je geen tijd had om thee te drinken,' merkte Millie op. Ze trok haar wenkbrauwen veelbetekenend op.

'Nou, zo'n haast heb ik ook weer niet, oma Millie. Heeft u nog thee?'

Millie haalde haar schouders op. 'Mannen, uw naam is onlogica,' mompelde ze voor zich uit. Hoe kenden die twee elkaar, vroeg ze zich toen af. Volgens haar gloorde er eindelijk een beetje hoop aan de huwelijkshorizon. 'Lottemarie wilde net vertellen hoe het met het inburgeren van haar werkgeefster gesteld was,' vervolgde ze.

'Ah, de verslaafde werkgeefster,' merkte Paul een beetje spottend op.

'Verslaafd?' riep Millie uit.

'Verslaafd aan bakken, lieve oma Millie,' legde haar kleinzoon uit.

'Toch?' Nu keek hij Lottemarie vol aan. Het meisje knikte.

'Maar hoe zit het nu met dat inburgeren, Lottemarie? Lukt het al een beetje?' vroeg de oude dame.

'We zijn naar Londen, Parijs en Brussel geweest om kleren te kopen, hebben musea en concerten bezocht en Lucie leest boeken over schilderijen, muziek, kortom cultuur en ze vindt het leuk,' antwoordde Lottemarie. Haar stem klonk opeens enthousiast.

'Waartoe dient dit eigenlijk?' vroeg Paul verbaasd.

'Deze Lucie wil bij de mensen in Laren horen, dus moet ze eigenlijk een beetje inburgeren en daarom doet ze de dingen die het Larense volkje ook doet,' legde zijn grootmoeder uit.

'Belachelijk! Slooft ze zich nog steeds zo uit om erbij te kunnen horen?' vroeg Paul ongelovig. 'Dan heeft die mevrouw waarschijnlijk wel heel weinig zelfrespect en dat vind ik ook vreemd, want je hebt me zelf verteld dat ze heel goed kan bakken.' Hij wendde zich tot Lottemarie die zich in de verdediging voelde gedrongen. 'Vind je nog steeds dat ze moet inburgeren?' vroeg hij. Waarom deed hij zo onaardig, dacht Lottemarie. Zo raar was het niet als iemand zich aan wilde passen aan een gemeenschap en daarbij een beetje hulp kreeg. Stel je voor dat Millie van Stoetwegen naar de Albert Cuyp ging verhuizen, dan was een beetje hulp van Lucie van den Homburg toch ook welkom? In de Pijp golden toch ook andere omgangsregels? Langzaam kroop de boosheid in haar omhoog. Waarom bemoeide Paul Conradie zich met haar baan? Had ze daarom gevraagd? Wat een betweter. En wat deed hij nog hier? Hij kon maar beter snel vertrekken, want hij bedierf de gezellige middag. Jammer dat Millie die man ook had uitgenodigd. Als hij niet wegging, vertrok zij wel. Hij wilde niet gekoppeld worden aan iemand, Lottemarie ook niet.

Millie zag de stijgende boosheid op Lottemaries gezicht. Dit gaat verkeerd, dacht ze, ik moet ingrijpen. Haar kleinzoon was af en toe zo'n onnozele hals. 'Paul,' zei ze snel om de schade te herstellen. 'Zo gek is dat toch niet? Buitenlanders volgen toch ook een inburgeringscursus om hier te kunnen integreren?'

Maar Paul Conradie begreep de hint niet. Onverdroten ging hij door. 'Dat is peren met appels vergelijken, grootmama. Die Lucie is geen haar minder dan die dames in Laren, ook niet qua opleiding. Trouwens, het merendeel van de Larense ladies heeft zeker niet op het vwo gezeten. Lucie zal misschien niet zo bekakt pra-

ten, maar dat is dan ook alles. Dat inburgeren, grote nonsens!'
Opeens had hij in de gaten dat er iets aan de hand was. Waarom keek het meisje tegenover hem zo boos?
'Moest jij niet naar je werk?' vroeg Millie vlug.
Maar Paul liet zich niet afleiden. 'Heb ik iets verkeerds gezegd?' vroeg hij aan Lottemarie.
Die haalde haar schouders op. Moest ze nu gaan uitleggen dat dat zogenaamde inburgeren een heel goed neveneffect had op Lucie? Dat ze een stuk zelfverzekerder was geworden door het lezen van de boeken over cultuur en andere zaken die het leven verrijken? Het bezoek aan Westminster Abbey had wel degelijk gevolgen gehad voor Lucie, maar ook voor Daisy. Ze hadden kennisgemaakt met de Engelse koortraditie. Ze hadden ontdekt dat er naast house, techno, André Hazes en Marco Borsato ook nog andere muziek bestond. Lottemarie vond de opmerkingen van Paul makkelijk gemaakt, maar vooral uiterst beperkt. Ze voelde er niets voor om hem uitleg te geven. Het inburgeren van Lucie en de rest van de familie ging hem niets aan.
Ze zweeg en keek naar buiten.
Millie keek haar kleinzoon aan en gebaarde met haar hoofd dat hij beter kon gaan.
Paul stond op en haalde niet-begrijpend zijn schouders op. Hij begreep er niets van.
'Eh, ik moet inderdaad naar mijn werk,' sprak hij toen maar. 'Zie ik je nog eens?' zei hij terwijl hij Lottes hand schudde.
Ze knikte koeltjes. Voorlopig maar niet, dacht ze.

'Je moet het hem maar niet kwalijk nemen,' zei Millie, nadat ze haar kleinzoon had uitgelaten. 'Paul kan soms zo onhandig reageren. Soms snap ik niet dat zijn uitgeverij zo'n succes is. Ze zeggen dat je uiterst voorzichtig moet omgaan met auteurs, omdat het zulke gevoelige zieltjes zijn. Zie jij dat voor je, Paul op de gevoelige toer?'
Ja, dacht Lottemarie dadelijk, hij kan wel gevoelig zijn. Ze dacht terug aan het moment in het restaurant dat hij voorzichtig zijn

vingers op het litteken van haar voorhoofd legde. Het had haar diep ontroerd.

'Maar het is zo'n lieve jongen,' ging Millie vertederd verder. 'Als je ooit hulp nodig hebt, ben je bij hem aan het juiste adres. Betrouwbaarder mens ken ik niet.'

Heel langzaam verscheen er een glimlach op het gezicht van het meisje.

Ze geloofde de oude dame op haar woord.

Hoofdstuk 9

'Hoe gaan we dat aanpakken?' vroeg Jan van den Homburg. Hij had zijn pen in de aanslag om alles op te schrijven op een groot blad papier dat voor hem lag.

Jan, Lucie en Lottemarie zaten met z'n drieën aan de lange keukentafel en bespraken de housewarmingparty die over zes weken zou worden gehouden. Het zou tegelijk ook een soort wijnproeverij worden. Beslist een mooie reclame voor de zaak, dacht Jan vergenoegd.

Lucie had zo haar eigen ideetjes. Ze was van plan bonbons te maken, zoals ze die nog nooit eerder in haar leven had gemaakt. Die zou ze vervolgens haar gasten voorzetten. Daarmee zou ze beslist indruk maken, meende ze.

Op aandringen van Lucie was er besloten om eerst alleen de dames in de buurt uit te nodigen en vervolgens in september de hele buurt inclusief de kinderen.

'Maar waarom, Luus, ben je soms bang voor die kerels?' had Jan vol onbegrip uitgeroepen.

'Dat is het niet,' had Lucie geantwoord. 'Maar ik praat liever met vrouwen als ze alleen zijn en niet in een groep met mannen erbij.' Jan had er niet veel van begrepen, maar Lucie had deze keer haar zin doorgezet.

'Pas over zes weken?' had Lucie verbaasd uitgeroepen toen Lottemarie met het voorstel kwam. 'Waarom niet eerder?'

'Mensen nodig je ver van tevoren uit, zodat ze de uitnodiging kunnen inpassen in hun agenda,' had Lottemarie uitgelegd.

Dat was Lucie wel anders gewend. De ene week plande je een leuk feest en de volgende week was iedereen aanwezig. Niks geen agenda's raadplegen en inpassen, iedereen kwam, want iedereen maakte tijd vrij. Hoe kort de voorbereidingstijd voor een feest ook was, iedereen kwam, al moesten ze bij wijze van spreken hangend in een rolstoel uit een ziekenhuis worden gehaald.

Nou ja, Lucie moest zich er maar bij neerleggen. Als datum werd vijftien juni aangehouden.

'Goed, dus we beginnen met de kaartjes. Wat vind je van een perkamenten dingetje met van die gouden, gotische lettertjes?' vroeg Jan aan Lottemarie. 'Vind ik altijd wel wat hebben.'

Lottemarie huiverde inwendig. 'Ik denk dat dat wel mooi is, maar toch iets te ouderwets,' zei ze heel voorzichtig om de man niet voor het hoofd te stoten.

'Heb jij dan een idee hoe het wél moet?' vroeg Jan toch wel een tikkeltje gepikeerd.

'Ik dacht meer aan een crème kaart met lavendelkleurige letters en een heel dunne buitenrand in dezelfde kleur.'

'Dus geen goud erop?' vroeg Jan lichtelijk teleurgesteld.

'Dan zou ik een gouden randje zetten precies op de grens tussen het crème van de kaart en de lavendelkleurige rand. Ik denk dat dat wel heel mooi is,' antwoordde Lottemarie.

'En de envelop?' vroeg Jan.

'Ook crème. '

'Misschien denken ze wel dat de kaart op de computer is gemaakt,' bedacht Jan opeens.

Lottemarie schudde haar hoofd. 'Nee, er is een enorm verschil tussen een gedrukte kaart en een die bewerkt is op de computer. Mijn vader heeft een drukkerij, daarom weet ik dat. Misschien kunnen we de kaartjes en enveloppen wel bij hem laten drukken,' bedacht ze opeens.

Het idee werd met enthousiasme begroet.

'Maar ik betaal wel. Per slot van rekening gaat alleen de zon voor niets op,' merkte Jan van den Homburg op.

Lottemarie knikte. 'Zou het ook een goed idee zijn om er een antwoordkaart met voorbedrukte envelop bij te voegen? Dan weet je tenminste wie op de uitnodiging ingaat,' stelde ze voor. 'En plak meteen een postzegel op de envelop, want sommige rijke mensen struikelen soms over een cent.'

''t Is niet waar!' riep Lucie ongelovig uit. 'Een postzegel erop plakken?'

'Ik zou het zeker doen,' merkte Lottemarie op.

'Doen we,' besloot Jan. 'Sturen we de kaartjes per post?'

'We kennen de namen niet van de mensen die in die huizen wonen,' merkte Lottemarie op.

'Dan zoek je ze toch op in het telefoonboek?' suggereerde Lucie.

'Lieve meid, dat kan toch niet,' sprak Jan ongeduldig. Hè, Lucie moest niet zo ongelooflijk stom doen. 'Hoe wou je dat doen? Alle adressen van de Albrecht Dürerlaan opzoeken?'

'Nou ja, ik dacht...'

'Effe niet denken, Pollewop.' Jan haalde geïrriteerd zijn schouders op.

Lucie keek haar man bedroefd aan. De laatste tijd kreeg ze het idee dat ze helemaal uit elkaar groeiden. En ze deed zó haar best. Die afschuwelijke loterij... Hadden ze maar nooit meegedaan.

Lottemarie zag het terneergeslagen gezicht van Lucie. Had Jan van den Homburg dan helemaal niet in de gaten hoe verdrietig zijn vrouw werd bij zijn onaardige opmerkingen? Waarom beet Lucie niet es een keer flink van zich af?

'Nu het allerbelangrijkste,' zei Jan. 'Wat moet er op de kaartjes komen te staan?'

Hij dacht even na. Toen schreef hij al langzaam pratend op: 'De heer en mevrouw Van den Homburg nodigen u hierbij uit voor een kennismakingsmiddag?' Vragend keek hij Lottemarie aan.

'Dat klink wel wat erg plechtig,' vond Lottemarie. 'Housewarmingparty klinkt moderner.'

'Oké, housewarmingparty op vijftien juni. U kunt dan gelijk de wijnen proeven van het Huis Van den Homburg. Nou, wat vinden jullie hiervan?' Triomfantelijk keek Jan de beide dames aan.

'Wat denk je van: U bent dan meteen van harte welkom om kennis te maken met de diverse wijnen van het Huis van Van den Homburg, of iets dergelijks?' merkte Lottemarie voorzichtig op.

Jan haalde zijn schouders op. Al die vormelijkheid... Hij ging altijd recht op zijn doel af, maar ja, Lottemarie was in die cultuur opgegroeid. Zij zou het dus wel weten.

'Als je het niet erg vindt, laat ik de rest van de kaart maar aan jou over,' zei hij gelaten.

Lottemarie knikte.

'Dan komen die dames binnen en dan?' vervolgde Jan.

'Dan begin je met koffie of thee. Je geeft ze de keuze uit verschillende soorten koffie,' antwoordde Lottemarie.

'Zijn er dan zoveel verschillende soorten?' vroeg Lucie verbaasd.

'Natuurlijk,' antwoordde Lottemarie. 'Espresso, cappuccino, koffie verkeerd en ijskoffie als het warm weer is.'

'Heerlijk veel,' merkte Lucie genietend op. Ze hield zo van overvloed.

'Je huurt gewoon een paar speciale koffiezetapparaten,' ging Lottemarie verder.

'Of we kopen ze,' sprak Jan royaal.

'Nou, voor die ene keer, zou ik niet doen, hoor,' raadde Lottemarie hem af. 'Die dames kunnen natuurlijk ook uit verschillende theesoorten kiezen. Geloof me, jouw gasten weten werkelijk niet wat ze moeten kiezen. En dan de taartjes en de bonbons... Je kunt je hart ophalen, Lucie,' zei Lottemarie lachend. 'Natuurlijk gebruik je je mooiste serviezen. Voordat je het weet, is de helft van de middag om. Je zult zien hoe gezellig het wordt. En na de thee...'

'Niet zo snel,' zei Jan. 'Ik kan je amper bijhouden met schrijven. Taartjes, en wat noemde je daarna?'

'Dat doet er niet zo toe. Lucie en ik moeten toch nog even praten over de soorten taartjes en bonbons. Daarna begin je met iets sterkers, wijn, likeur of een sapje met bijvoorbeeld hartige soesjes, maar absoluut geen bitterballen, kroketten of pittige worstjes. Dat is *not done* in deze omgeving. Als je met iets nieuws komt, heb je het helemaal voor elkaar.'

'Gemarineerde champignons,' bedacht Lucie. 'Of piepkleine zalmtaartjes en kippenpasteitjes.'

'Geweldig. Zeker weten dat je gasten na afloop nog dagen zullen praten over jouw housewarmingparty. Daarna stromen de uitnodigingen voor jou binnen, let op mijn woorden,' zei Lottemarie.

Lucie zag het helemaal zitten. Ze dacht niet meer aan de geïrriteerdheid van haar man. Innig tevreden droomde ze voor zich uit.

Hè, heerlijk, bonbons maken en taart bakken. Ze kon bijna niet wachten tot het zover was.

'En waar houden we de festiviteiten?' wilde Jan weten.

'Als het mooi weer is, gebruik je het terras. Je huurt een paar speciale, luxe partytenten waarin je de tafels opstelt met de koffiezetapparaten, de serviezen en alles wat daarbij hoort. O, Lucie, geen papieren servetjes gebruiken, hoor, alleen die van stof en het liefst van damast of servetten die bij het servies passen. Het is ook handig om wat bedienend personeel in te huren, anders blijft er geen gelegenheid voor je over om kennis te maken met iedereen en even te praten,' vervolgde Lottemarie. 'We moeten ook zorgen voor achtergrondmuziek. Dat vinden de meeste mensen wel gezellig.'

'Zoek jij dat maar uit,' zei Lucie. 'Jij kent hun smaak beter dan ik.'

Ach Lucie, dacht Lottemarie, denk je werkelijk dat die mensen een andere smaak hebben? Het zijn vast geen mensen die dol zijn op klassieke muziek, of ik moet me wel heel erg vergissen. De smaak van deze dames verschilt waarschijnlijk niet van de jouwe. Ook zij zweren bij André Hazes en Marco Borsato.

'En nu de belangrijkste vraag: wie nodigen we uit? Je kunt moeilijk de hele wijk binnenhalen,' merkte Jan op.

'Allereerst de bewoners van de Albrecht Dürerlaan,' besloot Lottemarie. 'En dan de bewoners uit de laan hierachter.'

'Ook dat mens met die verrekijker?' Lucies gezicht stond beslist afkerig. Lottemarie dacht na. 'Mmm, nou, doe toch maar wel,' besloot ze na een korte aarzeling. 'Je kunt beter weten met wie je te maken hebt.'

'Heb ik iets gemist? Welk mens met die verrekijker bedoelen jullie?' vroeg Jan verbaasd.

'Ach, een tijdje geleden – jij zat toen een paar dagen in Italië – ontdekte Daisy dat die mensen van hierachter een verrekijker op hun zolder hebben om ons te beloeren,' antwoordde Lucie.

'Wat een onzin, Luus, hoe haal je het in je hoofd. Die lui zijn natuurlijk dol op vogels of op sterren en daarvoor heb je nu eenmaal een kijker nodig.' Jan haalde geïrriteerd zijn schouders op.

Waar maakte Lucie zich druk om? Hysterisch gedoe!

'Goed, dan zorg ik er dus voor dat de uitnodigingen gedrukt worden door de uitgeverij van mijn vader,' zei Lottemarie snel, die de ergernis van Lucies man wel zag. Alsjeblieft, nu geen vervelende woordenwisseling.

Maar het viel mee, de bui dreef over.

'En als ze weer naar huis gaan, krijgen ze een kistje met twee flesjes wijn mee, rode en witte wijn. *Van het Huis Van den Homburg.* Vinden jullie dat geen goed idee?' Trots keek Jan zijn vrouw en Lottemarie aan die dat volmondig beaamden.

'En als we ze ook nog eens een paar heel bijzondere bonbons verpakt in een speciaal doosje meegeven, wordt de middag helemaal een succes,' bedacht Lottemarie, die wist hoe graag Lucie dat wilde. 'Ik kijk mijn vader wel lief aan of hij die doosjes wil maken.'

'Maar ik betaal wel,' zei Jan. Hij was niet meer een gesjochten groenteboertje van de Albert Cuyp. Hij had ook zijn trots.

'Als je nu eens een hartvormig doosje neemt.' Lottemarie keek peinzend voor zich uit. 'Ik zie het al voor me. En dan sluit je de doosjes door ze op een speciale manier in elkaar te vouwen. Ik heb dat al eens eerder gezien. Heel apart.'

'O Lot, wat een ontzettend leuk idee! Die bonbons kun je al een behoorlijke tijd van tevoren maken. Maar hoe komen we aan het ontwerp? Bestaan er doosjes in de vorm van een hartje?' vroeg Lucie.

'Ik wil wel een ontwerp maken, tenminste als jullie het ook willen.'

'Prima, maar ik be...' begon Jan.

'Ik doe het alleen als ik er niets voor krijg, anders begin ik er niet aan,' zei Lottemarie snel, die al wist wat Lucies echtgenoot wilde zeggen.

Jan zuchtte diep, maar Lottemarie had zo'n besliste trek op haar gezicht, dat hij, hoewel met tegenzin, toegaf.

'Nou, aan de slag, mensen,' sprak hij toen. Jan vouwde het blad dubbel. 'Ik ga eerst eens informeren waar ik die apparaten en die tenten kan huren.'

'En wij gaan naar Amsterdam om kleren te kopen,' zei Lucie ferm.

'Je doet maar, Pollewop. Er is geld genoeg.' Jan van den Homburg knikte zijn vrouw warm toe.

Lucie raakte onmiddellijk vertederd. Als Jan haar zo aankeek, smolt ze als een bonbon in de zon.

Het werd een drukke, vooral inspannende tijd. Toen de kaartjes gedrukt waren, ging Lottemarie op stap om ze rond te brengen.

Bij de villa vlak achter het landhuis van de familie Van den Homburg bleef Lottemarie aarzelend staan. Moest ze werkelijk een kaart in de brievenbus stoppen? De villa zag er erg ontoegankelijk uit en lag verscholen tussen hoge coniferen en taxusbomen. Vooruit dan maar, dacht ze. Maar iemand die zijn buren beloerde… Griezelig! Of was die kijker toch voor de vogels?

Toen ze alle adressen had afgewerkt, liep ze de Albrecht Dürerlaan weer in. Ze had nog een paar kaarten over. Plotseling stopte er een auto naast haar. Een portierraam gleed zoevend naar beneden.

'Nog boos?' informeerde een stem.

Lottemarie draaide haar hoofd opzij. Haar hart klopte opeens sneller. Ze keek in het gezicht van Paul.

'Waarom zou ik nog boos moeten zijn?' vroeg ze.

De auto stopte en de man stapte uit. Met zijn armen over elkaar leunde hij op zijn gemak tegen een portier van de auto.

'Je was de laatste keer dat we elkaar zagen anders behoorlijk kwaad, omdat ik iets zei over dat inburgeren van je werkgeefster,' merkte hij op.

Lottemarie haalde haar schouders op. 'Dat was ik alweer vergeten.'

Paul Conradie keek naar de kleine stapel brieven in haar hand.

'Breng je tegenwoordig de post rond?' informeerde hij.

'Geen post, dit zijn uitnodigingen voor een housewarmingparty van de familie Van den Homburg,' legde ze uit.

'Ze verzinnen tegenwoordig ook van alles. Dus het inburgeren van Lucie is voltooid,' merkte hij plagend lachend op.

'Ja, ze is geslaagd voor haar examen,' antwoordde Lottemarie een beetje snibbig.

'Krijg ik ook een uitnodiging?'

'Nee,' antwoordde ze.

'Nee?' Er verscheen een trek van ongeloof op zijn gezicht.

'Nee,' herhaalde ze weer met enig leedvermaak.

'Mag ik weten waarom niet?'

'Omdat er alleen vrouwen worden uitgenodigd.' Nu was het haar beurt om een beetje plagend te lachen.

'O, dus mannen zijn niet welkom?'

'Nee, maar in september wordt iedereen uitgenodigd, inclusief de kinderen en dan mag je waarschijnlijk ook komen.'

'Dat zal me een feest worden.'

'Dat denk ik ook.'

Paul Conradie keek op zijn horloge. 'Ik moet weg,' zei hij een beetje spijtig. 'Heb je morgenavond iets?'

'Nee,' antwoordde Lottemarie.

'Heb je zin om ergens met me te eten?'

Ze knikte zwijgend.

'Waar moet ik je ophalen?'

Vooral niet hier, flitste het door haar heen, geen slapende honden wakker maken.

'Ik woon in Eemnes,' antwoordde ze vlug. Ze legde uit hoe hij moest rijden en wat haar adres was.

'Dan ga ik maar. Tot morgenavond.' Hij wuifde kort met zijn hand, stapte in en reed weg.

Met een glimlach op haar gezicht keek ze de wegrijdende auto na. 'Tot morgenavond,' zei ze zacht.

Paul Conradie reed de kleine laan in en hield stil voor het opgegeven adres. Hier woonde ze dus, dacht hij. In een oogopslag nam hij het huis waar. De blauweregen waar nog geen bloemen in zaten, maar die al uitbundig met frisgroene bladeren over de muur groeide, de voorjaarsmargrieten langs het pad, het raam met de groen geschilderde luiken, de voordeur met het koperbeslag. Dit huis paste precies bij haar, dacht hij. Nieuwsgierig stapte hij uit en liep het pad af naar de voordeur. Toen trok hij aan de koperen bel.

Lottemarie deed open. Ze droeg een oranjegele bloes met wijde mouwen op een nauwe, donkerbruine broek van dun, glanzend fluweel. Adembenemend mooi, vond Paul Conradie, maar zijn gezicht vertoonde weinig tot geen emotie. Zijn enige waardering bestond uit het even verrast optrekken van zijn wenkbrauwen.

'Ben ik te vroeg?' vroeg hij.

'Nee, ik ben bijna klaar. Wil je misschien even binnenkomen?' nodigde ze hem uit.

Hij liep achter haar aan de voorkamer in.

'Wat een prachtige kamer,' zei hij spontaan. Bewonderend keek hij om zich heen.

Waar had ze deze bijzondere meubels vandaan gehaald, vroeg hij zich af. De suitedeuren waren dichtgeschoven. De lage avondzon scheen dwars door de glas-in-loodpanelen, waardoor de kleine kamer in een sprookjesachtig licht baadde.

'We kunnen gaan,' klonk de stem van Lottemarie achter hem. Hij draaide zich om en knikte.

Zwijgend ging hij haar voor naar de auto.

De gelegenheid die Paul Conradie had uitgekozen, lag verscholen in de bossen. Het restaurant was ruim en vooral licht door de grote hoeveelheid ramen en twee grote glazen serres. Overal stonden planten, maar nergens waren ficussen, sanseveria's, gatenplanten en philodendrons te bekennen. Gelukkig maar, want Lottemarie had een hekel aan bloemloze staakplanten.

Alles ademde een luchtige, lichte, bijna tropische sfeer.

Ze kregen een tafel vlak voor een raam dicht bij een van de serres. Naast hen zat een groepje vrouwen aan een tafel.

'Een uitgelezen plaats voor geheime ontmoetingen, zo diep in het bos,' merkte Paul lachend op. 'Hier worden de meeste plannen gesmeed die het daglicht niet kunnen verdragen.'

Vreemd, net als die eerste keer in het restaurant op de Brink voelde Lottemarie zich volledig op haar gemak. Overal klonk het zachte gemurmel van stemmen en het tinkelen van bestek. Er heerste een vredige stemming.

'Dus Lucie waagt de sprong en gaat zich mengen onder het Larense volkje,' merkte Paul een beetje lachend op.

'Vind je het zo vreemd dat ze erbij wil horen?' vroeg Lottemarie.

'Jij wilt toch ook niet op een eiland wonen? Ik tenminste niet.'

'Maar om zo je best te moeten doen...' Paul keek haar sceptisch aan.

'Zo erg is het nu ook weer niet. Misschien is het lezen van die boeken over cultuur wel wat overdreven geweest, maar ik wist niet hoe ik het anders moest aanpakken. En Lucie vond het wel interessant. Het gaf haar ook meer zelfbewustzijn en dat heeft ze wel nodig, zeker naast een figuur als haar man.'

'Wat is er met die man aan de hand?' wilde Paul weten.

'Ach, hij is wat dominant.' Lottemarie ging niet verder op de vraag in. Je zat anders vrij snel op de roddeltoer en daar had ze geen zin in. Jan van den Homburg had dat ook weer niet verdiend.

Ze bekeken de menukaart en bestelden hun keuze.

'En voor nu een fles rode wijn. Je houdt toch wel van wijn?' Paul Conradie keek Lottemarie vragend aan.

Ze knikte.

Toen de ober de wijn had ingeschonken, vroeg Paul opeens: 'Mag ik je iets vragen?'

Lottemarie knikte.

'Heb je een vriend?'

'Dan zou ik, denk ik, hier niet zitten,' antwoordde ze.

Even bleef het stil. 'Heb je een vriend gehad, want ik kan me nauwelijks voorstellen dat dat niet het geval is.' Hij keek haar onderzoekend aan.

Even aarzelde ze. Ach, waarom niet, ze kon hem gerust vertellen wat er was gebeurd, zonder dat hij het aan de grote klok zou hangen.

'Nadat ik een ongeluk had gehad, heeft mijn vriend het uitgemaakt. Dat ongeluk heeft die breuk alleen maar versneld,' voegde ze er snel aan toe. 'Hij had voor die tijd al iemand anders... mijn beste vriendin.'

Er viel een stilte. Paul Conradie keek het meisje meelevend aan. Ze werd er verlegen van.

'En toen?' vroeg hij na de korte pauze.

'Niets. Ik denk er bijna niet meer aan. En volgens mijn grootmoeder ben ik voor erger bewaard gebleven, dus ik mag niet zeuren.' Ze lachte even snel. 'Het is alleen jammer dat de twee mensen die je volledig vertrouwde, dit hebben gedaan. Je zelfrespect krijgt zo'n deuk.'

'Daar heb je nu toch geen last meer van?' vroeg hij.

Lottemarie haalde haar schouders op. Hoe moest ze uitleggen dat het tijd nam, veel tijd om over zoiets heen te komen. Ze moest maar snel een ander onderwerp aansnijden. Het had natuurlijk geen zin om te vragen of hij ooit een vriendin had gehad, want dat wist ze al van zijn grootmoeder. Hij was een verstokte vrijgezel die zijn vrijheid koesterde.

'Misschien ben ik nu onbescheiden en je hoeft niet te antwoorden, maar houd je nog van die man?' vroeg Paul Conradie voorzichtig.

'Nee, niet meer, maar ik weet niet hoe ik zal reageren als ik hem weer zie. Ik bedoel…' Ze haalde wat verward haar schouders op.

Vloog er werkelijk even een trek van teleurstelling over dat strakke gezicht of verbeeldde ze zich dat maar?

'Ik moet even iets uit de auto halen,' zei hij plotseling. Hij stond op en liep weg.

Verbaasd keek Lottemarie hem na. Hij was toch niet boos? En wat voor belangrijks moest hij nu uit zijn auto halen?

Plotseling hoorde ze een hoge stem lacherig zeggen: 'Dolly Parton heeft uitnodigingen gestuurd.' Er klonk onderdrukt gelach.

Lottemarie fronste haar wenkbrauwen. Dolly Parton, uitnodigingen?

Voorzichtig keek ze opzij naar het groepje vrouwen dat naast haar aan een tafel zat. Ze zagen er chic gekleed uit, maar wel P.C. Hooft-chic, een heel verschil met de stijlvolle kleding van grootmoeder Cecilia en Millie van Stoetwegen.

De hoge stem kwam van een plompe vrouw van ongeveer vijftig jaar die gekleed was in een duur, zijden mantelpak dat haar beslist niet stond, zag Lottemarie met een kennersoog. De rok was net iets te krap en het smalle leren ceintuurtje benadrukte het vorm-loze middel van de vrouw.

Wie bedoelde die vrouw met Dolly Parton, vroeg Lottemarie zich af. Opeens flitste er een gedachte door haar heen. Lucie leek spre-kend op Dolly Parton. Het zou toch niet over Lucie gaan? Hè, eigenlijke wilde ze niets meer horen.

De hoge stem vol leedvermaak ging zacht verder, maar nog luid genoeg dat Lottemarie hem kon horen.

'En we mogen gelijk van hun wijn proeven. Van het Huis Van den Homburg, hoe vinden jullie dat! Ik heb nog nooit van dat huis gehoord. Opschepperij. Ik weet niet of ik erop inga, dat vrouwtje is zo ordie.'

'Hoe weet jij dat toch allemaal, Bartiene?' vroeg een temerige vrouwenstem nieuwsgierig.

'Kind, ik zie weleens wat en soms gebruik ik een hulpmiddeltje,' antwoordde Bartiene.

'Je bedoelt een verrekijker,' mengde zich nu ook een andere vrou-wenstem, waarin opwinding vermengd met onheilig plezier door-klonk, in het gesprek.

Het ging dus wel over Lucie, wist Lottemarie. Wat vreselijk pijn-lijk. De vrouw die aangesproken werd met Bartiene was de achter-buurvrouw met de verrekijker op zolder. Ook zij had een uitnodi-ging ontvangen. Het liefst was Lottemarie opgestaan en verhuisd naar een andere tafel.

'Wat is er? Waarom kijk je zo ernstig?' Paul Conradie kwam terug met een pakje in zijn hand. Hij keek haar vragend aan, terwijl hij weer ging zitten.

'Die vrouwen…' zei ze zacht.

'Welke vrouwen?' fluisterde hij.

'Naast ons aan die tafel. Ze hebben het over Lucie.'

Paul ging rechtop zitten en scherpte zijn oren.

'Ik wilde weten wat voor vlees we in de kuip hadden, toen die nieu-we mensen hier neerstreken. Je kent mijn standpunt: in liefde en oorlog is alles geoorloofd. We moeten Laren verdedigen tegen nieuwkomers die hier niet horen. Deze luitjes passen hier niet. Zo vreselijk ordinair. Vooral die vrouw ziet er niet uit. Hoewel, de laatste tijd draagt ze betere kleren, maar in het begin... Jullie willen het niet geloven, tijgerprintjes, van die afschuwelijk glanzende bloezen...'

'Maar Clarice zegt dat ze heel hartelijk en heel aardig is. Toen die Lucie, want zo heet ze geloof ik, de eerste keer bij haar op visite kwam, nam ze een zelfgemaakte taart mee. Claartje vond hem verrukkelijk. En ze moet ook geweldige bonbons kunnen maken.' De vrouw met de temerige stem was amper te verstaan.

'Jullie kennen Claartje, die vindt iedereen aardig,' merkte Bartiene op. 'Nou ja, misschien kan ik die Dolly weleens inhuren als ik een feest geef. Kan ze voor mij taarten bakken en bonbons maken. Ik ben dan vast een stuk goedkoper uit. Is dat vrouwtje tenminste hier nog van enige nut.'

'O Bartiene, je bent me er eentje.' Er klonk onderdrukt gelach.

'Mijn heden, een banketbakker in mijn achtertuin. De buurt gaat er beslist niet op vooruit. We moeten er werkelijk iets aan doen.'

Paul Conradie stond op. 'Kom, neem je glas mee,' zei hij kalm. 'In de andere serre is nog plaats. We gaan daar naartoe.' Hij greep Lottemarie bij de hand en trok haar achter zich aan naar de tweede serre. 'We willen liever hier zitten,' legde hij de toegesnelde ober uit.

Toen ze opnieuw hun plaatsen hadden ingenomen, zei hij: 'Jammer dat dat stel uitgerekend naast ons zat. Ik had je graag deze opmerkingen willen besparen. Trek het je verder niet aan. Je zult zien dat niet alle vrouwen zo reageren. Die vinden het vast leuk om op die housewarmingparty te komen.' Zijn stem klonk troostend.

Toen legde hij een pakje op de tafel neer voor Lottemarie.

'Voor mij?' vroeg ze verbaasd.

Hij knikte. 'Maak maar open.'

Het was een gedichtenbundel, *De oude kustlijn* van M. Vasalis.

Lottemarie kreeg een diepe kleur en keek hem aan. Hoe wist hij dat ze van gedichten hield?

'Je lijkt me het type dat van gedichten houdt,' antwoordde hij op haar onuitgesproken vraag. Waren haar gedachten dan zo duide-lijk van haar gezicht te lezen, vroeg ze zich af. 'Dankjewel,' zei ze een beetje overrompeld.

'Ik hoop dat je aan me denkt als je ze leest,' vervolgde hij luchtig. 'Ik ga voor een paar maanden naar Amerika.'

Hè, nee, dacht ze opeens teleurgesteld, maar ze wist haar gezicht volkomen in de plooi te houden. 'Wat ga je daar doen?' vroeg ze toen op neutrale toon.

'We hebben een uitgeverij overgenomen om voet op Amerikaanse bodem te krijgen,' antwoordde hij. 'Ik kan natuurlijk een zaak-waarnemer sturen, maar liever neem ik daar zelf een kijkje, dan weet ik tenminste waar ik aan toe ben.'

'Wanneer vertrek je?'

'Overmorgen.'

Overmorgen al? Wat zou Laren vreselijk leeg en saai worden zon-der hem. Niet meer dat spannende gevoel hebben dat ze hem mis-schien ergens tegen zou kunnen komen.

'Dat is vlug,' merkte ze op.

Hij knikte.

Ondanks het tegenvallende begin en het naderende afscheid werd het een gezellige avond. Ze praatten over allerlei dingen. Het bleek dat ze over veel zaken hetzelfde dachten.

Aan het eind bracht Paul haar naar huis. Toen ze voor de deur stonden, wist Lottemarie niet goed wat ze moest doen, hem uit-nodigen of niet?

Paul zag haar aarzeling en onzekerheid. 'Ik kom niet meer bin-nen,' zei hij, waarmee hij haar uit haar ongemakkelijke situatie hielp.

'Wel, dit wordt dan een afscheid voor een paar maanden.' Hij keek haar met zijn ondoorgrondelijke gezicht aan.

Vindt hij het even erg als ik, vroeg Lottemarie zich af. Waarom liet hij bijna nooit merken wat hij voelde?

Opeens gleed er een glimlach over zijn strenge gezicht. Snel legde hij zijn armen om haar heen, trok haar dicht tegen zich aan. Ze voelde zijn harde lichaam tegen het hare, voelde hoe zijn hart met zware slagen bonsde. Een vreemde sensatie stroomde door haar heen. Ze slikte, wilde zeggen 'Laat me alsjeblieft niet meer los.' maar zag de dwaasheid van haar woorden dadelijk in.

Hij boog zijn gezicht naar het hare en kuste haar vluchtig op de mond. 'Tot ziens, lieve Lotte,' zei hij. Hij liet haar abrupt los, draaide zich om en stapte de auto in.

Verward en ook treurig keek Lottemarie de wegrijdende auto na. De rode achterlichten verdwenen in het donker van de nacht.

Lottemarie lag in bed en was klaarwakker. Ze had het gordijn opengelaten zodat ze de nachtblauwe sterrenhemel kon zien. Het boekje met de gedichten lag op het nachtkastje. Voordat ze naar bed ging, had ze het doorgebladerd en was blijven steken bij een gedicht over dooi.

> *Een witte ochtend, eerste dooi.*
> *De lucht wit-grijs, egaal gespreid*
> *en aan de lange horizon*
> *welt nu een witte zon.*

De woorden hadden haar geraakt. Ze had meteen de witte wintermorgen in gedachten kunnen zien. Het koele, ingetogen begin van een dag volop zachte grijstinten, zonder felle kleuren en harde geluiden.

Gedachten cirkelden in haar hoofd en vragen stapelden zich op. Waarom had hij haar uitgenodigd en waarom had hij haar soms met zo'n speciale blik aangekeken, zodat ze helemaal warm vanbinnen was geworden? Als hij niets met meisjes en vrouwen te maken wilde hebben, waarom vroeg hij haar dan mee uit? En dan die gedichtenbundel, wat bedoelde hij met: Ik hoop dat je aan me denkt als je ze leest? Wat betekende die afscheidskus? Zij die jaren had geleefd in een modewereld waarin zelfs gezworen vijanden elkaar kusten, was in opperste verwarring geraakt. Lottemarie streek voorzichtig met haar vingers over haar mond. Ze zuchtte diep. Waarom was het leven zo ingewikkeld? Zeiden mensen nu maar heel direct hoe ze over elkaar dachten, maar tegelijk wist ze dat dat niet mogelijk en ook niet leuk zou zijn. Spanning, verwondering en romantiek zouden niet meer bestaan. Ze vond het vreselijk dat hij naar Amerika ging en dan nog wel voor een paar maanden. Ja, ze was verliefd op hem, gaf ze uiteindelijk toe, ze was verliefd op Paul Conradie.

De hoeveelheid positieve antwoordkaarten viel absoluut niet tegen. Slechts een enkeling had een afbericht gestuurd.
Lucie, Daisy en Lottemarie zaten aan de lange keukentafel met de stapel kaarten voor zich. Lucie was enorm in haar sas, maar ook een beetje bang. 'Als alles maar goed loopt,' zei ze zorgelijk.
'Kappen, mam, wees nou niet zo'n angsthaas. Natuurlijk loopt alles goed. En wat dan nog als het niet gaat zoals het zou moeten gaan? Ze slaan je hoofd er toch niet af?' Daisy van den Homburg keek haar moeder een beetje geïrriteerd aan. Mam moest niet zo zeuren. 'Zeg, wanneer gaan jij en Lotte naar Amsterdam om kleren te kopen? Want ik ga wel mee, hoor,' ging Daisy verder. 'Zeker weten dat ik ook van de partij ben als al die Larense vrouwen hier komen. Dat vind je toch wel goed?'
'Vraag maar aan je vader,' antwoordde Lucie.
'Waarom? Als jij het toch goedvindt... Jouw toestemming is net zoveel waard als de zijne, hoor. Je moet es wat meer voor jezelf opkomen,' merkte Daisy snibbig op.
'Dais, vraag het nou maar effe aan je vader. Dat heb ik liever,' zei Lucie smekend. Alsjeblieft, geen ruzie. Dat kon ze er nu niet bij hebben. Ze was toch al zo zenuwachtig. Ze moest nodig weer es een keer naar haar vriendinnen. Ze had ze al zo lang niet gezien. Ja, Melanies verjaardag kwam er natuurlijk aan, maar ze had hun hulp nú nodig. De meiden konden haar zo heerlijk oppeppen. Wacht, misschien was het wel een goed idee om na afloop van het winkelen even bij hen aan te gaan. Maar het leek haar wel wijzer om het plannetje voor zich te houden, want ze wist niet hoe Lottemarie zou reageren. Die was af en toe wat wonderlijk, vond Lucie.

'Maar dat is toch vanzelfsprekend, Dais,' zei Jan van den Homburg. Hij keek zijn dochter lichtelijk verbaasd aan. 'Natuurlijk ben je van de partij als de buurt op visite komt. Ik had niet anders verwacht.'

'Vind je het dan ook goed dat ik met mam en Lottemarie meega naar Amsterdam om kleren te kopen?'

'Prima. Mochten ze bij jou op school achter dat spijbelen komen, dan stuur je ze maar onmiddellijk naar mij toe. De eventuele boete betaal ik toch zeker uit mijn kontzak,' zei Jan onverschillig. 'Koop meteen maar iets leuks voor jezelf, Dais. Ik moet wel goed tevoorschijn komen met mijn dametjes.'

'Vet cool, pa.' Daisy viel haar vader om de hals en troggelde hem gelijk een paar honderd euro af. Je kon alles van hem zeggen, maar haar vader was beslist niet gierig. Pa keek niet op een eurootje meer of minder.

'Ik breng jullie wel naar Amsterdam, Dais. Ik moet toch ook die kant op. Vertel het maar aan je moeder. Hoeven jullie je geen zorgen te maken waar je de auto moet parkeren.'

Daisy keerde triomfantelijk terug naar de keuken. 'Voor elkaar, ik mag mee. We gaan dan toch zeker eerst naar de P.C. Hooft?' vroeg ze stralend.

Er ging een kleine schok door Lottemarie heen. Ze slikte. Stom, daaraan had ze even niet gedacht. Concertgebouw, Van Eeghenstraat, P.C. Hooftstraat, Vondelpark... De straatnamen dwarrelden door haar hoofd en al die namen hoorden bij Edgar; al die straten vormden het leef-, woon- en winkelgebied en volgens oma Cecilia het jachtgebied van Edgar Broese. Daar woonde hij in een groot, gerenoveerd pand aan de Van Eeghenstraat. Daar bevond zich ook zijn firma. Hoe vaak hadden zij niet samen gewinkeld in de P.C. Hooftstraat. Edgar was er dol op. Daar voelde hij zich als een vis in het water tussen al die mensen met geld en status. Pas nu kon Lottemarie duidelijk zien wat voor soort man Edgar Broese eigenlijk was. Ze kon zich nauwelijks meer voorstellen dat zij ook deel had uitgemaakt van dat toch wel buiten de werkelijkheid staande wereldje van glitter en glamour. Maar stel dat ze Edgar daar zou tegenkomen? Het idee bezorgde haar een gevoel van lichte afkeer. Maanden had ze wanhopig verlangd om Edgar te zien of maar een glimp van hem op te vangen en nu bezorgde dat idee haar, tot haar verbazing, opeens weerzin. Waar kwam dat gevoel vandaan? En wat moest ze in hemelsnaam doen als hij opeens opdook tussen het winkelende publiek met misschien wel een nieuwe vlam aan zijn arm? Negeren en doen alsof ze hem niet zag? Of zou ze een winkel ingaan en wachten tot hij verdwenen was? Zou ze erg schrikken? Nou ja, het zou toch wel heel erg toevallig zijn als ze hem daar zou tegenkomen. Waarschijnlijk zat hij nu in het buitenland om de een of andere lucratieve reclameopdracht binnen te halen. Ze moest zich maar een beetje minder zorgen maken en meer van het leven genieten.

Op een stralende zomerdag, begin juni, de dag dat ze in Amsterdam zouden gaan winkelen, wachtte de zwart glanzende Lincoln Zephyr met zacht zoemende motor op zijn passagiers voor de open voordeur van het landhuis. Jan van den Homburg stond naast de wagen en keek ongeduldig op zijn horloge. 'Komen jullie nou nog!' schreeuwde hij naar binnen.
Haastig kwamen Lucie, Daisy en Lottemarie naar buiten.
'Pa, doe niet zo knorrig, de zon schijnt, hoor,' merkte Daisy snibbig op.
'Sst,' zei Lucie waarschuwend. Jan was de laatste tijd zo snel aangebrand, Daisy moest zich maar even inhouden.
Schouderophalend nam Daisy plaats naast Lottemarie op de achterbank van de auto.
Meteen gleed de auto de oprijlaan af.

Geruisloos reden ze over de A1 richting Amsterdam. Lottemarie moest toegeven dat er met de autokeuze van Jan van den Homburg niets mis was. De Lincoln was bijzonder comfortabel en van alle gemakken voorzien.
Met opzet waren ze iets later weggereden om buiten de ochtendspits te blijven.

Lottemarie keek afwezig uit het raam. Hier zat ze dan in een auto met drie mensen die ze een jaar geleden nog niet kende, een tijd waarin ze bij moest komen van de venijnige tik die het leven haar had uitgedeeld. Alleen de heer des huizes had ze ontmoet, maar Lucie en Daisy waren toen nog volstrekt niet in beeld geweest. Nu kende Lottemarie hun dromen, hun verlangens, maar ook hun zorgen en problemen.

'Waar denk je aan?' klonk de stem van Daisy naast haar.

'Ik dacht eraan dat ik jullie een jaar geleden nog niet kende,' antwoordde Lottemarie.

'Raar hè, ik heb het idee dat ik je al jaren ken,' merkte het meisje een beetje verbaasd op.

'Dat vind ik nu ook,' zei Lucie vanaf de voorbank. 'Je mag best weten dat we ontzettend blij met je zijn, Lotte. Je hebt ons allemaal zo geweldig geholpen.'

Lottemarie kreeg een kleur van het compliment. 'O, maar ik ben ook blij met jullie, hoor,' merkte ze haastig op. Het was geen beleefdheidsfrase, maar werkelijk gemeend. Zij hadden ervoor gezorgd dat Lottemarie bijna geen tijd had gehad om te piekeren. Door hen had haar leven weer een doel gekregen en was het ongeluk en de daaropvolgende verbroken relatie naar de achtergrond verdrongen.

Jan van den Homburg keek in zijn achteruitkijkspiegel naar Lottemarie. Nog steeds had ze dat geheimzinnige over zich, maar die droevig melancholieke blik was tenminste wel uit haar ogen verdwenen. Ja, Bambi zag er een stuk gelukkiger uit, hoewel ze op dit moment wel wat zenuwachtig leek te zijn, of vergiste hij zich?

Ze reden Amsterdam binnen. Lottemarie zuchtte onmerkbaar. Bah, dat onrustige gevoel dat maar niet weg wilde. Stel je nou toch eens voor dat ze plotseling Edgar tegenkwam. Nee, niet verder denken. Er lag een vrolijke dag vóór haar die ze niet moest laten bederven door bang te zijn voor een onverwachte ontmoeting.

Bij het kruispunt Van Baerlestraat-P.C. Hooftstraat liet Jan van den Homburg zijn passagiers uitstappen.

'Als jullie nou veel van die tassen hebben, blijf daar dan niet de hele dag mee sjouwen, maar rijd met een taxi naar mijn kantoor en geef ze daar af. Dan kunnen jullie nog fijn winkelen in het centrum,' stelde hij voor.

'Pap, cool,' zei Daisy tevreden. 'Zeg, we gaan toch zeker ook naar het Magna Plaza?' Ze keek Lucie en Lottemarie aan. 'Daar heb je zulke geinige winkels. Heel veel giftshops en winkels met speciale spijkerbroeken. Ben jij er weleens geweest, Lot?' Vragend keek Daisy Lottemarie aan, die ontkennend haar hoofd schudde.

'Het is er zo leuk. We gaan er toch wel naartoe, mam?' Daisy gaf haar moeder een arm.

'Tuurlijk, wijfie, als jij dat wilt, gaan we ook effe naar het Magna Plaza,' zei Lucie knikkend. En daarna gaan we mooi naar de Albert Cuyp, voegde ze er in gedachten aan toe. Maar die verrassing hield ze nog even voor zichzelf.

'Heb je genoeg geld bij je?' vroeg Jan van den Homburg aan zijn vrouw.

'Meer dan genoeg,' antwoordde Lucie.

'Ook contant voor een taxi?'

Lucie knikte. 'Ga nou maar, Jan, we redden het wel,' zei ze. Stralend keek ze om zich heen. O, heerlijk Amsterdam! De drukte van de auto's, de mensen in hun mooie, luchtige zomerkleren, de winkels... En geen boom te zien.

De P.C. Hooftstraat was druk met winkelend publiek. Daisy keek haar ogen uit. Vrouwen in de meest exotische creaties begroetten elkaar met luchtzoenen, zo noemde Daisy altijd de drievoudige kussen die de gezichten niet raakten maar in de lucht bleven hangen.

De terrasjes zaten vol met druk babbelende mensen. Grote, vooral buitenissige auto's en SUV's hoog op de wielen reden langzaam voorbij. De passagiers keken verveeld voor zich uit, maar hielden ondertussen nauwlettend iedereen die ertoe deed, goed in de gaten. Kijken en bekeken worden, daar draaide alles om.

Met z'n drieën slenterden Lucie, Daisy en Lottemarie langs de winkels. Bij een chique Franse modezaak kocht Lucie een uitermate elegante jurk.

'Bij Gucci hebben ze vast schoenen en accessoires in een bijpassende kleur,' adviseerde de verkoopster. 'En voor een tasje kunt u het beste even naar Louis Vuitton gaan. Ze hebben daar juist een nieuwe lichting beeldschone tasjes binnengekregen.'

Lucie knikte dankbaar. Gelukkig, die verkoopster viel reuze mee. Helemaal niet uit de hoogte of zo. Nog steeds voelde ze zich enigszins geïntimideerd door personeel van dure en chique winkels, nog steeds was ze niet gewend aan het idee dat ze rijk was.

Toen ze weer op straat stonden, keek Lottemarie om zich heen. Ze was nooit zo dol geweest op deze winkelstraat. Liever winkelde ze in Brussel, in het luxueuze, overdekte Galeries Royales Saint-Hubert, een van de mooiste winkelcentra van Europa. Als ze daar liep, had ze toch de indruk dat er een heel ander publiek rondliep. Niet zoveel mensen die overduidelijk te koop liepen met hun geld. En van populaire BN'ers wilde Lottemarie helemaal niets weten. De P.C. Hooftstraat was haar te arrogant en eigenlijk alleen gericht op een klein, zeer welgesteld publiek van bekende Nederlanders en nieuwe rijken. Haar blik viel op Lucie die intens genoot. Lottemarie lachte vertederd. Zo'n lief, argeloos mens.

Onvoorstelbaar, bijna twee jaar geleden was dit haar werkterrein geweest. Hier werden soms de foto's voor de modebladen op locatie genomen. Aan het begin van haar carrière had ze weleens een modeshow gelopen in sommige winkels. Zouden ze zich haar nog herinneren? Waarschijnlijk niet. Deze wereld bestond voornamelijk uit vluchtige contacten. Daarbij, ze was veranderd, wist Lottemarie zelf en dat kwam niet alleen door haar gekortwiekte haren en de beschadiging aan haar gezicht. Die verandering was van binnenuit gekomen. Ze vroeg zich af of Edgar haar nog wel zou herkennen, als ze elkaar plotseling zouden ontmoeten. Meteen duwde ze de gedachte weg. Niet meer aan het verleden denken. Dat had ze definitief afgesloten. Daisy's enthousiaste uitroep riep haar tot de werkelijkheid terug. Ze wees op een boetiek met een moderne pui van glas, spiegels en glanzend staal. 'Kijk, Shoebaloo! Daar kun je zulke leuke schoenen kopen! Zullen we even naar binnen gaan, mam?' Daisy trok haar moeder mee, maar Lottemarie liep langzaam door en bleef staan voor een etalage van een zaak met avondtoiletten.

Haar ogen dwaalden langs de modepoppen die gehuld waren in de prachtigste creaties en richtten zich vervolgens op de spiegel die een deel van de achterwand vormde. Ze was meer geïnteresseerd in het winkelende publiek dat voorbij wandelde en voor het overgrote deel bestond uit overslanke vrouwen in stijlvolle outfits. Lottemarie vond het altijd heerlijk om naar mensen te kijken. Ze vroeg zich vaak af waar die mensen woonden en hoe hun levens in elkaar staken. Opeens maakte haar hart een paar overslagen. Haar knieën leken haar op een vreemde manier niet meer te kunnen dragen. Haastig stak ze haar hand uit en steunde daarmee tegen het etalageraam. Uitgerekend nu! Waarom was ze niet met Lucie en Daisy de winkel binnengegaan? Een mengeling van schrik, spanning en verwarring kwam over haar. Haar hart bonsde als een razende, haar mond voelde opeens droog aan. Edgar? Een man met blond, krullend haar dat als een soort glanzende helm om zijn hoofd lag, drentelde voorbij, een lichtgrijs jasje achteloos over de schouder geslagen. De andere arm lag om de schouders van een jong meisje met donkerrood, krullend haar. Lottemarie zag alleen het achterhoofd van de man. Het meisje zei iets wat ze zelf zeker erg leuk scheen te vinden, want ze lachte klaterend. Nu draaide de man heel langzaam zijn hoofd om.

Een diepe, trillende zucht van opluchting ontsnapte aan Lottemaries mond. Gelukkig, het was een vreemde en niet Edgar Broese. Ze zag in de spiegel hoe de blikken van de man verveeld langs het publiek gleden. Langzaam verdween het stel in het winkelende publiek.

Lottemarie had het gevoel of ze aan een soort ongeluk was ontsnapt. Haar knieën voelden nog steeds beverig aan. Met alle kracht vermande ze zich en ging rechtop staan. Vreselijk, was ze nu nog niet over die man heen? Het was misschien wel naïef, maar ze had echt gedacht dat een eventuele ontmoeting met Edgar haar niet van haar stuk zou kunnen brengen, maar de werkelijkheid was dus anders.

Hoofdstuk 10

Langzaam liep ze terug naar de schoenenzaak.

Daisy en Lucie kwamen de winkel uit.

'Op naar Gucci,' zei Lucie. 'Waarom ging jij niet mee naar binnen, Lotte? Ze hadden zulke leuke schoenen. Nou ja, misschien is Gucci meer voor jou. Wat zie je bleek? Voel je je wel goed?' Lucie keek Lottemarie bezorgd aan.

'Misschien een beetje last van de warmte, maar het gaat nu wel weer,' stelde Lottemarie haar gerust. 'Kom, op naar Gucci.'

Lucie was dadelijk verliefd op een paar schoenen in bijna dezelfde kleur als haar jurk. Ze zaten iets te strak, maar er was helaas geen ander stel meer in haar maat.

'Zo nauw zitten ze ook niet. Ik loop ze wel uit,' zei Lucie overmoedig tegen de verkoper die haar een beetje sceptisch aankeek.

'Zou je het echt wel doen, Lucie?' vroeg Lottemarie bezorgd. 'Een paar uur op te nauwe schoenen lopen, is geen aanlokkelijk vooruitzicht. Je feest kan er aardig door bedorven worden.'

Maar Lucie wuifde luchtig de bezwaren weg. 'Mijn voeten zijn gewoon wat uitgezet vanwege de warmte en het lange lopen.'

'Mam, zo lang lopen we nog niet,' zei Daisy waarschuwend. 'Kijk nou nog even verder. Je voeten zijn net als vrienden. Je moet ze altijd heel aardig behandelen, anders gaan ze knellen.'

Maar Lucie wilde naar niemand luisteren. 'Vrienden of niet, ik neem deze,' besloot ze vastberaden. 'Misschien koop ik ook nog wel een ander paar, maar deze schoenen wil ik absoluut hebben.'

'Dan moet je het zelf maar weten,' merkte Daisy op.

Zo verliet Lucie de schoenenzaak met een paar te nauwe schoenen.

Ze bekeken nog een paar winkels, maar langzamerhand kreeg iedereen genoeg van het rondslenteren. In een taxi reden ze naar het centrum van Amsterdam. De overvloed aan tassen gaven ze af bij het kantoor Van den Homburg en liepen daarna door naar het Rokin. Ze passeerden de bloemenstalletjes langs de Singelgracht en bewonderden druk babbelend de statige koopmanshuizen, de kleine winkels en de bijzondere boetiekjes.

Plotseling hield Daisy stil. 'Wacht es even, we hebben wat gemist,' zei ze. Het meisje keerde zich om en liep snel een eindje terug. Weggedoken tussen twee hoge herenhuizen stond een klein huis met een groot, halfrond raam. Aan de bovenkant was het glas versierd met een rand art deco bloemmotieven. Links van het raam was een soort poortje met dubbele, donkergroen geschilderde deuren; aan de rechterkant van het raam zat een winkeldeur met kleine ruitjes. Daisy bleef staan voor het halfronde raam. Ze boog zich voorover en tuurde naar binnen.

'Wat heeft Dais nou opeens?' vroeg Lucie verbaasd aan Lottemarie, die haar schouders niet-begrijpend ophaalde.

Daisy wenkte. Lucie en Lottemarie liepen terug.

'Vinden jullie dit niet geweldig?' Daisy wees op het raam. 'Dit was vroeger een winkel. Kijk maar, er staat nog een toonbank.'

Met z'n drieën keken ze zoekend naar binnen.

'Mam, dit is het,' zei Daisy met glinsterende ogen.

'Wat bedoel je?' vroeg Lucie verwonderd.

'La Bonbonnière!'

'La Bonbonnière?' herhaalde Lucie verbaasd.

'Ja, je winkeltje met zelfgemaakte bonbons, weet je wel? Dat noem je natuurlijk La Bonbonnière. Zojuist bedacht, geniaal, hè? Dit is precies de goede plek, mam, beter kun je het niet treffen. Midden in de grachtengordel. Al die rijke lui komen bij je langs om jouw beroemde, handgemaakte bonbons te kopen. Een euro per stuk, want je moet natuurlijk niet goedkoop zijn.' Met enthousiaste gebaren schilderde Daisy de toekomst van haar moeder. Ze zag het helemaal zitten.

'Daisy, stop!' zei Lucie. 'Draaf niet zo door. Wie zegt dat het te koop staat? Er hangt nergens een bord.'

'Interesse, dames?' klonk het opeens in onvervalst Amsterdams boven hen.

Ze keken omhoog en zagen een man die met zijn armen over elkaar uit een raam leunde.

'Wacht, ik kom er effe aan.' De man verdween en verscheen even later in de deuropening van zijn huis.

'Het zakie staat net leeg. Het was van Cor, de fietsenmaker. Willen jullie het soms effe vanbinnen bekijken? Ik heb de sleutel.'

Nee, wilde Lucie roepen, maar ze kon geen woord uitbrengen. Dit ging helemaal de verkeerde kant op.

'We willen de winkel heel graag vanbinnen zien,' zei Daisy.

De man draaide zich om om de sleutel te halen.

'O Dais,' jammerde Lucie. 'Wat doe je nou? Je weet toch dat je vader niet wil hebben dat ik een winkeltje begin? Nou laat je die man helemaal voor niks een sleutel halen.'

'O mam, kijken kan toch geen kwaad? Je hoeft toch niet meteen te kopen,' vond Daisy. Ze tuurde weer door het raam naar binnen. 'Ik zie ook een tuin,' zei ze.

De man kwam weer naar buiten. Hij liep op de winkeldeur af en stak de sleutel in het slot. 'Kom maar verder,' zei hij.

Ze liepen achter hem aan een voorportaaltje door en kwamen in de ruimte met de toonbank. Er hing nog een typische lucht van een fietsenwerkplaats: een mengsel van rubber, smeervet, peut en metaal. De betonnen vloer was bedekt met zwarte smeervlekken en uitgelopen oliespatten, maar het eikenhouten balkenplafond was onbeschadigd. Ook de oude tussendeuren waren nog helemaal intact.

'Zoals ik al zei, deze werkplaats was van Cor Boon. Hij verkocht tweedehandsfietsen. Nou, dat werd geen succes. Allereerst kopen die steenrijke lui van de grachtengordel echt geen tweedehandsfietsen. Die kopen liever hippe racefietsen met achttien of twintig versnellingen. En als Cor al een klant had, kon hij de fiets geen minuut buiten laten staan, want hij werd bijna onmiddellijk gestolen.' De man snoof nadrukkelijk. 'Ik zei tegen Cor: "Jochie, je zit verkeerd. Jouw publiek woont in de Pijp of in de Jordaan, maar niet hier." Dat zag ie ook wel in. En nou zit ie in Almere.' Nu zuchtte de man diep. 'Almere,' mompelde hij nog een keer meewarig hoofdschuddend voor zich uit.

'Wat zit er achter die deur?' vroeg Daisy. Ze wees op een deur in de linkermuur.

'Daar had Cor vroeger een soort fietsenstalling. Maar al snel sloot hij de stalling. Er waren geen klanten voor.'

De man opende de deur. Ze zagen een ruimte die langs de hele diepte van het huis liep. Een dubbele deur sloot de ruimte af. Nu begrepen ze ook meteen waarvoor de groen geschilderde deuren aan de buitenkant dienden.

'Hier kun je een opslagplaats van maken, mam, of een keuken,' stelde Daisy enthousiast voor.

'Boven is er ook een keuken, hoor,' zei de man snel.

Lucie zei niets. Ze keek haar ogen uit. Dit zag er nu precies uit als de vervulling van haar dromen: een knusse winkel met een aangrenzende keuken waarin ze zich kon uitleven op het maken van bonbons en andere delicatessen. Maar hoe kreeg ze haar echtgenoot zover? Jan was soms zo onbuigzaam.

'Kunnen we de tuin ook even zien?' vroeg Daisy.

'Ja meisie, natuurlijk. Ik zal de deur voor je openmaken.'

De lange tuin was omgeven door oude muren. Knoestige takken van de aangrenzende tuinen hingen er overheen.

'Hier zette Cor 's nachts weleens zijn fietsen neer. Dan wist ie tenminste zeker dat ze niet gestolen werden bij een ramkraak. Onderschat die criminele gasten niet. Die beuken zo met een wagen een winkel binnen om de buit binnen te halen. Ja, de tuin is wat verwaarloosd, maar je kunt er wel wat van maken. Zal ik boven ook effe laten zien?'

Achter elkaar liepen ze de krakende houten trap op naar de eerste verdieping.

Lucie keek rond en zuchtte diep. Hier hield ze nou van: een niet al te grote kamer met een laag balkenplafond, ruitjesdeuren, een kleine marmeren schouw voor een gezellige kachel en een houten vloer. Ze zou er onmiddellijk in willen trekken.

De achterwand had twee brede deuren.

'Hierachter zit nog een kamer.' De man schoof de deuren opzij. Brede banen zonlicht vielen door de opening in de voorkamer. Ook in deze kamer bevond zich een marmeren schouw.

'O, wat leuk! Een echte achterkamer,' merkte Lucie verrukt op.

'Als je nou ramen in de deuren zet, heb je de hele dag zonlicht in je voorkamer,' zei de man.

Lucie werd op slag verliefd op de kamers. Van haar mocht Jan de villa in Laren dadelijk verkopen. Hier zou ze gelukkig kunnen zijn. 'De keuken.' De man opende een zijdeur. Ze zagen een kleine, gezellige keuken, ook weer met een balkenplafond. Een breed raam keek uit op de tuin.

'Er moet natuurlijk wel wat aan geknutseld worden.' De man keek een beetje misprijzend om zich heen. 'Cor vond het niet nodig. Die was met niks tevreden.'

'O mam, het is toch super!' zei Daisy geestdriftig. 'Jij lekker in je winkeltje en 's zaterdags kom ik je helpen. Gezellig. En als ik ga studeren, heb ik meteen al kamers. Er is toch nog een etage?' Daisy keek de man onderzoekend aan.

'Ja, drie slaapkamers, een douchehok en ook nog een zolder met twee dakkapellen.'

De slaapkamers hadden ook brede ramen, dezelfde balkenplafonds als in de woonkamers en grenenhouten delen op de vloeren.

'Ik zie mezelf hier al zitten studeren,' zei Daisy met glinsterende ogen.

'O Dais, je loopt veel te hard van stapel,' waarschuwde Lucie haar dochter.

'Pap is stom als hij dit pandje niet koopt,' vond Daisy. 'Wat vind jij ervan, Lot? Je hebt nog bijna niets gezegd.'

'Ik vind het geweldig, Daisy, maar ik ben het wel met je moeder eens, jouw vader moet het ook maar willen.'

'We zouden hier zelfs kunnen wonen!' riep Daisy uit. 'Er zit meer ruimte in dit pand dan het huis in de Govert Flinck.'

'Dais,' jammerde Lucie. 'Pap wil niet verhuizen. Haal je nou niets in je hoofd.'

'Het komt volgende maand in de verkoop,' zei de man. 'Je moet er wel vlug bij zijn, want ik weet zeker dat dit juweeltje binnen een week verkocht is.' Hij keek zijn bezoek waarschuwend aan. 'Wat wil u er eigenlijk mee doen?'

'Mijn moeder wil een winkel waar ze haar eigengemaakte bonbons

kan verkopen,' antwoordde Daisy in plaats van haar moeder.
'Nou, da's een goed idee, mevrouwtje,' merkte de man waarderend
op. 'Alles wat maar even apart en vooral duur is, gaat er als koek in
bij de rijken. En het is natuurlijk een stuk gezelliger voor de buurt
dan een winkel met tweedehandsfietsen. Nee, zo'n bonbonneriet-
je haalt de buurt gelijk een stuk op. Ik zie dat wel zitten.'
Maar Lucie zuchtte. Eer ze Jan zover kreeg...

Ze stonden weer op straat.
Nog een keer bekeken ze het pand: het mooie raam met de bloemmotieven, de deuren en de dakkapellen die als knusse huisjes met
puntdaken in het dak waren aangebracht.
'Je moet vanavond nog met hem praten, hoor,' sprak Daisy drin-
gend tegen haar moeder. 'Zo'n kans krijg je nooit meer.'
'Jaja,' zei Lucie. 'Zeg, ik heb trek in koffie. Zullen we even een
leuk terrasje opzoeken?' Het onderwerp winkelpand moest even
van de agenda afgevoerd worden. Ze kon al zenuwachtig worden
als ze dacht aan een gesprek met Jan.

Het was drie uur. Ze hadden alle etages van het Magna Plaza beke-
ken en waren weer wandelend door de Kalverstraat teruggekeerd
op het Rokin.
'Waar haalt papa ons op en hoe laat?' vroeg Daisy.
'Ik heb afgesproken dat hij ons om vijf uur ophaalt bij de Albert
Cuyp,' antwoordde Lucie. Er verscheen een beetje een schichtige
trek op haar gezicht.
'Albert Cuyp?' Daisy keek haar moeder verbaasd aan.
'Ja, ik heb afgesproken... Ik bedoel... Ik zou zo graag even langs
de meiden gaan, bij Melanie en tante Truus. Vind je het heel erg?'
Lucie keek Lottemarie vragend aan.
'Welnee.' Lottemarie schudde haar hoofd. Ja, wat kon ze anders
doen? Zeggen dat het plan haar wat overviel? Dat ze eigenlijk geen
zin had om op bezoek te gaan bij de vriendinnen van Lucie? Dat
zou vreselijk onaardig zijn.
'Gelukkig,' merkte Lucie opgelucht op. 'Zie je, Lotte, ze willen zo

graag kennis met je maken. Ik heb het al zo vaak over je gehad en ze zijn reuze aardig.'

'Wat ben je anders uitgekookt, mam,' merkte Daisy lachend op. 'Stiekem met je vriendinnen afspreken en ons dan voor het blok zetten.'

'Nou ja zeg,' zei Lucie verontwaardigd.

Maar Lottemarie gaf Daisy in stilte gelijk.

Het was druk op de Albert Cuyp. De markt was nog in volle gang. Er liep een bonte verzameling aan nationaliteiten rond: vrouwen met hoofddoeken, afkomstig uit Marokko, Turkije of India, gewikkeld in lange overslagrokken of gekleed in kleurige sarongs; mannen in bruine of witte djellaba's en natuurlijk de geboren en getogen Amsterdammers in zomerkleding.

Overal waar ze kwamen, klonken hartelijke begroetingen en vrolijke opmerkingen.

Lucie en Daisy genoten. Alleen Lottemarie liep er wat verloren bij.

Halverwege de markt liepen Lucie en Daisy tussen de kramen door naar een hoog huis met een bruine deur die op een kier stond.

Lucie duwde de deur wijder open, waardoor een lange trap zichtbaar werd.

'Joehoe, we zijn er!' schreeuwde ze naar boven.

Een vrouwenstem gaf antwoord.

Achter elkaar liepen ze de trap op.

'Hèhè, wat een klim. Hier zijn we dan eindelijk,' zei Lucie puffend. Ze omarmde een oudere vrouw met grijs haar dat een rosachtige tint had en kuste haar op beide wangen.

'En dit is nu Lottemarie, tante Truus.' Lucie trok Lottemarie naar voren.

Lottemarie keek in een stel grijze ogen die haar kalm opnamen.

'Dag kind, ik ben tante Truus. Mag ik Lottemarie zeggen?'

Lottemarie knikte een beetje overdonderd.

'Zo Dais, meisie, wat zie je er geweldig uit. Gelukkig niet meer in de rouw, zie ik. Went het al een beetje in Laren? Nou lieverds, ga

gauw naar binnen. Melanie heeft de thee al klaar. O, Luus, we hebben Josie, Steffie en Sijt ook maar uitgenodigd. Die waren ook zo
nieuwsgierig. D'r komt niet elke dag een beroemd ex-model op
bezoek. Ja, we kennen je van de Vogue.' Er klonk een samen-
zweerderige toon in de stem van tante Truus.

Hoe kwam ze aan die kennis, dacht Lottemarie. O, natuurlijk, van
Daisy. *My lips are sealed*, had Daisy haar destijds beloofd. Dus niet.
Daisy had Lucie ingelicht en daarna was het nieuwtje snel door-
verteld aan de vriendinnen, begreep Lottemarie. De angst sloeg
haar een beetje om het hart. Waar was ze in verzeild geraakt? Ze
voelde zich alsof ze in een toneelstuk speelde van de plaatselijke
toneelvereniging. Een beetje zenuwachtig liep ze achter Lucie en
Daisy de kamer in. Na de begroeting heerste er even een onwen-
nige stilte. De dames keken Lottemarie eerst een beetje afwachtend aan, maar al snel was het ijs gebroken. De vriendinnen kenden Lottemarie per slot van rekening uit de enthousiaste verhalen
van Lucie en waren bereid om het meisje in hun hart te sluiten.

'Zo, vertel, wat hebben jullie gedaan en wat hebben jullie gekocht,'
wilde Melanie Hordijk weten. Ze had iedereen van thee voorzien
en ging nu rond met een schaal met bonbons. 'Ze zijn gekocht,
want zo lekker als Luus kan ik ze niet maken,' zei ze opgeruimd.

'Ze gaat ze binnenkort verkopen,' zei Daisy. 'In haar eigen winkeltje.'

'Hèhè, eindelijk! Dat werd tijd,' meende Truus. 'Vertel, waar staat
dat toekomstige winkeltje van jou, wijfie?' Ze keek Lucie onderzoekend aan.

'Nee, tante Truus, ik bedoel... Hè, hoe moet ik dat nu uitleggen...'

'Ga je nou een winkel kopen of niet?' wilde Melanies moeder
weten.

'Ik wil wel, maar Jan...'

'Pap wil het eigenlijk niet hebben,' legde Daisy behulpzaam uit.
'Pap zegt dat mam thuis hoort. Haar enige recht is het aanrecht,
hè, mam?' Een beetje afwachtend genietend keek Daisy de kring
van vrouwen rond. Welke vriendin zou het eerst en het felst rea-

geren: Melanie, Josie of Stefanie? Die doffe doezel van een Sijtske Blom telde natuurlijk niet mee. Die was zo ongelooflijk dom. Die dacht waarschijnlijk nog dat je, als je maar lang genoeg doorliep, van de aarde zou aftuimelen. En tante Truus zou natuurlijk ook niet meteen reageren. Die was daar te bedachtzaam voor. Tante Truus wachtte altijd even voor ze haar mening gaf.

'En neem je dat?' vroeg Melanie verontwaardigd. 'Hij heeft toch ook een eigen toko?'

'Ja Luus, je moet meer voor je rechten opkomen,' vond Stefanie snibbig. 'Je moet niet zo over je laten lopen. Jan heeft geld genoeg. Trouwens, het is ook jouw geld.'

'Dat vind ik nou ook,' zei Daisy, die het vuurtje wel wilde opstoken. 'Maar ja, ze is bang.'

'Ik ben niet bang, ik houd alleen niet van ruzie,' merkte Lucie op. Ze voelde zich aangevallen. Waarom deed Daisy dat nu? 'Ik ben heus van plan om met Jan te praten en te vragen...'

'Meid, je hoeft niets te vragen. Je zégt gewoon dat je dat winkeltje gaat kopen. Waar staat dat geval eigenlijk?' vroeg Melanie.

'Op de Singelgracht, net even over de brug bij het Koningsplein,' legde Daisy ijverig uit. 'Een hartstikke leuk pandje met drie verdiepingen. In de gevel zitten een prachtig, halfrond raam en een deur met ruitjes en in het dak zitten een stel dakkapellen. We liepen er toevallig tegenaan.'

'Toeval bestaat niet,' zei tante Truus beslist.

'Nee?' vroeg Daisy.

'Nee, meisie, wat jij en ik toeval noemen, daar heeft ons-Lieve-Heer een bedoeling mee,' antwoordde Melanies moeder. 'Toeval betekent: iets valt je toe. Dat winkeltje op de Singelgracht valt je moeder zomaar toe, Daisy. En daarom moet ze die kans met beide handen aanpakken.'

'Zie je nou wel, mam, tante Truus zegt het ook, dat winkeltje is voor jou bedoeld,' riep Daisy triomfantelijk uit.

'Of Jan dat ook denkt, moet ik nog maar afwachten,' zei Lucie.

'Als ons-Lieve-Heer het wil, heeft jouw Jan niets in te brengen,' meende tante Truus laconiek.

'Ik hoop dat je gelijk krijgt,' merkte Lucie op, maar ze was nog lang niet zeker van de goede afloop van het gesprek met haar echtgenoot.

'Laten jullie nou maar es zien wat jullie gekocht hebben,' merkte Josie op. Ze vond dat er lang genoeg was gezeurd over het winkeltje van Lucie.

Er volgden vele bewonderende oh's en ah's bij het zien van de aankopen van Lucie en Daisy.

'Wanneer ga je dat dragen, Daisy?' vroeg tante Truus argeloos, terwijl ze op een zwart, mouwloos jurkje met een brede, rode lakceintuur wees.

'Vijftien juni,' antwoordde Daisy trots.

O nee, dit gaat verkeerd, dacht Lucie in plotselinge paniek. Ze keek snel naar Lottemarie die ook opeens een beetje verschrikt keek.

'Vijftien juni? Is er dan iemand jarig?' Melanie keek Daisy vragend aan.

'Nee, dan geeft mam een housewarmingparty.'

'Housewarmingparty? Wat is dat eigenlijk?' vroeg Sijtske Blom.

'Nou, een soort kennismakingfeest voor vrienden, bekenden en buren. Dan mag iedereen ons huis bekijken,' antwoordde Daisy. 'En dan krijgen ze allerlei lekkere dingetjes.'

'Zeg, wij worden toch ook wel uitgenodigd?' Stefanie Holleman keek Lucie strak aan.

Lucie slikte. Hoe kon ze zich uit deze netelige situatie redden? De housewarmingparty was toch alleen maar bedoeld voor de buurt?

'Toch?' vroeg Stefanie nadrukkelijk. De blik in haar ogen werd beslist agressief. Lucie werd een beetje bang. Stefanie was toch al zo'n driftkikker, net Jan.

'Ja, natuurlijk,' antwoordde ze daarom haastig. 'Jullie zijn toch mijn vriendinnen?' O heer, in welk wespennest was ze nu terechtgekomen? Haar vriendinnen samen met de chique Larense dames uit de buurt... Dat betekende ellende. Wat zou Jan hiervan zeggen? Jan mocht het absoluut niet weten, besloot ze dadelijk. 'Jullie krijgen overmorgen een kaartje.'

'Gezellig, Luus, ik heb er zin in. 't Is weliswaar vlak voor mijn verjaardag, maar dat geeft niet,' zei Melanie opgewekt. 'Ik ben altijd in voor een feest.'

Lucie hoorde haar woorden met gemengde gevoelens aan.

Tegen vijven namen ze afscheid en liepen terug naar het begin van de markt.

'O Daisy,' zei Lucie, toen ze uit het gezicht van haar vriendinnen waren. Haar stem kreeg een klagende klank. 'Waarom kon jij nu je mond niet dichthouden over die winkel en over de housewarmingparty.'

'Mam, tante Truus vroeg toch gewoon wanneer ik die jurk zou dragen? Ik gaf eenvoudig antwoord, of had ik soms moeten liegen? En over dat winkeltje...' Daisy haalde haar schouders op. Waar maakte mam zich druk om?

Lucie zuchtte diep. Waarom was het leven niet eenvoudiger? Waarom was haar Jan nou niet wat moderner?

'Als je maar je mond dichthoudt tegen je vader, Dais, alsjeblieft,' ging Lucie verder. 'Hij mag absoluut niet weten dat ik de vriendinnen heb uitgenodigd, want dan krijgt hij subiet een beroerte.'

'Waarom, mam, wat is er mis met jouw vriendinnen?' wilde Daisy weten.

Lucie zuchtte. Waarom deed Daisy nou net alsof ze het niet begreep?

'Er is niets mis met ze, maar gewoon...'

'Hij schaamt zich voor jouw vriendinnen.'

'Ja... nee... Ik bedoel... Nee, natuurlijk niet,' hakkelde Lucie. 'Maar pa wil...'

'Ach mam, ik begrijp je wel. *My lips are sealed*.' Daisy maakte weer haar overbekende gebaar alsof ze haar mond met een sleutel op slot deed.

Lottemarie trok haar wenkbrauwen op en schoot in de lach. *My lips are sealed*, mooi niet. Daisy kon absoluut geen geheim bewaren.

'Waarom lach je?' vroeg Daisy argwanend.

'O, een binnenpretje,' antwoordde Lottemarie.

Daisy vertrouwde het niet erg. Lachte Lotte om haar? Want daar hield Daisy niet van. Maar Lottemarie zweeg in alle talen.

Daisy haalde haar schouders op. 'Hoe wil je het geheim houden voor papa?' vroeg ze vervolgens aan haar moeder.

'Vijftien juni heeft je vader een vergadering, waar hij echt bij moet zijn. Daarom komt hij pas thuis om een uur of zes, zeven en dan zijn de meiden al weer weg. Die willen niet in de spits terechtkomen,' legde Lucie uit.

'Dat hoop ik maar voor je. Stel je voor dat ze blijven eten,' bedacht Daisy.

'Nee, dat gebeurt niet,' wist Lucie beslist.

'Nou, ik help het je hopen.' Daisy's stem klonk bedenkelijk. 'En wanneer vertel je paps van het winkeltje? Dat moet je wel snel doen, want anders is het verkocht.'

'Misschien vanavond, maar je vader moet wel in een goed humeur zijn, anders hoef ik er niet aan te beginnen. Dan zegt hij meteen "nee".'

Daisy haalde haar schouders op. 'Ik begrijp je niet. Echt, mam, je bent soms zo onderdanig. Alsof de hele wereld om papa draait. Dus niet.'

Lucie antwoordde niet, maar haalde alleen haar schouders op. Wat kon ze anders? Dais had natuurlijk gelijk, maar Lucie wist niet hoe ze de situatie kon veranderen.

Ze hoefden niet lang te wachten op de kruising van de Albert Cuyp en de Ferdinand Bolstraat, want binnen een minuut reed Jan de auto voor.

'Nou dames, prettig gewinkeld?' informeerde hij belangstellend na de begroeting.

Iedereen knikte.

''t Wordt een lange rit, want we komen precies in de spits terecht,' merkte hij op. Er klonk een lichte ondertoon van misprijzen door in zijn stem.

'Dan had je eerder met ons moeten afspreken, pa,' merkte Daisy koeltjes op, die uitermate gevoelig was voor de klank in haar vaders stem.

'Ik zeg toch niks?' merkte haar vader op.

'Nee, maar je gezicht spreekt boekdelen.' Daisy keek naar het gezicht van haar vader dat beslist wrokkig stond. Pa moest niet zo onredelijk zijn, vond Daisy.

'Geen ruzie maken,' smeekte Lucie.

'Doen we niet, mam, ik zeg alleen maar…'

'Het is wel goed, Dais, laat papa met rust.' Lucie keek met een veelbetekenende blik achterom naar haar dochter die haar schouders ophaalde.

Het werd inderdaad een lange rit. Met optrekken, een stukje rijden en weer wachten reden ze over de A1.

Het was rustig in de auto. Iedereen had zo zijn eigen gedachten.

Lucies hoofd zat vol zorgen. Hoe moest ze Jan overhalen om dat leuke winkelpandje aan de Singelgracht te kopen, piekerde ze. Maar nog erger: hoe moest ze voorkomen dat Jan erachter kwam dat de vriendinnen ook zouden komen op de housewarming-party? Als Daisy nou maar haar mond hield, ook tegen Kevin, want die kon in zijn onnozelheid op de meest ongelegen tijden er van alles uitflappen.

'Wat ben je stil, Pollewop, het was toch wel leuk?' Jan van den Homburg keek opzij. Hij was niet gewend dat zijn vrouw zo stil was. Meestal babbelde ze honderduit, vooral als ze bij haar vriendinnen was geweest. Dan klaagde ze vaak over het heimwee dat ze prompt voelde als ze Amsterdam uit reden. 'Hoe was het met de meiden?'

'Goed, heel goed. En het winkelen was leuk, maar ik ben alleen maar moe.'

Ook Lottemarie was in gedachten verdiept. Steeds moest ze weer denken aan het voorval in de P.C. Hooft. De schrik en de verwarring die ontstonden bij de veronderstelling dat Edgar daar liep. En toch wilde ze hem echt niet terug, hoe kon dat nu? Zou iedereen dat nu hebben of was zij de uitzondering? Kon ze het maar vragen aan iemand die hetzelfde had ondervonden. Was Paul er maar.

Hoe kwam ze daar nu bij? Wat had Paul met deze situatie te maken? Nou ja, Paul... Ze glimlachte. Paul.

Daisy had eveneens zo haar gedachten. Pap móést dat winkelpandje kopen, dan kon zij mooi op kamers als ze in Amsterdam ging studeren. Het was vreselijk moeilijk om kamers te vinden, wist ze uit de verhalen. En mam zou ook een eind gelukkiger worden. Dan kon ze tenminste bonbons maken zonder dat ze ze zelf moest opeten. Leuk hoor, midden in Amsterdam. Zo je huis uit gezellig winkelen of een terrasje pikken. En in zo'n bijzonder winkeltje zag je tenminste nog es iemand. Nee, Daisy zag het helemaal zitten. Mam moest gewoon haar zin doorzetten en kon daarbij op haar volledige steun rekenen.

Tot grote opluchting van iedereen naderden ze Laren.

Lucie lag in bed. Ze keek naar het gordijn dat voor het open raam zachtjes heen en weer bewoog in de nachtwind waardoor steeds een streep zomernachthemel zichtbaar werd. Naast haar lag Jan. Zijn ademhaling ging zwaar, leek bijna op snurken. Waarom ben ik toch zo'n bangerik, dacht Lucie. Waarom zeg ik niet gewoon: Jan, ik heb een schattig winkeltje gevonden in het centrum van Amsterdam. Dat wil ik dolgraag hebben. Dan heb ik tenminste ook iets zinnigs te doen in mijn leven. Iedereen moet toch iets omhanden hebben? Alle vrouwen hebben tegenwoordig een baan, waarom ik dan niet?

Lucie zuchtte diep. De diepe ademhaling naast haar stokte.

'Kun je niet slapen, Pollewop?' klonk even later de slaperige fluisterstem van Jan van den Homburg. 'Wat is er aan de hand? Want dat er iets is, heb ik heus wel gemerkt. Je was zo stil in de auto, maar ook tijdens het eten. Vertel het maar. Wat is er gebeurd? Iets met je vriendinnen?'

'Nee,' antwoordde Lucie.

Jan sloeg stevig een arm om Lucie heen en trok haar dicht tegen zich aan. 'Vertel het nu maar, wat zit je dwars.'

'We wandelden langs de Singelgracht en toen zagen we het winkeltje.' Lucie zweeg.

'Welk winkeltje?'

'Het fietswinkeltje.'

'Het fietswinkeltje?' echode Jan verbaasd.

'Ja, het lege fietswinkeltje. Daisy zag het toevallig. En het komt volgende maand in de verkoop. O Jan, zo'n leuk pandje! Er waren wel drie etages met balkenplafonds en een tuin en marmeren schouwtjes.'

'Ho, ho, ho,' onderbrak Jan haar. Zijn toon werd iets scherper. 'Hoe weet jij nu hoe het er vanbinnen uitzag?'

'Er was een buurman met een sleutel. Die heeft ons rondgeleid. Zo gezellig. Je kunt er van alles van maken en het is helemaal geschikt...' Lucie haalde even diep adem voordat ze verderging. 'Helemaal geschikt voor een winkeltje, mijn winkeltje.'

'Jouw winkeltje?'

'Ja, mijn winkeltje, mijn bonbonwinkeltje. O Jan, stel je nu toch eens voor: een winkel waarin ik mijn zelfgemaakte bonbons kan verkopen. En het is zo'n prachtige plek! Midden in de grachtengordel. De klanten zullen in de rij staan.' Lucies fantasie sloeg bijna op hol.

Jan trok zijn arm met een ruk weg. 'Komt niets van in, Luus,' zei hij beslist. 'Zet dat idee maar gerust uit je hoofd: ik koop geen winkel voor je, hoeveel ik ook van je houd. Je weet hoe ik erover denk: in dit huishouden zorg ik, en ik alleen, voor brood op de plank.'

'Maar alle vrouwen hier in de buurt hebben een baan, Jan. Ik zie ze 's morgens allemaal wegrijden in hun cabrio's.'

'Nee, Luus, dat zie je verkeerd. Die dames rijden naar het tennis- of hockeyveld, of ze golfen, of ze gaan op visite, maar ze werken beslist niet. Dat willen die mannen hier niet. Die mensen zijn rijk genoeg, Luus. En zo hoort het, mannen werken, vrouwen blijven thuis en zorgen voor de huishouding.'

'Maar ik doe het niet voor het geld, Jan. Ik wil alleen meer met mijn leven doen. Ik kan toch niet de hele dag poetsen en boenen of alleen maar bakken?'

'En hoe moet het dan met de kinderen? Heb je je dat wel gerealiseerd, toen je aan dat stomme plannetje dacht? Daisy kan zich wel redden, maar Kevin? Je hebt vast niet gedacht aan je zoon, toen je dat winkeltje zag. Wie moet hem opvangen als hij van school komt en weer es gepest is? Nou? Een vreemde zeker. Nou, dat zal ik nooit toelaten.'

'Maar als Kevin nou in Amsterdam naar school gaat, dat zou hij geweldig vinden. Daar wordt hij niet gepest. En hij kan dan tussen de middag...'

'Ik wil er niet langer meer over praten. Het gebeurt niet,' onderbrak Jan van den Homburg zijn vrouw. Met een ruk draaide hij zich van zijn echtgenote af. Even later kondigde een zacht snurken aan dat hij in het land der dromen vertoefde.

Machteloos van woede keek Lucie de donkere kamer in. Jan was ronduit onrechtvaardig. In hun huwelijk had zíj alles moeten opgeven om zijn wensen werkelijkheid te laten worden. Zíj had haar leuke baan moeten opzeggen en zíj had moeten verhuizen, terwijl ze dat niet wilde.

Het was háár taak om Kevin na schooltijd op te vangen, als hij voor de zoveelste keer weer gepest was door die Larense ettertjes, en nooit die van Jan. Alles draaide om Jan of hij wel een leuk leven had. Haar man was een grote tiran, maar ze wist werkelijk niet hoe ze dat moest veranderen. Had ze maar iets van de agressie van Stefanie. Die wist wel raad met mannen als Jan.

Een diepe neerslachtigheid maakte zich van haar meester. Ze zag de toekomst al vóór zich: een aaneenschakeling van lege, nutteloze jaren. Tante Truus had mooi praten: toeval bestaat niet, iets valt je toe en dan moet je het pakken. Lucie wilde absoluut niet beweren dat Jan sterker was dan ons-Lieve-Heer, stel je voor, dat zou ze nooit durven zeggen, maar Jan kon de zaak aardig frustreren. Ons-Lieve-Heer moest toch echt wel voor een wonder zorgen om haar man over de streep te kunnen trekken.

Het volgende weekend ging Lottemarie naar huis.

Ze was vreselijk benieuwd naar het resultaat van het ontwerp van haar hartendoosje. Haar vader had gemaild dat de doosjes klaarlagen om opgehaald te worden.

Met een zwierige zwaai stopte ze voor de ingang van het huis. Heerlijk, thuis, even weg van de Larense problemen.

Hoewel het zaterdagmorgen was, bleek iedereen weg te zijn behalve grootmoeder Cecilia, die op het terras zat.

'Waar is iedereen?' vroeg Lottemarie, nadat ze haar grootmoeder had begroet.

'Je broers zijn aan het trainen, vraag me niet welke sport, het kan van alles zijn; je moeder moest nog snel een boodschap doen en je vader... Ik zou niet weten waar die uithangt. Nou, liefje, hoe heb je het gehad en hoe staat het met die alleraardigste Lucie? Heeft ze nu al haar winkeltje? Vertel.'

Lottemarie ging zitten en schudde haar hoofd. 'Jan, u weet wel, haar echtgenoot – af en toe zo'n vreselijk ouderwetse man – is tegen. En we hadden zo'n leuk pand op het oog.' Lottemarie vertelde over het huis aan de Singelgracht.

'Werkelijk beeldschoon, oma. Het was niet zo'n heel groot pand, maar ik kon best begrijpen dat Lucie het wilde hebben. Het leek net of je in de vorige eeuw terecht was gekomen. U kent toch wel die platen van Anton Pieck met die ouderwetse, gezellige winkels?'

Cecilia begon te lachen. 'Jij met je Anton Pieck...'

'Ik weet het, oma, u vindt het pure kitsch, maar ik vind die afbeeldingen zo knus en gezellig. Dat winkeltje was een voormalige fietsenwerkplaats. Je rook nog die typische geur die je ook ruikt in een autowerkplaats, benzine en ijzer en zo. Maar leuk! Overal van die originele details en antieke ornamentjes: een halfrond etalageraam aan de bovenkant versierd met een art deco bloemenrand, overal balkenplafonds en in elke kamer marmeren schouwtjes, en op het dak van die grappige dakkapelletjes.' Lottemarie werd door haar eigen enthousiasme meegesleept.

'Ik hoor het al, je bent er zelf verliefd op geworden,' merkte Cecilia lachend op.

'Nou, verliefd, dat ook weer niet, maar ik vond het gewoon heel leuk. Vreselijk jammer dat Lucies man er geen oren naar heeft.'

'Zit ze zo onder de plak?'

Lottemarie knikte. 'En het zal waarschijnlijk nooit veranderen, want Lucie is dol op hem, veel te dol. Heel jammer.'

'En heb je verder nog iets bijzonders beleefd?' wilde Cecilia weten.

'We hebben gewinkeld. In de P.C. Hooft.'

'De P.C. Hooft? Woonde daar niet...?' Lottemaries grootmoeder maakte haar zin niet af. Veelbetekenend keek ze haar kleindochter aan.

'Ja,' antwoordde Lottemarie kort. Ze wendde haar hoofd af en keek met niets ziende blikken de tuin in.

'Je hebt hém toch niet ontmoet?' vroeg Cecilia aarzelend.

Lottemarie schudde ontkennend haar hoofd. 'Maar ik dacht even dat ik hem zag.' Ze draaide haar hoofd terug en keek haar grootmoeder een beetje wanhopig aan.

'En toen?'

Lottemarie slikte. 'Ik schrok vreselijk en raakte zelfs in paniek. Mijn benen leken wel van slap elastiek, zo bibberig. Ik dacht nog wel dat ik over hem heen was. Ik wil hem echt niet meer terughebben, oma, maar waarom raakte ik dan toch zo van slag? Ik begrijp mezelf niet, werkelijk niet.'

Vertwijfeld keek Lottemarie haar grootmoeder aan.

'Lotje, dat is een heel gewone reactie. Het zou pas raar zijn als je niet zo had gereageerd. Iedereen die narigheid heeft ondervonden, schrikt als hij de veroorzaker van die narigheid na een lange tijd opeens weer tegenkomt. Dan raakt iemand van zijn stuk. Je hoeft niet bang te zijn dat je toch weer onder de invloed komt van Edgar Broese, want dat is natuurlijk je grootste angst, ik ken je.'

Lottemarie knikte opgelucht. Gelukkig, haar grootmoeder begreep haar. Als die zei dat ze zich geen zorgen hoefde te maken over haar verwarring en paniek tijdens het winkelen in de P.C. Hooftstraat, dan deed ze dat ook niet. Ze had een volledig vertrouwen in het oordeel van haar grootmoeder.

'En, dames, kunnen jullie het nog een beetje uithouden?' klonk het opeens achter hen. Cecilia en Lottemarie draaiden zich verrast om. Hubert Mazurel liep over het terras op hen af. Lottemarie stond op en begroette haar vader.

'Heb je de doosjes al gezien?' vroeg Hubert. Hij nam plaats in een tuinstoel en keek zijn dochter met omhooggetrokken wenkbrauwen aan.

'Het kind is hier net, Huub, en ik heb ze niet laten zien. Dat laat ik aan jou over, het is jouw verrassing,' zei Cecilia.

'Dan haal ik ze even.' Hubert kwam overeind en liep weg om even later weer terug te komen. 'Alstublieft, mevrouw. Ik hoop dat je ze leuk vindt. Vijftig stuks. Ik hoop dat je er genoeg aan hebt.' Hij overhandigde zijn dochter een platte doos.

Lottemarie haalde het deksel van de doos. 'O, pap, hartstikke leuk!' riep ze uit.

'Ja, ik vond ze ook wel geslaagd. Dat goud en wit met die rode hartjes... Die kleurtjes doen het goed met elkaar,' sprak Hubert Mazurel. 'Maar de meeste eer komt jou toe, hoor, Lot. Het is jouw ontwerp. Als je ooit weer een baan zoekt, kun je zo bij mij terecht op de ontwerpafdeling. We willen binnenkort een hele nieuwe lijn dozen en doosjes ontwerpen. Jouw hulp zou beslist welkom zijn. Dit doosje willen we er meteen in opnemen, tenminste als jij het goedvindt.'

Lottemarie kleurde bij het compliment. 'Natuurlijk mag dat, ik zou dat een heel groot compliment vinden. Ze zijn leuk geworden. Wat zal Lucie er wel niet van zeggen. Die springt vast een gat in de lucht.'

Lottemarie vouwde een doosje in elkaar. Binnenin was ruimte voor twee grote bonbons.

'Pap, je bent een engel. Maar ik moet wel een nota van je hebben, hoor, want Jan, Lucies man, heeft zo zijn trots,' zei Lottemarie waarschuwend.

Cecilia en Hubert schoten tegelijk in de lach.

'Ik zal hem vandaag nog op de bus doen,' beloofde Hubert. 'Hebben jullie zin in koffie? Dan haal ik die even, want het kan nog wel even duren eer je moeder thuis is. Ze moest even naar een vriendin, Lotje en je weet hoe dat meestal gaat, ze kan dan uren ergens blijven hangen.' Lottemaries vader stond op en liep weg.

'Hoe zit het nu met je werk? Ben je al bijna klaar met de inrichting van het huis?' wilde grootmoeder Cecilia weten.

'Nog niet. De woonkamer, een paar kamers boven en de hal zijn klaar. In de hal hoefde ik alleen maar een ander vloerkleed neer te leggen, meer niet. Die ruimte is al mooi van zichzelf. Misschien dat ik er nog een paar planten in zet, maar die zijn niet per se nodig. Volgende week begin ik aan de werkkamer van de heer des huizes.'

'Weet je al hoe je het aan gaat pakken?'

'Ongeveer. Ik denk dat ik met aardetinten ga werken, Jan is niet bepaald het type voor zoete pastelkleuren. Ook houdt hij niet van blauw. Ik wou straks nog even langs een woonwinkel om wat stofstalen en behangboeken op te halen. Dan neem ik die mee naar Laren. Maandag moet ik maar even met Lucie overleggen wat haar Jan wil, tenminste, als we eraan toe komen, want die housewarmingparty is over anderhalve week. Lucie is nu al zenuwachtig.'

'Ach, arme meid.' Cecilia schudde haar hoofd. 'Zenuwen voor niets.'

'Nou, oma, dat denk ik niet.' Lottemarie begon zacht te lachen.

'Vertel,' commandeerde Cecilia. 'Er is vast iets misgegaan.'

'Na het winkelen afgelopen donderdag wilde Lucie graag haar vriendinnen bezoeken. En toen ging het helemaal mis. Daisy liet zich zogenaamd per ongeluk ontglippen dat er op vijftien juni een housewarmingparty zou zijn in huize Van den Homburg. Een van die vriendinnen, ene Stefanie, een heel pittige tante, sprong er meteen bovenop. Of de vriendinnen geen uitnodiging kregen. Lucie voorzag natuurlijk narigheid en zei dadelijk dat de uitnodigingen op de bus zaten. Oma, ziet u het voor zich, de gezellige vriendinnen uit de Pijp die nooit een blad voor hun mond nemen en de toch wel wat bekakte dames uit Laren?'

Cecilia schoot in de lach. 'Maar, Lotje, sta niet verbaasd te kijken als het wél goed gaat tussen de dames. Uitersten trekken elkaar soms aan, dus misschien maakt Lucie zich voor niets zorgen.'

'Dat is niet het hele probleem. Lucies man mag niet weten dat haar vriendinnen ook komen. Uit de woorden van Lucie en Daisy heb ik opgemaakt dat hij die vrouwen zo langzamerhand ver beneden zijn stand vindt.'

'Wat onaardig. Je laat je vrienden en bekenden toch nooit vallen? Dat valt me nu echt tegen van die man,' vond Cecilia.

Hubert Mazurel kwam terug met de koffie. 'Ik schenk het niet in,' zei hij. 'De helft gaat er bij mij altijd overheen. En welke man valt tegen, mam?'

'We hadden het over die werkgever van Lotte. Dat hij de vroegere vriendinnen van zijn vrouw niet meer ziet zitten,' antwoordde Cecilia. 'Hij vindt ze te min.'

'Je moet nooit spugen in het potje waaruit je vandaan komt,' meende Hubert.

'Het rare is, dat hij een heel andere indruk geeft,' zei Lottemarie. 'Hij ziet er heel joviaal uit. Hè nee, nu doe ik hem eigenlijk tekort en dat wil ik niet. Hij ís ook heel joviaal en aardig. Nog nooit is hij onaardig tegen mij geweest.'

'Daar geef je hem toch ook geen aanleiding toe? Je bent een aardige, lieve meid, Lot,' zei haar vader trots. 'Wie zou jou nu kwaad willen doen?'

'Nou, Huub, ik ken er wel een paar,' merkte Cecilia Mazurel droogjes op. 'Wat dacht je van...?'

'Dat is een heel andere zaak,' onderbrak Hubert zijn moeder. 'Die zogenaamde vrienden van Lotje, Edgar en Margot, reken ik niet mee. Wat je ook van hen kunt zeggen, ze wilden haar niet opzettelijk kwaad doen.'

'Zeg, jullie hebben het wel over mij, hoor,' protesteerde Lottemarie. 'Ik zit er nota bene bij!'

'Sorry, Lotje.' Hubert stak berouwvol zijn hand uit en gaf snel een aai over Lottemaries hoofd. 'Vertel verder over je baas.'

'Ach, die man meent het wel goed, maar ik denk dat de rijkdom hem een beetje naar het hoofd is gestegen. En dat vind ik jammer, vooral voor Lucie. Die zie ik hoe langer hoe meer in haar schulp kruipen en verarmen. Ze wil het Jan voortdurend naar de zin maken, maar dat lukt niet erg. Het lijkt wel of hij daardoor steeds tirannieker wordt. Als ze nu maar eens één keer van zich af zou bijten.'

's Maandags was Lottemarie al vroeg in Laren aanwezig. Ze belde verschillende keren aan, maar toen er niemand opendeed, liep ze achterom.

De keukendeur stond wagenwijd open. Lucie van den Homburg was heel geconcentreerd bezig om met een speciale vork bonbonvullingen in gesmolten chocolade te dompelen. De vullingen bestonden uit ruitvormige stukjes marsepein, notenmengsels, blokjes noga en karamel. Om de inhoud vloeibaar te houden, stond de kom met de gesmolten chocolade in een pan met heet water. Af en toe roerde Lucie er met een spatel doorheen. Ze schrok op toen ze Lottemarie plotseling in de deuropening zag staan. 'Ben jij daar al, Lot? Heb je gebeld? Ik heb niets gehoord,' merkte ze verbaasd op.

'Je was natuurlijk zo in je werk verdiept,' zei Lottemarie. 'Dag Lucie, wat zien die bonbons er geweldig uit.' Ze wees op een bakplaat die bedekt was met bakpapier waarop verschillende soorten superbonbons lagen. De grote pralines waren afgewerkt met gesuikerde bloempjes, slingertjes gespoten witte chocolade, noten en chocoladeblaadjes.

'Ze móéten wel lekker smaken, want ik heb ze gevuld met Cointreau, rum en sinaasappellikeur.' Lucie knikte voldaan. Rode blossen van inspanning lagen op haar wangen. 'Ik ben vanmorgen extra vroeg opgestaan. Als het zo stil is, werk ik zo lekker. Neem er maar een, goed voor je, Lotte. Daisy heeft gelijk: er zit een stofje in die mensen opgewekt en vrolijk maakt.' Lucie keek Lottemarie veelbetekenend aan. Straks zegt ze ook nog dat bonbons goed zijn voor een gebroken hart, dacht Lottemarie enigszins vertederend. 'Ik vind het nog wat vroeg voor bonbons,' zei ze glimlachend. 'Ik heb een verrassing voor je.' Lottemarie opende haar handtas en haalde de platte doos met de speciale bonbondoosjes eruit. 'Maak maar open,' zei ze toen.

Lucie legde de vork neer, waste haar handen en tilde het deksel er vanaf.

'De hartendoosjes!' riep ze opeens stralend uit. 'O, Lottemarie, wat zijn ze leuk geworden!' Dadelijk pakte ze een doosje en vouwde dat in elkaar. Toen legde ze er twee bonbons in. Ze pasten precies. 'Ik weet niet wat ik zeggen moet.' Tranen sprongen opeens in Lucies ogen. 'Ik weet niet hoe ik je bedanken moet. Het ziet er zo... zo duur uit. Net alsof het uit een heel bijzondere winkel komt.'

'Dat komt het binnenkort ook,' meende Lottemarie. 'Je eigen winkel. Je moet geduld hebben.'

Maar Lucie schudde haar hoofd en haalde haar schouders op. 'Jan wil het niet. Hij wil er niet eens meer over praten. Nee, Lotte, mijn winkeltje blijft een droom, een heel mooie droom. Jammer maar waar.'

Hoofdstuk 11

De grote dag van de housewarmingparty brak aan. Jan had een kok ingehuurd die Lucie 's morgens zou helpen bij het garneren van de petitfours. 'Een taartje is meteen zo groot, Lucie,' had Lottemarie als reden aangevoerd. 'Petitfourtjes zijn meer geschikt voor bij de thee.'

's Middags zou de kok de rest van de keuken voor zijn rekening nemen, waaronder het afbakken van de hartige hapjes. Het was eigenlijk alleen maar een kwestie van in de oven zetten. Twee meisjes zouden komen om voor de bediening te zorgen.

Het weer werkte helaas niet mee. Een druilerige motregen miezerde neer. De koffiezetapparaten en de serviezen moesten daarom wel in de grote hal worden klaargezet op de met damasten tafelkleden bedekte tafels, wat toch een beetje jammer was. De lege, stijlvolle hal maakte altijd wel indruk op bezoekers.

Om twaalf uur stond alles gereed en was het hele huis gelucht. Geen vervelende bakluchtjes meer, alleen maar de geur van fresia's, rozen en anjers die overal in grote boeketten bijeen stonden in hoge glazen vazen.

Het eindresultaat mocht overweldigend genoemd worden.

Lucie en Lottemarie inspecteerden samen voor de laatste keer of alles in orde was.

'Het ziet er geweldig uit, Pollewop,' zei Jan van den Homburg die op het punt stond om af te reizen naar Amsterdam. Zijn gezicht stond innig tevreden. Alles verliep volledig naar wens. Je zou zien, Lucie kreeg na vanmiddag vast een heleboel aanloop en dan zou die gekkigheid van dat winkeltje vanzelf wel verdwijnen. Hij hoefde zich dus in het vervolg geen zorgen meer te maken, want dat gezeur hing hem zo langzamerhand mijlenver de keel uit.

'Ja, ga nu maar, anders kom je te laat,' zei Lucie snibbig van de zenuwen. Hoe eerder Jan vertrokken was, hoe beter. Hij moest weg zijn, voordat de vriendinnen kwamen.

Lucie verkleedde zich in de resedagroene jurk van zachte crêpe georgette. De groene schoenen met de hoge hakjes knelden nog steeds, niet heel veel, maar toch. Ze stond stijf van de zenuwen.

'Je blijft er toch wel de hele tijd bij, hè,' vroeg ze angstig aan Lottemarie.

'Ik blijf erbij,' verzekerde Lottemarie haar.

Ook Daisy kwam de trap af in haar zwarte jurkje met de brede, rode lakceintuur. Ze zag er geweldig uit. Daisy had haar blonde haren opgestoken waardoor ze tot haar grote voldoening ouder leek dan ze was.

Lucie tripte snel door de hal en de kamer naar het terras waar ook nog een paar ranke, wit gemoffelde tuintafeltjes en stoeltjes stonden. Het grote wit-geel gestreepte zonnescherm, dat bestand was tegen de regen, was uitgedraaid, zodat de gasten eventueel ook nog buiten op het terras konden gaan zitten.

'Nou, laat ze nu maar komen,' zei Lucie zenuwachtig.

De eerste gasten kwamen om halftwee. Daarna druppelde de rest van de genodigden achter elkaar binnen. Iedereen had een cadeau bij zich, variërend van een bloemstukje of een bos bloemen tot een prachtige kaarsenkandelaar of een cadeaubon die naar keuze kon worden besteed bij de Larense middenstand.

'Het lijkt wel of ik jarig ben,' glunderde Lucie. Met een hoogrode kleur liep ze rond. Hier loop ik dan, dacht ze, Lucie van tweehoog achter uit de Govert Flinck. Wat zouden haar vriendinnen zeggen als ze haar nu zo zagen? De vriendinnen... O, heden, als ze nu maar hun gemak hielden en als ze er ook maar niet al te opvallend uitzagen. Voor Josie, Melanie en tante Truus was ze niet bang, die wisten wel hoe ze zich moesten kleden, maar Sijt en Stefanie waren van andere makelij. Die konden er soms zo ordinair uitzien. Hè bah, ze moest ervoor zorgen dat ze niet zo werd als Jan die op het moment neerkeek op alles wat uit de Pijp kwam en eigenlijk zijn afkomst verloochende. Dat wilde Lucie beslist niet.

Alle gasten bewonderden de woonkamer met de smaakvolle, chique inrichting, de prachtige serviezen in de kersenhouten servieskast en vergaapten zich in de hal aan diverse soorten petitfours en bonbons die op Wedgwoodschalen waren uitgestald op de stijlvol gedekte tafels.

'Neem vooral, ze staan ervoor,' drong Lucie joviaal bij iedereen aan. 'Alles moet op.'

De stemming was optimaal. Lottemarie liep tussen de groepjes dames door. Iedereen was aardig, iedereen lachte en praatte met elkaar en betrokken Lucie en Daisy in de gesprekken. Geen wanklank verstoorde de prettige sfeer. Twee meisje in zwarte jurkjes met wit kanten schortjes en witte, gesteven kapjes liepen geruisloos rond met schalen petitfours en bonbons.

De bel ging weer over. Lottemarie liep naar de voordeur en deed open. Onmiddellijk herkende ze de vrouw die voor de deur stond. Het was de vrouw uit het restaurant, de achterbuurvrouw van de familie Van den Homburg, Bartiene Mudde.

'Hoe later op de middag, hoe schoner volk,' zei de vrouw met haar hoge, doordringende stem. 'Gunst, ken ik u niet? Ik heb u eerder gezien. Bent u van hier en werkt u voor deze mensen? U hebt zeker een ongeluk gehad?' De vragen werden in rap tempo afgevuurd, terwijl de vrouw nadrukkelijk het gezicht van Lottemarie bekeek.

Met stijgende verbazing hoorde Lottemarie de vrouw aan. Wat een vreselijk onbeschaamd mens. Ze deed alsof ze de vragen niet had gehoord, sloot de voordeur en zei toen koeltjes: 'Wilt u mij maar volgen? Mevrouw Van den Homburg is binnen.' Met sierlijke passen ging ze de vrouw voor naar de kamer.

Lottemarie merkte onmiddellijk de verandering die plaatsvond toen de vrouw de kamer binnenkwam. De gesprekken vielen even stil. De vrolijke, spontane stemming sloeg om in een meer afwachtende sfeer. Men leek niet blij met de komst van de nieuwe bezoekster.

Bartiene Mudde scheen niets te merken. Ze stelde zich minzaam voor en begroette Lucie terwijl haar gezicht een zelfgenoegzame trek vertoonde. Met een groots gebaar, alsof het een vorstelijk cadeau betrof, gaf ze Lucie een petieterig potje met viooltjes.

Lucie werd eerst enigszins geïntimideerd door de vrouw die haar wat meewarig aankeek, maar juist door die meewarige blik werd Lucie boos. Dat misselijke mens, woonde die ook in de buurt? Op een paar vrouwen na leek niemand Bartiene leuk te vinden, dat kon Lucie wel merken,

'Dat had u nou niet moeten doen,' zei Lucie. 'Ik zal het een ere-plaatsje geven.' Ze zette het potje in het midden van de lage salon-tafel tussen de hoge vazen met de grote bloemboeketten. De viool-tjes vielen volledig in het niet.

Bartiene Mudde zag het zonder enige schaamte aan. 'Ik zeg maar zo: kleine geschenken onderhouden de vriendschap.' Ze keek om zich heen en begroette de rest van het bezoek hartelijk of arrogant, afhankelijk van de status van de dame in kwestie. Bartiene Mudde leek wel de ongekroonde koningin van Laren.

Wat vreselijk jammer dat die Bartiene erbij was gekomen, dacht Lucie. Wat een akelig en onvriendelijk mens. Het leek zelfs of een paar vrouwen een beetje beducht voor haar waren. Zonde, met de komst van die vrouw was een beetje van de gezelligheid verdwe-nen. En dan met zo'n klein cadeautje aan komen zetten... En waarom keek Lottemarie dat mens zo wantrouwend aan? Kende ze Bartiene Mudde?

Opeens klonk er buiten een luid claxonneren. Daisy, die op dat moment in de hal was, liep naar het portaal. Nieuwsgierig keek ze naar buiten. Drie vrouwen stapten uit een auto. Daisy schoot in de lach en deed de deur wagenwijd open.

'Welkom, lieve vriendinnen,' zei ze op overdreven toon. Hé, ze miste Sijtske Blom.

'Ha, Daisy, wat zie je geweldig uit!' riep Melanie enthousiast uit. 'Je lijkt wel achttien.'

Daisy lachte. 'Waar is Sijtske, tante Melanie?' vroeg ze toen.

'Ziek. Ligt met griep op bed,' antwoordde Melanie Hordijk. 'Sijt had hem zwaar zitten. Ze had zich zo op het feestje verheugd.'

'Ach, jammer.' Daisy bekeek met aandacht de vriendinnen van haar moeder. Josie, Melanie en haar moeder zagen er stijlvol en verzorgd uit, maar dat was bepaald niet het geval met Stefanie Holleman. Ze zag er op z'n minst opzienbarend uit in haar flodderige broekpak van geel-zwart gestippelde zijde dat om haar overslanke figuur heen zwabberde. Haar zwarte haar was getoupeerd in een soort suikerspinkapsel. Ze liep op hooggehakte, open sandaaltjes en kon amper haar evenwicht bewaren. Zwikkend liep ze naar de ingang, waar ze Daisy hartelijk omhelsde. 'Hoe zie ik eruit, Dais?' vroeg ze.

'Toppie,' antwoordde Daisy. 'Echt, helemaal toppie, tante Stef.'

'Dank je. Nou meid, jij mag er ook wezen.'

Daisy kon nauwelijks wachten tot het moment waarop ze het gezicht van haar moeder zou zien bij de aanblik van Stefanie Holleman, om maar niet te spreken van de gezichten van de andere dames. Jammer dat paps er niet bij kon zijn. Die zou helemaal uit zijn dak gaan als hij Stefanie zou zien.

Melanie deed de achterbak open. Met veel gesteun hees ze samen met Josie een groot pak uit de kofferruimte.

'Zal ik even helpen?' bood Daisy aan. Ze was nieuwgierig naar wat er in de doos zat.

'Niet nodig, Dais, maar evengoed bedankt.'

Achter elkaar liep de kleine stoet het huis binnen, Daisy voorop, gevolgd door Stefanie, Melanies moeder en als laatste Josie en Melanie die nog steeds met moeite het pak tussen hen in droegen.

'Hier zijn ze dan!' riep Daisy luid, toen ze de kamer inliep.

Er viel een stilte. Stefanie Holleman keek een beetje overrompeld de volle kamer in. Waarom keken die vrouwen zo verbaasd? Was er iets mis met haar? Gelukkig, daar was Lucie. Ze deed een paar passen naar voren en omhelsde haar vriendin, alsof ze haar in jaren niet had gezien. 'Dag meisie, van harte gefeliciteerd.'

'Waarmee, tante Stef?' vroeg Daisy met glinsterende ogen van plezier.

'Nou ja, meid, met van alles. Met jullie mooie huis en de tuin, gewoon alles,' antwoordde Stefanie.

'Laat ons er nu maar eens bij, Stef,' zei tante Truus kalm. 'Luus, wijfie, wat heb je het hier fantastisch voor elkaar en wat zie je er patent uit. Helaas kon Sijt niet komen. Die ligt met griep op bed, maar ze laat je hartelijk groeten.'

Daarna volgde de warme begroeting van Melanie en Josie.

'Luus, het heeft wat moeite gekost om iets te vinden wat je werkelijk mooi vindt en wat je echt kunt gebruiken. Alsjeblieft, namens de feestcommissie.'

Melanie en Josie zetten het pak voor Lucie op de grond. Nieuwsgierig trok Lucie het cadeaupapier van het pak. Haar ogen werden groot van verbazing en blijdschap toen ze de afbeelding van een keukenmachine op de doos zag. 'Een echte Hobart!' riep ze uit. 'Maar die kost een vermogen. Dat hadden jullie nooit mogen doen.' Lucie was er beslist verlegen mee.

'Welnee, Luus, we hebben hem via jouw vroegere baas kunnen kopen. Die heeft er ook aan meebetaald. Zo'n gulle man... Kan menigeen een voorbeeld aan nemen. Je moet ook nog de groeten van hem hebben. De machine is voor je toekomstige winkeltje.'

'Winkeltje?' De dames uit de buurt raakten nu werkelijk opgewonden. De aanblik van de vriendinnen had al voor enige opschudding gezorgd, maar de aankondiging dat de nieuwe buurvrouw van plan was om een winkeltje te gaan beginnen, maakte de tongen helemaal los.

'O, wat leuk, wat voor winkeltje wordt dat?'

'Waar, hier in Laren, Lucie?'

'Enig, wat origineel!'

'Wanneer is de opening?'

'Ja, en krijgen wij dan ook een uitnodiging?'

'Wat ga je verkopen?'

De vragen en opmerkingen tuimelden van alle kanten over elkaar heen.

Iedereen keek Lucie nieuwsgierig en opgewonden aan.

Lucie wist niet waar ze het zoeken moest. Dit was een ramp! Ze wilde wel door de grond zakken om maar niet te hoeven antwoorden. Vreselijk, dit had ze totaal niet verwacht. Kon ze Melanie maar de mond snoeren, maar haar vriendin ging onverdroten verder. 'Onze Lucie gaat een winkel openen.'

'Hier, in Laren?'

'Nee, in Amsterdam, aan de Singelgracht.'

'Fantastisch. En wat voor winkel wordt het, Lucie?'
Maar Lucie kon geen woord uitbrengen. Haar keel zat volledig
dicht. Hulpzoekend keek ze om zich heen. Wie haalde haar uit
deze nachtmerrie?
'Luus gaat bonbons verkopen, handgemaakte bonbons,' antwoordde Melanie behulpzaam voor Lucie in de plaats.
'Bonbons? Kun je echt bonbons maken? Waar heb je dat geleerd?'
wilde een van de dames weten.
'Lucie heeft een opleiding gevolgd voor patissier,' zei Melanies
moeder. 'Ze was een van de besten, hoor. Ze heeft zelfs prijzen
gewonnen. Haar vroegere baas vond het maar niks dat ze haar
baan opzegde bij hem.'
'Dat wisten we helemaal niet,' merkte iemand op.
'Natuurlijk wisten jullie dat niet. Onze Lucie is zo bescheiden. Die
bonbons, maar ook die petitfours…' Tante Truus wees trots op de
schitterend opgemaakte schalen, '… zijn door Lucie zelf gemaakt.'
Er klonk opeens een luid applaus.
Lucie keek om zich heen. Ze zag alleen maar bewonderende en
vrolijke blikken in plaats van de minachting en afkeer die ze eigenlijk had verwacht. Men vond haar geweldig! Ze glimlachte
bedeesd.
'Wanneer open je de zaak, Lucie?'
'Dat duurt nog een paar maanden,' zei Daisy. 'Het hele pand moet
nog verbouwd worden, maar het wordt hartstikke leuk, zeker
weten, hè mam?'
Lucie wist werkelijk niet wat ze moest antwoorden. Ze mompelde
maar wat. Vreselijk, hoe moest ze zich uit deze narigheid redden?
Waarom hadden haar vriendinnen dit nu gedaan en waarom hielp
Daisy haar niet, haar eigen dochter? Wat moest ze in vredesnaam
tegen Jan zeggen? Jan kreeg een beroerte, zeker weten. Maar ze
kon nu toch ook niet zeggen dat het winkelplan niet doorging?
Dan sloeg ze helemaal een pleefiguur. Waarom bemoeiden mensen zich niet met hun eigen zaken? Ze betreurde de dag waarop ze
met Daisy en Lottemarie bij haar vriendinnen op bezoek was
gegaan. Als dat niet was gebeurd, was er nu niets aan de hand

geweest. Wat was ze ongelooflijk stom geweest! Nu zat ze dan met de gebakken peren.

Om haar heen roezemoesden weer de gesprekken.

'Lucie,' zei Josie. 'het ziet er geweldig uit. Prachtige meubels. Heel wat anders dan die logge banken die je eerst had. Nou ja, ik wil er verder niks kwaads van zeggen, onze Sijtske is er hartstikke blij mee.'

'Persoonlijk vind ik dat je ze beter niet aan Sijt had kunnen geven, Luus,' vond Melanie. 'Dat kamertje van haar is propvol met dat bankstel. Het is net of ze kasteeltje speelt. Weet je wel, ma, dat spelletje dat ik vroeger speelde? Schoof ik alle stoelen tegen elkaar in een vierkant en dan was dat ons kasteel. Nou, zo zit Sijt nu ook, tussen de bruine muren van haar banken. Zeg, Luus, stel ons even voor aan je buurtjes.'

Nog steeds een beetje verbluft stelde Lucie haar vriendinnen voor aan de dames. Daarna zochten haar ogen onrustig naar de onaardige buurvrouw van de viooltjes. Wat zou dat vreselijke mens wel niet denken? Lucie keek naar Bartiene Mudde.

De vrouw bekeek met afkeer de vriendinnen van Lucie. Hoe kon iemand zich zo toetakelen, dacht ze terwijl ze naar Stefanie Holleman keek. Ordinairder kon het niet. Die vrouw kon zo weggelopen zijn uit de eerste de beste circustent. Het viel Bartiene bitter tegen dat iedereen zo enthousiast reageerde op dat onnozele winkeltje van die Dolly Parton. Handgemaakte bonbons, het mocht wat. Aanstellerij. Ze moest nog maar zien of die winkel werkelijk van de grond kwam.

Bah, voor een lief ding was ze niet gekomen.

Haar ogen schichtten van links naar rechts. Morgen moest ze naar een vergadering van de Larense societyvrouwen, dan kon ze meteen dit verhaal in geuren en kleuren vertellen. Dat ordinaire mens van Van den Homburg mocht dan met geld smijten – dit hele gedoetje was niet anders bedoeld dan om indruk te maken – ze hoorde er niet bij en hoe eerder dat haar werd duidelijk gemaakt, hoe beter. Aan Bartiene zou het niet liggen. Als ze straks kans zag om haar mening hier en daar te ventileren, zou ze het niet nalaten. Ze bewoog zich met omtrekkende bewegingen door de kamer, zodat ze niet kennis hoefde te maken met de vriendinnen van Dolly Parton. Bartiene Mudde wilde absoluut geen handen schudden met dat ordinaire spul.

Toen iedereen was voorgesteld, loodste Lottemarie de vier vriendinnen naar de hal voor de koffie en de thee. Razendsnel joegen de gedachten door haar hoofd. Hoe kon ze deze vrouwen uit de buurt van Bartiene Mudde houden? Ze had de onheilspellende blikken van de achterbuurvrouw wel gezien. Intuïtief wist ze dat de dames van de Albert Cuyp en de Larense Bartiene niet bij elkaar moesten zitten. Dat zou geheid vuurwerk opleveren en daarop zat niemand te wachten.

Lottemarie keerde terug naar de kamer. Op het terras stond Bartiene Mudde met een groepje vrouwen om zich heen. Ze was druk aan het fluisteren.

Langzaam kwam Lottemarie naderbij. Toen Bartiene haar in de gaten kreeg, zweeg ze even, maar zei vervolgens op arrogante toon: 'Ik zeg maar zo, opvoeding en beschaving verloochenen zich niet.'

Er gebeurde iets met Lottemarie, alsof er een schakelaar in haar hoofd werd omgedraaid. Ze keek de vrouw recht in het gezicht. 'Dat ben ik helemaal met u eens. Ik vind het bijvoorbeeld geen teken van beschaving als iemand een verrekijker op zijn zolder installeert om de buren ermee te bespioneren.' Tot haar genoegen zag ze hoe de vrouw even van haar stuk raakte en licht kleurde.

Toen draaide Lottemarie zich om en liep terug naar de kamer. Ze zuchtte. Gelukkig, ze was blij dat ze het had gezegd.

Truus, Melanie, Josie en Stefanie keerden terug naar de kamer, gewapend met koffie en gebak. Ze gingen bij Lucie zitten. Lucie vond het heerlijk dat haar vriendinnen er waren, maar toch wel een beetje zenuwachtig keek ze van de ene vriendin naar de andere. Als ze maar hun gemak hielden. Vooral tante Truus kon soms raar uit de hoek komen. Lucie hield haar hart vast. Als dat ver-

schrikkelijke mens, die Bartiene Mudde maar uit hun buurt bleef.
'Luus, die petitfours zijn weer geweldig!' riep Truus uit. Toen wees
ze met haar gebakvorkje naar het potje met de petieterige viooltjes
tussen de vazen met bloemen. 'Van wie heb je die geweldige plant
gehad?' vroeg ze.

'Wie het kleine niet eert, is het grote niet weerd,' merkte Bartiene
Mudde venijnig op. Ze was weer naar binnen gegaan. Eigenlijk
stond ze op het punt om op te stappen. De opmerking van Lottemarie was hard aangekomen. Dat had ze toch wel kunnen merken
aan de reacties van de dames om haar heen.

'Ja, dat zeggen gierige mensen altijd,' verklaarde Melanies moeder
luid en duidelijk. 'Weet je nog die hebberige Susanne Hijsman,
Luus?' Truus ging er echt voor zitten. Dat Larense wijfie met dat
opgeblazen gezicht en die knoertharde ogen moest vooral niet
denken dat Truus zich van de wijs liet brengen. Ze had voor heter
vuren gestaan.

'Ook zo'n gierig vrouwtje. Viel over een cent, terwijl ze bakken
geld op de bank had staan. D'r man ging dood – zou ik ook doen
als ik met zo'n vrouw getrouwd was – en na de begrafenis wilde ze
niet alleen zijn. Janken en tekeergaan, afijn dat ken je wel. D'r moe
en d'r zus moesten een paar dagen komen logeren, om te wennen
zogezegd aan de weduwenstatus. Nou, die hadden er geen zin in,
maar ja, je doet wat voor een mens in nood. Na een week zegt die
moeder: "Suus, meid, we gaan weer naar huis. We hebben per slot
van rekening ook onze eigen gezinnetjes."

"Da's goed," zegt Suus. "Zal ik eerst even de rekening opmaken."
Die moeder natuurlijk stomverbaasd. "Welke rekening, Suus?"
vraagt ze. "Jullie zijn toch een week bij mij in de kost geweest?" Ja,
zoiets verzin je toch niet? Nou, de lijfspreuk van Suus was ook *Wie
het kleine niet eert, is het grote niet weerd*. Dus ik wantrouw mensen
die dat zeggen.' Kalm keek Truus Bartiene Mudde aan. Zo, nou
nog es kijken wat dat mens had te vertellen.

'Ik ga,' zei Bartiene nadrukkelijk. 'Hier hoor ik niet thuis.' Haar
felle en verontwaardigde blikken gleden langs de zwijgende vrouwen. Wie ging er met haar mee? Maar geen van de vrouwen maak-

te aanstalten om op te stappen. Toen verliet Bartiene met opgestoken veren de kamer. Hier kwam ze nooit meer terug. En morgen… Haar tijd kwam nog wel.

De genoeglijke stemming keerde weer helemaal terug. Lucie zag met grote opluchting dat haar vriendinnen feitelijk heel goed konden opschieten met de dames uit Laren.

Het werd een geweldige middag. De gemarineerde champignons, de piepkleine zalmtaartjes en kippenpasteitjes die geserveerd werden bij de diverse drankjes vonden gretig aftrek. Lucie genoot. Dit had ze nooit durven dromen. Ze keek naar Lottemarie die zich de hele middag een beetje op de achtergrond had gehouden, maar steeds aanwezig was als er iets dreigde mis te gaan. Wat had ze in vredesnaam moeten doen zonder Lottemarie?

Tegen vijven stonden de eerste dames met tegenzin op om weg te gaan.

'Even wachten,' zei Lucie. 'Ik heb nog wat voor jullie.'

In de hal stonden inmiddels de kistjes met flesjes wijn en de doosjes met de bonbons die door de meisjes en de kok op de tafels waren gezet.

'Als aandenken aan deze middag,' zei Lucie.

Alle dames waren razend enthousiast. Een stralende Lucie kreeg naamkaartjes met de uitnodiging om vooral toch snel een tegenbezoek te maken. Ze was van harte welkom.

Ook de vriendinnen vertrokken en om zes uur was iedereen verdwenen.

Een halfuur lang werkte iedereen om de rommel op te ruimen. De meisjes van de bediening hadden de afwas voor het grootste gedeelte al weggewerkt. De vaatwasser werkte nog op volle toeren. Ook de kok had zijn werk gedaan. Alle pannen, schalen en kommen stonden weer glanzend schoon op hun plaats in de kasten. Alleen wat losse keukenattributen lagen op het aanrecht naast de Hobart keukenmachine, waarvoor nog een vaste plaats moest worden gezocht.

Om halfzeven zaten Lucie, Lottemarie en Daisy doodmoe in de keuken.

'Het was geweldig, Lucie. Je zult zien, de uitnodigingen stromen binnen, behalve dan van die afschuwelijke vrouw van hierachter, die Bartiene Mudde, maar die uitnodiging kun je missen als kiespijn,' zei Lottemarie.

'Woont dat mens hierachter? Die met die verrekijker?' vroeg Lucie verbaasd.

Lottemarie knikte.

'Hoe weet je dat?'

'Toen ze binnenkwam, stelde ze zich voor als de buurvrouw van hierachter,' loog Lottemarie snel. Ze wilde absoluut niet vertellen dat ze met Paul Conradie uit was geweest en dat ze toen het gesprek had afgeluisterd van Bartiene Mudde met het stel dames dat naast hen aan een tafel zat.

'Heel veel vrouwen hebben me al uitgenodigd, Lotte,' zei Lucie blij. 'Ze waren zo aardig.'

'Zie je nou wel dat ze net zo gewoon zijn als wij?' merkte Daisy op. 'Helemaal geen kouwe kak. En ze vonden het geweldig dat je een winkel wilt beginnen in Amsterdam. Dat hoorde ik ze van alle kanten zeggen. Wat leuk anders, die keukenmachine. Die heeft een behoorlijke bom duiten gekost, mam.'

'Ik was er ook gewoon een beetje verlegen mee, Dais,' zei Lucie. 'Ik moet hem wel even wegzetten voordat je vader komt. Als hij hem nu ziet en hij hoort van de winkel...'

Ze hoorden hoe de voordeur werd geopend. Vlugge voetstappen klonken door de hal.

Razendsnel sprong Daisy overeind, greep een keukendoek en gooide die over de keukenmachine heen. Het ding was veel te zwaar om nog vlug in een kast te zetten.

De keukendeur werd geopend. Jan van den Homburg stond in de keuken.

'Het was weer raak,' zei hij klagend zonder te groeten. 'Er was geen doorkomen aan op de A1. Waarom leggen ze er geen extra rijstrook naast? Nou, hoe was het?' vroeg hij toen toch wel nieuwsgierig.

'Het was in één woord supergaaf, pap.' Daisy keek haar vader opgewekt aan.

'Ja,' voegde Lucie er aan toe, 'het was een doorslaand succes, hè Lot?'

Lottemarie knikte. Ze zag de spanning groeien bij Lucie.

'En wat vonden ze van de wijn?'

'Je had ze moeten zien, pap. Helemaal uitgelaten,' overdreef Daisy.

Jan van den Homburg knikte tevreden.

'En de doosjes bonbons vielen ook in de smaak,' zei Lucie.

'Nou, da's mooi, Luus,' zei Jan. Zijn stem klonk ongeïnteresseerd. Bonbonnetjes, dacht hij een beetje meewarig.

Daisy werd giftig. Als ze het niet dacht, er moest alleen maar aandacht voor haar vaders wijn zijn, maar dat haar moeder de mooiste en heerlijkste bonbons maakte, telde niet mee.

'Goh pap, je had er bij moeten zijn. Die dames waren vol bewondering voor de bonbons, hoor. Ze applaudisseerden voor mams,' zei Daisy. 'Ze vonden dat ze een winkeltje moest beginnen.'

Er verscheen een waakzame trek op het gezicht van haar vader.

'Een winkeltje? Komt niets van in,' zei hij beslist.

'Tjé pap, dan heb je een probleem, want ik heb gezegd dat mam, dus jij, al een winkelpandje had gekocht in Amsterdam.' Daisy keek haar vader afwachtend aan.

'Lieve meid, dat is niet mijn probleem, hoor, dat is het probleem van je moeder,' merkte Jan van den Homburg kalm op. 'Die moet maar gauw naar de buurvrouwtjes gaan om te vertellen dat het winkeltje niet doorgaat.'

Zijn blik gleed over het aanrecht.

'Wat is dat ding onder die keukendoek?' vroeg hij argwanend.

'Die heb ik gekregen,' antwoordde Lucie.

'Ik vroeg wat het was, Pollewop,' zei Jan een beetje geïrriteerd.

Lucie kon hem de laatste tijd zo mateloos ergeren met haar naïveteit en hij was moe van het vergaderen, moe van het in de spits rijden. Vooral het filerijden bracht hem vaak in een slecht humeur. Dan moest er niets gebeuren of hij ontstak in redeloze woede. Hij rechtte zijn rug, zijn buik bolde naar voren. De brede, volumineuze figuur van Jan van den Homburg leek de keuken te vullen.

'Een keukenmachine van Hobart.' Lucie keek schichtig naar het gezicht van haar man. Ze slikte zenuwachtig en was bang. Die bangheid balde zich samen in een harde prop dicht bij haar maag.

'Een keukenmachine? Van Hobart? Van wie heb jij dat dure ding gekregen?'

'Van de vriendinnen.' Lucies stem was nauwelijks hoorbaar.

'Welke vriendinnen? Hier uit Laren? Denken ze soms dat ik arm ben, dat ik zelf niet zo'n ding kan kopen voor mijn vrouw?' De toon in Jans stem werd duidelijk agressief.

Lottemarie keek medelijdend naar Lucie. Arme meid, eerst zo blij door de geslaagde housewarmingparty en nu als de dood voor haar man. Lotte kon die vreselijke pompeuze Jan van den Homburg wel slaan. Hoe durfde hij zijn vrouw zo minachtend te behandelen en nog wel in het bijzijn van anderen! Kon ze maar ingrijpen, maar ze wist niet hoe.

Ook Daisy vond haar vaders houding belachelijk. Waarom was hij nu zo kwaad? Er was toch niets ergs gebeurd? Kwam dat nu alleen maar, omdat hij een uurtje in de spits had gezeten? Het moest niet gekker worden! En waarom liet mams zomaar over zich lopen? Had ze dan helemaal geen trots meer? En waarom maakte pap zich zo breed alsof hij zo'n stomme bokser was? Ronduit achterlijk! 'Pa, je hoeft niet zo te bekken, hoor. Jij bent niet de enige die moe is. Dat zijn wij ook,' zei ze vinnig.

'Wil jij je erbuiten houden? Ik heb jou niks gevraagd.' Met een venijnige blik keek Jan zijn dochter aan. 'Nou, van wie heb je dat ding?' Jan van den Homburg keek zijn vrouw weer doordringend aan.

'Melanie, Josie, tante Truus en Stefanie.' De namen kwamen er bijna fluisterend uit.

'Wat? Waren die hier? Wie had ze uitgenodigd?'

'Ik. Maar Jan, ik kon er echt niet omheen.' Lucies stem klonk smekend om begrip. 'De laatste keer toen we bij hen waren, kwamen ze erachter dat we een housewarmingparty hielden en toen moest ik ze wel uitnodigen. En een housewarmingparty is ook voor je vrienden en kennissen, hoor, niet alleen voor de buren.'

Het gezicht van Jan van den Homburg kreeg een dieprode kleur, zijn ogen knepen zich dicht van woede. Hij leek meer dan ooit op een woedende, angstaanjagende Deense dog, vond Lucie. Met de moed der wanhoop ging ze fluisterend verder: 'Die Hobart was eigenlijk bedoeld voor de winkel.'

Straks knalt ie uit elkaar als een overrijpe tomaat, dacht Daisy. Jemig, moest je die aderen bij zijn slapen zien. Wat kon die man zich aanstellen om niets en wat moest Lottemarie wel niet van deze poppenkast denken? Daisy schaamde zich diep voor haar vader.

'Die winkel kun je natuurlijk vergeten. En wat betreft die vriendinnen... Heb jij nou nog steeds niet door dat we in Laren wonen en niet meer in de Pijp?' schetterde Jan van den Homburg. 'Dat we nu andere kennissen en vrienden krijgen? Ja, inderdaad, van stand. Daar zul je aan moeten wennen. Luister goed, Lucie van den Homburg, ik wil dat soort uit de Pijp...'

Dat soort uit de Pijp? Lucie rechtte haar rug. In haar hoofd werd het ijl, alsof ze op een hoge berg stond en de hele wereld ruim en helder om haar heen werd. De akelige prop van bangheid en verwarring bij haar maag loste op in de ijle lucht. Ze voelde hoe het bloed wegtrok uit haar gezicht. Haar hart begon met trage, zware slagen te bonken. Ze keek naar Jan en zag een vreemde man met kleine, boze, toegeknepen ogen die in niets meer leek op de man van vroeger, op wie ze altijd zo dol was geweest. Een onbedwingbare woede maakte zich van haar meester.

Daisy, die alleen nog maar oog had gehad voor haar vader, merkte opeens dat de sfeer in de keuken veranderde. Ze draaide haar hoofd om en keek naar haar moeder. Wat gebeurde er met mam? Haar anders zo blozende gezicht zag wit weggetrokken, de bangheid en onderdanigheid in haar houding waren volledig verdwenen, haar ogen vlamden. Mam...

Ook Lottemarie zag de plotselinge verandering in Lucie. Gefascineerd keek ze naar het witte gezicht waaruit alle zachtmoedigheid was verdwenen. De blauwe viooltjesogen waren donker van boosheid. Hier stond een getergd mens die op het punt stond los te barsten in woede. En die ongelooflijk botte, stomme Jan leek nog niets door te hebben ook. Dit gaat verkeerd, dacht Lottemarie in lichte paniek, helemaal verkeerd. Vreselijk, hier wil ik niet bij zijn. Maar de weg naar de deur was geblokkeerd door Jan die nog steeds als een ouderwetse kapitein op het dek van zijn boot stond en zo de doorgang versperde.

'Nou moet jij eens goed naar me luisteren, Jan van den Homburg,' sprak Lucie furieus.

'Ik luister helemaal niet naar jou,'- zei Jan. Zijn ogen priemden. 'Wat denk jij wel?'

Lucie greep razendsnel een grote schuimspaan die nog achtergebleven was op het aanrecht en gaf een ongelooflijk harde mep op de tafel, zodat er een diepe indruk kwam in het zachte grenenhout. 'Jij luistert nu naar mij!'

Jan van den Homburg zweeg verbluft. Hij kon zijn oren en ogen nauwelijks geloven. Wat gebeurde er met zijn vrouw? Werd Lucie soms gek? Zo had hij haar nog nooit gezien! Dat rare, witte gezicht dat vertrokken was in woede.

'Zeg es even...' Hij wilde haar verontwaardigd terechtwijzen, maar werd toch een beetje overrompeld door Lucies plotselinge razernij. Hij werd er zelfs een beetje beverig van. Zichtbaar overrompeld greep hij de dichtstbijzijnde keukenstoel en liet zich er langzaam op zakken.

De woorden van Lucie zwiepten als zweepslagen over tafel. 'Mijn leven lang heb ik van alles gedaan om het jou naar de zin te maken. Ik ben verhuisd, terwijl ik dat absoluut niet wilde. Ik moest me aanpassen, andere kleren dragen, boeken lezen en ik heb het gedaan... voor jou!' Weer gaf ze een enorme klap met de schuimspaan op het tafelblad. Een tweede, nog diepere gleuf verscheen in het tafelblad.

'De tafel...' zei Jan verwezen.

Maar Lucie was door het dolle heen. Ze luisterde niet meer naar haar man. Niets kon haar meer tegenhouden. 'Alles deed ik om jou te plezieren. Ik heb zelfs mijn baan moeten opgeven, omdat jij dat zo nodig vond en anders niet met mij wilde trouwen. Sufferd die ik was, ik had je meteen de bons moeten geven. Altijd maar dingen doen die jij wilde. En weet je waarom ik dat deed, nou, wil je dat weten? Om jou niet te verliezen. Ja, dat hoor je goed.' Lucie kwam helemaal op stoom. 'De laatste tijd schaamde je je steeds voor mij, dacht je dat ik dat niet gemerkt had? Ik ben niet gek! En waarom eigenlijk? Was ik niet goed genoeg voor je, omhooggevallen groenteboer? Weet je wat er met jou aan de hand is? De rijkdom is je naar je hoofd gestegen!'

Omhooggevallen groenteboer... Daisy genoot. Goed zo, mam, geef hem van katoen, dacht ze inwendig juichend.

Met gloeiende ogen keek Lucie naar haar man die nu als een ineengezakte pudding aan tafel zat.

'Pollewop,' zei Jan sussend.

'Niks te Pollewoppen.' Lucie was nog lang niet klaar. Dreigend zwaaide ze met de schuimspaan.

'En ik maar mijn best doen,' ging ze nog steeds getergd verder. 'En maar jouw zin doen, of ik wilde of niet. Alleen jouw dromen en wensen waren belangrijk. De rest van ons had het nakijken. Nou, Jan van den Homburg, ik heb er genoeg van. Elke avond dat chagrijn van jou, omdat je weer lang in de spits hebt moeten staan. Was dan niet verhuisd, dan had je geen last gehad van die files. Maar ja, jij moest en zou zo nodig naar Laren gaan, omdat je vader dat zo'n leuk plannetje vond.' Lucie haalde diep adem. Met vlammende ogen keek ze nog steeds naar haar man. Zijn dieprode kleur was volledig verdwenen. De kwaaie buldoggenkop was veranderd in een deemoedig mannengezicht met te dikke hangwangen.

'En nu kun je kiezen, Jan van den Homburg: of we gaan morgen naar de makelaar in Amsterdam en kopen mijn winkel, ja je hoort het goed, mijn winkel aan de Singelgracht of ik ga morgen alleen naar een advocaat om scheiding aan te vragen. Gelukkig zijn we in gemeenschap van goederen getrouwd, dus ik krijg de helft van je zaak, die miezerige wijngaard en het geld dat nog over is van die ellendige loterij, inclusief dit stomme landhuis, met zijn stomme tuin en zijn stomme bomen. En de kinderen neem ik ook mee,' voegde ze er dreigend aan toe. 'Want die hebben helemaal niets aan een vader die nooit thuis is. En als hij thuis is, is hij chagrijnig en zit hij te zeuren en op ze af te geven. Nou, er is gelukkig ruimte zat in dat pand voor ons drietjes. Morgenochtend moet je me laten weten wat je doet. Zo niet, dan ga ik ogenblikkelijk naar een advocaat en zet ik de scheiding in. En waag het niet om ooit, luister… heel… goed, ooit nog mijn vriendinnen uit te maken voor *dat soort uit de Pijp*, want ik vertrek dadelijk en kom nooit meer terug. Mijn vriendinnen zijn de hartelijkste, vriendelijkste, liefste mensen die ik ken. Je bent dus gewaarschuwd. Dat jij je afkomst verloochent, moet je zelf weten, maar ik doe er niet aan mee. Nog wat, je slaapt maar in de logeerkamer, want ik wil je voorlopig niet meer naast me in bed hebben.'

Lucie slaakte een diepe, trillende zucht. Ze smeet de schuimspaan op het aanrecht.

'Zo. En op die rottige knelschoenen loop ik ook niet langer.' Ze schopte de kostbare Gucci's door de keuken en liep kaarsrecht de keuken uit. Bij de deur draaide ze zich nog even om. 'Koken doe ik vanavond niet, want ik ben te moe. Trouwens, het wordt toch niet gewaardeerd. Scharrel je kostje zelf maar bij elkaar.' Met een knal sloeg Lucie de deur achter zich dicht.

Het bleef stil.

Daisy keek naar de dichte deur. Ze had tranen in haar ogen, tranen van trots. Dit was haar moeder die eventjes korte metten maakte met haar tirannieke, over-het-paard-getilde vader. Fantastisch! Wie had dat achter haar gezocht? En die winkel kwam er, zeker weten. Daar durfde Daisy al haar geld op in te zetten. Mam had het spel prima gespeeld.

Lottemarie zuchtte diep. Gelukkig, de uitbarsting was voorbij. Ach, die moedige Lucie. Eindelijk, eindelijk had ze die egoïstische man van haar op zijn nummer gezet. Ze keek naar Jan, die nog verward voor zich uit staarde. De klap was hard aangekomen, zag ze. Dat werd ook tijd. Ze was benieuwd wat hij ging doen. Eigenlijk wist ze het wel. Jan was nog steeds stapel op zijn vrouw. Die wilde hij absoluut niet kwijtraken. Hij zou werkelijk ontzettend stom zijn als hij nu niet Lucies wens inwilligde, dan kon hij zijn huwelijk vergeten.

Ergens had Lottemarie diep medelijden met Lucie. Dat ze eerst zo buiten zichzelf van drift moest raken om haar man duidelijk te kunnen maken dat ze niet langer zijn voetveeg wilde zijn; dat hij ook met haar wil en verlangens rekening moest houden. Ze wist precies hoe Lucie zich straks zou voelen: schuldig en bedroefd.

Jan van den Homburg keek verwezen voor zich uit en trommelde zenuwachtig met zijn vingers op de tafel. Hij zag de groeven in het hout. Die Pollewop, dat had hij nou nooit van haar verwacht.

'Zou je moeder werkelijk willen scheiden?' vroeg hij timide aan Daisy.

'Absoluut.' Daisy knikte heftig met haar hoofd. 'Ik zou voortaan maar oppassen met wat je zegt, pap. Nog één verkeerd woord en voordat je tot tien kunt tellen, ben je gescheiden.'

Een trek van hulpeloosheid verscheen op het bolle gezicht van Jan. 'Wat moet ik dan doen?' wilde hij weten.

'Nou, wat dacht je? Die winkel natuurlijk kopen, als hij tenminste al niet weg is, want dan heb je werkelijk een probleem. En reken er maar op dat die winkel je een aardige cent gaat kosten. Een schitterende locatie, midden in het centrum van Amsterdam. Maar ja, je moet er wat voor overhebben om mam niet te verliezen,' merkte Daisy een beetje boosaardig op. Ze nam dadelijk de gelegenheid te baat om haar vader nog even dieper in het stof te laten bijten. Dat had hij verdiend, vond ze. 'Als ik jou was zou ik voortaan maar voorzichtiger zijn met mijn opmerkingen, pa. Voor je het weet, neemt ze de benen.'

Jan van den Homburg werd ongerust. Als Daisy werkelijk gelijk had, zou hij hard zijn best moeten doen om Lucie te behouden, als het tenminste nog niet te laat was.

Vreselijk, hij moest er niet aan denken om zijn Pollewop te moeten verliezen. Wat had hem eigenlijk bezield om zo onaardig te zijn? Was de rijkdom hem werkelijk naar het hoofd gestegen? Een omhooggevallen groenteboer had ze hem genoemd. Dat klonk beslist heel onaardig. Zo kende hij zijn Pollewop niet.

Ondanks de narigheid waarin hij zich bevond, verscheen er toch heel langzaam een brede glimlach op zijn bolle gezicht. Hij keek Daisy en Lottemarie beurtelings aan. 'Wat een vrouw, hè,' zei hij trots. 'Dat kleine opdondertje! Mijn Pollewop, wat een lef! Zoals ze daar stond met die schuimspaan in haar hand, precies het Vrijheidsbeeld.'

Daisy en Lottemarie keken elkaar aan en haalden perplex hun schouders op. Mannen...

'Nou, dan ga ik morgen maar met mijn Pollewop naar de makelaar,' ging Jan opgeruimd verder. Zijn humeur was als een blad aan een boom omgedraaid. Er was niets meer over van zijn ongenoegen, zijn onredelijke boosheid en ergernis. 'Dat winkeltje op de Singelgracht, was het een mooi pandje?' vroeg hij vervolgens.

'Zeker weten. En misschien, heel misschien dat mam dan toch nog blijft als je de winkel koopt, want je weet maar nooit. Vrouwen zijn soms zo onvoorspelbaar... Ze lijken zachtmoedig, maar o wee als ze kwaad worden... Nou, ik ga. O, ik hoef geen eten, want ik heb vanmiddag genoeg binnen gehad. Bak maar een eitje voor jezelf, pa.' Daisy stond op en verliet met dansende passen de keuken. Wat een geweldige dag was het vandaag geweest.

'Hoe kan ik het verder nog goedmaken?' Jan keek Lottemarie hulpeloos aan.

'Ik denk dat je haar beter even met rust kunt laten,' antwoordde Lottemarie voorzichtig.

Ze snakte naar Eemnes, naar haar eigen huis, naar rust.

Lucie lag in bed. Nu de storm voorbij was geraasd, voelde ze zich volledig leeg vanbinnen. De voldoening om de geslaagde middag, maar ook de boosheid op haar man waren verdwenen. Ze voelde zich alleen maar moe, gedeprimeerd en, vreemd genoeg, schuldig. Wat was ze aan het begin van de avond tekeergegaan... Ze had nooit gedacht dat ze tot zo'n woede-uitbarsting in staat kon zijn. Zo was ze toch niet, zo driftig? Vreemd dat je jezelf eigenlijk hele-

maal niet kende. Ze was buiten zinnen geweest. Buiten zinnen...
Nu pas begreep ze de betekenis van die woorden. Alsof je de controle kwijt was over je woorden en over je gevoel, over jezelf; alsof niet jij, maar iemand anders zo raasde en tierde. Om bang van te worden. Ze had de vreselijkste dingen gezegd en Jan zelfs uitgemaakt voor een omhooggevallen groenteboer en dat alles in het bijzijn van Lottemarie. Lucie kleurde van narigheid. Lottemarie... Misschien wilde die morgen niet eens meer komen. Lucie draaide zich om en verlangde opeens naar armen om haar heen, naar woorden van troost en bemoediging. Zou ze naar Jan...? Nee, wist ze plotseling heel zeker, ze mocht niet toegeven, nu niet, dan was haar boosheid helemaal voor niets geweest. Jan moest duidelijk weten dat hij veel te ver was gegaan. En zij had hem daar eerder op moeten wijzen. Dat was háár deel van de schuld.

Tante Truus had haar een keer toegevoegd: 'Lucie, om een deurmat te zijn, hoef je alleen maar voor een deur te gaan liggen. Dan lopen de mensen vanzelf over je heen en vegen ze hun voeten aan jou af, maar dat is natuurlijk wel je eigen schuld.' Tante Truus had helemaal gelijk. Vanaf nu zou ze niet meer over zich laten lopen. Of het zou lukken?

Jan van den Homburg woelde in zijn bed. Dat stomme, harde matras... Eerlijk gezegd had hij niet verwacht dat Lucie haar voornemen zou doorzetten dat hij werkelijk in de logeerkamer zou moeten slapen. Maar na een uiterst zwijgzame avond was ze zonder groeten naar boven vertrokken. Toch wel een bittere tegenvaller. Zijn Pollewop, zou ze al slapen? Zou hij proberen...? Toch maar niet, dacht hij dadelijk. Om weer zo snoeihard afgebekt te worden... Nee, hij moest haar voorlopig maar even met rust laten. Het allerergste vond hij toch wel dat Lucie hem een spiegel had voorgehouden en wat hij daarin had gezien, had hij beslist niet leuk gevonden. De laatste jaren was hij een tirannieke, verwende echtgenoot en een onaardige vader geweest die eigenlijk alleen voor zichzelf leefde en zijn wil steeds doordrukte met de huichelachtige woorden: 'Ik doe het allemaal voor jullie, hoor.'

Het viel niet mee om zo'n zelfbeeld onder ogen te moeten zien. Hij zuchtte. Morgen moesten ze maar dadelijk naar die makelaar gaan, want hij zag Lucie werkelijk in staat om onmiddellijk naar Amsterdam af te reizen en een advocaat in te schakelen voor een scheiding. Lucie had onvermoede kanten. Daisy had gelijk, in het vervolg moest hij toch maar meer op zijn tellen passen. Zijn Pollewop... Wie zou niet smoorverliefd worden op zo'n vrouw?

De volgende morgen zat Lucie al vroeg in de keuken. Ze was op haar paasbest gekleed en las de krant.
Even later kwam Jan binnen. Zijn gezicht stond vermoeid. Hij had buitengewoon slecht geslapen. 'Is er thee, Luus?' vroeg hij bedeesd.
Lucie knikte. 'In de theepot. Schenk zelf maar in.' Ze was niet van plan om weer dezelfde fouten te maken en in de oude tredmolen te gaan lopen. Jan moest heel goed weten dat zij niet zijn dienstbode was en dat hij in zijn handjes mocht knijpen met haar. Als hij nog één keer het lef had haar op dat geïrriteerde toontje toe te spreken, was ze weg en kwam ze niet meer terug. De tijd van zoete broodjes bakken was voorbij.
'Lucie, meisje,' zei Jan deemoedig. 'Je had helemaal gelijk. Ik deed de laatste tijd vreselijk onaardig. Maar ik houd nog steeds heel veel van je.'
Lucie keek haar man met opgetrokken wenkbrauwen aan. 'Natuurlijk houd je nog veel van mij. Ik deed ook niet rot tegen jou, jij deed rot tegen mij,' zei ze op onverschillige toon. Inwendig had ze medelijden met haar man. Kijk hem nou es onnozel kijken, dacht ze. Alsof hij niet tot tien kon tellen. Maar ze mocht nu geen zwakte tonen. 'Nou, wat wordt het, de advocaat of de makelaar? Jij mag het zeggen,' ging ze verder.
'Ach, Luus, dat weet je toch wel? Natuurlijk de makelaar. Ik wil je voor geen goud van de wereld kwijt, Luus. Ze mogen alles van me afnemen: dit huis, mijn geld...'
'Ons geld,' verbeterde Lucie scherp.
'Ja, natuurlijk, ons geld,' zei Jan vlug. Hij moest beslist nog wen-

nen aan de nieuwe Lucie. 'Nou ja, alles mogen ze van me hebben, als jij maar bij me blijft.' Zijn stem klonk deemoedig.

'Dat is dan geregeld,' zei Lucie koeltjes. 'Dit is het adres van de makelaar. Kev heeft het voor me opgezocht op internet.' Ze legde een blaadje papier op de tafel. 'Ik heb al gebeld. We kunnen om elf uur bij die man terecht. En nog wat, ik zal Lottemarie vragen of ze de inrichting van de kamers voor haar rekening wil nemen, tenminste als ze nog wil. Misschien zegt ze haar baan wel op na dat gedoe van gisteren. Nou, jij zorgt er dan maar voor dat ze terugkomt, want jij bent met die ruzie begonnen. Vanmiddag zal ik Lottemarie vragen welke architect en aannemer haar huisje hebben verbouwd.'

Verbluft keek Jan zijn vrouw aan en knikte alleen maar.

Lucie stond op en moest zich beheersen om niet de armen om haar echtgenoot heen te slaan. Kijk die makke knuffelbeer daar nu eens zitten... Ze wist haar gevoelens echter prima te verbergen achter een onaangedaan gezicht.

'Tot zo,' zei ze alleen en verliet de keuken. Jan mocht best nog wat langer lijden. Dat had hij verdiend. Maar vanavond... Hij hoefde dan niet meer naar de logeerkamer. Daar zat ook eigenbelang bij, want ze miste die man. Alleen slapen vond ze maar een armoedige boel.

Hoofdstuk 12

Edgar Broese reed over de ringweg Zwolle binnen. Hij draaide zijn hoofd naar de rivier die onder de weg door stroomde. De kleine, onrustige golven van de IJssel dansten in het helle zonlicht. Halverwege de weg kwam het verkeer tot stilstand. Edgar zuchtte. Die vreselijke files! Zelfs in dit deel van het land waren ze schering en inslag geworden. Zijn blik dwaalde over de hoge gebouwen die langs de snelweg stonden. Met een schokje zag hij de naam Mazurel in grote letters op een kantoorflat staan. Stom, dacht hij, stom, stom, stom. Hij kon zichzelf wel voor zijn hoofd slaan. Als het mogelijk was, zou hij de tijd onmiddellijk terugdraaien. Het was al meer dan anderhalf jaar geleden dat hij de relatie met Lottemarie had verbroken. Natuurlijk was het in het begin fantastisch geweest met Margot van Lansschot.

Ze was een uitbundige, geestige, boeiende vrouw, maar al heel snel had de irritatie toegeslagen. Kon ze dan nooit haar mond houden, moest ze dan altijd het laatste woord hebben, had hij gedacht. Haar zogenaamde geestige opmerkingen begonnen te vervelen, maar waar hij zich het meest aan ergerde, was haar doorlopende aandachttrekkerij en egoïsme. Als zij maar in het middelpunt van de belangstelling stond! En ook haar familie was hem bar tegengevallen. Wat een stel snobs! Vanzelfsprekend hield hij van geld, wie niet, maar om zo met je rijkdom te koop te lopen, ging hem zelfs te ver. Een heel verschil met de beschaafde familie van Lottemarie. Ten slotte had hij na vijf maanden een einde gemaakt aan de verhouding. Daarna had hij nog relaties gehad met andere meisjes, maar die waren ook op niets uitgedraaid. Hij moest toegeven: niemand kon in de schaduw staan van Lottemarie Mazurel. Hij miste haar behoorlijk, haar ingetogenheid, haar onvoorwaardelijke loyaliteit aan hem, de honderd procent aandacht die ze hem altijd had gegeven en haar beschaving. Daar kon Margot van Lansschot en haar familie nog een voorbeeld aan nemen, typisch *nouveau riche*. Hoe Lottemarie het zo lang had uitgehouden met Margot was hem nu een raadsel. Lottemarie... Zelfs haar koppigheid en drammerigheid miste hij. Lieve Lotje.

Het rare was dat sinds Lottemarie uit zijn leven verdween, de zaken niet meer voorspoedig liepen. Echt goede ideeën kwamen sporadisch in hem op. Al een paar keer was een campagne niet doorgegaan en waren opdrachten aan zijn neus voorbijgegaan. Doorlopend werd hij overvallen door buien van lusteloosheid. En hij had schulden, behoorlijk oplopende schulden. Hoe moest hij hieruit komen? De oplossing lag voor de hand: Lottemarie terug in zijn leven en papa Mazurel die bijsprong met wat geld.

Het verkeer zette zich langzaam in beweging. Edgar, nog steeds in gedachten, reed automatisch verder. Zijn gedachten stroomden opeens koortsachtig door zijn hoofd. Lottemarie... Zelfs al zou haar gezicht nog onder de littekens zitten, dan nam hij die voor lief. Met laserbehandelingen waren tegenwoordig fantastische resultaten te behalen en dan zou het weer net worden als vroeger. Dan kon hij zich weer koesteren in haar liefde en aandacht en zou de rust in zijn leven terugkeren. Zelfs was hij bereid om met haar te trouwen. Eindelijk wist hij wat ware liefde en echt geluk betekende. Hij zou beslist zijn best doen om haar trouw te zijn. Mocht het een keer niet lukken, dan zou hij er wel voor zorgen dat zijn schatje niets in de gaten zou hebben. En natuurlijk nooit meer iets met een vriendinnetje van haar beginnen, want dat liep altijd fout af. Hij had bijgeleerd. Maar nu was de vraag: hoe moest hij het aanpakken dat Lottemarie weer van hem werd en hoe moest hij haar familie overtuigen van zijn oprechte bedoelingen? Nandine was geen probleem. Die was altijd op zijn hand geweest, die praatte hij zo om. Die broers telden niet mee en aan die grootmoeder begon hij niet eens, dat mens was van schokbeton. De belangrijkste persoon in zijn probleem was echter Lottemaries vader. Hubert Mazurel had de meeste invloed op zijn dochter. Als Edgar hem kon overtuigen van zijn goede bedoelingen, stond niets meer zijn geluk in de weg. Dan was Lotje weer van hem. Maar wat was de verstandigste manier om Hubert Mazurel aan te pakken? Edgar had eigenlijk nooit geweten hoe Lotjes vader over hem dacht. De man was een voorbeeld van een stille-wateren-diepe-grondentype.

Toch dacht hij wel dat Hubert hem mocht; hij had tenminste niet het tegendeel laten merken. En Hubert wist natuurlijk als geen ander dat Edgar een uitstekende partij was: een prima baan met schitterende vooruitzichten en hij zag er geweldig uit. Lottemarie, wist Edgar heel zeker, zou zielsblij zijn als hij haar terug zou nemen. Hubert Mazurel… Het leek Edgar een goed idee om naar dat kantoor van Hubert gaan. Nee, niet van tevoren een telefonische afspraak proberen te maken, want dan kon iemand weigeren. Je bereikte meer resultaat als je iemand onverhoeds op z'n dak viel. Geweldig, de wereld zag er beslist weer rooskleurig uit. Hij hield van spanning en uitdagingen. Even aarzelde hij. Toen nam hij de volgende afslag en reed terug naar het kantoor van de firma Mazurel.

Bijna overmoedig stapte Edgar Broese de hal binnen van de firma Mazurel. Hij liep naar de receptioniste. 'Ik wilde graag de heer Hubert Mazurel spreken,' zei hij op enigszins hooghartige toon.
'Meneer Mazurel is op het ogenblik niet aanwezig.' antwoordde het meisje.
'Hoe laat verwacht u meneer Mazurel terug?' vroeg Edgar.
De receptioniste keek op het scherm van haar computer. 'Meneer Mazurel is om halfelf aanwezig.'
Edgar keek op zijn horloge. 'Dan wacht ik wel zolang in zijn kamer.'
'Mmaar…' Het meisje stond op. 'Dat kan echt niet,' protesteerde ze.
'Ik ben familie van meneer Mazurel,' merkte Edgar losjes op. Hij liep gewoon door en nam snel de lift naar de eerste etage.
Het meisje nam razendsnel de telefoon op en drukte een toets in. 'Lydia?' zei ze haastig. 'Met Mieneke. Je moet iemand tegenhouden. Hij komt straks uit de lift en is op weg naar de kamer van meneer Mazurel. Hij zegt dat hij familie is.'
Hoewel de secretaresse van Hubert Mazurel niet op haar mondje was gevallen, bleek ze geen partij voor Edgar Broese. Ze werd geïmponeerd door zijn houding en meende dat ze hem al eerder

had gezien op de zaak. Kon je familie tegenhouden? Machteloos moest ze toezien hoe Edgar Broese de kamer van Hubert Mazurel binnenging.

Hubert Mazurel liep klokslag halfelf de hal van zijn zaak binnen. 'Mieneke,' groette hij met een knikje naar het meisje achter de balie en liep dadelijk door naar de lift.
Moet ik hem vertellen dat er een familielid op hem zit te wachten, dacht Mieneke Tamse. Dat kon ze misschien beter aan Lydia overlaten. Die was per slot van rekening de secretaresse.
Toen Hubert de lift uitstapte, liep zijn secretaresse geagiteerd op hem af.
'Er zit iemand in uw kamer. Hij zegt dat hij familie van u is. Ik kon hem echt niet tegenhouden,' zei ze nerveus.
'Familie? Zei hij nog zijn naam?'
'Hij zei dat hij Broese heette. Zijn voornaam verstond ik niet.'
'Edgar Broese,' Het gezicht van Herbert verstrakte. Een ogenblik bleef hij staan.
'Had ik hem tegen moeten houden?' vroeg de secretaresse haastig. 'Hij...'
'Het is goed,' onderbrak Hubert haar kalm. 'Wil je me precies over tien minuten bellen? Zeg maar dat ik een vergadering heb.'
Hubert Mazurel draaide zich om, liep bedachtzaam naar zijn kamer en opende de deur.

Edgar Broese stond op uit een van de stoelen die bij een lage tafel vlak bij het raam stond. Met uitgestoken hand liep hij op Hubert Mazurel af.
'Meneer Mazurel,' groette hij met warme stem. 'Wat fijn u weer te zien. Hoe lang is het alweer geleden dat we elkaar hebben gezien? Zeker anderhalf jaar. Wat gaat de tijd toch snel.'
Hubert keek de man onbewogen aan, maar schudde toch de uitgestoken hand. Het lag niet in zijn aard om iemand te bruuskeren, maar weerzin stroomde door hem heen toen hij het gladde gezicht zag van de man tegenover hem. Echt verrast was hij niet. Het had

altijd voor hem vastgestaan dat Edgar hoe dan ook eens zou terugkeren. Deze man was volledig op zijn eigenbelang gericht.

Hubert Mazurel ging achter zijn bureau zitten en vroeg achteloos:
'Wat kan ik voor je doen, Broese?'

Geen Edgar, merkte Edgar onmiddellijk op; alsof hij een of andere ondergeschikte was. Het trof hem onaangenaam. Toch liet hij
zich door deze houding niet uit het veld slaan. Hij moest zijn kaarten goed uitspelen. Er verscheen een deemoedige trek op zijn
gezicht.

'Meneer Mazurel, ik eh... U begrijpt zeker wel waarvoor ik kom.
Allereerst wil ik mijn excuses aanbieden voor wat ik uw dochter,
maar natuurlijk ook de hele familie heb aangedaan, want jullie
hebben natuurlijk ook onder de scheiding geleden. Het is wel laat,
maar toch wilde ik laten weten dat ik behoorlijk spijt heb van mijn
ondoordachte gedrag.'

Hij wachtte en keek aandachtig naar het strakke gezicht van
Hubert.

'Ik heb uw dochter veel pijn gedaan en dat wil ik weer goedmaken.
Natuurlijk begrijp ik dat u me wantrouwt, maar Hubert...' Edgars
stem werd vertrouwelijk. 'Als mannen onder elkaar, je weet
natuurlijk hoe dat gaat: in een dolle bui val je even voor iemand
anders waarvan je later natuurlijk spijt krijgt als haren op je hoofd.'

Hij glimlachte en streek behoedzaam over zijn glanzende krullenkapsel.

Maar Hubert glimlachte niet mee. Hij zweeg in alle talen en keek
Edgar Broese emotieloos aan. De man was niets veranderd: nog
steeds dezelfde gladde, onbetrouwbare mooiprater. 'Zou je nu
misschien ter zake willen komen?' vroeg hij. 'Ik heb straks een vergadering. Wat wil je van me?'

'Dat je met Lotte spreekt, Hubert. Dat je haar vertelt hoe vreselijk
het me spijt dat de relatie is verbroken en dat ik haar zielsgraag wil
terughebben. Je moet me op mijn woord vertrouwen, Huub, ik zal
je dochter nooit meer zoiets aandoen.' Smekend keek Edgar
Hubert aan.

'Maar je vond toch zelf dat Lotte een ander soort man nodig had?

Hoe schreef je dat ook weer: Jij hebt iemand anders nodig, een rustige, aardige, degelijke man die meer bij je past en ik pas meer bij een iets boeiender persoonlijkheid, dat waren toch je eigen woorden?'

Edgar Broese schrok. Had Hubert ook dat briefje gelezen? En dat de man nog precies wist wat Edgar had geschreven! Dat was een tegenvaller. Hoe moest hij zich hieruit redden?

'Broese,' ging Hubert Mazurel verder. 'Ik heb gezien hoe mijn dochter leed en misschien nog wel lijdt onder de scheiding, en natuurlijk wil ik haar geluk.'

Een felle blijdschap schoot door Edgar heen. Zie je wel, zijn schatje hield nog van hem, dacht hij triomfantelijk en haar vader zou hem helpen. Waarover had hij zich zorgen gemaakt? Zelfs dat briefje deed niets ter zake. Alles ging van een leien dakje.

'Als het van mij afhangt, zal ik alles in het werk stellen om haar weer gelukkig te maken,' zei Hubert.

'Huub, ik ook, ik ook, daar kun je van op aan.' Edgar Broese keek Hubert stralend aan. 'Ik maak gewoon tijd vrij, verzet al mijn afspraken en zoek haar vandaag nog op. Ze is thuis?'

Hubert schudde zijn hoofd. 'Ze heeft allang weer een baan. 't Gaat goed met haar. Maar het adres geef ik niet. Als je werkelijk zo veel om haar geeft, zul je dat zelf moeten uitzoeken.'

De telefoon rinkelde. Hubert nam op. Hij luisterde even. 'Zeg maar dat ik eraan kom, Lydia. Mijn gesprek hier is afgelopen.' Hubert legde de telefoon neer en keek de toch wel van zijn stuk gebrachte man tegenover hem aan.

'Als je me nu wilt excuseren, Broese. Ik heb een vergadering. Je kwam onaangekondigd en vooral ongelegen.' Hubert stond op en liep naar de deur. 'Mijn secretaresse zal je uitlaten. Oh, en Broese, laat ik duidelijk zijn: ik hoop van ganser harte dat je mijn dochter niet vindt. Mocht Lottemarie ooit weer met jou in zee gaan, reken er dan maar op dat je niet meer welkom bent in mijn huis.' Hubert draaide zich om en verliet de kamer terwijl hij de deur open liet staan. 'Lydia, wil je meneer even uitlaten?'

Edgar Broese keek de man verbijsterd na. Wat?

'Wilt u mij maar volgen?' Huberts secretaresse keek met leedvermaak naar de ongewenste bezoeker. Dat arrogante mannetje was kennelijk op zijn plaats gezet door haar baas. Ze liep hem voor naar de lift en drukte op de knop. De deuren gingen onmiddellijk open. 'Nog een heel prettige dag,' groette ze beleefd.

Nog steeds volledig overrompeld stapte Edgar de lift in. Overkwam hem dit echt? Werd hij zomaar de laan uitgestuurd? De verbijstering maakte opeens plaats voor stijgende woede. Wat dacht die man, die ellendige Mazurel, wel dat hij zich werkelijk zomaar liet afschepen? Hij zou hem krijgen. Eerst ging hij op zoek naar Lottemarie. Dat adres had hij binnen een week. Zo niet, dan nam hij een detective in de arm. Die gasten waren zo slim... En als hij Lottemarie weer terug had, want daaraan twijfelde hij geen seconde, dan zouden ze nog eens zien wie de troeven in handen had. Hubert Mazurel zou dikke spijt krijgen van zijn woorden.

Die laatste gedachte temperde zijn woede enigszins. De jacht was begonnen en hij zou winnen!

Via gezamenlijke kennissen kwam hij erachter dat Lottemarie in Laren werkte, maar het juiste adres kon hij niet achterhalen. Toch had hij al snel de oplossing voor het probleem gevonden. Als Lotje werkelijk in Laren werkte, zou ze er vast ook boodschappen doen. Regelmatig zou hij naar het centrum gaan. Als hij maar lang genoeg wachtte, zou hij Lotje op zekere dag ontdekken. Laren was een beeldschoon, schilderachtig dorp, precies de juiste omlijsting voor zijn aanstaande vrouw. Wat zou ze opkijken als ze merkte dat hij op zoek was naar haar.

Oktober kwam met prachtig nazomerweer. Lottemarie wandelde op een vrijdagmiddag door het centrum van Laren naar een interieurzaak om wat gordijnstalen op te halen. De gordijnen waren bestemd voor de werkkamer van Jan van den Homburg. Daarmee was de inrichting van de kamer afgerond.

Morgen zou ze voor een lang weekend naar huis gaan, want ze was moe. De laatste tijd was het ontzettend druk geweest. Allereerst hadden ze een tweede housewarmingparty georganiseerd, maar nu met de echtgenoten en de kinderen erbij. Het was een geweldig feest geworden. Ook de dames die afgezegd hadden voor de eerste party waren, vergezeld van hun echtgenoten en kinderen, aanwezig geweest. Alleen Bartiene Mudde en haar man hadden geen uitnodiging gekregen, maar daar was niemand rouwig om geweest.

Daarna waren ze regelmatig in Amsterdam geweest in verband met de renovatie van het winkelpand aan de Singelgracht. Lucie van den Homburg wilde per se bij alle veranderingen zijn en had daarbij steeds Lottemaries hulp ingeroepen. Lucie had zich uitgebreid laten voorlichten door de architect, want ze was in het begin niet gewend om bouwtekeningen te lezen. Ja, de nieuwe Lucie had de teugels stevig in handen en liet die niet meer los.

Bouwvakkers waren nu druk bezig het winkelpand te renoveren. Het was dezelfde ploeg die Lottemaries vader had ingehuurd voor de renovatie van haar huisje in Eemnes. Jan van den Homburg had extra bonussen beloofd aan de mannen als het huis binnen de afgesproken tijd volledig gerenoveerd opgeleverd kon worden.

De sfeer in huize Van den Homburg was volledig veranderd sinds de woede-uitbarsting van Lucie. Jan liep zijn vrouw als een schoothondje achterna en wist niet wat hij moest doen om het haar naar de zin te maken. Hij leek precies op een jongen die voor het eerst smoorverliefd was. Soms werd Lottemarie er een beetje iebel van. Gelukkig zou deze fase ook weer overgaan, wist ze. Ze had ergens gelezen dat volgens wetenschappers de duur van verliefdheid varieerde van drie maanden tot een jaar. Dan kreeg het gezonde verstand gelukkig weer de overhand. Lottemarie hoopte van ganser harte dat de verliefdheid van Jan maar kort zou duren. Al die publieke liefkozingen...

Lottemarie liep langzaam over de Brink en genoot van de oktoberzon die met gulle hand zijn warmte uitgoot over het land. De bomen zaten nog volledig in blad. De bonte herfstkleuren zorgden voor een feestelijke, maar ook enigszins droefgeestige sfeer, vond ze. Misschien kwam dat gevoel ook wel een beetje door de lange afwezigheid van Paul Conradie. Was hij al weer terug in Nederland? Ze had een paar ansichtkaarten gekregen met wat nietszeggende woorden en groeten. Wanneer zou ze hem zien, of zou ze hem wellicht nooit meer tegenkomen? Aan die laatste gedachte wilde ze eigenlijk niet denken. Die maakte haar zo treurig. Ze liep over het parkeerterrein. Opeens werd haar blik getrokken naar een donkerrode sportwagen. Ze schrok. Haastig keek ze naar het nummerbord. Oh nee, niet hier. Dat was de auto van Edgar. Was hij hier per ongeluk, of was hij soms op zoek naar haar? Dat laatste kon ze zich nauwelijks voorstellen. Haar ogen dwaalden ongerust langs de terrasjes. Ze zaten vol met mensen die nog van de laatste zomerse toegift genoten. Zat Edgar tussen hen? Waarom? Opeens realiseerde ze zich dat ze bang was, echt bang. Ze wilde Edgar Broese onder geen beding meer ontmoeten. Het risico om weer onder zijn invloed te komen, wilde ze niet lopen, wat haar grootmoeder ook mocht beweren, dat dat niet meer zou gebeuren. Het was genoeg geweest, nooit meer Edgar Broese. Ze wilde zo snel mogelijk weg van de parkeerplaats! Die stofstalen kwamen later wel. Maar hoe kon ze het best onopgemerkt verdwijnen? Lottemarie keek om zich heen. De kerk! Die was maar een paar meter van haar verwijderd. Een van de twee boogdeuren stond open. Waarschijnlijk was er een bruiloft of een begrafenis geweest, want meestal zaten de deuren op slot. Ze wist zeker dat er een achteruitgang bestond. Een kerk had altijd meerdere uitgangen. Haastig koerste ze naar de ingang van de kerk, stapte het voorportaal binnen en deed onmiddellijk de deur achter zich dicht. Daarna opende ze een deur naar de kerkzaal. Even bleef ze staan. De kerk was vrolijk versierd met witte en roze anjers. Er was dus een bruiloft geweest, begreep ze. Voor in de kerk was een man, vermoedelijk de koster, bezig met een lange kaarsendover de laatste kaarsen in de hoge kroonluchters te doven. De man had niets gehoord, want na de laatste kaars gedoofd te hebben, liep hij weg en verdween door een zijdeur van de kerk. Snel liep Lottemarie naar voren tussen de banken door. Ze wilde niet ontdekt worden, ze wilde Edgar Broese nooit meer zien. Ze volgde dezelfde weg als de koster door de zijdeur en kwam in een kleine gang terecht. Besluiteloos keek ze om zich heen. Waar was de koster en waar

was nou de achteruitgang? Ze had geen tijd te verliezen. Opeens hoorde ze een geluid. Ze liep eropaf en opende een deur. Het bleek de sacristie te zijn. Twee mannen waren met elkaar aan het praten. Een van hen was de koster, de andere man draaide zich om.
'Paul?' riep Lottemarie verbaasd uit. Grenzeloze opluchting maakte zich van haar meester. Hij was terug! Eindelijk!
Paul Conradie stond naast een kleine tafel die bedekt was met bladmuziek. Hij droeg een chic, grijs kostuum en was bezig muziek bij elkaar te rapen. Wat deed hij hier, vroeg Lottemarie zich af. Nou ja, daar had ze nu geen tijd voor. Ze moest de achteruitgang vinden.
Verbaasd keek Paul naar Lottemarie die met een gespannen gezicht naar binnen was gekomen.
'Is hier een uitgang?' vroeg ze.
'Jazeker.' Nu bemoeide de koster zich ook met het gesprek.
Paul wilde een grapje maken en vragen of ze op de vlucht was voor de politie, maar hij werd tegengehouden door de opgejaagde blik in haar ogen. Hij maakte snel een stapel van de muziekbladen, deed die in een kleine koffer en greep toen de hand van Lottemarie. 'Kom,' zei hij. 'Jan, kun jij even de deur en de poort voor ons openen?' De man knikte.
Haastig trok Paul haar mee de kamer uit achter de koster aan. Even later stonden ze voor een donkergroene deur. De koster schoof de grendel weg en liet de man en het meisje voorgaan naar buiten, een grote tuin in.
Het was de meest romantische tuin die Lottemarie ooit gezien had. Oude bomen met knoestige stammen stonden her en der verspreid. De smalle laantjes waren omzoomd met buxusheggen en hortensia's. Overal bloeiden rozen. In het midden van de tuin stond een ronde stenen pomp. Jammer dat ze zo weinig tijd had om de tuin te bewonderen, ging het door haar heen.
Achterin opende de koster een poortje. Paul trok Lottemarie achter zich aan de straat op. Een klein parkeerterrein lag verderop naast de weg.
'Mijn auto staat daar,' wees Paul. 'Wacht hier,' zei hij kort en liep

weg. Een minuut later reed hij de auto voor. Hij stapte uit en opende het portier voor Lottemarie, die zich met een zucht van verlichting in de leren autostoel liet zakken. Paul stapte in en reed weg. Lottemarie deed heel even haar ogen dicht. Hij was terug en zij was uit de narigheid.

Edgar Broese zat achter een glas bier op een terrasje dat uitkeek op het parkeerterrein. Nauwlettend hield hij de omgeving in de gaten. Iets in hem zei hem dat hij vandaag wel een heel grote kans maakte om Lottemarie te ontmoeten. Hij hield van het zinderende gevoel dat door hem heen stroomde. De eerste ontmoeting... misschien even tegenstribbelen, maar dan toch de verzoening. Dat moment, dat ene, geweldige moment! Zijn ogen gleden over de mensen, de auto's en de kerk. Opeens werd zijn blik getrokken naar een tenger figuurtje in een blauwe, mouwloze jurk dat snel over het parkeerterrein liep in de richting van de Sint Jansbasiliek. Het meisje ging haastig de kerk binnen. De deur sloot zich achter haar. Hoewel het meisje kort haar had, herkende Edgar haar onmiddellijk aan haar sierlijke loop: zo liep alleen Lottemarie! Eindelijk! De vreugde en opwinding joegen door hem heen. Zijn geduldig wachten leverde ten slotte resultaat op. Hij riep de ober om de rekening. Ondertussen lieten zijn ogen geen ogenblik de deur van de Sint Jan los. Hij wachtte niet op het wisselgeld van de kelner, maar liep met langzame passen naar de ingang van de kerk. Nog even wilde hij deze spannende momenten rekken. Het verlangen naar iets was altijd meer dan het hebben, wist hij uit ervaring.

Edgar Broese drukte de klink van de kerkdeur naar beneden en stapte naar binnen. Een moment bleef hij staan. Hij rook de typische kerkgeur van wierook, boenwas en brandende kaarsen, een soort echogeur uit zijn jeugd. Edgar hield niet van de geur, hij hield ook niet van kerken. Heel behoedzaam deed hij een deur naar de kerkzaal open en keek naar binnen. De kerk was helemaal leeg. Waar was het meisje, waar was Lottemarie? Hij wendde zijn hoofd en zag een diepe, halfschemerige nis. Aan het eind flauw verlicht door een paar kaarsen stond een hoog houten beeld. Zou Lotje hier zijn?

Edgar liep de nis in, maar hij bleek leeg. Vervolgens liep hij de kerk weer in.

'Hallo!' riep hij en liep langzaam naar voren. Ondertussen keek hij links en rechts tussen de banken of iemand zich daar verborgen hield.

'Hallo!' riep hij nog eens. Toen op vragende toon: 'Lot? Lotje? Waar zit je? Ik zag je naar binnen gaan, kom maar tevoorschijn. Liefje, alles komt weer goed. Ik heb je gemist, zoals jij me natuurlijk ook hebt gemist.'

Een deur ging open, iemand in een donker pak met een smalle, witte boord om kwam op hem af. Zeker de pastoor van de kerk, dacht Edgar.

'Kan ik u helpen?' vroeg de man vriendelijk.

'Ik zoek iemand die ik hier net naar binnen zag gaan. Een meisje in een blauwe jurk.'

De pastoor schudde verbaasd zijn hoofd. 'Ik heb niemand gezien, zeker geen meisje in een blauwe jurk.'

'Ik zag haar naar binnen gaan,' merkte Edgar kriegelig op. Hij was toch niet gek of leed hij aan hallucinaties? Zijn ogen dwaalden de kerk rond en bleven rusten op de biechthokjes. Aha, daar had ze zich misschien verstopt. Met snelle passen liep hij op de biechthokjes af en opende de deuren. Het bleken diepe kasten te zijn waarin allerlei spullen lagen.

'Meneer, dit kan echt niet,' protesteerde de pastoor gebelgd, maar Edgar stoorde zich totaal niet aan de woorden van de geestelijke. Hij keek alle hokjes na en toen hij zag dat er niemand in zat, liep hij door naar de zijdeur van de kerk. De pastoor liep hem vlug achterna en wilde hem tegenhouden, maar Edgar schoof hem achteloos opzij. Hij moest en zou Lottemarie vinden, maar hoe hij ook zocht, het meisje in de blauwe jurk bleef onvindbaar. Hij opende de deuren van de keukens, de sacristie en een berghok, maar er was nergens een spoor van Lottemarie te vinden.

'Ik heb haar zien binnengaan,' zei Edgar razend. 'Ze moet hier zijn.' Hij sloeg een paar keer venijnig met zijn rechtervuist in zijn linkerhandpalm. Er lag een fanatieke blik in zijn ogen.

De geestelijke keek hem alleen maar aan en zweeg. Met deze man was niets te beginnen, wist hij. Hij leek wel gestoord. Dat meisje dat gezocht werd, mocht wel uitkijken.

Woedend verliet Edgar Broese de kerk zonder ook maar enig excuus te maken aan de pastoor. Buiten bleef hij staan. Ze was hem ontglipt. Morgen huurde hij een detective in. Hij moest en zou Lottemarie Mazurel vinden.

Paul Conradie reed dwars door Laren richting Hilversum. Af en toe keek hij opzij naar het meisje, maar hij uitte geen woord. Bij een heideveld vlak bij Hilversum parkeerde hij de auto.

Toen ze uitgestapt waren en hij met zijn afstandsvergrendeling de auto op slot had gedaan, wees hij op het pad dat over de heide liep. 'Wil je wandelen?'

Ze knikte.

Naast elkaar liepen ze over het pad. 'Kijk uit, struikel niet,' waarschuwde hij opeens. Hij greep haar hand. Een kronkelige boomwortel groeide over het pad. Toen ze verdergingen, liet hij haar hand niet meer los. Zijn greep voelde op de een of andere manier vertrouwd aan, vond Lottemarie. Hier liep ze dan met een man die ze qua tijd nauwelijks kende, en toch leek het of ze hem haar hele leven al gekend had. Eindeloos kon ze zo met hem voortwandelen. Ze kon zich niet herinneren dat ze ooit dit gevoel had meegemaakt met iemand anders, dat zorgeloze, veilige, zwijgende, intens gelukkige voortgaan, zelfs niet met Edgar, of beter gezegd, zeker niet met Edgar. Edgar had al helemaal niet van wandelen gehouden. In de aanwezigheid van Edgar had ze zich altijd enigszins gespannen gevoeld: of hij haar wel leuk genoeg vond, of hij niet zomaar ergens geïrriteerd over was. Altijd was er een gevoel van onzekerheid op de achtergrond van haar denken aanwezig geweest.

'Voor wie was je op de vlucht?' verbrak Paul ten slotte de stilte, terwijl hij zijn hoofd naar haar toewendde. 'Want je was duidelijk op de vlucht, dat zag ik aan alles.'

'Voor iemand uit mijn verleden,' antwoordde Lottemarie. Ze keek naar het gezicht van de man naast haar: grijze ogen waarin geen spoor van vleierij te bespeuren was, de huid gebruind door weer en wind en niet door een zonnebank, een rechte mond, kortom een aardig en betrouwbaar gezicht, een gezicht dat de laatste tijd vaak in haar dromen voorkwam. Was dit misschien echte liefde? Snel draaide ze haar hoofd om, bang dat hij iets van haar gevoelens voor hem in haar ogen zou kunnen lezen.

'Voor hem,' ging ze na een korte stilte verder.

'Voor die vriend?'

Lottemarie knikte. 'Ik zag zijn auto op het parkeerterrein en voelde dat hij op een van de terrassen moest zitten. Plotseling werd ik bang, begrijp je dat?' Ze keek hem aan.

'Jawel, je wilde niet meer aan die ellendige tijd herinnerd worden. Je wilde ook geen herhaling meer, maar je was bang dat je misschien voor de verleiding zou bezwijken als je hem weer zag,' antwoordde hij.

'Ja,' zei ze opgelucht. 'Maar ik wil geen vriendschap meer met hem. Ik wil niet meer van hem houden. Ik was... ik was zo bang.'

'Dus je houdt niet meer van hem,' constateerde hij op kalme toon. 'Want als je erg bang bent voor iemand, houd je niet meer van die persoon. Alleen ben je misschien nog niet sterk genoeg om dat tegen hem te zeggen omdat hij misschien zal proberen je tot andere gedachten te brengen. Maar je houdt niet meer van hem en dat vind ik een hele geruststelling.' Hij stond stil.

'Geruststelling?' herhaalde ze verbaasd. Ze keek hem met grote ogen aan.

'Jawel, want dan maak ik tenminste een kans.' Hij keek haar strak aan en legde zijn handen op haar schouders. 'Je moet toch gemerkt hebben wat ik voor je voel?'

'Maar ik dacht. Ik bedoel... Hoe kan dat nou? Jij hebt nooit iets laten merken,' zei ze toen verward.

'Nee?' Hij keek haar opeens glimlachend aan en boog zijn gezicht naar haar toe.

Ze kreeg een kleur. Als hij haar zo aankeek...

'Weet je echt niet hoe ik over je denk? En die afscheidskus dan?' Hij richtte met zijn wijsvinger haar kin iets omhoog. 'Vanaf het eerste moment dat je voor me op de straat zeilde, kon ik je al niet meer uit mijn gedachten zetten. Zelfs tijdens die belangrijke vergadering van die dag zag ik maar steeds die prachtige, bruine ogen van jou voor me. Kun je nagaan hoe ik me voelde toen ik die rottige bloemen terugkreeg.'

'Dat wist ik toch niet?' fluisterde ze.

'Jij weet ook niets,' zei hij teder. Hij trok haar dicht naar zich toe en sloeg zijn armen vast om haar heen. 'Lieve Lotte Mazurel, ik houd al tijden van je.' Toen boog hij zijn hoofd en drukte zijn mond op de hare.

Hij houdt van me, dacht ze in helle vreugde, hij houdt werkelijk van me. Hij kust me en het is beter dan ik me ooit kon voorstellen. Ze sloeg haar armen om zijn hals en kuste hem even enthousiast terug. Het beeld van Edgar Broese verdampte als sneeuw voor de zon en met dat beeld ook de angst. Ze hoefde nooit meer bang te zijn.

'Houd je ook van mij?' wilde hij weten.

'Moet je dat nog vragen? Natuurlijk!' Ze trok zijn hoofd naar beneden en kuste hem hartstochtelijk op zijn mond, zijn wangen, zijn hele gezicht. 'Weet je het nu?' vroeg ze lichtelijk buiten adem.

'Zeker, en ik vind deze verzekering wel voor herhaling vatbaar,' zei hij lachend.

'Je moest es wat meer lachen.' Bijna bestraffend keek ze hem na een tijdje aan. 'Dan zie je er zoveel aardiger uit. Af en toe was ik gewoon...'

'Wat, gewoon?' vroeg hij onderzoekend.

'Onder de indruk,' besloot ze snel.

'Oh, maar dat kan geen kwaad, hoor,' vond hij. 'Ik moet je eronder houden. Als ik dat niet doe, geef ik je in alles je zin. Weet je dat ik afschuwelijk veel van je houd? Dat ik je in Amerika zo vreselijk miste dat ik eigenlijk direct wilde terugvliegen?'

'Had het maar gedaan,' zei ze glimlachend.

'Ik durfde niet.'

'Durfde niet?' Stomverbaasd keek ze hem aan.

'Ja, ik was bang dat je nog steeds van die ander hield.'

'Ik hield allang niet meer van hem,' zei ze hoofdschuddend.

Hij boog zijn hoofd weer naar haar toe en ging met zijn lippen strelend langs haar gezicht tot hij weer terugkeerde naar haar mond en hij zijn mond stevig op de hare drukte.

'Wanneer werd jij verliefd op mij?' wilde hij weten.

'Dat weet ik niet meer,' antwoordde ze een beetje verontschuldigend. 'Maar ik moest wel de hele tijd aan je denken, nadat ik gevallen was en jij zo kwaad werd.'

'Kwaad? Ik? Hoe kom je erbij.'

'Jawel, want die papieren zwierden over de straat en dat vond je echt niet leuk. Je gezicht stond op zeven dagen onweer. Je hebt toen niet één keer naar mij gelachen,' zei ze beschuldigend.

'Zal ik het alsnog goedmaken?' Plagend keek hij haar aan, legde zijn handen om haar hoofd en kuste haar stevig op haar mond. 'Zo goed?'

Ze knikte woordeloos.

Plotseling werd zijn gezicht ernstig.

'Wat is er?' vroeg ze.

'Lotje, ik begrijp dat we niet dadelijk met elkaar kunnen trouwen, omdat je nog helemaal moet wennen aan deze situatie. En dat je vertrouwen in mensen, speciaal in mannen niet al te groot is.'

'Maar ik...' zei Lottemarie hoofdschuddend.

'Nee, laat me even uitpraten. Misschien ben je wel benauwd om je te binden, omdat je bang bent...'

'Maar ik ben helemaal niet bang,' sneed ze dwars door zijn woorden heen.

'Niet?' vroeg hij verbaasd.

'Nee, natuurlijk was ik geschokt door het gedrag van hem.' Ze wilde de naam van Edgar absoluut niet meer uitspreken. Hij had voorgoed afgedaan. 'En van mijn vriendin,' ging ze verder. 'Maar gelukkig had ik mensen om me heen die wel betrouwbaar waren. Die hebben me er overheen geholpen.'

'Dus,' vroeg hij aarzelend. 'Je wil misschien wel op korte termijn met me trouwen?'

'En je zei dat je niet wilde trouwen,' plaagde ze.

'Ja, tot ik jou tegenkwam, kleine plaaggeest,' antwoordde hij. Lachend schudde hij haar door elkaar. Toen zei hij weer ernstig: 'Ik ben wel bijna tien jaar ouder dan jij.'

'Ach wat, doe niet zo gek. Ik houd helemaal niet van die jonge jochies,' antwoordde ze luchtig.

'Maar je familie…'

'Mijn grootmoeder vermoedde het al een hele tijd.' Ze zweeg en draaide even haar hoofd om.

'Wat vermoedde die grootmoeder van jou al de hele tijd?' vroeg hij terwijl hij plagend lachend haar gezicht weer naar zich toe draaide.

'Nou, dat ik verliefd op je was. Elke keer dat ik thuiskwam en ze mij zag, vroeg ze naar jou, hoe het met je ging,' antwoordde Lottemarie toch wel wat verlegen.

'Dat mag ik toch zo graag zien, die verlegenheid van jou.'

'Ach, rare,' zei ze. 'Dus oma zal laaiend van vreugde zijn,' ging ze snel verder. 'Ik denk dat ze stiekem met jouw grootmoeder plannetjes heeft gemaakt om ons bij elkaar te brengen. En wat betreft mijn ouders, mijn vader mocht je al heel graag, dat vertelde hij mij, en mijn moeder springt een gat in de lucht. Die vindt het maar niets dat haar dochter nog los rondloopt. En de jongens zijn helemaal door het dolle heen, want die waren steeds maar bang dat ik Edgar toch weer terug zou nemen. Ze hadden een gruwelijke hekel aan hem.'

'Ik vind die broers van jou nu al geweldige kerels,' merkte Paul innig tevreden op.

'Maar jouw familie?' vroeg Lottemarie. Ze kende alleen maar de grootmoeder van Paul, Millie van Stoetwegen.

'Mijn familie zal je op handen dragen,' verzekerde hij haar. 'Hoeveel keren mijn zusjes niet geprobeerd hebben om mij aan een meisje te koppelen, ik heb het aantal keren niet bij kunnen houden. Ik werd er niet goed van. Dat gebeurt dus niet meer en daar ben ik reuze blij mee. Ga je het weekend naar huis of moet je morgen nog iets doen?' vroeg hij toen.

'Wat dan?'

'Er is een heel bijzondere tentoonstelling in de Nieuwe Kerk in Amsterdam over de juwelen van de Europese vorstenhuizen. Het zijn natuurlijk replica's, maar die zijn ook schitterend. Daarnaast hangen er schilderijen afkomstig uit de diverse Europese paleizen. Onze uitgeverij heeft de catalogus voor de tentoonstelling gemaakt. Ik heb twee toegangskaarten. Ga je mee een dagje naar Amsterdam?'

'Fantastisch,' antwoordde Lottemarie met stralende ogen. 'Laten we dan ook even naar de Singelgracht gaan. Dan kan ik je meteen het winkeltje laten zien van Lucie van den Homburg.'

'Het winkeltje van Lucie van den Homburg?' vroeg Paul verrast. 'Sinds wanneer heeft die een winkeltje in Amsterdam en nog wel op de Singelgracht?'

'Dat weet je natuurlijk nog niet,' antwoordde Lottemarie. 'Ik had je toch al eens verteld dat Lucie had altijd één droomwens had: een winkel waarin ze haar eigen handgemaakte bonbons kon verkopen, en dat haar man Jan dat absoluut niet wilde?'

'Hij was nog het ouderwetse type dat vond dat hij alleen de kost moest verdienen,' beaamde Paul.

'Juist. Maar na de housewarmingparty die een enorm succes was – want Lucie wordt tegenwoordig door iedereen uitgenodigd – kregen zij en haar man een vreselijke ruzie die zo hoog opliep dat Lucie dreigde weg te gaan. Jan had de keus: of de winkel kopen of Lucie ging van hem scheiden. Nou, die keuze was natuurlijk heel eenvoudig, Jan heeft de winkel gekocht en nu is alles weer koek en ei. Ze zijn stralend gelukkig met elkaar. Het lijken af en toe net tortelduiven.'

'En dat vind jij niet leuk,' merkte Paul plagend glimlachend op.

'Hoezo?' Lottemarie bloosde.

'Dat zie ik aan je gezicht en hoor ik aan je stem. Tja liefje, zo goed ken ik je nu al, ik zie dwars door je heen.'

'Nou ja…' Lottemarie haalde haar schouders op en wendde snel haar hoofd af. Vervelend, dat blozen, maar Paul lachte nog harder. Hij draaide haar hoofd naar zich toe en kuste haar. 'Je went er wel aan,' stelde hij haar gerust. 'Maar hoe zit het met je baan?'

'Lucie wil dat ik de kamers in het nieuwe huis inricht. Dus vooralsnog heb ik werk genoeg.'

'En daarna?'

Lottemarie haalde haar schouders op.

'Richt daarna ons maar huis maar in,' sprak Paul glimlachend. Hij boog zijn gezicht weer naar haar toe en drukte zijn mond stevig op de hare. 'Het is dat we naar huis moeten, want het liefst zou ik je voor altijd vast willen omhelzen en kussen,' mompelde hij. Zijn lippen gleden langzaam over haar hals, over haar diepe decolleté. Lottemarie deed haar ogen dicht van verrukking.

'Kom, we moeten gaan,' zei hij ten slotte diep zuchtend.

Vlak voordat ze instapten, wees ze op zijn kostuum. 'Je ziet er zo plechtig uit. Waarom draag je dat pak eigenlijk?'

'Ik heb...' Hij keek vlug op zijn horloge. '... een paar uur geleden gezongen op de bruiloft van een vriend van mij.'

'Zing je?' vroeg ze verbaasd.

Hij knikte. 'Ik zal je morgen wekken met een aubade, wat vind je daarvan?' vroeg hij.

Meende hij dat nou, dacht ze benauwd. Ze moest er niet aan denken, dat gegalm op de vroege ochtend. En iedereen in het laantje zou natuurlijk wakker worden.

'Ik plaag je maar, lieverd. Reken er maar op dat ik dat elke dag doe,' zei hij grinnikend.

'Moet je niet bij de rest van het feest aanwezig zijn?' bedacht ze plotseling.

'Lief meisje, het feest duurt zeker tot diep in de kleine uurtjes, ze kunnen me best een tijdje missen.'

Innig gearmd liepen ze terug naar de auto.

Amsterdam lag feestelijk te glanzen in de oktoberzon. De terrassen zaten overvol.

Paul en Lottemarie liepen over het Damrak. Lottemarie keek naar de Bijenkorf.

'Na afloop van de tentoonstelling gaan we daar naartoe,' beloofde

Paul die haar blikken zag. 'Tenminste, als we nog tijd hebben.'

'Zullen we eerst de winkel van Lucie bekijken?' stelde Lottemarie voor. 'Ik heb een sleutel bij me.'

Gelukkig, dacht ze, we hebben het rijk alleen. Iedereen zit in Laren en dat komt goed uit. Ik wil de relatie met Paul graag nog even geheim houden.

Innig gearmd slenterden ze over de Singelgracht. Het gouden Rembrandtlicht viel over de nog volle kruinen van de bomen. Hier en daar dwarrelden de eerste bladeren naar beneden. Eén flinke storm en de goudgele pracht zou verdwenen zijn.

'Hier is het.' Voor het huis met het halfronde etalageraam bleef Lottemarie staan.

'Wat een prachtig pand,' vond Paul bewonderend. Hij keek omhoog. 'Daar heeft die meneer Van den Homburg een behoorlijke hoeveelheid geld voor moeten neertellen.' Toen boog hij zich vorover en tuurde door het raam naar binnen.

Lottemarie stak de sleutel in het slot en opende de deur.

De geur van vochtig metselwerk en pas geschaafd hout kwam hen tegemoet. Ze liepen de winkelruimte in. Plotseling klonken er voetstappen boven hen, hout kraakte.

'Hé, er zijn mensen boven. Wie kunnen dat zijn?' fluisterde Lottemarie. Ze was blij dat Paul bij haar was.

Voetstappen kwamen naar beneden. Een deur ging open.

'Lottemarie!'

'Lucie!'

Stomverbaasd keken Lottemarie en Lucie elkaar aan.

'Jij zou dit weekend toch naar huis gaan?' vroeg Lucie.

'En ik dacht dat jij in Laren zou zijn,' merkte Lottemarie op.

Lucie keek naar Paul. Wie was dat? Had Lotte een nieuwe vriend? De man stak zijn hand uit. 'Ik ben Paul Conradie, de vriend van Lotte.'

Conradie? P.L. Conradie? Was dat niet de buurman van die rozen op Valentijnsdag, dacht Lucie. Ze keek een paar keer afwisselend Lottemarie en Paul aan. 'Zijn jullie...? Ik bedoel...'

Lottemarie knikte verlegen.

Dus toch… Lucie begon stralend te lachen. Als ze het niet had gedacht!

'Wij gaan trouwen als u dat tenminste bedoelt,' antwoordde Paul op de onafgemaakte vragen.

'Ik ben geen "u" hoor, zeg maar Lucie. O Lotte, wat leuk, ik gun het je zo. Hartelijk gefeliciteerd.' Lucie liep op Lottemarie toe en omhelsde haar. Daarna feliciteerde ze Paul. 'O Lot, nu worden we toch buren! Heb ik het je toen niet gezegd?'

Er klonk opnieuw gestommel. Een man stak zijn hoofd om de deur. Het was Jan van den Homburg. Hij keek verrast naar de nieuwkomers. Wie was die man naast Lottemarie die zijn arm om haar schouders had gelegd? Had Bambi een nieuwe vriend? Vast niet iemand uit Laren, want begin september had hij de hele buurt op visite gehad en daar was hij deze man beslist niet tegengekomen.

'Dat is onze buurman, Jan,' zei Lucie stralend.

'Onze buurman?'

'Ja, onze buurman, maar je hebt hem nog niet ontmoet, want hij zat tijdens de housewarmingparty in Amerika, vertelde Lotte zojuist.'

Jan van den Homburg liep op het groepje af en stelde zich voor aan Paul.

'Wat doen jullie hier?' vroeg hij vervolgens.

'Ik wilde Paul even het huis laten zien,' antwoordde Lottemarie.

'Gaan jullie…?' Jan van den Homburg keek het stel onzeker aan.

'Ze gaan trouwen, Jan,' merkte Lucie blij op.

Een brede lach verscheen op Jans gezicht. 'Gefeliciteerd.' Hij drukte Paul de hand en kuste zowaar Lottemarie op beide wangen.

'Sinds wanneer zijn jullie bij elkaar?' wilde Lucie weten.

'Sinds gisteren,' antwoordde Lottemarie.

'Laat ik daar nou niets van gemerkt hebben. Ik bedoel, wanneer zagen jullie elkaar dan?' vroeg Lucie met grote, ronde ogen van verbazing.

'Dat blijft geheim,' antwoordde Lottemarie.

'Stiekem, hoor,' merkte Lucie zogenaamd verontwaardigd op, maar ze lachte breed.

'We stonden net op het punt om weg te gaan,' kondigde Jan van den Homburg aan.

'O, gaan jullie gerust. Wij vinden het wel,' zei Lottemarie haastig. 'Ik sluit wel af.'

Ze namen afscheid.

'Kom, Pollewop.' Jan sloeg een arm om zijn vrouw heen. Nog steeds innig verliefd verliet het stel het pand.

Lottemarie keek hen na. 'Morgen weet heel Laren het,' zei ze.

'Van mij mag ze het de hele wereld vertellen.' Paul keek haar lachend aan.

Ze liepen naar boven. Lottemarie deed een van de ramen in de voorkamer open en leunde over de vensterbank naar buiten. Het was een drukte van belang op de gracht. Overal liepen mensen langs de kraampjes die tussen de bomen waren opgesteld. Kooplieden prezen luidruchtig hun waar aan; toeristen, druk lezend in hun gidsjes keken zoekend rond of bewonderden de voormalige koopmanspanden; auto's reden langzaam voorbij op zoek naar een parkeerplek, terwijl sommige fietsers luid bellend de weg onveilig maakten met hun zigzaggend rijgedrag.

'Gezellig, hè?' Lottemarie draaide haar hoofd en keek Paul aan die naast haar leunde op de vensterbank.

'Zou je hier willen wonen?' vroeg hij.

'Hier, in dit huis?'

'Ja, of een ander huis in Amsterdam.'

Even dacht ze na. 'Ik denk het niet, want ik ben geen stadsmens,' merkte ze toen op. 'Ik houd toch meer van een iets rustiger omgeving. Op het laatst zou ik gek worden van al die mensen om me heen.'

Er was nog een reden, maar die hield ze voor zichzelf: ze wilde absoluut niet in dezelfde stad wonen als Edgar Broese.

Na de bezichtiging van het huis en de tuin, verlieten ze de Singelgracht en wandelden terug naar de Dam.

De Nieuwe Kerk was schemerig na het uitbundige licht dat buiten heerste. In het grote portaal werden ze zorgvuldig op hun kaarten gecontroleerd.

'Kom, we gaan de kronen en tiara's van de Oranjes, de Tudors en Windsors bekijken,' zei Paul opgewekt. Hij greep haar arm en trok haar mee.

Overal liepen mannen in donkerblauwe uniformen door de tentoonstellingsruimte.

'De bewaking is echt wel nodig. Er hangen kostbare stukken aan de muren,' verduidelijkte Paul.

Langzaam liepen ze langs de glazen vitrines. Lottemarie keek haar ogen uit. Hoewel de kronen en de rest van de juwelen voornamelijk replica's waren, zagen ze er bijzonder kostbaar uit.

'Vergis je niet, liefje, die stenen zijn niet allemaal van glas. Er is vooral gebruikgemaakt van halfedelstenen,' legde Paul uit. Hij keek naar een groepje mensen dat druk met elkaar stond te praten. 'Lotje, ik moet even naar die mensen toe. Ze zijn van mijn uitgeverij en zouden bepaalde gasten rondleiden. Ik moet even vragen hoe het ging. Ik ben zo weer terug. Goed?'

'Ik vermaak me wel,' zei Lottemarie.

Haastig drukte Paul een kus op haar wang. 'Goed bewaren, ik wil hem straks terug,' zei hij streng. Toen lachte hij en liep weg.

Lottemarie liep naar soort nis waar een hoge vitrine was opgesteld. Op diepblauw fluweel lagen een prachtige diadeem met bijpassend collier en oorbellen tentoongesteld. Lotte las de beschrijving: diepblauwe stenen van lapis lazuli omringd door een krans van witte saffieren zaten in een zetting van wit goud. De oorspronkelijke sieraden werden gedragen door koningin Victoria van Engeland. Lottemarie zuchtte diep. Prachtig! Nog steeds had ze een voorliefde voor juwelen, waarschijnlijk een erfenis uit haar modellentijd.

'Mooi hè,' klonk een vleiend warme stem achter haar.

Schrik schoot door haar heen. Ze voelde het bloed uit haar gezicht wegtrekken. Niet hier, niet nu. Maar het was wel hier en nu. Ze draaide zich om.

Edgar Broese keek haar glimlachend aan. 'Dag, mijn lieve Lotje,' zei hij innig. Hij stak zijn hand uit om haar gezicht aan te raken, maar ze deinsde terug.

'Lotje, Lotje,' zei hij liefkozend. 'Ik heb je zo gemist. Dagen heb ik naar je gezocht en naar je verlangd. Dat wist je toch wel, of heeft je vader je niets daarover verteld? Popje, kun je vergeten wat er is gebeurd? Het was niet netjes van mij om je in de steek te laten, ik geef het onmiddellijk toe, maar eigenlijk was het niet mijn schuld, Lotje, je moet me geloven. Margot drong zo aan. Ze liet me maar niet met rust. Uiteindelijk ben ik gezwicht, maar het was afschuwelijk. Ik mis je, Lotje. Mijn werk lijdt onder jouw afwezigheid. Dat kun je, dat mag je me niet aandoen.' Er lag een smekende trek op het gladde gezicht van Edgar Broese. Zijn stem klonk dwingend.

Nog steeds had Lottemarie niets gezegd. Verbijsterd had ze naar de woorden geluisterd, de smoes waarmee hij Margot de schuld gaf en zichzelf vrij wilde pleiten. Hij wist het zelfs zo te draaien dat Lottemarie de schuld kreeg van het niet goed gaan van zijn werk en dat ze daarom maar snel moest terugkomen. Hoe was het mogelijk dat iemand zo gestoord kon denken.

'Lotje, Lotje, deze onverkwikkelijke zaak hoeft toch onze gezamenlijke toekomst niet in de weg te staan? Ik weet dat je niet zonder me kunt en ik kan ook niet zonder jou, ook al kun je soms wat drammerig zijn, maar dat neem ik gewoon voor lief.' Hij deed een stap naar voren, zodat hij dicht bij haar stond.

Roerloos keek Lottemarie de man aan. Ze zag de vleiende ogen, de weke, glimlachende mond, het perfect gesneden kostuum naar de laatste mode, ze rook de bekende geur van zijn aftershave. Verbijstering maakte zich langzaam van haar meester. Hoe vaak had ze zichzelf niet in slaap gehuild om het gemis van deze man. Ze had van hem gehouden en tegelijk had ze hem gehaat om wat hij haar had aangedaan, namelijk het aantasten van haar zelfrespect. En altijd had ze, diep weggestopt in haar gedachten, de hoop gekoesterd dat hij eens bij haar zou terugkomen. Nu was hij teruggekomen en wat ze voelde was alleen maar leegte en vervreemding.

Wat had ze in vredesnaam gezien in deze gladde modepop met zijn vreemd glanzende, vleiende, blauwe ogen? Een golf van weerzin overspoelde haar en maakte haar misselijk. Waar bleef Paul nu? Hij zou toch maar even wegblijven? Edgar keek Lottemarie aan. Waarom deed ze zo afstandelijk en keek ze zo afkerig? Ze was toch altijd laaiend verliefd op hem geweest? Wat was er gebeurd met haar? Niet dat hij het heel erg vond dat ze tegenstribbelde. Hij hield wel van een beetje tegenstand. Zijn ogen gleden bewonderend over haar gezicht. 'Nog steeds ben je mooi, Lotteke,' zei hij innig. 'Wij horen bij elkaar, alles wordt weer als vanouds.' Hij strekte zijn armen uit naar haar, wilde haar lieve, zachte lichaam tegen zich aan drukken, haar overal strelen, haar met kussen overdekken.

Opeens voelde hij een hand op zijn rechterschouder. De druk was zo hevig dat zijn lichaam doorboog. Pijn joeg door zijn nek, zijn arm en zijn schouder. Met moeite onderdrukte hij een kreet.

'Zou ik niet doen als ik u was,' klonk een kalme stem.

Paul Conradie had onmiddellijk begrepen wie de man was en in welke netelige situatie Lottemarie zich bevond.

'Wie bent u eigenlijk?' vroeg Edgar bijna naar adem happend van de pijn. Hij probeerde zich onder de klemmende greep uit te werken, maar de hand bleef waar hij was.

'U valt mijn aanstaande vrouw lastig. Als u niet onmiddellijk verdwijnt, roep ik de bewaking en dien ik een aanklacht tegen u in wegens seksuele intimidatie,' merkte Paul rustig op. Zijn gezicht stond als uit steen gehouwen.

Aanstaande vrouw? Volledig van zijn stuk gebracht keek Edgar de man aan. Hoorde hij het goed, ging Lotte met iemand anders trouwen? Uitgesloten. Ze was natuurlijk bang geweest dat hij niet meer terug zou komen en had zich daarom maar tevreden gesteld met deze... deze houten klaas. 'Zij is... was mijn vriendin,' wierp hij razend tegen. Lottemarie was van hem. 'Lotte, zeg iets!' riep hij verbijsterd uit. Hij kon werkelijk niet geloven dat Lottemarie hem niet meer wilde. Lotte die altijd gesnakt had naar zijn aanwezigheid, zijn liefkozingen... Dat gevoel kon natuurlijk niet weg zijn. Trouwen met een ander? Belachelijk.

'Lotje,' zei hij nu smekend.

Lottemarie liep langs hem heen zonder hem nog een blik of woord te gunnen. Edgar was voor altijd verleden tijd.

Paul Conradie liet de man los. Hij ging naast Lottemarie lopen en sloeg heel demonstratief een arm om haar heen. 'Kom, liefste, we gaan,' sprak hij zo duidelijk dat Edgar Broese het nog kon horen. Edgar keek hen machteloos van woede na. Voor het eerst van zijn leven had hij verloren en nog wel iets heel kostbaars. Hij voelde de neiging om tegen de vitrines te schoppen of om zich heen te slaan, maar daarmee kreeg hij Lottemarie niet terug. Hij was haar kwijt, voorgoed.

Slenterend liepen ze langs de vitrines, maar ze hadden nauwelijks oog voor de inhoud.

'Dat ik ooit van hem gehouden heb,' zei Lottemarie. Ze voelde de neiging om zich te verontschuldigen.

'Het lijkt wel of je je schaamt.' Paul keek enigszins verwonderd opzij.

'Een beetje. Ik dacht werkelijk dat ik van hem hield. Maar nu ik hem zo zag... Ik voelde alleen maar afkeer.'

'Het is heel mooi, Lotje, als je van iemand houdt. Maar ik denk eigenlijk dat je alleen maar langdurig verliefd op hem was en dat je hem mooier zag dan hij in werkelijkheid bleek te zijn. Dat is het nadeel van verliefdheid. Er komt zoveel schijn en illusie bij. En dan, zomaar op een dag, is de verliefdheid, de verdwazing over.'

'Denk je dat ik alleen maar verliefd op hem was?' vroeg ze hoopvol.

'Dat denk ik niet alleen, dat weet ik zeker,' stelde hij haar gerust.

Ze keek naar het strakke gezicht met de grijze ogen en glimlachte. Ik hoor bij hem, ging het door haar heen, ik hoor echt bij hem. Bij hem voel ik me zeker en hoef ik me niet anders voor te doen dan ik ben.

'Zullen we maar naar buiten gaan?' stelde hij voor.

Lottemarie knikte. Ze had het in de kerk wel gezien en snakte naar de buitenlucht.

Langzaam liepen ze naar het kerkportaal waar het gouden najaarslicht in een brede baan naar binnen viel. De donkere en pijnlijke gebeurtenissen behoorden voorgoed tot het verleden.